本书受2021年度教育部人文社会科学研究青年基金项目资助，项目名称为"英美戏剧汉译史研究（1904—2020）"，项目批准号：21YJC740049。

英美戏剧汉译史
（1904—2020）

A History of Chinese Translation of
British and American Dramas (1904—2020)

陶丹丹　孟伟根　著

ZHEJIANG UNIVERSITY PRESS
浙江大学出版社
·杭州·

图书在版编目（CIP）数据

英美戏剧汉译史 ：1904—2020 / 陶丹丹，孟伟根著.
杭州 ：浙江大学出版社，2024. 10. -- ISBN 978-7-308-
25495-3

Ⅰ. H315.9；I207.3

中国国家版本馆 CIP 数据核字第 202446K14Y 号

英美戏剧汉译史(1904—2020)

陶丹丹　孟伟根　著

责任编辑	杨诗怡
责任校对	田　慧
封面设计	周　灵
出版发行	浙江大学出版社
	（杭州市天目山路148号　邮政编码310007）
	（网址：http://www.zjupress.com）
排　　版	杭州朝曦图文设计有限公司
印　　刷	浙江新华数码印务有限公司
开　　本	710mm×1000mm　1/16
印　　张	19.25
字　　数	310千
版 印 次	2024年10月第1版　2024年10月第1次印刷
书　　号	ISBN 978-7-308-25495-3
定　　价	78.00元

前　言

在翻译研究中,文学翻译是一个广为深入探索的领域,并且已经取得丰硕的成果。然而,作为文学翻译的独特领域,戏剧翻译研究却相对滞后。究其原因,是戏剧翻译不仅要涉及两种语言之间的转换,而且要考虑戏剧文本本身的诸多特性,更需要兼顾译文语言的口语性、动作性、视听性以及观众的接受性。

比之戏剧翻译的研究,国内对英美戏剧汉译史的研究更是凤毛麟角。国内现有的一些涉及英美戏剧汉译史研究的著作或论文,多是阶段性的或是片段式的研究,而且主要集中于1949年至2010年英美戏剧的汉译,或者仅以某些特定的戏剧家或戏剧作品作为考察对象,尚缺乏完整性和系统性,未能呈现英美戏剧汉译史的全貌。此外,有的研究中所提及的年份或史实不详,还有的年份或史实信息存在偏差。有鉴于此,笔者便萌发了撰写本书的想法,希望能较系统地描述从1904年第一部有影响力的英国戏剧译著《吟边燕语》的出版,到2020年的整个英美戏剧汉译的历史。

本书旨在全面阐述英美戏剧汉译的发展历程,考察各时期英美戏剧汉译的特征和状况,揭示英美戏剧在中国的影响和地位,总结英美戏剧在中国的译介与研究成果。本书对英美戏剧在中国的汉译传播进行了全景式描述,从史学角度回溯了英美戏剧进入中国的轨迹,有助于审视中国文化触及和研究英美戏剧这一特异文化现象的成果。

外国文学研究丛书

　　本书在写作过程中，力求做到内容真实有据，分析客观合理，对一些相关著作和论文中出现的信息失误一一做了更正。需要指出的是，本书虽然在每一章后都标注了各个历史阶段大致的起始年份，但在具体撰写中，为了保持理论阐述的系统性和事件发展的相对完整性，对英美戏剧译介情况的描述和介绍有时超越这些时间的严格限制。

　　由于研究视野和研究资料的限制，有一些英美戏剧作家作品的译介与研究情况本书未能涉及。即使是本书已论及的英美戏剧译介与研究的成果，也难免会有遗漏之处。不揣浅陋，将本书奉献给学界同仁，目的是抛砖引玉，引起国内学者对英美戏剧汉译史的关注，进而拓展国内该领域研究的深度与广度。关于本书的不足之处，欢迎读者不吝批评指正。

陶丹丹　孟伟根

2024 年 3 月

目　录

第一章

绪　论

戏剧是一种综合性艺术形式,它融合了文学、音乐、表演、舞蹈、服装、美术等多种艺术,被学者视为继叙事文学(史诗)和抒情文学(抒情诗)之后诞生的又一种文学体裁。[①]英国戏剧起源于中世纪教堂的弥撒。英国的戏剧创作在一千多年的发展历程中出现了许多优秀的作品,也涌现了一大批闻名于世的剧作家,如克里斯托弗·马洛、威廉·莎士比亚、理查德·谢里丹、奥斯卡·王尔德、乔治·萧伯纳、约翰·高尔斯华绥、詹姆斯·巴蕾、塞缪尔·贝克特、哈罗德·品特、汤姆·斯托帕德和萨拉·凯恩等。其中,莎士比亚的优秀剧作不仅是世界戏剧文学的瑰宝,还是对中国戏剧文学创作和表演影响极为深远的文学作品。美国戏剧虽然起步晚于英国戏剧,到19世纪末才趋于成熟,但在20世纪初迅速崛起,涌现了一批世界著名的戏剧作家,如尤金·奥尼尔、埃尔默·赖斯、莉莲·海尔曼、克利福德·奥德兹、田纳西·威廉斯、阿瑟·密勒、爱德华·阿尔比和山姆·谢泼德等。

国内对英美戏剧汉译研究的一个显著特点是,有关英美戏剧作家及其戏剧作品的分析研究成果颇丰,但针对英美戏剧汉译的成就进行系统性和整体性描述的论著却是凤毛麟角。而且,现有的成果大都是阶段性的或概述式的,缺乏全景式的回顾与总结。因此,本书将集中探讨1904—2020年各个时期英美戏剧在中国的汉译与研究的情况,以宏观的视角全面展现英美戏剧的汉译历程。

---

① 何其莘.英国戏剧史.南京:译林出版社,2008:I.

第一节　研究背景、目的与意义

一、研究背景

英美戏剧汉译的历史中,曾出现过三次翻译的高潮。第一次高潮发生在1919年五四运动前后,由于英美等西方戏剧形式的翻译引入,中国诞生了有别于传统戏曲的话剧;第二次高潮发生在1949年新中国成立以后的"十七年",英美戏剧汉译事业呈现出欣欣向荣的景象;第三次高潮出现在1978年改革开放以后,英美戏剧的汉译进入了空前繁荣的时期,出现了百花齐放、百家争鸣的新局面。

第一次翻译高潮中,英美戏剧汉译就其类别而言可分为古典派戏剧、浪漫派戏剧和写实派戏剧。第二次翻译高潮中,除涵盖前一次高潮的戏剧作品外,其汉译的重点主要是莎士比亚戏剧和英美现代派戏剧。第三次翻译高潮中,各种流派的英美戏剧均成了汉译的对象。这些英美戏剧的译介对中国剧作家的思想意识、剧本选材及创作方法等都产生了较大的影响。英美戏剧新的异域表现手法被译介到中国之后,与中国本土的戏剧元素相结合,使中国的话剧获得了新生,促进了中国传统戏剧的转型与发展。

英美戏剧在中国的译介传播虽已有100多年的历史,但是英美戏剧有规模的系统汉译却是20世纪中期才开始的。迄今为止,英美戏剧的汉译经历了不同的发展阶段,其中既有节译本,又有全译本;既有改译本,又有直译本;既有适合于演出的舞台译本,又有便于案头阅读的书斋译本。在过去的一个多世纪中,英美戏剧的汉译作品可谓百花争艳,折射出不同时期的社会与文化背景,体现了译者与读者对于戏剧文化价值的不同追求。

然而,与其他文学类型的翻译研究相比,对戏剧翻译领域的研究在中国一直没有得到足够的重视。直到现在,英美戏剧汉译在翻译研究领域仍处于边缘地位,对于英美戏剧汉译史的研究更是寥寥无几。

二、研究目的

无论是在人类文化史上,还是在世界文学史上,英美戏剧都占据着十分重要的地位。翻译作为沟通不同国度、不同语言、不同文化的一座桥梁,在英美戏剧的译介传播中起到了至关重要的作用。

英美戏剧的汉译不仅涉及翻译理论诸多方面的问题,还涉及戏剧这一特殊领域的许多专业问题。本书旨在通过对英美戏剧汉译史的全面考察与审视,阐述英美戏剧汉译的发展历程,揭示各时期英美戏剧汉译的特征和状况,展示其思想艺术成就,发掘其历史价值与人文精神,彰显其在中国戏剧文化事业和中外戏剧交流史中发挥的重要作用,进而为中国翻译史和戏剧文学翻译理论研究提供参考与借鉴,为英美戏剧在中国的传播提供历史参照与资料。

三、研究意义

从 20 世纪 90 年代开始,翻译研究的基本范式发生了转变,从过去静态的、规定性的语言研究方法转向了动态的、描述性的文化研究视角,特别关注将翻译纳入社会、文化和意识形态等多种因素中加以宏观的考量。英国戏剧翻译理论家苏珊·巴斯奈特和美国翻译理论家安德烈·勒菲弗尔把上述转变称为"文化转向"。他们认为,翻译的意义不只是促进不同国家之间的语言交流,它还对于译入语的读者以及译入语的政治、社会、文化等多方面会产生巨大的影响。①因此,对戏剧汉译作品的研究在一定意义上是研究不同文化的相互融合、碰撞和作用。翻译的实质是两种文化的互动,目的是达到两种文化的契合。通过文化翻译,可以建立多元文化的对话平台,逐步建构平等的对话机制,以实现不同文化的多元共存。

英美戏剧的汉译一直是中国文学翻译和中国艺术文化建设的重要组成部分。中国的话剧就是受到西方戏剧的熏陶与影响而诞生的,它也得益于英美戏剧汉译与传播的成果。如今,我们在弘扬中国艺术文化和中国戏剧文学对外传播之际,也应学习和借鉴外来的优秀文学和文化,汲取英美戏剧的精华。当然,这种汲取并不只是钻研几部论述英美戏剧的专著,也不只是阅读几部英美戏剧的作品或观赏几场英美戏剧的演出,而是需要我们站在长远的文化战略高度,高瞻远瞩,面向未来,不断研习与引入英美戏剧的优秀作品,使其成为我们艺术文化建设中的有机部分。同时,通过汉译与研究,我们应

---

① Bassnett, S & Lefevere, A. *Translation*, *History and Culture*. London: Pinter Publishers, 1990: 8.

当学习与借鉴英美优秀戏剧的有益成分,推动中国戏剧的建设和蓬勃发展。

鉴于上述原因,本书对英美戏剧汉译历史的全面回顾与梳理,以及对英美戏剧汉译与研究成果的阐述与总结,具有以下几方面的研究意义:

1. 以英美戏剧汉译的历程为主线,考察各时期英美戏剧汉译的特征和状况,揭示英美戏剧在中国的影响和地位,不仅可以从历史角度回溯英美戏剧汉译传播的轨迹,还有助于审视中国文化如何触及和融合英美戏剧这一特殊的文化现象。

2. 英美戏剧在中国的传播,几乎无不是通过学者的译介和研究而完成的。因此,对英美戏剧汉译史的研究不仅能丰富翻译史研究的内涵,而且能为戏剧翻译理论和戏剧翻译实践研究开拓新的视野。

3. 英美戏剧的汉译必然会受到各种文艺思潮和艺术思想的冲击和影响。国内对英美戏剧的汉译研究,成果丰硕,方法多元,这些成果对中国的戏剧学术研究和发展都具有重要的借鉴意义。

4. 本书丰富的文献材料和条理化的分析论证可直接为英美戏剧文学研究和翻译研究提供第一手的史料和素材,弥补英美戏剧汉译史研究方面的不足。

第二节 研究思路与方法

一、研究思路

本书的研究思路可分为以下四个方面。

1. 研究英美戏剧汉译事件,阐述其发展的历史和特点

对英美戏剧汉译历史中出现的重大事件进行全面的考察与阐述,对其阶段性特点进行深入客观的分析,重点对英美戏剧的流派、剧作家群体和译作文化土壤等进行仔细的研究与客观的文本叙述,以求客观、全面地呈现英美戏剧汉译史的生态面貌,并对典型汉译事件进行分析描述,使读者对英美戏剧汉译的历史特征与传播状况有一个全面、深入的认识。

2. 研究英美戏剧的不同汉译文本,考察其在国内的影响和地位

英美戏剧的不同汉译文本现象既有显性的表层特征,也有隐性的深层原因。就翻译的结构而言,这些文本大致呈现出四种形式:基于同一戏剧文本

的不同汉译文本、基于同一翻译主体的不同汉译文本、基于不同戏剧文本的不同汉译文本和基于不同翻译主体的不同汉译文本。从翻译的外部驱动力分析,这些汉译文本又可分为三种类型:受社会意识形态影响而造成的不同的汉译文本、因读者需求不同而出现的不同汉译文本、以完善和改进为目的的不同汉译文本。对这些不同汉译文本的比较、考察和研究,可以了解它们在不同时期或同一时期所产生的作用和影响。

3. 研究接受美学,讨论中国文化对英美戏剧译作的接受程度

对英美戏剧译作的接受美学视角的研究就是考察英美戏剧翻译与传播的效果。也就是说,从受众的角度来研究英美戏剧译作在中国本土的接受程度,分析英美戏剧译作被中国民众所认可的程度,研究英美戏剧汉译剧作在中国文化中的融合情况。

4. 研究国内的重要译者和翻译机构,介绍英美戏剧汉译和传播的成就

译者或翻译机构的翻译行为受制于所处时代的社会背景和价值观,常常体现出社会性、目的性、动态性和自主性等特征。[①]首先,在整个翻译过程中,译者或翻译机构从翻译材料的选取,到翻译方法的谋略,再到译作的完成,无一不是带有目的性的。其次,译者或翻译机构的翻译行为是在不断变化的,在不同的时期和环境下是动态发展的。最后,译者或翻译机构的翻译行为表现出自主的创造性,翻译的自主创造性是成功再现原作的关键因素之一。译者或翻译机构的翻译需求、动机和价值观等会受到来自社会各个方面的影响。反之,译者或翻译机构也会通过翻译优秀的戏剧作品对社会、政治、文化产生不同程度的影响。对重要译者和翻译机构的研究有助于总结英美戏剧汉译的特点与风格,展现译者个人和群体的翻译成就。

二、研究方法

本书的研究方法可归纳为以下三个方面。

1. 科学的研究方法:戏剧汉译的定量分析

"定量分析,指分析一个研究对象所包含的数量关系或所具备性质间的数量关系,也可对几个对象的某些性质、特征、相互关系从数量上进行比较,

---

① 刘立香. 从社会行为学视域看译者的翻译行为及评价体系. 昆明理工大学学报, 2010(1):97.

研究结果用数量加以描述。"①科学实证主义认为,科学的结论必须依赖于客观的证据,必须得到定量分析的验证。本书通过数据统计,依据英美戏剧译本的历时分布、各戏剧家的剧作分量、各时期英美戏剧汉译的影响力和重要的英美戏剧译作等四个层面,对英美戏剧在中国的译介、研究分布情况进行了定量分析,追溯了英美戏剧在中国译介传播由单一化逐渐走向多样化的历史轨迹。

2. 历时的研究方法:戏剧汉译的多维描述

戏剧文学作品是历史文化遗产的重要组成部分,它们必定反映各个时代的社会文化特征,其译作也是如此。因此,英美戏剧汉译史研究应当密切关注戏剧译作与所处社会背景之间的关系,体现戏剧汉译史研究的时代性和社会性特质。事实上,任何一部戏剧译作都不是孤立的存在,而是其翻译时代的社会思想、文化意识和经济基础等多层意义的综合反映。因此,本书基于第一手的文献资料,以历时的研究视角、多维的描述方法研究英美戏剧在中国译介与传播的情况。

3. 创新的研究方法:戏剧汉译的整体描写

英美戏剧汉译研究的首要任务是描述英美戏剧汉译在各个时期的历史状况、译介特征、所取得的成就和存在的缺失,反映不同的意识形态和翻译思潮对戏剧翻译活动的影响,阐述不同的戏剧译本对社会文化和文学创作所产生的作用等。然而,回顾我国学界对英美戏剧汉译史的研究现状,不难发现,目前国内尚未出现全面系统地研究英美戏剧汉译史的项目或专著,已有研究大多出现在翻译史的个别章节中,且多是阶段性的或概述式的研究,它们对一些重要的译介事件和译介对象的研究显得零散有余,缺乏对英美戏剧汉译历史的全景式的回顾与总结。

有鉴于此,本书将运用整体思维的创新研究方法,对1904年至2020年不同时期的英美戏剧在中国的译介与研究的情况进行系统的考察,以宏观的视角全面展现英美戏剧在中国的汉译历程。这对于正确把握英美戏剧汉译史的基本特征、全面理解英美戏剧汉译在中国的发展全貌是大有裨益的。

---

① 张葆珠,陈力君.定量分析方法.上海:复旦大学出版社,2003:2.

第三节 英美戏剧发展历程

一、英国戏剧的发展历程

英国戏剧的演变发展,历史悠久,其源头可追溯到中世纪教堂的宗教仪式。大约在公元9世纪末,复活节庆典仪式中出现了最早的戏剧雏形——小插段,后由此发展成为用于教堂礼拜仪式的"礼拜剧"。从13世纪起,礼拜剧开始渐渐走出教堂,进入市民的生活,其内容主要是圣经故事和远古传说。因此,这些戏剧形式又被称为"神秘剧"或"奇迹剧"。14世纪下半叶,出现了以规劝人们弃恶从善为主旨的"道德剧"。虽然这些道德剧实质上也是一种宗教剧,但其内容与神秘剧相比,有了根本性的变化。道德剧的素材来源往往是布道说教的内容,而不是圣经故事;剧中的主要人物是生活中的人,而不是上帝;道德剧的演出不限于宗教节日,在任何时候都可以进行。15世纪诞生了"幕间喜剧",又称"插剧",其趣味性、娱乐性和普及性更强。从上述几种戏剧形式的发展顺序和特点分析,中世纪的英国戏剧从充满浓郁的宗教色彩,逐渐世俗化和普及化。

进入16世纪,英国戏剧的表演形式逐渐趋向多样化和大众化。虽然神秘剧和道德剧仍是当时流行的主要戏剧形式,但道德剧在这一时期被赋予了一定的政治色彩。幕间喜剧在16世纪中叶发展到了高峰。此外,还出现了来自意大利的"假面剧",以及从民众中衍生的"闹剧""滑稽剧"和"哑剧"等多种民间戏剧形式。随着伊丽莎白女王的即位,英国在政治、文化和经济等方面有了全面的发展。在文艺复兴浪潮的影响下,英国戏剧迎来了新的发展转机,诞生了两种新的戏剧形式:悲剧和喜剧。最早的大众剧场和专业演员团体也应运而生。

16世纪80年代起,英国戏坛涌现出一批才华横溢的剧作家,开启了英国戏剧发展的新篇章。这些杰出的剧作家代表有马洛、莎士比亚和本·琼森等。马洛的剧作一改旧戏剧的形式与内容,为伊丽莎白时代带来了戏剧新风。他的剧作围绕富有个性的中心人物展开,戏剧对白熟练地运用"素体诗",又称为"无韵诗"。在马洛笔下,悲剧和历史剧逐渐走向成熟。马洛的戏剧为莎士比亚和同时期的其他剧作家开辟了新的道路,带来了诸多的启示。莎士比亚是文艺复兴时期欧洲戏剧创作的典范,对世界各国戏剧的发展做出了巨大贡献。他的剧作,人物形象鲜明,情节内容丰富,语言精练优美,体现了现实主义与浪漫主义相结合的创作特色。琼森是英国古典主义戏剧的一大先驱者,十分重视戏剧理论的研究。他创作了"讽刺喜剧"等形式的英国戏剧,对英国王政复辟时期的剧作家产生了不可低估的影响。

1642年,英国内战爆发,当时代表清教徒的英国政府认为戏剧是万恶之源,伦敦的所有的剧场都随之关闭,文艺复兴时期的戏剧就此终结。1662年,查理二世登基,英国的剧场在关闭了16年后重新开放,英国戏剧才逐渐得以复苏。这一时期在历史上被称为"复辟时期",当时的剧场主要是供皇家贵族消遣的娱乐场所,戏剧创作一时出现单一化的现象,描绘上流社会生活的"风俗喜剧"独领风骚。这一时期出现了英国戏剧创作的代表人物约翰·德莱顿,他是英国重要的戏剧理论家和评论家。德莱顿以其对戏剧创作与舞台艺术高屋建瓴的论述,展现了极深的理论功底。他的戏剧评论也独辟蹊径,这些都奠定了他在复辟时期英国戏剧发展中的重要地位。

18世纪初,"感伤喜剧"渐渐替代了"风俗喜剧",成为英国新的主流戏剧形式。风俗喜剧之所以退出历史舞台而演变为感伤喜剧,是由于时代的演变。经历了17世纪的社会动荡和政治变革,新兴的中产阶级一跃成了当时的核心观众群体,他们开始重新思考社会生活中的一些问题,审视自己的社会观念和态度,而感伤喜剧恰巧能抒发他们对社会问题的情感和态度,体现他们对伦理道德的关注和重视。感伤喜剧作家通常运用幽默、讽刺的艺术创作手法,表达剧中人物的喜怒哀乐的情感。这一时期,最成功的剧作家代表是谢里丹。他的剧作情节设计巧妙,对白妙趣横生,人物塑造精心,他的戏剧作品堪称18世纪英国喜剧的顶峰。①

自谢里丹后,英国戏剧一时走向衰落,直到19世纪末才出现重大转机。这一时期出现了两位英国杰出的剧作家:王尔德和萧伯纳。王尔德既是英国唯美主义思潮中最重要的代表人物,也是英国最伟大的现实主义剧作家,在英国戏剧史上占有独特的地位。唯美主义推崇"为艺术而艺术",他的艺术创作不受道德标准之约束。他认为,艺术高于生活,美高于一切,戏剧应该超脱人生。他创作的现实主义题材的喜剧,揭露政界的丑陋,嘲讽上层社会的虚

① 何其莘. 英国戏剧史. 南京:译林出版社,2008:294.

伪。萧伯纳的戏剧创作生涯长达50多年,跨越了19世纪和20世纪。在此期间,他创作了多部影响英国剧坛的戏剧作品。他的"社会问题剧"充分发挥了戏剧的社教功能,揭露了当时社会的种种矛盾,具有较高的哲理性和思想性。可以说,王尔德和萧伯纳使萧条百年的英国戏剧从衰落走向了繁荣,他们为英国戏剧的发展做出了不可磨灭的贡献。

受萧伯纳的影响,社会问题剧的兴盛延续至20世纪初,社会问题剧一直是英国戏剧的主流。1914年,第一次世界大战爆发,之后又爆发了第二次世界大战。两次世界大战期间,虽然英国戏剧的发展平淡无奇,波澜不惊,但这一时期也出现了一批较有影响力的剧作家,如高尔斯华绥、威廉·萨默塞特·毛姆、威廉·巴特勒·叶芝、伊莎贝拉·奥古斯塔·格雷戈里夫人、约翰·辛格和希恩·奥凯西等。其中,高尔斯华绥和毛姆的剧作把关注点投射于社会问题,在创作手法上与萧伯纳有许多相似之处。其他四位剧作家是19世纪末至20世纪20年代爱尔兰文艺复兴运动的重要人物,他们的剧作多反映爱尔兰人民争取独立和民族解放的主题。

二战结束后的20世纪五六十年代,英国戏剧舞台出现了"荒诞派戏剧",此后英国戏剧便开始从比较单一的创作形式朝着多元化的方向发展。贝克特就是这一时期最著名的剧作家代表之一。他的剧作展现当代人烦躁焦虑的心理,帮助人们释放心中的压抑。继贝克特之后,英国戏剧界掀起了所谓的"愤怒的青年"之流派的戏剧。这个流派的剧作注重表现个人生活情感和人物的内在情绪,反映了中下层民众对社会的不满和忧虑,其代表作家如约翰·奥斯本。这一时期的英国戏剧突破了以前传统的戏剧表现形式,呈现出鲜明的时代特色。其中,品特被认为是英国当代最杰出的剧作家之一。他的剧作不再以刻画和塑造人物为首要任务,也不清晰阐明剧中人物的身份与行为动机等,而是通过新的艺术手法和新锐的语言,向人们展现人物和事物的真实面貌。在品特的戏剧作品中,其表现手法极少有雷同之处,他通过多样的艺术形式和手段揭示了他对现实社会的种种思考。

20世纪70年代到20世纪末,英国戏剧的多样化趋势更为明显。一批思想活跃、不受传统观念束缚的年轻剧作家异军突起。随着妇女解放运动的蓬勃兴起,有两位新生代女剧作家令人瞩目,她们是卡里尔·丘吉尔和萨拉·凯恩。卡里尔·丘吉尔的剧作对20世纪末出现的先锋派戏剧产生了较大的影响。出于对女性群体的人文关怀,她的作品主要描写和探讨性别问题和女性权利,表达她对妇女问题和妇女解放运动的现实态度。凯恩是"直面戏剧"①的重要代表人物。在剧作中,她用泼辣的言辞和极端的情景,对西方社会进行了辛辣的讽刺与无情的批判。她被誉为"英国继莎士比亚与品特之后最伟大的剧作家"②。从以上这些剧作家所创作的戏剧中,我们既可以目睹当时社会所面临的各种问题,又可以了解他们对传统戏剧形式的勇敢挑战和对新的戏剧形式的种种尝试。

21世纪初,英国戏剧的发展充满了繁荣和活力,既反映了英国的主流价值观,又体现了英国不同族群和各社会阶层的诉求。其主要的戏剧成就表现在:以表达少数族裔诉求为主题的戏剧、倡导女性主义的戏剧、探索英国当代社会问题的戏剧、呼吁社会平等和解决人类困境等的戏剧。这一时期诞生了一批年轻的本土剧作家,如黛比·塔克·格林、杰兹·巴特沃斯、薇薇安·弗兰茨曼、露西·柯克伍德和汤姆·威尔斯等。

从中世纪到21世纪初,英国戏剧经历了漫长而复杂的发展历程。在英国戏剧的历史大舞台上,戏剧创作形式异彩纷呈,戏剧名家各领风骚。正是由于一代又一代剧作家的努力,英国戏剧界才涌现出了许多经典的剧作,成为世界戏剧宝库中的珍贵财富。

二、美国戏剧的发展历程

比之英国戏剧,美国戏剧的历史较为短暂,其成熟也较晚。从英国殖民时期到19世纪初,美国的戏剧创作基本上沿袭和模仿了欧洲的古典戏剧创作模式,作品很少有独创性,也缺乏民族特色。直到20世纪初,美国戏剧才迅速崛起,跻身于世界戏剧殿堂。

"典仪戏剧"是最早出现在美国本土的戏剧表演形式,这种艺术形式传承了印第安人的宗教典礼仪式,并在此基础上发展演变而来。在殖民时期的美国,由于受清教思想的束缚,加之当地教会的仇视,戏剧被人们认为是邪恶的,所以这个时期的美国戏剧数量不多,主要是一些欧洲移民所创作的剧本。仅有的部分美国戏剧也是模仿了欧洲戏剧,尤其是英国戏剧的写作题材和艺

---

① 直面戏剧以暴力叙事的方式,展现传统戏剧中回避和忽视的尖锐问题,如酗酒吸毒、精神崩溃、种族屠杀等。详见:鲁小艳.直面戏剧在中国的接受(2004—2016).山西师范大学博士学位论文,2017:1.

② 胡晴天.论萨拉·凯恩"直面戏剧"的精神救赎.剧作家,2018(2):95.

术表现手法。在此期间,英国戏剧对美国的戏剧创作产生了较为广泛和深远的影响。

　　1776年,美国宣布独立,此后美国的本土戏剧才逐渐发展壮大起来。随着独立理念和民族意识的不断冲击,一些美国剧作家开始摆脱欧洲戏剧的种种束缚,潜心于创作本土题材和人物的戏剧。到了18世纪末,美国民族戏剧已初露锋芒,出现了美国戏剧的先驱威廉·邓拉普。他一生创作了60多部戏剧,对早期美国戏剧的形成与发展做出了巨大的贡献。

　　19世纪上半叶,受浪漫主义文学思潮的影响,美国兴起了"传奇剧"和"诗体剧"的创作热潮。传奇剧的代表剧作家是约翰·霍华德·佩恩。他一生创作了近60部剧本,推动了美国戏剧的迅猛发展。这个时期诗体剧的代表剧作家是乔治·亨利·博克。他创作的诗体历史悲剧多取材于神话和历史传奇故事,具有浓郁的浪漫主义色彩,促使美国浪漫主义戏剧迈向了创作巅峰。

　　19世纪下半叶,现实主义戏剧逐渐代替了浪漫主义戏剧,一跃成为美国戏剧创作的一支有生力量。被誉为"美国现实主义文学之父"的威廉·迪安·豪威尔斯就是现实主义戏剧的创作先驱,他创作的36部剧作是美国现实主义戏剧的代表。这一时期另一位举足轻重的剧作家是詹姆斯·赫恩。他的戏剧作品和戏剧理论为美国开创真正的现代戏剧做了扎实的铺垫。在美国众多的现实主义戏剧中,最引人关注的是探讨社会问题的喜剧。克莱德·费契是那时最受欢迎的社会喜剧作家之一,也是世纪之交贡献最大的美国剧作家。

　　20世纪初期,美国戏剧开始从青涩走向成熟,并渐渐在世界剧坛崭露头角。民众对戏剧的渴求日趋高涨,前期一直盛行的商业化戏剧已不能满足人们的需求。因此,一批戏剧界人士在国内掀起了一场规模较大的"小剧场运动",全国各地灵活多样的小剧场应运而生,为戏剧普及提供了必要的演出条件。"小剧场运动"是美国戏剧史上具有重大意义的事件,也是美国现代戏剧崛起的先声。[①]这场运动孕育了美国现代戏剧的缔造者和奠基人:奥尼尔。他的作品大多是在20世纪20年代创作的,其重要剧作几乎都在小剧场上演过。这些作品在主题表现、情节设置、人物刻画和戏剧冲突等方面都达到了前所未有的高度。在表现手法上,奥尼尔敢于打破戏剧传统的束缚,勇于探索与创新。在剧作中,他运用了现实主义、象征主义、表现主义和意识流等各

① 郭继德. 美国戏剧史. 天津:南开大学出版社,2011:68,73.

种艺术手法，从不同视角向我们展现了美国社会生活的全貌，从多个层面对人的内心世界和价值观进行了细腻的解读。奥尼尔为美国现代戏剧的崛起做出了巨大的贡献，也对美国戏剧跻身世界剧坛起到了重要作用。他因此获1936年诺贝尔文学奖，并于1920年、1922年、1928年和1957年四次获得普利策戏剧奖。同一时期，另一位被誉为现代美国戏剧史上杰出的剧作家是赖斯。他的剧作在主题方面注重反映社会重大问题，在艺术手法上大胆运用表现主义的创作方法，促进了美国现代戏剧的发展。

20世纪30年代，美国戏剧发展进入了一个重要时期。在国内经济危机的冲击和国外法西斯主义的影响下，美国内在的社会矛盾日益凸显，许多美国剧作家转而关注社会问题，试图寻求新的解决办法。同时，社会主义的影响在美国不断扩大，促使美国掀起了一场大规模的"左翼戏剧运动"。现实主义戏剧创作在这个时期取得辉煌成就，诞生了一批受马克思主义思想影响的"进步剧作家"，他们创作了不少既有艺术水准又有较高思想价值的剧本，这标志着美国戏剧迈向了一个新的时期。在这些进步剧作家中，海尔曼占有特殊的地位。她惯于使用辛辣的笔触描绘世态人情，无情地抨击资本主义社会的肮脏与丑陋，她在美国现实主义戏剧的发展史上贡献卓著。另一位擅长描写重大社会问题的剧作家是奥德茨。他的大部分剧作思想内涵深刻，对当代美国社会弊病的揭露入木三分，奥德茨是当时美国最优秀的现实主义剧作家之一。

20世纪40年代初，美国加入了第二次世界大战，这导致了美国戏剧开始从繁荣走向衰退。20世纪50年代初，美国发起了一场"麦卡锡主义"运动，一批进步剧作家惨遭政治迫害。剧坛一度陷入沉寂，直到20世纪50年代末期才逐渐复苏。50年代末，美国出现了三位著名的现实主义剧作家，他们分别是威廉斯、威廉·英奇和密勒。威廉斯的大部分作品以美国南方为背景，集中刻画中下层社会中小人物的心境和品性，尤其是失意的女性人物。他曾两次获得普利策戏剧奖，对当代美国戏剧贡献巨大。英奇的剧作着重刻画乡村生活，细致地描述了西部小城镇居民的日常工作与生活，深刻地剖析了他们真实的思想情感。密勒是美国著名的社会问题剧作家，他的剧作从不同侧面探讨了资本主义社会的一些重大问题，表现出强烈的社会责任感。他在戏剧创作和戏剧理论研究方面都有很高的造诣，是继奥尼尔之后又一个美国戏剧的高峰。20世纪50年代末，黑人剧作家洛雷因·汉斯贝里的作品获得纽约戏剧评论家协会奖,这标志着美国黑人戏剧开始走向成熟,正式得到美国剧坛的认可。

20世纪60年代,美国连续经历了一系列大动荡,发生了反越战运动、黑人运动、民权运动和妇女解放运动等重大政治事件。一批年轻的剧作家根据国内的社会现实,把有关暴力、犯罪和反战等重大社会问题作为戏剧创作的主题。在艺术上,他们勇于突破固有的戏剧模式,推进了美国戏剧在题材和表现形式上的多元化发展。阿尔比就是这个时期较有影响力的剧作家。他汲取了欧洲荒诞派剧作家,以及易卜生和契诃夫等现实主义剧作家的创作手法,经过自己的探索和创新,形成了自己独特的"荒诞派戏剧"的艺术风格。他的剧作既有离奇的情节,又有荒诞的表现形式,同时也充满着浓郁的现实主义色彩。他不仅嘲讽和鞭挞了美国当代的社会问题,还对社会弱者和底层人物深表同情和怜悯。"黑人戏剧"在这个时期也有了突破性的进展,无论在思想性还是艺术性方面都日臻成熟。这个时期掀起的"妇女解放运动"也造就了一批杰出的女性剧作家,梅根·特利就是美国女权主义戏剧的先驱者。她对美国戏剧所做的最主要贡献是对传统戏剧形式进行了革新,开创了美国的"转换剧"①。

20世纪70年代,美国在与苏联的争霸中陷于劣势,迷惘、颓废和绝望等消极情绪弥漫着整个美国社会,描写病态、腐败和死亡等的实验戏剧便一跃成为这个年代的主流。其中最为优秀的实验剧作家是谢泼德。从一接触戏剧创作,谢泼德就一直坚持艺术的探索与创新。他的剧作独辟蹊径,形成了自己特有的戏剧风格,他因此被誉为"同代人中首屈一指的先锋派剧作家"②。受奥尼尔的影响,谢泼德在后期逐渐从实验戏剧转向现实主义戏剧的创作,成了美国剧坛真正的后现代派剧作家。

20世纪80年代以后,黑人戏剧和少数族裔戏剧成了美国戏剧的主流。奥古斯特·威尔逊是这个年代出现的优秀黑人剧作家,为美国黑人戏剧的发展做出了贡献。他的作品叙事流畅,富有诗意,深刻反映了黑人的坎坷生活。在少数族裔戏剧中,影响最大的是华裔美国戏剧,其代表剧作家是黄哲伦。

① 特里要求演员在表演中,瞬间转换角色,改变年龄、性别、阶级,甚至变成岩石,让演员在这样的即兴表演中充分发挥自己的艺术才能。详见:冯政.论美国"即兴剧"的发展历程.戏剧文学,2017(1):104.
② 郭继德.美国戏剧史.天津:南开大学出版社,2011:343.

他的剧作以中西文化的冲突、理想和现实的矛盾等为主题。1988年,他创作的《蝴蝶君》登上百老汇舞台。他因此声名鹊起,并一举夺得托尼最佳戏剧奖,为美国主流戏剧增添了异彩。

20世纪90年代,多元文化的冲突与困惑仍然是美国戏剧的一大主题和时代特征。前期的一些剧作家不断有新作出版,艺术创作风格在延续中创新和开拓,继续沿着多样化方向发展,如将家庭、道德、爱情与历史、政治相结合。新一代的剧作家则紧跟时代潮流,反映世纪之末商业竞争中出现的自私、贪婪和腐朽等残酷的社会现象。

21世纪初,美国社会遭遇了一连串的重大事件。"9·11"事件给美国造成了重创,国内经济持续衰退,各行各业的失业率不断攀升。所有这一切都促使人们对美国的政治、信仰、社会、家庭和道德等问题进行深入的思考,也成了这个时期戏剧创作新的源泉。这一时期,美国剧坛经历了新一轮的繁荣,诞生了一批新锐剧作家和优秀作品,如特雷西·莱茨的《来自内布拉斯加州的人》、萨拉·鲁尔的《窗明几净》、希拉·卡拉汉的《伤痕》和《死亡城市》等。

美国戏剧的历史较为短暂,在发展过程中也历经波折。尽管如此,美国戏剧界依然诞生了一批成就斐然的剧作家,创作出了令人瞩目的戏剧佳作。这些作品留下了时代的烙印,散发着美国民族文化的气息,不仅为美国,而且为世界戏剧宝库增添了灿烂的色彩。

第四节　英美戏剧汉译史概况

一、英国戏剧汉译史概况

中国对英国戏剧的汉译在时间上明显晚于对英国小说和诗歌等的译介。在翻译形式上,中国对英国戏剧的汉译是从译介英国主要剧作家的生平和剧作梗概开始的。约1904年至1916年,中国开始陆续译介英国著名剧作家莎士比亚、萧伯纳和王尔德等人的生平和剧作概要,此后对他们的戏剧作品有了初步完整的翻译。因此,可以说,在戏剧汉译的漫长历史上,是这些英国优秀的剧作家首先向中国敞开了英国戏剧文化之门,向中国读者展示了英国戏剧文学的绚丽多姿,开阔了中国剧作家的艺术创作视野。

1904年,林纾与魏易合译的莎士比亚戏剧故事集《英国诗人吟边燕语》(简称《吟边燕语》）由商务印书馆出版。这标志着英国戏剧汉译的开端。①

新文化运动、五四运动前后，戏剧的教育和宣传作用逐渐被中国的有识之士所认识，加之中国本土戏剧也祈求改良、发展和创新，于是包括英国戏剧在内的众多西方戏剧被汉译、引入中国，其中莎士比亚的剧作占到了半数以上。1949年以前，参与翻译多部莎剧的译者主要有林纾、梁实秋、曹未风和朱生豪等；汉译了单部莎剧的译者主要有邵挺、张采真、蒋镇、孙伟佛、曹禺、杨晦等。

不仅如此，新中国成立后的1949年至1966年，公开出版的英国戏剧汉译本达50种以上，其中大部分为莎士比亚创作的剧作。莎剧汉译本位居各戏剧汉译本之首。这个时期莎剧的主要汉译家有方平、吕荧、卞之琳、吴兴华、方重等。莎士比亚一生共创作了39部戏剧，朱生豪是翻译莎剧数量最多的译者。

新中国成立后的"十七年"，萧伯纳是继莎士比亚后被翻译剧作数量较多的英国戏剧家。他创作的60多部戏剧作品中就有25部被译成中文。在"十七年"时期，其他被汉译的英国剧作主要有：作家出版社1955年9月出版的伊立克·派司和威廉·白兰德合作的《罗森堡夫妇》，译者丁西林；新文艺出版社1956年6月出版的德莱顿的《一切为了爱情》，译者许渊冲；作家出版社1956年6月出版的谢立丹的《情敌》，译者杨周翰；作家出版社1956年7月出版的马洛的《浮士德博士的悲剧》，译者戴镏龄；新文艺出版社1957年3月出版的莫纳·白兰德的《喧宾夺主》，译者张丹子；人民文学出版社1957年8月出版的亨利·菲尔丁的《咖啡店政客》，译者英若诚。

除了以上公开发行的汉译剧作外，20世纪50年代英国流行的"荒诞派"和"愤怒的青年"的一些戏剧作品在"十七年"时期也被汉译。例如，1962年1月中国戏剧出版社出版的奥斯本的《愤怒的回顾》，译者黄雨石。奥斯本是"愤怒的青年"戏剧流派的先锋剧作家，其作品《愤怒的回顾》被视为"愤怒的青年"文学运动的代表作。再如，中国戏剧出版社1965年7月出版的贝克特的《等待戈多》，译者施咸荣。贝克特是"荒诞派戏剧"的创始人，于1969年获得诺贝尔文学奖。

---

① 在《吟边燕语》出版之前，1903年上海达文社也出版了一本莎剧故事的文言译本《澥外奇谭》，译者未署名。因该译本在国内影响较小，故本书没有把它作为英美戏剧汉译的开端。

　　1966—1976年,国内的翻译事业几乎处于停滞和万籁俱寂的状态。在内地,无论是出版社还是公开出版的期刊都没有出版或刊载过英国戏剧的中文译文。

　　1978年12月,中国开始实行具有深远意义的改革开放政策。国内的一些知名出版社,如人民文学出版社、上海译文出版社、中国对外翻译出版公司、译林出版社、上海文艺出版社、中国戏剧出版社等,除了继续出版由不同译者汉译或不同版本的莎士比亚戏剧作品外,还将目光投向了英国其他著名剧作家的作品。其中王尔德、萧伯纳等人的剧作汉译本最多。

　　进入21世纪后,中国对英国戏剧作品的汉译基本上是对20世纪90年代的延续和发展。这一时期,国内各大出版社以多种版式出版莎士比亚、萧伯纳和王尔德的戏剧译作。同时,国内译者和出版社也把出版重心放在了其他英国剧作家身上,主要有斯托帕德、品特、彼得·谢弗、奥利弗·哥德史密斯、马洛、凯恩、迈克·弗雷恩、安东尼·尼尔逊、马丁·麦克多纳、丘吉尔、汀布莱克·韦滕贝克、艾伦·艾克伯恩、阿诺德·韦斯克、阿加莎·克里斯蒂等。

二、美国戏剧汉译史概况

　　虽然美国戏剧的发展历史没有英国戏剧那么悠长,但在其发展历程中也出现了一大批杰出的剧作家,他们为世界戏剧文学的繁荣增添了极其宝贵的财富。20世纪初,中国早期的一些演员赴美留学,他们在美国研习西方戏剧,同时也将美国的流行剧作带回中国。之后,美国戏剧开始被引入我国,但最初被汉译的数量非常之少。20世纪30年代开始,随着西方戏剧汉译热潮的兴起,一些有代表性的美国戏剧被陆续译成中文,如奥尼尔的《天边外》、奥德茨的《天之骄子》和海明威的《第五纵队》等。在20世纪上半叶,美国戏剧的汉译数量虽然逐年稍有增加,但在数量上尚未形成译介规模。

　　1949年新中国成立后的"十七年"间,我国共汉译了近15部美国戏剧作品,主要有:奥德茨的《生路》(即《还在等待什么》)和《自由万岁》,穆俊译,海燕书店1949年12月推出新1版;海尔曼的《守望莱茵河》,冯亦代译,新群出版社1950年5月出版;奥德茨的《还在等待什么》,顾仲彝、杨小石译,文化工作社1951年3月出版;赫布·丹克的《四十九经度》,叶君健译,光明书局1953年12月出版;阿诺德·杜索和詹姆斯·高伊合著的《根深蒂固》,符家钦译,作家出版社1955年2月出版;艾伯特·马尔兹的《小兵希克斯》《排戏》和《莫里生案件》,均由叶芒翻译,收录于《马尔兹独幕剧选集》,作家出版社1956年7月出版;巴利·斯戴维思的《永远不死的人》,陈麟瑞译,中国戏剧出版社1957年4月出版;海尔曼的《彻骨寒风》,金易译,新文艺出版社1958年1月出版;杰克·格尔伯的《接头人》,石馥译,中国戏剧出版社1962年11月出版;威廉斯的《没有讲出来的话》,英若诚译,1963年刊载于《世界文学》第3期;威廉·基尔森的《两个打秋千的人》,馥芝根据俄文本转译,中国戏剧出版社1964年6月出版;詹姆士·鲍德温的《唱给查利先生听的布鲁斯》,穆恭译,1965年刊载于《外国戏剧资料》第4期。

在随后的十年中,包括美国戏剧在内的外国文学翻译在当时的社会大环境下几乎趋于停滞,进入了萧条期。1979年1月,中美两国正式建立外交关系,两国的文化交流日益频繁,美国戏剧的汉译工作也开始取得了较多的成果。大部分美国重要的剧作家和主要戏剧流派的剧作陆续被翻译成了中文,有的还被系列化译介。除了翻译大量优秀的美国剧作以外,我国的翻译家和文艺界人士还纷纷研究和论述美国剧作家及其创作风格,探讨美国戏剧对我国社会文化所产生的影响。

1979年至1999年,我国汉译美国戏剧的数量不断攀升,主要翻译了美国战后著名剧作家的戏剧,如密勒、威廉斯、阿尔比、谢泼德和奥古斯特·威尔逊等人的作品,这些译作还经常被各种外国戏剧作品选集收录,有的被选作大学外国文学教材的内容。值得一提的是,中国戏剧出版社于1992年出版了"外国当代剧作选"系列,其中第三、四册收录了威廉斯和密勒的代表剧作,深受广大戏剧爱好者和译者的欢迎。

进入21世纪后,中国对美国戏剧作品的汉译呈现出如火如荼的景象。一些著名的老剧作家的戏剧译作仍占据了绝对优势,也有一些美国新锐剧作家作品的汉译本问世,如戴维·奥本的《求证》、约翰·尚利的《怀疑》、苏珊·桑塔格的《床上的爱丽斯》、玛丽·齐默尔曼的《变形记》和黄哲伦的《蝴蝶君》等。

令人欣喜的是,随着美国戏剧汉译数量的逐年增加,加之越来越多的戏剧爱好者的追捧,中国学者对美国戏剧的整体性研究和个案研究也硕果累累,具有一定学术水准的研究专著相继出版,如汪义群的《当代美国戏剧》、郭继德的《美国戏剧史》、周维培的《现代美国戏剧史(1900—1950)》和《当代美国戏剧史(1950—1995)》等。这些高水平和高质量著作的出版发行使我国戏剧研究者和戏剧爱好者能更深入地了解美国戏剧在各个时期的发展历程,有力地推动了中国戏剧的创新发展。

第五节　英美戏剧汉译研究概况

戏剧文学作为一种特殊的艺术形式,无疑有着其独特的研究价值,然而,在当今中国,对戏剧文学研究的重视程度似乎还不够。中国著名戏剧家陈白尘先生在给博士学位论文《中国现代喜剧流派论》作序时说:"戏剧作为文学,它是所有文学中最难掌握的一种样式。但它在中国现代文学中处于无足轻重的陪衬地位……这是不公平的。"[①]

戏剧文学的地位尚且如此,戏剧翻译的研究情况就更是不容乐观。根据中国知网和万方数据资源系统等的查询统计,1904年至2020年底,全国期刊和高等院校发表了与"英国戏剧翻译""美国戏剧翻译"和"英美戏剧翻译"主题相关的论文共57篇,其中核心期刊论文仅19篇,博士学位论文7篇,硕士学位论文11篇。

目前,虽然国内外尚未有全面系统研究英美戏剧汉译史的专著出版,但相关研究在一些著作的章节和期刊论文中时有所见。这些论文和著作对英美戏剧翻译的研究主要涉及英美戏剧汉译史、英美戏剧译介、国内外学者的研究视角三个方面。

一、英美戏剧汉译史的研究

关于英美戏剧汉译史的研究散见于一些著作。主要有:郭延礼的《中国近代翻译文学概论》(1998),罗选民的《外国文学翻译在中国》(2003),王建开的《五四以来我国英美文学作品译介史(1919—1949)》(2003),孟昭毅、李载道的《中国翻译文学史》(2005),查明建、谢天振的《中国20世纪外国文学翻译史》(2007),孙致礼的《中国的英美文学翻译(1949—2008)》(2009),李宪瑜的《二十世纪中国翻译文学史——三四十年代·英法美卷》(2009)和宋韵声的《中英翻译文化交流史》(2017)等。但以上文献涉及英美戏剧汉译史的研究多是零散的,或是阶段式的,而且有的研究所提及的戏剧作品年份或史实不详。

① 陈白尘.《中国现代喜剧流派论》序.戏剧报,1988(6):3.

二、英美戏剧译介的研究

论述英美戏剧在中国的译介研究的文献主要有 Shouyi Fan 的 *Translation of English Fiction and Drama in Modern China：Social Context，Literary Trends，and Impact*（1999）、Wendi Chen 的 *The Reception of George Bernard Shaw in China，1918—1996*（2002）、Alexander Huang 的 *Chinese Shakespeares：Two Centuries of Cultural Exchange*（2009）、吾文泉的《跨文化对话与融会：当代美国戏剧在中国》（2005）、侯靖靖的《婆娑一世界，半掩两扇门——1949—1966 年间英美戏剧在中国的译介研究》（2008）、温年芳的《系统中的戏剧翻译——以 1977—2010 年英美戏剧汉译为例》（2012）、袁丽梅的《语境·译者·译文——王尔德作品在中国（1909—1949）译介新探》（2014）、黄晶的《高尔斯华绥戏剧中国百年传播之考察与分析》（2014）、张和龙的《英国现代戏剧在中国的研究：百年史述》（2014）、韩德星的《阿瑟·密勒在中国》（2014）、廖思湄的《郭沫若西方戏剧文学译介研究》（2015）、何辉斌的《新中国外国戏剧的翻译与研究》（2017）、鲁小艳的《直面戏剧在中国的接受（2004—2016）》（2017）、李言实的《永恒的等待：贝克特戏剧在中国》（2019）、高鲜花的《田纳西·威廉斯戏剧在中国的接受和影响（1963—2018）》（2019）和李小刚的《尤金·奥尼尔戏剧在现当代中国的接受和影响》（2020）等。但上述文献所涉及的有关英美戏剧在中国的译介研究主要集中于部分英美戏剧家或某个英美戏剧流派作品，或以某一时期或某个译者作为考察对象，尚未呈现英美戏剧汉译史的全貌。

三、国内外学者的研究视角

在国内外，目前英美戏剧汉译研究的一个显著特点是：或立足于重大事件描述，或注重译本的阶段性传播研究，前者如 Fan（1999）、孟昭毅和李载道（2005）、Huang（2009）、黄晶（2014）和张和龙（2014）等，后者如侯靖靖（2008）、温年芳（2012）、袁丽梅（2014）、何辉斌（2017）、鲁小艳（2017）、高鲜花（2019）和李小刚（2020）等。尤其是何辉斌（2017），他将英美戏剧汉译研究置于翻译现象学背景下，采取实证研究与理论描述相结合的方式，对英美戏剧在新中国成立以来 60 多年中的翻译和研究情况进行了分时段研究，不乏理论意义。

综观研究现状，学界对英美戏剧汉译史的研究，多出现在翻译史的个别章节，因此对这一问题的全面、系统研究还可以有所作为；学界对新中国成立以来的经典英美戏剧汉译研究较为深入，但对其他英美戏剧作品和戏剧流派，以及其他时期的英美戏剧汉译史研究还有很大的研究空间；目前的研究或注重英美戏剧汉译的重大事件描述，或关注译本的阶段性传播研究，但研究视角仍有一定局限。为此，从历时与共时研究的角度，用多维描述的方式，全面系统地梳理英美戏剧汉译的历史，总结英美戏剧汉译的丰硕成果仍大有可为。

第二章

英美戏剧汉译的发轫期(1904—1918)

英美戏剧的汉译肇始于20世纪初。这一时期,随着"西学东渐"的广泛深入,西方文化与文学思潮纷纷传入中国。在此背景下,中国的先进知识分子积极倡导"戏剧改良"等文学运动,戏剧等文学形式经历了翻天覆地的变化。翻译是宣传新文化、新思想的媒介,因此,中国的翻译界也顺应时代潮流,大量译介英美戏剧等外国文学作品。早期的英美戏剧汉译多采取意译和译述的方式,虽然这种译介难以反映原剧的本来面貌,但在当时具有较高的政治价值和一定的艺术价值。戏剧翻译不仅发挥了开启民智、改良社会风气的作用,而且改变了中国古老的戏剧传统,促进了传统戏剧向现代戏剧的演变。

第一节 清末民初英美戏剧译介的特征

在中国近代的英美文学翻译中,诗歌和小说翻译出现于19世纪70年代,戏剧翻译则出现于20世纪初。主要有两个原因:一是我国戏曲和话剧共生的状态是在20世纪初形成的。戏曲诞生于12世纪,在中国有着悠久的历史,话剧是20世纪初从西方引进的"舶来品"。在此之前,中国文人总体上对传统戏曲抱有信心,面对英美戏剧时多少带着"技不如我"的清高。二是英美戏剧不同的流派给翻译带来了形式上或内容上的难题。"古典派"与"浪漫派"的戏剧"多是歌剧,极不易译";"写实派"的戏剧"多用散文,而思想事实又至新式,为中国的旧脑筋所不能容"。①

直到1919年五四运动以后，英美戏剧才开始被大规模地译介到中国，并引起文艺界和评论界的广泛关注。20世纪初至五四运动以前，英美戏剧的汉译呈现出三大特点。

第一，英美戏剧翻译选材具有一定的经典性。这一时期被译介的英国戏剧共有19种，其中莎士比亚剧作有8种，王尔德剧作有5种，萧伯纳剧作有3种。被译介的美国戏剧只有5种，这也许与当时美国戏剧刚刚崛起，尚无重大影响有关。所涉及的剧作家中较为知名的有珀西瓦尔·怀尔德。怀尔德创作了大量独幕剧，他的剧作在美国小剧场运动中尤其受欢迎。除了上述名家的剧作，译者对原作的选择有时也比较随意，主要原因在于当时中国和英美两国的文学交流尚处于近代史上的初期阶段，国人对英美戏剧缺乏足够的了解。

第二，除个别剧作外，英美戏剧几乎都被翻译成小说的形式。②这一点从发表翻译戏剧的期刊就可以看出。《小说月报》是当时的主要刊物，共发表英美戏剧6种；另有5种发表在《小说大观》《小说时报》《七襄》和《春声》等刊物上。这些刊物都以刊登小说为主，出现了戏剧与小说形制同构的现象。③例如，在《小说月报》1915年第6卷中，乐水（洪深）对"欧美名剧"的译介和小说翻译类似，他按标题、作者、情节和剧旨的顺序进行译介，没有交代人物动作、布景和道具等信息。从价值取向来看，戏剧与小说都有追求趣味性和娱乐性的倾向。从文学地位来看，戏剧与小说在中国传统文学中往往被视为"小道"，被排斥在以诗为核心的"雅"文学系统之外，但在20世纪初因其具有通俗的特点而被视为开启民智的重要工具。从体裁特征来看，中国传统戏剧（即戏曲）重写意抒情，而翻译的英美戏剧则重写实叙事，与小说一样注重文学话语的叙事功能。由于当时国人对于话剧这种新的文学样式概念模糊，戏剧与小说形制同构成为中国戏剧由传统向现代过渡阶段的普遍现象。

---

① 郑振铎.现在的戏剧翻译界.戏剧，1921（2）：1.
② 只有发表于《青年杂志》（后改名为《新青年》）上的译作保留了戏剧形式。
③ 石晓岩.清末民初翻译新剧与戏剧转型——以《小说月报》（1910—1920）为例.暨南学报（哲学社会科学版），2012（8）：113.

第三,在新文化运动之前,[1]译者多采用意译或译述的方式,对原作进行大幅度增删、改写。有的增添了译者自己对原作的理解,有的只是翻译了原作的故事梗概,有的对原作的人名地名、习语典故等都做了中国化改写。这些"汉译"方式背后隐藏着时代、社会和文学接受等方面的深层动因。在中国近代史上,鸦片战争打破了中国闭关锁国的政治局面,也使中国的封建文化遭到了猛烈的冲击。中日甲午战争的失败更使中国陷入了深重的民族危机,把中华民族推向了生死存亡的关头。在这样的时代和社会背景下,中国近代的有识之士渴望唤醒国人的民族危亡意识,积极倡导学习各国先进的思想观念。作为开启民智的主要载体,英美戏剧等外国文学作品的译介也应运而生。英美戏剧译介的主要目的在于借鉴作品的思想意义,为资产阶级民主革命宣传服务。出于思想启蒙与政治宣传的需要,同时也因顾及国人的道德观念、审美情趣和欣赏习惯,大多数译者对原作的内容和结构均做了大量改动。

上述三大特点折射出20世纪初英美戏剧汉译的弱点和局限,但我们不能抹杀其成就和功绩。当时的翻译戏剧虽然未能完全呈现出原作的真实面貌,也较少注重原作的艺术水平,但在很大程度上改变了这个时期国人落后的思想观念,也发挥了一定的文学交流作用,尤其对中国现代戏剧的发展起到了先导作用。这个时期的英美戏剧汉译是在新旧交替的文化场中发生的,[2]它的弱点和局限,与其说是受到译者水平的影响,还不如说是受到时代背景的制约。无论功过,早期英美戏剧译者的开创之功是值得永远铭记的,他们的译作也在英美戏剧汉译史上开辟了一个新纪元。

第二节　清末民初莎士比亚剧作的译介与研究

莎士比亚是最早被译介到中国的英国剧作家。他是世界戏剧史上的泰斗,一生共创作了39部剧作。根据他的思想和艺术发展的脉络,他的戏剧创

---

[1] 新文化运动发端的标志是1915年陈独秀创办《青年杂志》。新文化运动期间的英美戏剧汉译多属于忠实于原著的直译。

[2] 郭延礼．中国近代翻译文学概论．武汉:湖北教育出版社,1997:42．

作大致可分为四个阶段。①第一阶段是早期抒情时期,莎士比亚将主要精力集中在学习当时舞台上流行的剧种上。这一时期,他创作了3部喜剧,即《爱的徒劳》《错误的喜剧》和《维洛那二绅士》,悲剧《泰特斯·安德洛尼克斯》,还有历史剧《亨利六世》(上中下篇)。

第二阶段是历史剧和喜剧时期。他的历史剧表现出鲜明的人文主义精神,如《理查三世》、《爱德华三世》、《理查二世》、《约翰王》、《亨利四世》(上、下篇)和《亨利五世》。他的喜剧思想内容丰富,充满了浪漫主义情调,如《驯悍记》《威尼斯商人》《仲夏夜之梦》《无事生非》《皆大欢喜》《温莎的风流娘儿们》和《第十二夜》。这一阶段,他还创作了悲剧《罗密欧与朱丽叶》,整部作品歌颂了人文主义的爱情和友谊,体现了明朗、浪漫的风格。

第三阶段是莎士比亚的悲剧时期。经过前两个阶段的准备,他的戏剧艺术在这个阶段达到了巅峰。代表作有四大悲剧:《奥赛罗》《麦克白》《李尔王》和《哈姆雷特》。其他悲剧还有《雅典的泰门》《裘力斯·恺撒》《安东尼和克莉奥佩特拉》和《科里奥拉努斯》。同一时期,他还创作了3部喜剧:《终成眷属》《一报还一报》和《特洛伊罗斯与克瑞西达》。这几部喜剧不再像第二阶段的喜剧那样表现出明快的风格,而是更多地揭露社会的阴暗面,这也许是莎士比亚在悲剧时期所创作的喜剧的主要特点。

第四阶段是传奇剧时期。莎士比亚完成了4部传奇剧——《泰尔亲王佩里克利斯》《辛白林》《冬天的故事》和《暴风雨》,以及历史剧《亨利八世》。这个时期的剧作在抨击社会现实的同时,又展现了宽恕和仁爱的精神。除了独作,莎士比亚还和年轻剧作家约翰·弗莱彻合作了一部关于骑士制度的戏,剧名是《两个高贵的亲戚》。莎士比亚对世界戏剧的发展产生了重大而深远的影响,他是一种"世界经典雏形的中心"②,而并非仅仅属于西方。

国人走近莎士比亚戏剧,最早是通过莎剧故事的文言译本,其中影响最大的是1904年商务印书馆出版的林纾、魏易合译的《吟边燕语》。《吟边燕语》的出版标志着英美戏剧的汉译进入了发轫期。

---

① 国内外莎学界对莎士比亚戏剧创作的分期尚存分歧,本书沿用《英国戏剧史》一书的划分方法。与其他划分模式相比,这种分期方式较为细致,能为我们研究莎士比亚的戏剧创作过程提供一个框架。详见:何其莘.英国戏剧史.南京:译林出版社,2008:68-71.

② 布鲁姆.西方正典:伟大作家和不朽作品.江宁康,译.南京:译林出版社,2011:48.

《吟边燕语》收录莎剧故事20篇，包括《铸情》（今译《罗密欧与朱丽叶》）、《驯悍》（今译《驯悍记》）、《攣误》（今译《错误的喜剧》）、《仇金》（今译《雅典的泰门》）、《神合》（今译《泰尔亲王佩里克利斯》）、《蛊征》（今译《麦克白》）、《仙狯》（今译《仲夏夜之梦》）、《医谐》（今译《终成眷属》）、《珠还》（今译《冬天的故事》）、《狱配》（今译《一报还一报》）、《情惑》（今译《维洛那二绅士》）、《鬼诏》（今译《哈姆雷特》）、《环证》（今译《辛白林》）、《肉券》（今译《威尼斯商人》）、《林集》（今译《皆大欢喜》）、《礼哄》（今译《无事生非》）、《女变》（今译《李尔王》）、《黑瞀》（今译《奥赛罗》）、《婚诡》（今译《第十二夜》）及《飓引》（今译《暴风雨》）。

这些篇名都充满了神怪色彩。林纾在序言中写道，莎士比亚是一位"好言神怪"的传奇作家，他的作品"直抗吾国之杜甫"。[①]林纾认为莎士比亚是传奇作家，从表面上看，他似乎是出于猎奇心态来翻译莎剧故事。但他又将莎士比亚与现实主义诗人杜甫相比，显然他敏锐又清醒地意识到了将莎士比亚看作传奇作家的现实意义。他在序言中开宗明义："欧人之倾我国也，必曰识见局，思想旧，泥古骇今，好言神怪。"[②]也就是说，欧洲人认为中国的落后衰败与思想守旧、"好言神怪"有直接关系，但当他在翻译莎士比亚作品的时候，却发现欧洲人并未因喜欢"好言神怪"而影响其社会发展。由此可见，欧洲人针对中国的言论与他们自身的实际情况出入极大，林纾对此颇有警觉，在他看来，国运的衰败与国人"好言神怪"的文学作品无关。林纾不仅意识到西方对此问题所持有的内外有别的价值标准，而且也质疑当时一些维新人士否定自身传统、盲目学习西方的倾向，表达了坚守文化传统、不盲从不媚外的态度。因此，林纾翻译莎氏故事集更多是出于政治动机与现实考量。

带着坚守自身文化传统的立场，林纾在翻译莎士比亚戏剧故事时进行了文化转译。文化转译本质上是"一种跨文化阐释式的翻译"[③]。在《吟边燕语》之《鬼诏》这个故事中，林纾是这样描写哈姆雷特的："盖太子挚孝之心，实根天性，长年黑衣，用志哀慕。"[④]哈姆雷特在林纾笔下成了"以孝行称于世"的太子。林纾在译文中引入孝道文化的做法，体现了他注重中国传统文化的思

---

① 兰姆.吟边燕语.林纾,魏易,译.北京:商务印书馆,1981:1.
② 兰姆.吟边燕语.林纾,魏易,译.北京:商务印书馆,1981:1.
③ 孙艳娜.论文明戏对莎士比亚的文化转译.国外文学,2019(1):20.
④ 兰姆.吟边燕语.林纾,魏易,译.北京:商务印书馆,1981:50.

想。通过文化转译，林纾在中国读者与莎剧故事之间架起了一座文化阐释的桥梁，为莎剧故事在中国文化语境中被顺利接受做出了积极的贡献。

1916年，林纾又与陈家麟合作，用文言文译述了以下莎士比亚戏剧：《雷差得纪》（今译《理查二世》）、《亨利第四纪》（今译《亨利四世》）和《凯彻遗事》（今译《裘利斯·恺撒》）。这3部译作分别发表于1916年的《小说月报》第7卷第1—6号。同年4月，《亨利第六遗事》（今译《亨利六世》）单行本由商务印书馆在上海出版，并被列入《说部丛书》。《亨利第六遗事》经贡少芹改译为言情侦探小说《盗花》，于1916年由上海文明书局出版。林纾翻译的另外一部莎剧是《亨利第五纪》（今译《亨利五世》），这部译作在他去世后，于1925年发表于《小说世界》第12卷第9—10号。虽然林纾等人以小说的形式翻译莎剧，且只保留了原剧的故事梗概，但在当时，他们译述的这些莎剧故事对于莎士比亚在中国的传播具有开创之功。

第一部保留莎剧原作形式、内容较为完整的中译本是美国女传教士亮乐月的《剜肉记》（今译《威尼斯商人》）。该译本共五幕一节（现译为"场"），自1914年9月起，连载于《女铎》月刊的《小说》栏目中，到1915年11月全部刊登完毕。《剜肉记》在叙事结构上与莎士比亚原剧基本保持一致，但在内容上做了删减和调整，省略了夏洛克女儿杰西卡和罗兰佐相恋的情节，并按照中国文学的叙事传统，对原剧人物的出场安排做了较多调整。与林纾的莎剧文言译本相比，《剜肉记》采用了通俗易懂的白话文，能够较好地为舞台表演服务。该译本还体现了晚清小说翻译的特点，如对剧中人物进行了"中国化"改编，这种翻译方式有利于中国读者接受文本所传达的信息。尤为特别的是，该译本充满了宗教色彩。作为女传教士，亮乐月在译本中着力宣扬女学和基督教思想。这一点恰好符合《女铎》的办刊宗旨，也适合该刊物的读者群，即教会学堂里的女学生。但因《女铎》的读者群有限以及译者作为传教士的特殊身份，《剜肉记》不仅在当时的中国没有产生很大的影响，而且被莎剧研究者忽略长达近百年。①

莎剧的汉译为其演出提供了素材，莎剧表演又丰富了原剧的内涵，提高了莎士比亚在中国的认知度。莎士比亚戏剧是较早搬演于中国舞台，并且是20世纪初上演最多的外国戏剧之一。莎剧在中国的第一次演出是在1902年，

---

① 王海瑛.清末民初翻译话剧略考（1907—1917）.新文学史料，2019（3）：134.

上海圣约翰大学的毕业生用英语表演了《威尼斯商人》。这部莎剧后由包天笑翻译为《女律师》,1911年发表在上海城东女子中学编印的年刊《女学生》第2期上,并于1913年在该校上演了这一版本。这是中国首次用中文演出的莎剧。1914年,郑正秋等将《吟边燕语》中的莎剧故事改编成文明戏,后收录在他主编的《新剧考证百出》(1919年中华图书集成公司出版)一书中,并在舞台上多次上演。首次登上文明戏舞台的莎剧是新民社的《女律师》,于1914年4月5日在上海石路天仙茶园故址上演。据《申报》统计,截至1918年,该剧演出场次达到了53次,是文明戏剧社演出最多的一部莎剧。[①]其他受欢迎的演出剧目有《窃国贼》(今译《哈姆雷特》)、《杀泼》(今译《驯悍记》)、《狱配》(今译《一报还一报》)、《春梦》(今译《奥赛罗》)、《医谐》(今译《皆大欢喜》)和《冤乎》(今译《无事生非》)等。根据《吟边燕语》改编的文明戏版莎剧在1914—1918年共演出108场次,达到了莎剧在中国的第一个演出高峰期,其时间正好与文明戏的全盛时期重合。[②]在文明戏舞台上,莎剧特有的浪漫传奇色彩得到了充分的渲染,莎剧故事中有关社会教化功能的元素得到了进一步的凸显。这些演出使中国市民阶层开始接触莎翁经典剧作,扩大了莎士比亚戏剧在中国的影响力。

　　这一时期还出现了关于莎士比亚戏剧的较为零散的研究。中国最早的莎剧评论始于汪笑侬的《题〈英国诗人吟边燕语〉廿首》,1905年刊载于《大陆》第3卷第1期上。[③]整篇评论用20首七言绝句写成,对林纾、魏易合译的莎剧故事进行逐一品评。汪笑侬既当过演员,又是剧作家,有着与莎士比亚相似的经历,他在吟咏之间对莎剧的意蕴做出了恰当的阐释。

　　1907年,国学大师王国维的《莎士比传》发表于《教育世界》第159号上。这篇文章详细地介绍了莎士比亚的生平、创作阶段及莎剧的文学与艺术价值,并在文后列出了莎士比亚的创作年表,表中对林纾翻译的莎剧故事一一进行了较为翔实的标注。王国维纠正了林纾等人把莎剧理解为"小说"的错讹,这对时人了解戏剧这种文学体裁起到了重要作用。王国维在介绍莎士比

①　曹新宇,顾兼美.论清末民初时期莎士比亚戏剧译介与文明戏演出之互动关系.戏剧艺术,2016(2):44.
②　濑户宏.试论文明戏历史分期和它在中国戏剧史上的地位//董健,荣广润.中国戏剧:从传统到现代.北京:中华书局,2006:285.
③　阮珅.中国最早的莎评.武汉大学学报,1989(2):129.

亚的同时还对莎剧的主要特点、创作技巧以及相关的美学思想进行了评价。他认为莎士比亚是"第二之自然"和"第二之造物"的创作者,指出莎士比亚的著作"一面与世相接,一面超然世外","皆描写客观之自然与客观之人间",并注意到莎士比亚的语言"犹如江海,愈求之,愈觉深广"。①王国维从内容与形式,"自然"与"人间"等戏剧审美角度,认识到了莎士比亚剧作的经典价值。他的这篇《莎士比传》被称为"得风气之先的重要莎研文章"②,标志着中国学界开始从学术层面探讨莎士比亚及其剧作,为深入研究莎士比亚、汉译莎士比亚戏剧奠定了基础。

1917—1918年,著名文艺批评家朱东润在《太平洋》杂志第1卷第5—6、8—9号上连续发表了4篇《莎氏乐府谈》。全文两万余言,文笔简练,论述独到,不仅对莎士比亚及其戏剧创作的方方面面做了详尽的介绍,而且将莎士比亚及其著作与中国文学名家名作进行了比较。第1篇介绍了莎士比亚的生平创作、成就与影响,莎士比亚著作权问题,以及莎士比亚时代的剧场演出情况,特别强调了莎士比亚戏剧在人物塑造方面的成就,最后比较了莎士比亚与李白的不同特点,认为"李氏诗歌全为自己写照,莎氏剧本则为剧中人物写照"③。第2篇介绍了《吟边燕语》,并将林纾和魏易所译的莎剧故事篇名与莎剧原著题目进行了对照,之后重点分析了《裘力斯·凯撒》中安东尼的性格特征,最后高度评价了莎士比亚戏剧的语言艺术。第3篇继续分析《裘力斯·凯撒》中的布鲁多这个人物。第4篇论述了《铸情记》(今译《罗密欧与朱丽叶》),并将之与《孔雀东南飞》相比较。在这4篇里程碑式的莎评中,作者通过文本细读,从中西文学比较视角,探寻了跨文化翻译的接受规律。《莎氏乐府谈》在中国莎学史上具有重要的学术价值和开拓性意义。

第三节　清末民初王尔德剧作的译介

王尔德是19世纪末英国著名的唯美主义作家。他对英国戏剧的主要贡献是创作了4部社会喜剧,包括他的成名作《温德米尔夫人的扇子》、他最有影

---

① 王国维. 莎士比传//姚淦铭,王燕. 王国维文集. 第3卷. 北京:中国文史出版社,1997:394,397.
② 李伟民. 文以纪传,曲以吊古——王国维的《莎士比传》. 外语研究,2013(6):89.
③ 转引自:孟宪强. 中国莎学简史. 长春:东北师范大学出版社,1994:227.

响的喜剧《认真的重要性》,以及《理想丈夫》和《一个无足轻重的女人》。这些喜剧以英国上流社会生活为题材,讽刺和批判了英国贵族阶层的婚恋观、家庭观和社会观。此外,他还创作了以下5部剧作:《维拉,或称虚无主义者》《帕多瓦公爵夫人》《佛罗伦萨的悲剧》《圣妓或珠光宝气的女人》和《莎乐美》。最后两部剧作用法语写成,其中,《莎乐美》是他的唯美主义代表作。

　　20世纪初的中国掀起了一股翻译王尔德剧作的热潮。王尔德剧作的汉译,首先是为了顺应社会变革的情势。在新文化运动爆发之后,中国知识界的有识之士积极倡导翻译英美戏剧等外国文学名著,当时久负盛名的英国剧作家王尔德自然而然地进入了他们的视野。他因颠覆传统、反叛现实而成为那个时代中国知识分子反封建、反传统的力量源泉。在他们眼中,王尔德纯粹的唯美主义追求具有改良人生的积极意义,在慰藉心灵和摆脱现实上能发挥奇效。[①]他们有意识地翻译王尔德的作品并试图挖掘其蕴含的反封建意义,使之成为启迪民众、改造文化的思想资源。可以说,在启蒙时代的中国,王尔德的唯美主义被赋予了一种新的现实主义色彩,它同样急切地关注社会问题。这种转变使得唯美主义不再局限于艺术的象牙塔,而是成为了推动中国社会变革的有力工具。[②]对王尔德剧作的汉译,其次是因为契合当时文学观念的变化。王尔德在当时的中国被诠释为反传统的新文学代表。在传统社会中,戏剧被视为一种宣扬封建伦理道德的教育手段。这种传统观念,在新文化运动摧枯拉朽的磅礴之势下,开始遭到文艺界的质疑。近代中国的文艺先锋们高举"为艺术而艺术"的旗帜,大声呼吁艺术的独立,呼唤美的回归。这在客观上有力地反驳了"文以载道"和"高台教化"的封建文学观念。正是由于王尔德具有反抗传统、弘扬新声的精神,他的作品才在新旧文化交替时期的中国得到了广泛译介。

　　作为新文化运动的先锋阵地,《新青年》(第1卷原名《青年杂志》)拉开了王尔德及其剧作译介的序幕。1915年11月15日,《青年杂志》第1卷第3号把王尔德的画像作为封面人物,所刊的陈独秀《现代欧洲文艺史谭》一文将王尔德称为"近代四大代表作家"之一。1917年2月号的《新青年》发表了陈独秀的《文学革命论》,该文热情地呼唤"有自负为中国之王尔德者"的诞生。

---

① 王烨,姚芮玲.王尔德"唯美主义"文艺观与初期革命文学运动.现代中文学刊,2016(5):34.
② 宋达.翻译的魅力:王尔德何以成为汉译的杰出文学家.中国文学研究,2010(2):102.

王尔德剧作最早的汉译本是薛琪瑛的《意中人》，自1915年10月起在《青年杂志》第1卷第2—4、6号和《新青年》第2卷第2号上连载。1916年，《新青年》第2卷第1、3号又连载了陈嘏翻译的王尔德的《弗罗连斯》。这两部剧作是《新青年》最早两卷中唯一译介的外国戏剧，由此可见《新青年》杂志对王尔德的重视。此后，《新青年》第5卷第6号和第6卷第1、3号刊载了沈性仁翻译的《遗扇记》。

这些译者大多有留学或专门学习英语的经历，英语水平普遍较高。他们把王尔德戏剧作为汉译的首选剧作，这说明他们不仅十分关注时代潮流和社会现实，而且也有敏锐和明智的文学眼光。更为特别的是，他们中出现了两位女性译者：薛琪瑛和沈性仁。王尔德戏剧常涉及爱情、婚姻、家庭等主题，剧中的女性人物大多反叛世俗，追求自由和人格独立，争取男女平等，这些恰好符合新文化运动时期的思想需求。两位女性译者以她们独特的女性视角，解读和阐释王尔德的剧作，借此传播新思想。与林纾的戏剧翻译相比，《新青年》上的戏剧翻译有了新的译法。林纾采取意译或译述的方式，对原剧做了较大的改动，而《新青年》的译者则基本采用了忠实于原剧的直译。另一点区别在于译作语言：林纾用文言文进行翻译，上述译者则使用白话文。薛琪瑛的《意中人》几乎是最早用白话文翻译的剧本。她以英汉对照的形式，将剧中人物对白、每幕的布景等都严格按照原文逐句翻译，比较完整、准确地传达了原剧的意蕴和风格。《新青年》的译介活动迅速提升了王尔德在新文学作家中的知名度，为20世纪20年代王尔德戏剧的译介高潮做了必要的铺垫。

第四节　早期英美戏剧汉译对中国戏剧的影响

19世纪末，甲午战争和戊戌变法相继失败后，一大批爱国志士为挽救民族危亡，积极向西方学习先进文化。他们通过翻译介绍西方文化，期望达到唤醒民众觉悟、鼓舞爱国热情的目的。在外国近代文学强烈的冲击下，因不满传统文学落后于时代、脱离民众的现状，他们发动了文界革命、诗界革命和小说界革命。当时的小说其实涵盖了戏剧，戏剧改良的主张最初也被包含在小说界革命的主张里。1902年，梁启超等维新派人士注意到戏剧具有启智新民、改良群治等社会功用，便将它直接纳入为现实政治服务的范畴。

然而,清末传统戏剧开始出现颓势并逐渐走向衰落,在总体上难以担负起启蒙新智、救亡图存的历史重任。当时的改良人士对传统戏剧表现出深切的危机意识与紧迫的变革意识,[①]一场以"戏剧改良"为口号的戏剧自救运动由此应运而生,并得到蓬勃发展。中国近代戏剧改良运动的发生和发展既有古老中国社会迈向新生的不可逆转的内在原因,[②]在特定历史条件下,又与英美等西方国家戏剧的触发性影响有密切关系。这一时期英美戏剧汉译对中国戏剧产生的影响主要表现在三个方面。

一是使中国戏剧从文坛边缘位置迅速走向中心。与诗文相比,中国戏剧在传统文类中因通常被视为"末技"或"小道"而处于文坛正统地位之外。在启蒙、救国的时代背景下,这种轻视戏剧文学的传统观念遭到了清末民初知识分子的激烈批判。凭借"导化群氓"的社会教化功能,戏剧逐渐进入"启蒙新智"的视野,并受到空前的重视。时人开始重新审视传统的戏剧文学观念。

随着戏剧改良运动的发展,一些先进的文学家、思想家和政治家把英美戏剧等外国戏剧推向了文坛中心的位置。正如陈独秀在《现代欧洲文艺史谭》一文中所言:"现代欧洲文坛第一推重者,厥唯剧本,诗与小说退居第二流。"[③]梁启超等人则欲借英美戏剧等外国戏剧之力,把戏剧的作用提升到变革社会"为功最高"的程度。[④]他们把对英美戏剧的关注重点放在其思想意义与社会功用上,呼吁传统戏剧应像英美戏剧一样,担负起振奋民族精神之大任。虽然早期英美戏剧汉译活动过分注重戏剧的思想内容而相对忽视其艺术特征,但它终究改变了中国传统文学观念,打破了文学系统原有的中心—边缘格局,使中国戏剧跃居中国文坛的主流地位。

二是为革新中国传统戏剧提供了范本。戏曲是中国传统戏剧,有着悠久的发展历史。戏曲成形于宋元时期,在元代进入繁盛期,明清时继续繁荣,但清末开始日渐衰落。清末戏曲衰落的原因主要有两个:题材内容的陈旧和表现形式的僵化。戏曲多以弘扬忠孝节义为主题,题材往往改编自历史,与现实生活相去甚远。写意化、歌舞化和程式化的表现手法,文言化的语言体式

---

① 张福海. 中国近代戏剧改良运动研究(1902—1919). 上海:上海古籍出版社,2005:7.
② 袁国兴. 晚清戏剧变革与外来影响——兼谈近代戏剧变革模式的演变和早期话剧与改良戏曲的关系. 文艺研究,2002(3):106.
③ 陈独秀. 现代欧洲文艺史谭. 青年杂志,1915(3—4):3.
④ 梁启超. 译印政治小说序. 清议报,1898(1):54.

都使戏曲对现实生活的表现力受到了限制。

为弥补戏曲在内容和形式上的匮乏,汉译英美戏剧成为输入新质的重要途径之一。戏曲改良人士主张参照英美戏剧典范编演新戏,内容上从传统的伦理教化转向关注时代与社会问题,体现强烈的国家民族意识。晚清以降,随昆曲一度式微的传奇、杂剧等古典戏曲在1910—1912年再次兴盛,不仅题材广泛、视野开阔,而且内容密切联系现实。[①]京剧等地方戏曲或编演现实生活题材的新戏,或借鉴英美戏剧的艺术表现手法,包括说白、服装、道具、灯光等方面。英美戏剧的写实化倾向也在当时被视为戏曲革新的重要参照方面。正是由于英美戏剧为"戏剧改良"提供了范本,中国传统戏剧才在内容和形式上呈现出一派新气象。

三是为建立中国现代戏剧文体规范奠定了基础。中国现代戏剧的主要形式是话剧,它是在引进西方戏剧基础上发展起来的一种戏剧形式。早期话剧仍带有戏曲的某些艺术特征,被称为"文明新戏"。1919年五四运动以后的话剧被称为"新剧",直到1928年,"话剧"这个名称才被正式确立并沿用至今。戏剧改良运动为实现中国戏剧文体从戏曲到话剧的转变开辟了一条正确的路径。晚清戏剧改良人士起初是想从戏曲传统里蜕变出新事物,结果未能成功,于是便开始取法英美戏剧等西方戏剧来改造戏曲。有人推崇莎士比亚的悲剧,主张中国戏剧"必以悲剧为之";有人主张"采用西法",在剧中增加演说成分。[②]这些主张把戏剧改良的视线从传统戏剧引向西方戏剧,为中国现代戏剧文体规范的确立指明了方向。

在戊戌变法失败后的几年时间里,汪笑侬等戏剧改良人士重点改革了戏剧表演的传统规范。他们模仿西方话剧的形式,采用以说白为主的叙述方式和生活化的舞台布景,要求演员演出时身着时装或西服。这些改革昭示了话剧将成为中国现代戏剧的主要形式。到了新文化运动时期,多种风格、流派的西方戏剧都被译介到中国。这种引进的多元格局带来了完全不同于传统戏曲的戏剧观念和审美标准,对于中国现代戏剧文体规范的确立有着重大的意义。当时的戏剧译作,尽管还没有完全脱离戏曲的体式,但已体现出话剧的文体特征。在结构模式上,已打破戏曲的形式规范,突出剧中人物之间的

---

① 石晓岩.清末民初翻译新剧与戏剧转型——以《小说月报》(1910—1920)为例.暨南学报(哲学社会科学版),2012(8):111.

② 施旭升."新潮演剧":中国戏剧现代化的逻辑起点.广东社会科学,2010(4):131.

矛盾冲突；在叙事方式上，已废除程式化的动作和歌唱，并将其全部改为对话；在语言体式上，则日趋口语化。①

可以说，如果没有翻译戏剧的启迪，戏剧改良运动不会那样迅速崛起，也不会以现有的那种方式崛起。近代翻译戏剧不仅为国人开辟了一片新的艺术天地，还开创了中国戏剧的现代化空间，奠定了中国现代戏剧的基本雏形。

---

① 施旭升．"新潮演剧"：中国戏剧现代化的逻辑起点．广东社会科学，2010(4)：132.

第三章

英美戏剧汉译的发展期(1919—1936)

　　1919年五四运动前后,由于思想启蒙和新文学发展的迫切需求,中国迎来了现代戏剧史上的"第一度西潮"①。外国戏剧汉译蔚然成风,涉及的英国剧作家主要有莎士比亚、王尔德、萧伯纳和高尔斯华绥。20世纪20年代,为了建设新生的中国现代话剧,中国兴起了一场"爱美剧"运动②。"爱美剧"运动的产生和发展,实际上受到了欧美小剧场运动的影响,其中美国小剧场运动的影响尤大。③美国小剧场运动的领军人物是奥尼尔,他的剧作于20世纪二三十年代进入中国文坛,并登上中国戏剧舞台。这些英美剧作家带来了不同于中国传统戏剧的思想观念和表现形式。

第一节　五四以降英美戏剧译介的特征

　　英美文学译介在五四以后呈现出继承和批判的特点,一面持续扩展已形成的引入态势,一面对此前存在的问题进行讨论和反思。④这一特点也同样体现在英美戏剧译介活动中。随着英美戏剧作品的大量引入,戏剧翻译在文

---

① 马森.中国现代戏剧的两度西潮.台北:联合文学出版社,2006:19.
② "爱美"是Amateur一词的音译,"爱美剧"指业余演剧。"爱美剧"运动抵制戏剧商业化,提倡对戏剧艺术的探索,是中国戏剧从文明戏发展到现代话剧的桥梁。
③ 吕周聚.论中国现代戏剧与美国小剧场运动的渊源.广东社会科学,2020(1):177.
④ 王建开.五四以来我国英美文学作品译介史(1919—1949).上海:上海外语教育出版社,2003:28.

学多元系统中逐步从边缘走向中心。[1]这一时期的英美戏剧汉译活动与1919年以前相比,呈现出不同的特点。

首先是译者身份的变化。1919年以前,英美戏剧译者有文学家(如林纾、刘半农)、翻译家(如薛琪瑛、沈性仁)、小说家(如包天笑、贡少芹),还有报人(如陈景韩、叶楚伧),而在1919—1936年,英美戏剧译者群体的构成更加多元化。不仅有文学家(如茅盾、郭沫若)、翻译家(如潘家洵、曹未风)、散文家(如梁实秋、钱歌川)、诗人(如孙大雨、徐志摩),还有剧作家(如田汉、洪深、顾仲彝、陈大悲、曹禺)等。其中,剧作家译者的登场使英美戏剧译本的舞台性得到了高度重视。

其次是译介观念的转变。在五四运动的时代浪潮中,中国文坛主张彻底打破旧文学的接受传统,发展用以变革社会的新文学。受到新文学思潮的冲击,传统的译介观念遭到消解,新的译介观开始形成,并很快成为主导。新的译介观是一种"现代译介观",它强调译作不是满足读者或观众的个人需求或喜好,而是调动他们参与社会进步的进程。[2]反映在翻译选材上,1919年以前的英美戏剧译本以历史剧为主,与现实生活距离较远。在这之后,学界更注重引入贴近现实的作品。那些深刻揭露社会问题、具有社会批判力量的现实主义剧作日益受到译者的青睐。正如一篇评论文章中所写的:"高尔士委士(高尔斯华绥)的戏剧文学比小说更有名;因为他是一个热心研究社会问题的人,……文字里深深含着愤世嫉俗,要想救济的呼声;所以有极强的力量足以感人。"[3]这段话语凸显了戏剧服务社会、拯救社会的功用。突出剧本的现实意义正是当时的译者所考虑的。

最后是翻译策略意识的形成。早期英美戏剧译者通常是在"直觉指引下"进行翻译的。[4]译者缺乏忠实于原著的自觉意识,多采用意译或译述的方式,对原著进行大幅度的增删、改写。把戏剧译成小说的形式、著译混淆的状态在当时的译本中极其常见。这是因为,一方面早期译者自身对英美戏剧文

① Even-Zohar, I. The Position of Translated Literature within the Literary Polysystem. *Poetics Today*, 1990 (1): 45-51.

② 王建开. 五四以来我国英美文学作品译介史(1919—1949). 上海:上海外语教育出版社, 2003:41.

③ 王靖. 高尔士委士的短篇小说"觉悟"的评赏. 文学旬刊,1921(14):2.

④ 曹新宇,李维. 论"五四"时期戏剧翻译的策略及其对中国话剧发展产生的意义. 外语与外语教学,2014(4):69.

体的认识还较为模糊,翻译过程中不可避免地受到小说文体的影响;另一方面,他们也需要考虑当时读者的接受能力和欣赏习惯。新文化运动之后,译者忠实于原文的意识逐渐加强,直译的剧本开始增多。为了尽可能忠实地传递原著的内容和形式,一些期刊(如《新青年》)在刊载翻译剧本时甚至采用中英对照的形式,将原文和译文分栏呈现。直译取代意译和译述成为主流的翻译策略,为中国话剧这种新文体的创建提供了范本。然而,直译剧本的语言往往存在欧化倾向,这对翻译剧本的舞台演出构成了新的障碍。20世纪二三十年代,考虑到剧本的上演性,译者多将原剧的人物、地点、情节等进行中国化改译,以消除观众的理解障碍,培养稳固的话剧观众群。

第二节 五四以降莎士比亚剧作的译介与研究

在英美戏剧汉译的发轫期,林纾等人用文言文翻译了莎士比亚的部分历史剧和个别喜剧(如《威尼斯商人》),但几乎很少保留原剧的形式,内容也大多不够完整。到了五四时期,莎士比亚戏剧的翻译得到较快发展,并呈现出多元的态势。中国不仅有了忠实于原著的完整的莎剧白话译本,还出现了散文体或诗体形式的莎剧译本。译者队伍也不断壮大,据不完全统计,该时期的莎剧译者达到了近20人。

田汉最早尝试按照完整剧本形式用白话文翻译莎剧。1921年,田汉将日文版《哈孟雷特》转译成中文白话版,发表于《少年中国》第2卷第12期。该译本后作为"莎翁杰作集"第1种被编入"少年中国学会丛书",于1922年11月由中华书局在上海出版。该译本卷首有"译叙",书末附"莎翁剧诗目录"。1923年,他从日文转译的《罗蜜欧与朱丽叶》,连载于《少年中国》第4卷第1—5期。该译本的单行本作为"少年中国学会丛书"中的"莎翁杰作集"第6种,于1924年由上海中华书局出版,到1937年2月已6次再版。田汉对这两部剧作的汉译可谓尽心、尽力、尽情。[1]他的《哈孟雷特》充分再现了原剧中忧郁悲愤的气氛,优美地展现了莎剧诗情洋溢的语言特色。他所译的《罗蜜欧与朱丽叶》,语言自然流畅,字里行间透露出当时这位青年剧作家的才华。田汉对经典莎剧的翻译为他的戏剧创作注入了大量养分,也对他戏剧观念的形成产生了重

---

[1] 王林,杨国良.论田汉早期的外国文学接受与译介.中国比较文学,2003(2):134.

要影响。虽然他的译本并不至善至美,但他对莎士比亚戏剧翻译做出了开拓性贡献。

　　继田汉之后,至抗日战争全面爆发前,出版印行的莎剧汉译本还有如下这些:邵挺的《天仇记》(今译《哈姆雷特》,1924)、邵挺和许绍珊合译的《罗马大将该撒》(今译《裘力斯·凯撒》,1925)、林纾遗译《亨利第五纪》(今译《亨利五世》,1925)、张采真的《如愿》(今译《皆大欢喜》,1927)、邓以蛰的《若邈玖娴新弹词》(今译《罗密欧与朱丽叶》,1928)、缪览辉的《恋爱神圣》(今译《温莎的风流娘儿们》,1929)、顾仲彝的《威尼斯商人》(1930)、张文亮的《墨克白丝与墨夫人》(今译《麦克白》,1930)、戴望舒的《麦克倍斯》(今译《麦克白》,1930)、彭兆良的《第十二夜》(1930)、曹未风的《该撒大将》(今译《裘力斯·恺撒》,1935)、梁实秋的《如愿》《马克白》《奥赛罗》《李尔王》《威尼斯商人》《丹麦王子哈姆雷特之悲剧》(1936)。这些译本共涉及11种莎剧。其中,顾仲彝所译的《威尼斯商人》于1930年5月由上海戏剧协社在中央大会堂上演。这次演出标志着莎剧以现代话剧的形式正式登上中国戏剧舞台。这一时期,梁实秋所翻译并出版的莎剧最多。他的莎剧译本都有译序,介绍所译莎剧的故事来源、版本、舞台历史及意义,有助于读者更好地了解和欣赏莎士比亚戏剧。

　　除了莎剧中文单行本外,还有一些发表在期刊上的莎剧译作,其中绝大多数为节译。1928年,石民翻译的《裘力斯·凯撒》(第3幕第2场)发于《语丝》第4卷第43期。1929年,朱维基翻译的《乌赛罗》(今译《奥赛罗》,第1—2幕)连载于《金屋月刊》第1卷第6—7期。1931年,孙大雨节译的《译 King Lear》(今译《李尔王》,第3幕第2场)刊载于《诗刊》第2期;该刊第3期又刊登了他翻译的《罕姆莱德》(今译《哈姆雷特》,第3幕第4场)。1932年,徐志摩遗译的《罗米欧与朱丽叶》(第2幕第2场)发表于《诗刊》第4期。1935年,高昌南翻译的《朱理亚·恺撒》(第1—2幕)在《文艺月刊》第7卷第2—3期上连载;该刊第7卷第6期又刊登了他翻译的《暴风雨》(第1幕第2场)。

　　上述莎剧汉译本多为散文体,也有少数几种是用诗体翻译的。莎剧是诗剧与戏剧诗相结合的"浑然一体的文艺作品"[1]。用诗体翻译莎剧,意在强调诗与剧的完美结合。诗译莎剧的代表译者有邓以蛰、朱维基、孙大雨、徐志摩、曹未风等。他们中有的将莎士比亚戏剧翻译成了白话诗,还有的将其翻

---

① 孙大雨.莎译琐谈//孙近仁.孙大雨诗文集.石家庄:河北教育出版社,1996:259.

译成了五言诗。他们共同开创了用诗体汉译莎剧的先河，为后来的莎剧诗体译者（如曹禺、卞之琳、方平等）提供了启迪与借鉴。他们的诗体莎剧译作丰富了中国新剧的内容和形式，为中国新剧的发展和成熟做出了贡献。

这一时期，国内还出现了关于莎士比亚戏剧的多元评介与研究。20世纪20年代比较重要的莎评与研究成果主要有以下3种。1923年，《语丝》第115期发表了张采真的《莎翁的 *As You Like It*》，该文是对莎士比亚喜剧《皆大欢喜》的评介。1929年，田汉翻译的《莎士比亚剧演出之变迁》刊载于《南国月刊》第1卷第3期。该文的原文是由日本学者中村（Nakamura）写的一篇剧论，主要评介了300多年间莎剧舞台演出的历史和经验。田汉将之翻译成中文，使国人对莎士比亚的剧本文学和舞台艺术有了更深入细致的了解。同年，商务印书馆出版了周越然的著作《莎士比亚》，这是中国第1部莎士比亚研究专著。全书共7章，其中第2章题为《莎氏剧本述要》，较为全面地介绍和评论了莎士比亚剧作。周越然在写作过程中参考了多种原版的莎学研究书目，这些书目为研究莎士比亚及其剧作提供了宝贵的资料和线索。

20世纪30年代，在莎剧评论中占有重要地位的是茅盾。他的莎评着重强调了莎士比亚剧作的现实意义及其在揭示人性方面的价值。1930年，他在《西洋文学通论》中这样描写哈姆雷特："他永久厌倦这世界，但又永久恋着不舍得死；他以个人为本位，但是他对自己也是怀疑的；他永久想履行应尽的本分，却又永久没有勇气，于是又在永久的自己谴责。"[1]这是茅盾第一次从人性角度阐述了哈姆雷特性格上的内在矛盾。1934年，他发表了一篇重要的译介文章《莎士比亚与现实主义》。该文转述了苏联莎评家狄纳摩夫的论文《再多些莎士比亚主义》中的部分内容，第一次向中国读者介绍了马克思、恩格斯认为莎士比亚是伟大的现实主义者的观点，并阐释了"莎士比亚化"这个重大命题。1935年，他在《莎士比亚的〈哈孟雷特〉》一文里提出，莎士比亚剧作之所以久负盛名，"其实则因他广泛地而且深刻地研究了这社会转形期的人的性格"[2]。他继而指出，莎剧的不朽价值在于对复杂人性的典型描写。茅盾的莎评提升了莎士比亚戏剧的伟大地位，为中国的莎学研究提供了马克思主义美学的基本观点。

---

① 茅盾.西洋文学通论//茅盾全集.第29卷.合肥:黄山书社,2012:283.
② 茅盾.西洋文学通论//茅盾全集.第30卷.合肥:黄山书社,2012:345.

也有一些学者通过翻译苏联莎评家和戏剧家的论文引入马克思主义莎评。1934—1936年,《译文》杂志以相当多的篇幅刊载了苏联莎评译文。较有代表性的有魏猛克翻译的狄纳莫夫的《学习莎士比亚》(1935年第2卷第5期)、克夫翻译的麦耀尔斯基和柴米尔诺夫合写的《论莎士比亚及其遗产》与《莎士比亚的故乡》(1936年新1卷第4期),以及杨晦翻译的涅尔基纳的《在〈资本论〉里的莎士比亚》(1936年新1卷第6期)。1936年,《北调》第3卷第1期刊载了树华翻译的尤曹夫斯基的《关于莎士比亚的〈李尔王〉》。这些论文从不同角度阐释了莎士比亚戏剧的现实意义,以及马克思、恩格斯对莎士比亚及其作品的重要论述。

与此同时,以梁实秋为代表的一些学者把西方各个流派的莎评译介到中国。梁实秋是20世纪30年代译介和撰写莎剧评论最多的学者。他先后发表了10余篇莎评,重点介绍了莎士比亚最具代表性的几部作品,如《麦克白》《哈姆雷特》《威尼斯商人》等。他还对莎士比亚戏剧的内容、剧场和观众,以及西方学者的观点做了述评。在他的莎评中,较为重要的有:《哈姆雷特问题之研究》(1933)、《〈马克白〉的历史》(1933)、《"哈姆雷特"问题》(1934)等。其中,《哈姆雷特问题之研究》一文站在国际莎学研究史的高度,梳理了西方关于哈姆雷特问题的脉络和代表性观点,体现了梁实秋在莎剧研究中所具有的敏锐的问题意识和执着的探索精神。①

20世纪30年代还有两位在莎剧研究中做出重要贡献的学者。一位是张沅长,他于1933年在《国立武汉大学文哲季刊》第2期上发表了论文《莎学》。该文主要研究了莎剧的版本、著作权等方面的问题,第一次在国内提出"莎学"概念,并将之与"红学"相提并论。另一位学者是袁昌英,她于1935年在《国立武汉大学文哲季刊》第2期上发表了一篇重要论文《沙斯比亚的幽默》。该文选取了莎士比亚的3部喜剧(《仲夏夜之梦》《无事生非》《皆大欢喜》)、1部悲剧(《罗密欧与朱丽叶》)和1部历史剧(《亨利四世》),研究了幽默在这些剧作中的不同表现及其产生的艺术效果。

莎士比亚戏剧的多元译介与研究在当时具有重要意义。多种形式的莎剧译本为中国现代话剧的创作提供了参照,对中国现代话剧的发展产生了多方面的影响。这种影响不仅是艺术表现形式上的借鉴,更多是思想精神上的

---

① 李伟昉. 梁实秋莎评研究. 北京:商务印书馆,2011:185.

启迪。不同流派的莎剧评介为中国莎学自身的发展指明了方向,也为中国莎学理论体系的构建做出了探索。多个视角的莎剧研究丰富了中国莎学研究的内涵,为中国的莎学研究者打开了广阔的艺术视野和研究空间。20世纪二三十年代莎剧译介与研究的成果为之后在此领域取得的更大成就奠定了坚实的基础。

第三节 五四以降王尔德剧作的译介与研究

中国对王尔德戏剧的译介始于新文化运动。这场运动的核心杂志《新青年》于1915—1918年刊载了王尔德的3部剧作译本:薛琪瑛译的《意中人》、陈嘏译的《弗罗连斯》和沈性仁译的《遗扇记》。1918年,《民铎》杂志刊载了神州天浪生翻译的《扇》。《遗扇记》和《扇》系王尔德同部剧作 *Lady Windermere's Fan* 的不同译本。从1919年到1936年,尤其是20世纪20年代,王尔德戏剧译介在国内达到了高潮,呈现出重译版本杂、译介方式多等特点。

这一时期,剧作 *Lady Windermere's Fan* 还有4种较为重要的汉译本。第1种是潘家洵翻译的《扇误》。潘家洵是中国翻译家,因翻译易卜生、萧伯纳和王尔德等欧洲剧作家作品而知名,他也是《新青年》的同人杂志《新潮》的创始人之一。1919年,《新潮》第1卷第3号发表了他译的《扇误》,该译本得到了鲁迅的肯定。鲁迅在《新潮》第1卷第5号上发表了《对于〈新潮〉一部分的意见》一文,文末写道:"《扇误》译的很好。"[①]第2种是洪深翻译的《少奶奶的扇子》。洪深是中国话剧的开拓者和奠基人之一,也是第一个在海外专门学习戏剧的中国知识分子,师从哈佛大学的贝克教授。洪深不仅在贝克教授那里学习戏剧编撰,还在波士顿科普利戏剧学校学习表演课程,之后又参加了职业剧团的巡回演出,因此积累了丰富的话剧理论知识和实践经验。洪深的译本于1924年先在《东方杂志》第21卷第2—5号上连载,后在中国话剧舞台上演出,并大获成功,1928年又被改编成电影剧本。第3种是潘家洵的修订译本《温德米尔夫人的扇子》,于1926年6月由北京朴社出版。潘家洵在"译者小序"中提到该剧在国内有着丰富的汉译历史,并指出许多人认为读王尔德的剧本只是学会说漂亮的俏皮话,这种观念是理解王尔德剧作的一大障碍。第4种是张由纪翻译

---

① 萧枫. 集外集拾遗:鲁迅作品精选. 沈阳:辽海出版社,2009:11.

的《少奶奶的扇子》,于1936年由上海启明书局作为"世界文学名著"之一出版。张由纪在译本前的"小引"中对王尔德其人其作进行了简要的介绍,指出该剧是"近代剧场最常表演的戏,也是世界各地译者手中最常见的剧本"①。

在这4种译本中,影响最大的是洪深的译本。他的《少奶奶的扇子》是其中唯一一部被搬上中国戏剧舞台并得到观众普遍认可的译作。该剧于1924年5月4日由上海戏剧协社在中华职工教育馆公演。据《申报》报道,当时中华职业学校的铁门几乎被挤破6次,门外远道而来却无法看剧的观众仍有数百人之多。②1924年5月17日,上海戏剧协社第6次表演《少奶奶的扇子》时,"观者场内几满,不以小雨而减兴,可见是剧之魔力足以动人矣"③。该剧又于同年6月30日—7月2日在夏令配克影戏院连续公演3天,观众依然热情高涨,好评如潮。

演出能够取得如此大的成功,与洪深的翻译不无关系。与其他译本不同,洪深摒弃了当时文学界普遍提倡的直译,采取了改译的方式。他将原剧的时代背景、舞台布景、人名地名等都做了本土化处理。他的译本在日常生活细节上也均有改动,使之与当时上海上流社会的风俗习惯和礼仪规范相契合。改译本还对原剧中的重要人物进行了重塑,并传神地再现了机智诙谐、妙趣横生的对白,唯有原剧的情节设置和意旨精神保留不变。洪深解释了改译此剧的原因:"此剧虽已有两种译本④,但皆不合表演之用。……译剧乃甚难之事,往往有此国之风俗,习惯,行事,心理,断非他国人所能领悟了解者。勉强译出,观众仍然莫明其妙。……改译云者,乃取不宜强译之事实,更改之为观众习知易解之事实也。"⑤可见,洪深之所以采取改译,是因为考虑到了舞台演出效果和观众的接受水平。《民国日报·觉悟》发表评论,认为他的改译相当成功,"确乎是能给着观众以较亲切而明瞭的印象,收效便自然要比从前那些直译的宏大"⑥。洪译《少奶奶的扇子》不仅成为王尔德戏剧汉译史上的一起重要事件,更成为中国话剧史上的一座里程碑,奠定了话剧在中国戏剧史

---

① 王尔德.少奶奶的扇子.张由纪,译.上海:启明书局,1936:1.
② 谷剑尘.洪深与少奶奶的扇子(下).申报,1926-05-05.
③ 海角秋声.评"少奶奶的扇子".申报,1924-05-24.
④ 洪深没有把神州天浪生翻译的《扇》(《民铎》1918年第1卷第4号)包含在内,他所指的两种译本分别是沈性仁译本和潘家洵译本。
⑤ 洪深.序录//剧本汇刊.第1集.上海:商务印书馆,1931:79-80.
⑥ 楚女.看了"少奶奶的扇子"以后.民国日报·觉悟,1924(22):1.

上的地位。

  20世纪二三十年代,王尔德的其他3部社会喜剧也都有了汉语全译本。1921年,他最受欢迎的喜剧 *The Importance of Being Earnest*[①]由王靖、孔襄我合译为《同名异娶》,由泰东图书局作为"新人丛书"之一出版。同年,他的 *A Woman of No Importance* 由耿式之译为《一个不重要的妇人》,载于《小说月报》第12卷第5、6、8、12号。1928年,他的 *An Ideal Husband* 由徐培仁译为《一个理想的丈夫》,由上海金屋书店出版。这是该剧第一个完整的汉译本,在此之前,薛琪瑛译的《意中人》只是译了第1幕的大部分内容。1932年,该剧的第3个汉译本由上海神州国光社出版,译名为《理想良人》,译者是林超真。他在"译者叙言"中,首先概述了王尔德剧作中"通有的特长":"对话之漂亮,诡词之含有真理";然后提到了翻译此剧的主旨和方法,即为"使其搬演于中国式的舞台",故采取洪深"所曾试验而有效的改译法";最后指出了翻译的两难困境,即译文既要保留原文的"本来面目及其风趣",又要"使其不与中国的语调,风俗,习惯相背"。[②]遗憾的是,虽然林超真的译本可读性强,但在戏剧接受层面,其影响力远不及《少奶奶的扇子》。然而,以上3部剧作,直至抗战全面爆发前,都没有被搬上中国戏剧舞台。

  同一时期,除剧作 *Lady Windermere's Fan* 之外,另一部在中国戏剧舞台上演出的王尔德剧作是 *Salomé*。该剧最早的译本是陆思安和裘配岳合译的《萨洛姆》,于1920年3月27日—4月1日在《民国日报·觉悟》上连载。这部剧作在当时影响最大的译本是田汉的《沙乐美》。田汉译本于1921年3月15日发表在《少年中国》第2卷第9期上,1923年作为"少年中国学会文学研究会丛书"之一,由上海中华书局出版了单行本。1924年,商务印书馆出版了桂裕、徐名骥译述的英汉对照本《莎乐美》。1927年,上海光华书局出版了徐葆炎译的《莎乐美》,内含奥伯利·比亚兹莱[③]配的12幅插图,有"月中的女人""孔雀裙"和"希律的眼睛"等。1935年,上海大光书局推出《沙乐美》,译者署名为徐保炎。

  在 *Salomé* 的各种汉译本中,田汉译本被视为研究和舞台演出的范本。他

[①] 该剧也许是所有英国喜剧中最著名,也是最受人喜爱的。详见:Salgādo, G. *English Drama: A Critical Introduction*. London: Edward Arnold Ltd, 1980: 176.

[②] 王尔德. 理想良人. 林超真,译. 上海:神州国光社,1932:1-2.

[③] 奥伯利·比亚兹莱(Aubrey Beardsley):英国插画艺术家、唯美主义运动的先驱之一。他为《莎乐美》绘制的插图充溢着邪灵之美,极好地诠释了王尔德着力描摹的意境。

的《沙乐美》从1923年1月初版至1939年8月共印行了7次,足见其影响之大。1929年,田汉创建的南国社将《沙乐美》第一次搬上中国戏剧舞台,引起了强烈的轰动。田汉在译本中再现了王尔德奇巧的构思和华美的笔法,为新时代的民众创造了新的语言和新的艺术形式。但他也丝毫没有忘记戏剧的社会功用和现实使命,因此他消解了原剧中强烈的肉体崇拜主义,赋予了该剧独特的社会意义。

田汉在1929年6月23日的《申报》上发表了《公演之前:替自己喊叫,替民众喊叫》一文,文中解释了为何在社会主义时代要上演王尔德这位个人主义色彩浓重的作家的剧本。他呼吁观众要学着从剧中汲取"贵重的养料"——"目无旁视、耳无旁听、以全生命求其所爱殉其所爱"的精神。[1]可见,南国社并没有简单地把该剧作为唯美主义戏剧来演出,而是把它纳入中国社会的价值体系中,从而完成了这部"唯美主义戏剧在中国戏剧舞台上的蜕变"[2]。剧作展现出来的反抗强权、勇敢执着的精神引起了渴望自由平等的中国民众的共鸣,在某种程度上也迎合了当时的社会思潮。田汉翻译的《沙乐美》有力地推动了20世纪20年代王尔德戏剧的译介,也对中国现代戏剧创作中"爱"与"死"主题的发展起到了直接的促进作用。

在对王尔德剧作翻译的同时,对其戏剧进行评介和研究的文章也频频见于各类报刊书籍。1921年,《小说月报》第12卷第5号发表了沈泽民的《王尔德评传》。文章认为,王尔德的社会喜剧靠的是他"出色的谈话",剧中人物缺乏个性,但是在"表现英国国民性"方面有很大的成功。文中还提到,在王尔德的4部社会喜剧中,最有价值的是《忠诚之可贵》(*The Importance of Being Earnest*),在这部剧中他用"滑稽的笔法"深深地刻画了人物心理;在谈到《莎乐美》时,这篇评传认为人物描写逼真是这部剧作的一个特色,"所有的人物都像刀斧凿出来的一般"。[3]

1922年,《民国日报·觉悟》第4卷分12期连载了(张)闻天、(汪)馥泉的《王尔德介绍》。该文也认为,《莎乐美》是王尔德作品中"描写人物最逼真"的一部恋爱悲剧。文中还将这部作品与官能派的作品进行了对比,认为此剧的

① 田汉. 公演之前:替自己喊叫,替民众喊叫. 申报,1929-06-23.
② 李致,孙胜存. 二十年代中国话剧与唯美主义戏剧关系再辨——围绕王尔德戏剧在二十年代的翻译与演出所作分析. 鲁迅研究月刊,2007(12):43.
③ 沈泽民. 王尔德评传. 小说月报,1921(5):111-122.

文字不像官能派那样直接、极端,而是如同王尔德的诗一样,全篇都是"夸张的隐喻""奇怪的古代文字"和"古代俚谣的音律"等加工过的内容。[①]

1933年,《斗报》第3卷第1期发表了彭若谷的《莎乐美之研究》(续),小标题为"莎乐美之批评"。作者对王尔德做了高度评价,认为《莎乐美》一剧的可贵之处在于王尔德"肆其魄力""运其如椽之笔",与既成观念、信仰道德和宗教社会"作绝大抗争",毅然斩断"千百年困乏人性之缧绁",把极度悲伤的众人带到"至真至美至善之境"![②]可见,《莎乐美》所表现的反叛精神在这篇评论中得到了凸显。

1934年,上海生活书店出版了朱湘的《中书集》,书中第4辑收录了《谈〈沙乐美〉》一文。文中把这部剧作比喻成一件"完美的""奇特的"艺术品,[③]并对月亮的象征意义做了详尽的阐述。

1935年,上海亚细亚书局出版了茅盾的《汉译西洋文学名著》,收有《王尔德的〈莎乐美〉》一文。该文对《莎乐美》的剧情、王尔德剧作的汉译本以及唯美主义流派做了介绍。

该时期王尔德戏剧的译介与研究取得了丰硕的成果。上述研究论文加深了中国戏剧界对王尔德剧作的认识和了解,为之后对其进行系统的研究打下了基础。他的社会喜剧和唯美主义代表作都得到了不同程度的译介。值得注意的是,当时占文坛主流的翻译方式是直译,但剧坛演出则倾向于使用改译。直译的剧本为创建中国话剧这种新文体提供了借鉴,改译本则能消除外国剧作带来的文化疏离感,[④]有助于培养稳固的中国话剧观众群。直译背后的"现代化"趋势和改译背后的"民族化"倾向既存在矛盾,又相互促进,两者共同推动了中国文坛和剧坛对王尔德戏剧的接受。

第四节　五四以降萧伯纳剧作的译介与研究

萧伯纳是英国现代最伟大、最多产的戏剧家。他的戏剧创作生涯长达58

---

① 闻天,馥泉. 王尔德介绍(六). 民国日报·觉悟,1922(10):3.
② 彭若谷. 莎乐美之研究(续). 斗报,1933(1):9.
③ 朱湘. 谈《沙乐美》//中书集. 上海:生活书店,1934:413.
④ Siyuan, L. Hong Shen and Adaptation of Western Plays in Modern Chinese Theater. *Modern Chinese Literature and Culture*, 2015 (2): 109.

年,创作的剧本共有60多部,包含喜剧、社会问题剧、历史剧、神秘剧等多种类型。他的一系列优秀剧作运用讽刺的技法和批判现实主义的方法,揭露了资本主义社会的罪恶,在思想性和艺术性上都达到了很高的水平。萧伯纳通过他的剧作和戏剧评论推动了20世纪上半叶英国戏剧的转型,在英国现代戏剧史上占有十分重要的地位。

国内最早汉译的萧伯纳剧作是 *The Man of Destiny*。这是部独幕剧,讲述了拿破仑和一位女间谍之间展开的一场心理战。此剧由陈景韩(署名"冷")译作《拿破仑》,载于《小说时报》1912年第16期、1913年第19期和1914年第22期。译者评论道,这部剧作是萧氏"最得意之作"[1],并提出"新剧家宜注意之"[2]。1916年,(赵)苕狂又将其译为《噫嘻拿翁》,刊载于《春声》第2期。该刊编辑、近代文学家姚鹓雏认为,尽管此前已有陈景韩的节译本,赵苕狂此译则"别出机杼,初非陈袭也"[3]。但若撇开译文,不难发现陈景韩对萧伯纳的身份认识得更清楚,他在剧名下方注明了"英国戏剧家萧氏原著",而赵苕狂却误以为萧伯纳是美国作家。由此可见,当时国人对萧伯纳的印象还较为模糊。

直到五四运动前夕,萧伯纳与易卜生一起被介绍到中国,萧伯纳这位伟大的英国戏剧家才开始受到较多关注。《新青年》1918年第4卷第6号是"易卜生号",刊载了《本社特别启事(一)》,称萧伯纳为"现存剧作家之第一流",著作甚富。两人被视为社会问题剧的作家典范,他们的剧作所体现的批判精神引起了当时中国文艺界的广泛关注。

1919年—1936年,萧伯纳的其余10多部剧作也被陆续汉译过来,其中一些重要剧作有了多个重译本。他的四幕喜剧 *Man and Superman* 最先由茅盾(署名"四珍")翻译了第三幕中的一段,刊登在《学生杂志》1919年第6卷第2号上,题为《地狱中之对谈》。该剧之后由罗牧译为《人与超人》,于1933年由商务印书馆作为"世界文学名著"系列之一出版。1934年又由上海中华书局推出了张梦麟的同名译著,作为"世界文学全集"之一出版。

萧伯纳的社会问题剧 *Mrs. Warren's Profession* 由潘家洵译为《华伦夫人之职业》,刊载于《新潮》1919年第2卷第1号。该译本后被改名为《华奶奶之职业》,于1920年10月在上海新舞台上演,成为中国戏剧舞台上第一部完整

---

① 萧伯纳.脚本新译:拿破仑.陈景韩,译.小说时报,1912(16):1.

② 萧伯纳.脚本名译:拿破仑(续).陈景韩,译.小说时报,1914(22):35.

③ 萧伯纳.历史剧本:噫嘻拿翁.苕狂,译.春声,1916(2):60.

上演的外国戏剧。演出没有获得预期的效果,主要是因为译本没有针对舞台演出做较多的改动,台词也存在欧化的倾向,从而给观众的接受造成了障碍。1922年,潘家洵对他的译本做了较大的修改,修订后的译本作为"文学研究会丛书"之一,于1923年由商务印书馆出版。

潘家洵翻译的萧伯纳的另一部社会问题剧是 *Widowers' Houses*,译为《陋巷》,于1920年刊登在《新潮》第2卷第4号。同年,该剧的第一幕由萚洪煦译出,以《鳏夫的屋子》为名刊登在《新学报》第2号。

1923年,商务印书馆出版了金本基、袁弼根据萧伯纳戏剧集 *Plays of Unpleasant* 翻译的《不快意的戏剧》,内收3部社会问题剧,除了上述两部外,另一部是《好述者》。

萧伯纳的三幕喜剧 *Arms and the Man* 有3个汉译本:席涤尘、吴鸿绥合译的《武器与武士》(光华书局,1928)、中暇翻译的《英雄与美人》(商务印书馆,1930)和刘叔扬译的《一个逃兵》(商务印书馆,1935)。

20世纪30年代,萧伯纳的下列剧作也相继有了汉译本:他的独幕喜剧 *How He Lies to Her Husband* 由彭道真译为《他如何对她的丈夫撒谎》,刊载于《北新》1930年第4卷第18号;他的喜剧 *Pygmalion* 由林语堂译为《卖花女》,1931年由上海开明书店发行;他的独幕喜剧 *Annajanska, the Bolshevik Empress* 由熊式一译为《安娜珍丝加》,刊载于《现代》1933年第2卷第5期;他的历史剧 *Saint Joan* 由胡仁源译为《圣女贞德》,1934年由商务印书馆作为"世界文学名著"系列之一出版;他的独幕喜剧 *A Village Wooing* 由黄嘉德译为《乡村求爱》,1935年由商务印书馆作为"世界文学名著"系列之一出版;他的神秘剧 *Candida* 由朱文振译为《康缇达》,连载于《文艺月刊》1936年第8卷第3—5期;同年,他的长剧 *Back to Methuselah* 由胡仁源译为《千岁人》,分上、下两册由商务印书馆出版;他的情节剧 *The Devil's Disciple* 由姚克译为《魔鬼的门徒》,也于1936年由文化生活出版社作为"译文丛书"之一出版。

与此同时,国内学者纷纷撰文对萧伯纳及其剧作进行了研究和评介。(沈)雁冰于1919年在《学生杂志》第6卷第2—3号上发表了一篇题为《萧伯纳》的传记。他把萧伯纳视为现存戏剧家中的"第一流人物",称赞他"文才天生而尤富哲学思想"[1],并认为他的剧作是"传布思想、改造道德之器械"[2]。《新

---

① 雁冰. 萧伯纳(未完). 学生杂志,1919(2):9.
② 雁冰. 萧伯纳(续). 学生杂志,1919(3):16.

青年》1919年第6卷第2期发表了震瀛翻译的《近代戏剧论》,该文认为萧伯纳的《芭芭拉少校》是一部"以传播革命利器之自由思想"的"社会主义"剧作。[①]
1921年,《戏剧》第1卷第1期发表了周学溥翻译的论文《英国近代剧之消长》,该文将萧伯纳看作英国戏剧复兴之初最重要的戏剧家。1923年潘家洵译的《华伦夫人之职业》出版,译文前附有沈雁冰写的《戏剧家的萧伯纳》。该文提到,萧伯纳的作品是"理智的",要读懂萧剧,必须懂得"近世的社会组织和人类的本性"。[②]

　　1925年,萧伯纳获诺贝尔文学奖,1933年2月,他来华访问,这两起重要事件进一步推动了国内学者对萧伯纳戏剧的评介。1931年,《现代学生》第1卷第8、9两期上连载了张梦麟翻译的《易卜生与萧伯纳》。该文从性质、言语、技巧和效果等方面对两位剧作家的戏剧进行了比较,并认为近代剧的先驱者自然是易卜生,而近代剧"最显著的代表者"当属萧伯纳。[③]1933年3月,即萧伯纳抵达中国后的次月,上海野草书屋印行了乐雯(鲁迅与瞿秋白共用的一个笔名)编译的《萧伯纳在上海》,内收洪深、郁达夫、林语堂等人介绍和评论萧伯纳的文章。同年,《青年界》第3卷第1期出版了"萧伯纳来华纪念"专辑,收录了赵景深翻译的《萧伯纳传》、赵景深对中暇译的《英雄与美人》的评论、邹箫梳理的《萧伯纳著作年表》等文章。《矛盾月刊》也推出了"萧伯纳专号"和"萧伯纳来华纪念特辑",其中一篇是傅雷的《萧伯纳评传》。傅雷认为萧伯纳注重对理性和逻辑的宣传,并把戏剧当作"针砭社会的利器"[④]。

　　这一时期还出现了一些较为系统的研究萧氏戏剧的著作。仅1933年就有3本著作出版。石苇编译的《萧伯纳》肯定了萧伯纳是一位以戏剧为武器揭露社会矛盾的作家,并把他比作一面"照见社会真相和世界动态的反射镜"[⑤]。林覆信的《萧伯纳略传》对萧伯纳戏剧创作的缘起,以及《鳏夫之家》《人与超人》等剧做了介绍。作者将萧伯纳看作是一位社会主义剧作家,认为戏剧是被萧伯纳用于宣传其社会主义思想的强力武器。[⑥]张梦麟的专著《萧伯纳的研究》从19世纪英国社会思潮出发,赞赏萧伯纳以"最犀利之笔",开"疑问精

---

① 震瀛.近代戏剧论.新青年,1919(2):190.

② 萧伯纳.华伦夫人之职业.潘家洵,译.上海:商务印书馆,1923:12.

③ 张梦麟.易卜生与萧伯纳.现代学生,1931(8):1.

④ 傅雷.萧伯纳评传.矛盾月刊,1933(5/6):10.

⑤ 石苇.萧伯纳.上海:光明书局,1933:5.

⑥ 林覆信.萧伯纳略传.厦门:广福公司出版部,1933:23.

神"之先河；进而在综观英国近代剧背景下，较为客观地评价了萧伯纳的戏剧；最后重点介绍了《人与超人》这部萧伯纳"最伟大的代表杰作"。作者指出了萧伯纳创作中的问题：剧中人物有时只是替萧伯纳作宣传的工具，他的诙谐有时令人生厌，他的社会批评有时也使人反感。尽管如此，作者依然对萧伯纳做了高度评价，认为除了莎士比亚，英国剧作家中没有人像萧伯纳那样有"支配当时思想的能力"，有"强烈的道德感"，还有"丰富的机智"和"流利的文体"。[①]

1934年，商务印书馆出版了爱尔兰作家佛兰克·赫理斯著、黄嘉德译的《萧伯纳传》。全书共26章，有将近一半的内容涉及萧伯纳的戏剧创作。该书分别对他的创作思想、作品主题、创作技巧等做了详尽的介绍，书的最后还附有中英对照的萧伯纳著作一览表。该书被西方学术界公认为最优秀的萧伯纳传记。[②]黄嘉德译笔流畅，准确生动地再现了原著的精华。

1936年，正中书局出版了凌志坚编译的《萧伯纳传》，书中第五、六两章集中介绍了萧伯纳的戏剧创作背景、重要剧作及其在西方国家的接受情况。作者提到，萧伯纳创作的一个好方法是，他虽然是个写实主义者，但在剧本里运用了浪漫材料，并认为他的戏剧里"藏着极大的艺术"[③]。

从这些译介和研究成果可以看出，当时国内学者着重探讨了萧伯纳戏剧的社会批判功能。他们更加注重萧伯纳戏剧对于传播社会思想、改造民众道德的作用，因为萧剧对中国近代的思想变革具有启蒙意义。然而，与萧伯纳戏剧的思想价值相比，萧剧艺术层面的问题没有引起较多关注，他的戏剧理论也没有得到系统的翻译和研究。这在一定程度上影响了中国剧作家对萧剧艺术技巧的学习和借鉴。

第五节　五四以降高尔斯华绥剧作的译介与研究

高尔斯华绥是与萧伯纳齐名的英国现实主义小说家、戏剧家，1932年获诺贝尔文学奖。他的创作代表着20世纪英国文学史上的一个重要阶段。[④]高

---

① 张梦麟. 萧伯纳的研究. 上海：中华学艺社，1933：1-26.
② 杜鹃. 萧伯纳戏剧研究. 苏州：苏州大学出版社，2012：185.
③ 凌志坚. 萧伯纳传. 上海：正中书局，1936：73.
④ 廖可兑. 西欧戏剧史（上）. 北京：中国戏剧出版社，2001：383.

尔斯华绥一生共创作了 28 部剧作,其中第一部剧作 *The Silver Box* 写于 1906 年,最后一部剧作 *The Roof* 写于 1929 年,其间完成了 *Strife*(1909)、*Justice* (1910)、*A Family Man*(1921)等重要剧作。他"把舞台作为政治平台"[①],揭露资本主义制度的罪恶,批判资产阶级的腐朽没落。他的戏剧情节紧凑,矛盾冲突尖锐,语言质朴精练。他的剧本在英国一经推出便大获成功,常演不衰,在欧美其他国家也大受欢迎。

中国对高尔斯华绥戏剧的关注是从翻译他的剧本开始的。从五四时期至全面抗日战争爆发前,高尔斯华绥剧作的汉译本共有 29 种,涉及 17 部剧作。*The Silver Box* 有 3 种汉译本,分别是陈大悲译的《银盒》、郭沫若译的《银匣》和安其译的《银烟盒》。陈大悲译本于 1921 年刊载于《戏剧》第 1 卷第 1、3、5 期上;郭沫若译本于 1927 年由上海创造社出版部作为"世界名著选"第 3 种出版;安其译本于 1935 年刊载于《东方杂志》第 32 卷第 1 期。*The Little Dream* 有 2 种汉译本,先由邓演存译为《小梦》,1922 年刊载于《东方杂志》第 19 卷第 13—14 号;后与剧作 *The Pigeon* 一起,由席涤尘、赵宋庆合译为《鸽与轻梦》,1927 年由上海开明书店出版。*A Family Man* 有 4 种汉译本:陈大悲、春冰和唐槐秋分别翻译的《有家室的人》,以及黄作霖改译的《家长》。*Strife* 有 2 种汉译本:1926 年由商务印书馆出版的郭沫若译的《争斗》,以及 1928 年曹禺在张彭春指导下改译的《争强》,1929 年 10 月 17 日南开学校 25 周年纪念日首次公演,1930 年南开新剧团印出了该译本的单行本。*Justice* 有 2 个汉译本:郭沫若译的《法网》和方安、史国纲译的《正义》。*The Sun* 有华汉光、罗家伦以及杜衡翻译的 3 种译本。*Defeat* 先后由曾子亨和钱歌川、杨维铨译为《败北》。*The Mob* 分别由朱复和蒋东岑译为《群众》。

此外,邓演存译的《长子》,1922 年由商务印书馆出版。陈大悲译的《忠友》,1923 年 8 月刊登在《晨报副刊》上。顾仲彝改译的《相鼠有皮》,1925 年由商务印书馆作为"文学研究会通俗戏剧丛书"第 5 种出版。顾仲彝改译的《最先与最后》,收于 1930 年上海北新书局出版的《独幕剧选》。万曼翻译的《小人物》,1930 年刊载于《新文艺》第 1 卷第 5 期。方光焘译的《一场热闹》,1931 年由上海开明书店出版。白宁译的《结婚戒指》,1933 年刊载于《大陆杂志》第 1

---

① Innes, C. *Modern British Drama: The Twentieth Century.* Cambridge: Cambridge University Press, 2002: 65.

卷第8期。郑稚存译的《逃亡者》,1934年刊登在《文艺月刊》第5卷第6期和第6卷第1期上。从这些译本可以看出,当时的翻译家、剧作家重点关注高尔斯华绥揭露资本主义社会矛盾和不公问题的作品。

高尔斯华绥剧本的汉译对我国现代戏剧的创作产生了积极的影响。陈大悲、郭沫若和曹禺等剧作家都曾受到高氏剧作的启发。陈大悲是中国现代戏剧的先驱者,也是最早翻译高尔斯华绥剧作的译者。虽然他翻译的主要目的是解决演出剧目匮乏的问题,但他之所以选择高剧,也是考虑到了高尔斯华绥的剧作能够满足当时中国社会的现实需求。他对高尔斯华绥剧本的翻译直接影响了他的戏剧创作。[①]1923年他创作的剧本《忠孝家庭》和《维持风化》都有高氏风格的影子。[②]高尔斯华绥戏剧与郭沫若当时的思想价值观产生了强烈的共鸣,他所译的3部高氏剧作与他在20世纪二三十年代对社会问题的关注密切相关。高尔斯华绥的剧本在戏剧冲突的构思、人物形象的塑造及人物对白的描写上也极大地吸引了郭沫若。[③]他在《争斗·序》中说:“我国社会剧之创作正在萌芽期中,我以为象戈氏的作风很足供我们效法。”[④]曹禺也从高尔斯华绥的剧作中汲取过养分。他在《雷雨》中设置的劳资冲突、妇女受难等情节与他改译的《争强》有着一定的关联。曹禺在《争强·序》中说:“我们应当感谢原作者的,他所创出那两个主要角色,无意中给我们许多灵感。”[⑤]高尔斯华绥的剧作在中国剧作家的笔下有了第二次生命,也在中国话剧的创作中有了新的延续。

国内学者还翻译了高尔斯华绥的戏剧理论。他的论文“Some Platitudes Concerning Drama”先被傅东华译为《戏剧庸言》,1928年刊登在《文学周报》第266期上;后又被(马)彦祥译为《老生常谈》,1929年刊登在《戏剧》第1卷第5期上。该论文开篇提出,戏剧家在写作剧本时有三条路来表达道德观念。第一条是把大众信奉的人生观念和法则呈现在大众面前;第二条是把戏剧家自己信奉的人生观念和法则呈现给大众;第三条是把戏剧家观察到的现象不偏不倚地呈现出来,自然地传达其中蕴含的道德观。高氏认为走第三条路对于

① 田本相. 中国近现代戏剧史. 南京:江苏教育出版社,2008:75.
② 黄晶. 高尔斯华绥戏剧中国百年传播之考察与分析. 学术探索,2014(11):104.
③ 廖思湄. 郭沫若西方戏剧文学译介研究. 北京:中国文史出版社,2016:120.
④ 上海图书馆文献资料室,四川大学郭沫若研究室.郭沫若集外序跋集. 成都:四川人民出版社,1983:251.
⑤ 高尔斯华绥. 争强. 曹禺,译. 天津:南开新剧团,1930:4.

社会不无裨益。他还提出戏剧家一定要有"一种极热烈的教导的爱好心"和"一种作出人力所能的最真最美最善的东西的志愿"。[①]对于戏剧情节、动作、人物、对话、风味,高氏也清晰地发表了他的见解。此文记录了高尔斯华绥的创作观和戏剧观,是他所写论文中颇为珍贵的一篇。

关于高氏戏剧的国外研究成果也被翻译介绍到国内。亨利·亚历山大著、苏芹苏译的《戏剧家高尔斯华绥》一文首先阐述了高尔斯华绥作品的特点,接着详细分析了《斗争》(即《争斗》),以及《银匣》《法网》等剧作,最后梳理了1927—1931年出版的高氏剧本的汉译本。文中指出,高尔斯华绥戏剧的一个显著特点是在表现社会问题时不偏不倚,这既是他的长处,也是他的短处。一方面,他的剧本因此失去了像萧伯纳戏剧中含有的"热力和刺激性",但另一方面,因他处理题材时不抱有成见,故更能吸引读者或观众的注意。在评价他的剧本时,文中提到《斗争》在戏剧技巧上的成功是他后来的作品难以超越的。《银匣》体现了他在技巧上的一个新的特质,即"使用有声有色的通俗的语言"[②]。与高尔斯华绥的其他剧本相比,《法网》引起了公众更多的注意,对于改善英国的监狱制度有很大影响。文末总结说,高尔斯华绥写的社会剧是他对近代戏剧文学的最大贡献。

另一篇研究高氏戏剧的重要论文是由坎尼夫利著、纪乘之译的《高尔斯华绥论》。该文认为高尔斯华绥作品的特征是对底层阶级有"一种极真挚的同情心",他也因此确立了在当时文学界的"永恒位置"。[③]然而,文章也指出高氏忽视了结构的布置,这使他的剧本有两大弱点:一是人物在剧情中得不到发展;二是因他重在塑造两两相对的人物,想象力似乎也受到了限制。对国外学者的代表性成果进行译介,为中国学界研究高尔斯华绥戏剧提供了新的视角。

该时期国内学界对高尔斯华绥戏剧的研究涉及多个方面。1923年5月,《晨报副刊》连载了余上沅的《读高斯倭绥的〈公道〉》。文章着重探讨了高氏剧作的艺术特征。文中指出,他的戏剧作品质朴诚恳,不像萧伯纳的戏剧作品那样精微奥妙。这在《公道》一剧中表现得尤为明显。该剧的题材、故事和角色虽平淡无奇,但却给人带来真实感和心灵的震撼。

---

① 高尔斯华绥.老生常谈.彦祥,译.戏剧,1929(5):115-116.

② Alexander,H.戏剧家高尔斯华绥.苏芹苏,译.文艺月刊,1933(2):48-57.

③ Cuncliffe,J.W.高尔斯华绥论.纪乘之,译.文艺月刊,1935(6):82.

1926年,《晨报副刊·剧刊》第6期发表了张嘉铸的《货真价实的高斯倭绥》。该文较为全面地概括了高尔斯华绥戏剧的特点。就主题而言,高氏的剧作多描写阶级冲突、法律不公、财产不均等问题。他塑造的人物都是"有脑有心,有肉有灵的真人"。在表现手法上,他的剧作中没有一点感伤的成分,也不用诙谐的对白和长篇的讲演。张嘉铸对高尔斯华绥的戏剧做了高度评价,认为他的剧作在"艺术良心"和"道德良心"之间达到了平衡。①

1929年10月25日至27日,《大公报天津版》刊载了黄作霖(又名"黄佐临")的《南开公演〈争强〉与原著之比较》。这是一篇从专业视角研究高氏戏剧演出的文章。作者将曹禺改译的《争强》与原著做比较,较为客观地评价了改译本的增删之处。文中提到,南开公演版与高氏原著相比,共有6处不同,增删各3处。黄作霖认为,增加围炉一层体现了导演的精密处,也使演员善于表达情感;但将仁儿一节删去,却有失高氏原著的意味。同年,《晨钟》第221期上发表了刘奇峯的《高尔斯华绥的戏剧》。该文一方面批评高尔斯华绥的戏剧因缺乏情感而无诗意,另一方面又赞赏他的戏剧坚实诚恳,"无博人喝彩之言辞"②。

1932年,《现代》第2卷第2期刊登了苏汶的《约翰·高尔斯华绥论》。文中提到,高尔斯华绥受易卜生影响,把戏剧当作革新世界的工具。该文作者认为,高尔斯华绥的成功得益于他的诚恳。该文肯定了他在分析问题和人物塑造方面的才能,但也指出他因缺乏极高的感受力和组织力使其作品的结构变得混杂。同年,《之江》创刊号发表了《高尔斯华绥评传:一九三二年诺贝尔奖金的得者》。该文高度评价了高氏作品的风格,认为他的作品流露出一种"不可掩蔽的清爽与真诚的美""又流动又精密",给人留下一种"不可磨灭的印象"。③

1933年,《大夏期刊》第3期发表的《高尔斯华绥评传》一文简要介绍了他的主要剧作,认为他"作剧的手腕极高",每部剧作都表现出一种"平易简洁"的风格,但是也有明显的短处,即结构散乱、人物类型化。④从这些研究中不难发现,当时国内学界对高尔斯华绥的戏剧普遍较为认可,但也有少数学者

---

① 张嘉铸. 货真价实的高斯倭绥. 晨报副刊·剧刊, 1926(6): 14-15.
② 刘奇峯. 高尔斯华绥的戏剧. 晨钟, 1929(221): 26.
③ 郑天然. 高尔斯华绥评传——一九三二年诺贝尔奖金的得者. 之江, 1932(1): 10.
④ 郑镛. 高尔斯华绥评传. 大夏期刊, 1933(3): 5.

对他剧作的结构和人物塑造提出了批评。

　　20世纪20年代到30年代中期，中国出现了高尔斯华绥戏剧译介与研究的热潮。他的剧作中有超过一半的剧本被翻译成了中文，而且有了多个重译本。他写的重要戏剧理论文章也被译介到国内。国内学者在译介国外研究成果的同时，对高氏戏剧展开了多角度的研究，既有宏观上对他剧作的介绍和评价，也有对其代表性剧本的解读和分析。这些译介与研究成果都对高氏剧作在中国的传播起到了促进作用。高尔斯华绥戏剧的现实主义精神和人文主义关怀为中国话剧的创作提供了重要的范本。

第六节　五四以降奥尼尔剧作的译介与研究

　　奥尼尔是美国戏剧史上"第一位伟大的剧作家"[1]，被誉为"美国戏剧之父""美国现代戏剧的灯塔"。[2]奥尼尔曾4次获普利策戏剧奖，1936年荣获诺贝尔文学奖，创造了"迄今为止美国剧坛尚无人逾越的艺术高峰"[3]。他一生共完成50余部剧作，几乎全是悲剧，开创了美国严肃戏剧之先河。他的剧作从各个方面展现了美国现代社会生活的广阔画面，反映了"悲观主义与理想主义的冲突""精神世界与物质世界的对峙"等主题。[4]奥尼尔的伟大之处还在于他注重刻画人物心理，善于揭示人物的内心冲突。他还对写实主义、表现主义、象征主义、意识流等各种艺术风格和流派做了大胆的实践与探索，极大地丰富了戏剧的表现手法。美国戏剧评论家约翰·加斯纳认为，"在奥尼尔之前，美国只有剧院；在奥尼尔之后，美国才有了戏剧"。[5]此话足见奥尼尔在美国戏剧史上的崇高地位及其对美国戏剧所作的巨大贡献。

　　奥尼尔的名字最早传入中国是在20世纪20年代初。1922年，《小说月报》第13卷第5号"海外文坛消息"栏目刊登了沈雁冰的《美国文坛近状》一

---

① Houchin, J. H. Introduction: The O'Neill Discourse. In Houchin, J. H. (ed.). *The Critical Response to Eugene O'Neill*. Westport: Greenwood Publishing Group, 1993: 1.

② 转引自：Chothia, J. *Forging a Language: A Study of the Plays of Eugene O'Neill*. Cambridge: Cambridge University Press, 1979: 17.

③ 周维培. 现代美国戏剧史（1900—1950）. 南京：江苏文艺出版社，1997：46.

④ 汪义群. 奥尼尔研究. 上海：上海外语教育出版社，2006：92，99.

⑤ 余上沅. 今日之美国编剧家阿尼尔//戏剧论集. 北京：北新书局，1927：51-56.

文。文末简短地介绍了奥尼尔,称其为"美国戏剧界的第一人才"[1]。这篇文章直接使用了奥尼尔的英文名字,可见当时中国文学界对奥尼尔还十分陌生。这或许和美国戏剧的新近崛起、奥尼尔戏剧的价值尚未得到充分肯定等因素有关。

此后6年,中国文坛对奥尼尔戏剧的译介陷入了沉寂。在此期间,只有两篇评介文章:胡逸云的《介绍奥尼尔及其著作》和余上沅的《今日之美国编剧家阿尼尔》。胡逸云的文章是一篇简评,于1924年8月24日发表在《世界日报》上。该文对奥尼尔的生平和创作进行了评介,但没有对他的作品做深入分析。余上沅是中国戏剧理论家,他于1923年赴美专攻戏剧,因此对奥尼尔戏剧的评介更为深入。1924年1月,他将《今日之美国编剧家阿尼尔》一文寄往中国,该文后被《戏剧论集》收录,1927年由北新书局出版。余上沅在文中介绍了奥尼尔的5部剧作:《天边外》《琼斯皇》《安娜·克里斯蒂》《毛猿》《最初的人》。这些是奥尼尔于1920—1922年完成的作品,也是余上沅写该文之前奥尼尔最重要的作品。[2]他评价奥尼尔剧作中的人物充满蓬勃生机,赞扬他的编剧艺术非常精绝。余上沅不仅具有专业的眼光,而且对奥尼尔戏剧的价值也把握得恰当准确。

1928年11月,奥尼尔匿名访华,由此打破了奥尼尔戏剧在国内冷寂的局面。1929年,至少有6篇文章译介或研究了奥尼尔及其戏剧创作:张嘉铸的《沃尼尔》(《新月》第1卷第11号)、查士骥的《剧作家友琴·沃尼尔》(《北新》第3卷第8号)、寒光的《美国戏剧家概论》(《戏剧》第1卷第4期)以及(胡)春冰刊登在《戏剧》杂志上的3篇文章,分别是《戏剧生存问题之论战》(第1卷第2期)、《英美剧坛的今朝》(第1卷第2期)和《欧尼儿与〈奇异的插曲〉》(第1卷第5期)。在这些文章中,有3篇只是在介绍英美戏剧时提到奥尼尔,如寒光的论文和胡春冰的前两篇论文,剩下的3篇是有关奥尼尔的专论。

张嘉铸的《沃尼尔》是篇作家专访,主要介绍了奥尼尔的戏剧创作之路、剧本在美国的演出情况,以及美国作家对他的评论。文中特别提到了奥尼尔与普罗文斯敦剧团的关系,该剧团在反对戏剧商业化的小剧场运动中发挥了重要作用,而当时一场类似小剧场运动的"爱美剧"运动正在中国兴起,张嘉

---

[1] 沈雁冰. 美国文坛近状. 小说月报,1922(5):124.
[2] 刘海平,朱栋霖. 中美文化在戏剧中交流——奥尼尔与中国. 南京:南京大学出版社,1988:88.

铸的介绍无疑为此提供了有益的借鉴。他继而谈到了奥尼尔戏剧对中国话剧的影响,认为洪深的《赵阎王》是奥尼尔的《琼斯皇》的改编本。张嘉铸较为全面地向中国读者介绍了这位美国戏剧家。

查士骧的《剧作家友琴·沃尼尔》是为配合奥尼尔访华而作。该文译自美国文艺评论家灰布尔士的著作《代言人:现代作家与美国生活》(*Spokesmen: Modern Writers and American Life*)中的一章,论述了奥尼尔悲剧的原因、奥尼尔的笔致、奥尼尔作品的教训等方面的内容。文章认为,奥尼尔悲剧的进步之处在于把悲剧的主人公从"外的败北者"变成"内的败北者",也就是说,奥尼尔把悲剧的主要原因归于"性格的堕落",而不是外在的自然环境。文中指出,奥尼尔简洁的笔致"有时常使人感到若有所失",但他"大胆的、且明确的笔致"又好像用粗线画草图一样,"表现的很是恰当"。[①]作者还提到,奥尼尔作品的教训促使读者经常希望改善他所描写的世界。查士骧编译的这篇文章对奥尼尔的戏剧做了专业、中肯的评价。

与上述两篇综述性文章不同,(胡)春冰的《欧尼儿与〈奇异的插曲〉》是针对某个具体剧本的评介文章。他首先回顾了近10年欧美剧坛的荒凉状态,宣告"剧艺之旧的精神与形式之破产",并呼唤"新的戏剧形式与戏剧意义之诞生"。接着,他具体分析了《奇异的插曲》一剧是如何在形式与意义上进行革新的。形式上,他指出这部戏剧"不但有对话,有动作,并且有思想";意义上,他认为这部剧写的是"特殊的几个人的生活",象征的是"人间全体的生活"。最后,他赞扬这部作品"包罗万象""书斋里的思想,舞台上的情节,都是空前的"。[②]在分析剧作的同时,胡春冰也对奥尼尔做了高度评价,认为奥尼尔之所以能写出伟大的戏剧,是因为他是一位戏剧家中的思想家。该文是20世纪20年代难得见到的关于奥尼尔戏剧的个案研究。

到了20世纪30年代,中国掀起了奥尼尔戏剧的译介热潮。这一时期,国内不仅开始发表或出版奥尼尔剧作的汉译本,还将他的剧作搬上了中国戏剧舞台。1930年,他的独幕剧 *Ile* 由(赵)如琳译为《捕鲸》,刊登在《戏剧》第2卷第1期上。该译本后被《当代独幕剧选》收录,1931年由广州泰山书局出版。1930年,北平大学艺术学院戏剧系表演了熊佛西导演的《捕鲸》,这是奥尼尔

---

① 查士骧. 剧作家友琴·沃尼尔. 北新,1929(8):1185-1192.
② 春冰. 欧尼儿与《奇异的插曲》. 戏剧,1929(5):166-188.

戏剧第一次在中国上演。1930年12月,古有成翻译了他的独幕剧选《加力比斯之月》,内收《月夜》《航路上》《归不得》等7部剧作,由商务印书馆出版。1931年,商务印书馆又推出了古有成翻译的奥尼尔的代表作《天外》。古有成在"译后记"中指出,奥尼尔戏剧在欧洲多国和日本都有表演和阅读,但在中国却遭到文坛的漠视。[①]为了改变这一现状,他又改译了《不同》,1931年连载于《当代文艺》第1卷第2、3期。在译本之前,他对奥尼尔的生平、经历、《不同》这部剧作的价值等做了简要的介绍。他还提出,为适于阅读、便于排演,他将人名、地名、时代、布景等都做了中国化改译,但力求保存原剧精神。[②]

1931年,《现代文学评论》第2卷第1—2期合刊刊登了钱歌川的新译《卡利浦之月》。该译本后被列入"英汉对照文学丛书",由中华书局于1935年出版。1931年6月,上海劳动大学那波剧社上演了邵惟、向培良翻译的《战线内》。[③]1931年,奥尼尔的独幕剧 *The Long Voyage Home* 由马彦祥改译为《还乡》,刊登在《新月》第3卷第10期上。1932年,《新月》第4卷第4期又刊登了顾仲彝改译的《天边外》。1934年,洪深、顾仲彝合译的《琼斯王》刊登在《文学》第2卷第3号上,同年6月该剧由复旦剧社公演。同年,马彦祥译的《卡利比之月》刊登在《文艺月刊》第6卷第1期;袁昌英译的《绳子》刊登在《现代》第5卷第6期上。1936年2月,马彦祥译的《早餐之前》发表于《文艺月刊》第8卷第2号,同年5月在南京公演,获得巨大成功。同年11月,王实味的译本《奇异的插曲》由上海中华书局印行。在这短短几年时间里,奥尼尔的独幕剧 *The Moon of the Caribbees* 有了3个汉译本,他的代表作 *Beyond the Horizon* 有了2个汉译本。由此可见,当时中国文坛对奥尼尔这两本著作的青睐,也体现了中国文学界对奥尼尔戏剧的鉴赏眼光。

随着汉译本的发表或出版,中国学者对奥尼尔戏剧的研究也日趋深入。20世纪30年代初至抗战全面爆发前,国内出现了一些较为重要的综合性评介文章。1931年,中华书局出版了钱歌川的译著《卡利浦之月》,内收他的《奥尼尔评传》。这是最早对奥尼尔的戏剧艺术进行全面论述的文章。[④]该文高度

---

① 奥尼尔.天外.古有成,译.上海:商务印书馆,1931:1.
② 奥尼尔.不同.古有成,译.当代文艺,1931(2):299.
③ 查明建,谢天振.中国20世纪外国文学翻译史(上卷).武汉:湖北教育出版社,2007:183.
④ 刘海平,朱栋霖.中美文化在戏剧中交流——奥尼尔与中国.南京:南京大学出版社,1988:98.

评价了奥尼尔戏剧,认为他的作品真实地再现了社会底层人的生活。钱歌川还敏锐地看到了奥尼尔戏剧多变的风格。他既指出《天边外》《榆树下的欲望》《安娜·克里斯蒂》等剧作的写实主义特点,又点评了《琼斯皇》一剧的表现主义手法。他还较为详细地分析了奥尼尔的象征主义剧作《大神布朗》。他对《奇异的插曲》融合写实主义、表现主义和象征主义的艺术实践也大加赞赏。钱歌川对奥尼尔戏剧的理解颇为精深。

1932年,《青年界》第2卷第1期发表了钱杏村(署名"黄英")的《奥尼尔的戏剧》一文。该文一方面赞扬了奥尼尔戏剧的进步意义,因为他的剧本描写了"这些悲惨的生命"在资本主义国家"是怎样的在和波涛争命";但另一方面又指出了它的阶级局限性,认为奥尼尔没有为这些人"走向光明的生活"指明出路。①钱杏村的这篇文章是站在无产阶级的立场上对奥尼尔戏剧进行评价的。

相比之下,顾仲彝的《戏剧家奥尼尔》更加强调奥尼尔戏剧的进步性。该文详细分析了奥尼尔各个时期的剧作,并对他的戏剧艺术做了精辟的评价。顾仲彝认为:"奥尼尔的成功不单在舞台上,他的注意力也不单在舞台的技巧上,他启示人类向上的奋斗,甚至于在罪恶和耻辱中去找光明。他的戏剧艺术是有进步的。"②在总结奥尼尔在美国戏剧史上的地位时,顾仲彝把他定位为一个"重要的推进者"。

还有一篇值得关注的文章是巩思文的《奥尼尔及其戏剧》。该文对奥尼尔的9部名剧一一做了评析,概括了奥尼尔戏剧的两大显著特征,即"神话的特征"和"抒情的特征"。巩思文还通过对比奥尼尔的剧本与其他剧本,颇为形象地道出了奥尼尔戏剧对美国戏剧的贡献:"美国许多剧本虽然有心,但是贫血。打血的工作,只有奥尼尔能够胜任。"这是因为奥尼尔戏剧重在"表现活泼的真人生"。③这些文章对奥尼尔戏剧的特点、意义、地位等都做了较为全面的论述。

与此同时,讨论奥尼尔单篇剧作的研究成果也颇为丰硕。1932年,《新月》第4卷第4期发表了余上沅的《奥尼尔的三部曲》。该文聚焦奥尼尔的长篇剧作《悲悼》。余上沅认为,虽然《悲悼》取材于古希腊悲剧三部曲《俄瑞斯

57

---

① 黄英. 奥尼尔的戏剧. 青年界,1932(1):163-170.
② 顾仲彝. 戏剧家奥尼尔. 现代,1934(6):956-968.
③ 巩思文. 奥尼尔及其戏剧. 人生与文学,1935(5):461-495.

忒亚》,但两者所表现的思想却截然不同。他指出,《俄瑞斯忒亚》是将一个外部的故事呈现给观众,而《悲悼》则"把精神上的冲突描写成具体的故事",把人物的内心世界"赤裸裸地描画出来"。①余上沅透过《悲悼》看到了奥尼尔戏剧的心理分析特点。

1932年,《独立评论》第27号发表了袁昌英的《庄士皇帝与赵阎王》(《庄士皇帝》即《琼斯皇》)。该文对主人公琼斯的悲剧命运、双重人格以及鼓声的戏剧性效果做了精辟的分析。袁昌英还探讨了洪深的《赵阎王》与该剧的关系。她认为两部剧的结构和内容非常相似,但《赵阎王》不如《庄士皇帝》充满意义。这篇评论是继张嘉铸的《沃尼尔》之后,专门讨论奥尼尔对洪深话剧创作影响的论文。

对于《大神布朗》这部象征主义剧作,中国现代文学家、翻译家萧乾推崇备至。他的文章《奥尼尔及其〈白朗大神〉》刊登在1935年9月的《大公报》上。萧乾用了"奥尼尔味"一词总结了奥尼尔在每部戏上的创新。奥尼尔味就是"以强烈的个性刻印到每篇作品上,拒绝摹拟和揣忆,题旨也不容易捉摸"。②他认为最成功、最有奥尼尔味的应推《白朗大神》。他写道,奥尼尔在该剧中"把现实和象征,生命和死亡打成一片。他企图用生命诠释生命,一个神秘的表现"③。

1936年,中华书局出版了王实味的译著《奇异的插曲》,张梦麟作序。张梦麟试图从社会批判的角度挖掘这部探索心理的剧本。他认为奥尼尔的这部剧作在很多方面都具有现代戏剧中"未曾有的惊异",奥尼尔用一种独特的方式,把人物内心不可告人的思想都揭露了出来。他还认为奥尼尔的剧作虽然"很少触及当面的社会问题",但是"未始不可从他描写的人生中,去看到他所表现的社会",这就意味着他的作品是"更深刻地触到了他所处的时代和社会"。④

值得一提的还有柳无忌的《二十世纪的灵魂——评欧尼尔新作〈无穷尽的日子〉》。该文把《无穷尽的日子》称为"一部现代的奇迹剧",因为它的背

---

① 余上沅. 奥尼尔的三部曲. 新月,1932(4):60-73.
② 萧乾. 奥尼尔及其《白朗大神》//萧乾,文洁若. 书评·书缘·书话. 杭州:浙江大学出版社,2010:139.
③ 萧乾. 奥尼尔及其《白朗大神》//萧乾,文洁若. 书评·书缘·书话. 杭州:浙江大学出版社,2010:140.
④ 奥尼尔. 奇异的插曲. 王实味,译. 上海:中华书局,1936:1-12.

景、内容和精神都是新的,有别于中世纪的奇迹剧。这部剧作折射出奥尼尔的宗教观。文章指出,忏悔和宽恕这两大宗教信条化解了剧中主人公的情感危机,促成了"一个有希望的美满的结局"。对此,柳无忌认为该剧是"一部划分时代的重要作品",虽然在艺术技巧上没有显著成就,但是在剧中的意义方面却有特殊的贡献。①上述文章都透过单个剧本对奥尼尔的戏剧艺术做了较为公允的评价。

　　总的来说,20世纪20年代我国对奥尼尔戏剧的译介与研究比较零散、不够深入。当时国内只有奥尼尔的剧作介绍而没有剧本翻译,研究也主要停留在对他的生平和作品剧情的总体性介绍上。到了20世纪30年代,这种译介与研究的状况有了很大的改观。国内对奥尼尔剧作的汉译、演出和评论研究有了全方位展开,迎来了20世纪上半叶奥尼尔戏剧汉译的全盛期。奥尼尔戏剧中那些大胆、新奇的艺术技巧也为中国剧作家吸收、借鉴,丰富了他们的创作手段。②

① 柳无忌.二十世纪的灵魂——评欧尼尔新作《无穷尽的日子》.文艺,1936(3):9-17.
② 罗选民.外国文学翻译在中国.合肥:安徽文艺出版社,2003:313.

第四章
英美戏剧汉译的转折期(1937—1948)

1937年7月7日,卢沟桥事变爆发,中国由局部抗战转向全面抗战。直到1945年8月15日,日本宣布无条件投降,中华民族为实现民族解放进行了旷日持久的战争。抗战胜利后不久,为推翻国民党统治、解放全中国,中国共产党领导广大民众投身于争取和平民主的斗争中。这一时期(传统上指1937—1948年),英美戏剧汉译事业受到战火牵连,不少翻译家和戏剧家的工作时断时续,一些报刊也因战事被迫停刊,还有些翻译文稿在战火中散失或损毁。尽管如此,战火未能完全阻挡英美戏剧的汉译与研究工作。国内的一些有识之士在异常艰苦的条件下,仍然积极译介大量现实主义剧作,孜孜不倦地对英美经典名剧开展了研究。他们的翻译与研究成果产生了不可磨灭的影响,不仅重振了国民士气与民族精神,而且为实现中国话剧创作的繁荣和中国话剧民族化做出了可贵的贡献。

第一节　抗战时期英美戏剧译介的特征

通常在下列情况下,戏剧翻译可能成为主要的社会活动:第一,当本土戏剧还处于"幼稚期"或正在创立过程中;第二,当本土戏剧处于"边缘"或"弱小"的状态;第三,当本土戏剧面临某种"危机",或处于转折点,或出现真空时。全面抗战时期的戏剧翻译属于第三种情况。抗战全面爆发后,戏剧运动热火朝天,波澜壮阔。本土戏剧创作具有滞后性,难以满足抗日民众对戏剧的迫切需求,抗战爆发后不久便出现了"剧本荒"。翻译英美戏剧成了缓解"剧本荒"

的一条有利捷径。在抗战语境下，英美戏剧作品的译介呈现出以下特点。

首先，译介选材凸显趋时性主题。有学者将抗战时期文学翻译的特征描述为"趋时性"，即文学翻译应"为当下现实服务"。[①]作为战时文学翻译中"影响最为广泛"的戏剧翻译，[②]其最显著的一大特征也同样是"趋时性"。这是译者响应战时文艺政策，顺应历史语境的必然。"趋时性"主要体现在翻译剧本的主题选择上。美国左翼戏剧，尤其是反法西斯剧作，成为译界新宠。《自由万岁》《第五纵队》《守望莱茵河》等译本大受欢迎，因为它们真实、生动地突出了反战、爱国、救亡等主题。《月亮上升》《消息传开了》《骑马下海的人》等剧作也受到译者的青睐。这些剧本所表现的民族独立的主题与中华民族的抗敌政策相吻合。英美经典名剧，在抗战时期也被大量译介。经典名剧常表现正义、自由、和平等主题，同样成为鼓舞民心的精神武器。

其次，剧本翻译偏向使用本土化策略。为了顺应主流政治意识和接受情境，许多译者将英美戏剧与抗日救国的时代语境相结合。他们常采用改译、译述、编译等策略，对英美剧本进行本土化移植，使英美戏剧与中国抗战产生关联。有学者统计，全面抗战时期共出版翻译剧单行本110种，其中包括79种改译剧，约占72%；还有50种改译剧被收录于30部戏剧集，约占此类翻译剧总数（68种）的73%。[③]这些数据表明，以改译为代表的本土化策略被普遍运用于战时外国戏剧的翻译中。

这一时期，引入中国的英美戏剧几乎都经过了不同程度的本土化移植。改译的剧本有英国戏剧家休伯特·亨利·台维斯的《寄生草》（洪深改译）、亨利·阿瑟·琼斯的《圆谎记》（朱端钧改译）和《遗志》（陈澄改译）；美国戏剧家奥尼尔的《天边外》（顾仲彝改译）、费契的《撒谎世家》（李健吾改译）、乔治·开甫曼和埃德娜·法尔培的《晚宴》（石华父改译）等。还有一些译述或编译剧本，如唐长孺译述的奥尼尔的《月明之夜》、于伶和包可华根据赖斯的《法律顾问》编译的《上海一律师》。经过本土化移植后的英美戏剧，有了民族化的表现形式与精神内涵，在战时中国发挥了不可忽视的宣传作用。

最后，译者常利用副文本传达英美戏剧的政治意蕴。在战时特殊的历史

---

① 廖七一.抗战历史语境与重庆的文学翻译.外国语文,2012(2):17.
② 廖七一.抗战时期重庆的戏剧翻译.外语与外语教学,2013(5):58.
③ 王建开.五四以来我国英美文学作品译介史(1919—1949).上海:上海外语教育出版社,
　2003:234-235.

语境下,英美戏剧译者高度关注翻译剧本的社会功能和接受效果。他们通过添加译序、译后记、译跋等副文本,对所译剧本进行评论与介绍,目的在于引导读者对所译剧本做出政治化解读。副文本中的评价性叙事,提供了一个诠释框架,表明了叙事者的观点立场。对于未受过多少文化教育的普通读者而言,它们除了具有唤醒民众、开启民智的作用,更能发挥激发斗志、鼓舞士气的功效。如冯亦代译的《人鼠之间》和《千金之子》、杨晦译的《雅典人台满》都有丰厚的副文本,或揭示作品的主题,或阐发剧作的意义,或阐释译介的缘由,不一而足。经过译者的解读和诠释,这些英美剧作有了"现实指向"与"政治指涉"[1],产生了更多振奋人心的力量。可以说,副文本拓宽了翻译的疆界,它们和剧本译文一起构成了互文关系,共同承担起为民族解放服务的神圣职责。

无论是剧本的选择还是译介策略的选用,战时的英美戏剧译者都紧跟时局,强化译本的政治宣教功能,服从并服务于抗日战争。

第二节　战时莎士比亚剧作的译介与研究

在战火纷飞、民不聊生的年代,中国对莎士比亚剧作的译介与研究事业仍未中断,这与翻译家和戏剧工作者所做的艰苦努力密不可分。

20世纪30年代初,曹未风就计划翻译《莎士比亚全集》。1942—1944年,贵阳文通书局出版了《仲夏夜之梦》《第十二夜》《微尼斯商人》《暴风雨》《凡隆娜二绅士》《如愿》《罗米欧与朱丽叶》《马克白斯》《错中错》《汉姆莱特》等曹译莎剧。除《仲夏夜之梦》《第十二夜》《错中错》之外,其余7种,加上《李耳王》《安东尼及枯娄葩》,又于1946年由上海文化合作股份有限公司出版发行。

翻译莎剧功绩最大的当属朱生豪。他在1935—1944年,以坚强的意志和对文学艺术的酷爱,完成了31种又两幕(《亨利第五》只翻译了两幕)的莎剧翻译工作。1947年,上海世界书局出版了《莎士比亚戏剧全集》,收录27种朱译莎剧(4种历史剧除外),分3辑出版。第1辑收有《皆大欢喜》《终成眷属》《冬天的故事》等9种喜剧和传奇剧;第2辑收有8种悲剧,包括《汉姆莱脱》《奥瑟

---

① 穆海亮. 政治意蕴与世俗立场的合流与悖反——论孤岛翻(改)译剧的文化品格. 南大戏剧论丛,2021(2):26.

罗》《李尔王》《麦克佩斯》这四大悲剧；第 3 辑收入 10 种喜剧和杂剧，如《驯悍记》《爱的徒劳》《温莎的风流娘儿们》等。每辑卷首都有"莎翁年谱"，第 2、3 辑卷首还有"译者自序"及朱生豪夫人宋清如女士写的"译者介绍"。朱译莎剧不仅成果最多，而且成就最高，可谓"替中国近百年翻译界完成了一项最艰巨的工程"[①]。

　　20 世纪 40 年代，出现了两位用诗体翻译莎剧的杰出代表。第一位是戏剧家曹禺。1944 年，重庆文化生活出版社发行了曹禺翻译的《柔蜜欧与幽丽叶》。该译本又于 1945—1948 年在上海推出 3 版。曹禺用诗体形式和富有音乐性的语言，较好地传达了这部爱情悲剧的诗意和激情。他的译本具有浪漫主义诗剧的特色，再现了原著的神韵和文采。第二位诗译莎剧的代表是翻译家孙大雨。1948 年，商务印书馆在上海发行了他翻译的《黎琊王》。译本分上下两册，上册为序言和剧本译文，下册有注解和附录。孙大雨在序言中写道："原作三千多行，三分之二是用五音步素体韵文写的，译文便想在这韵文型式上也尽量把原作的真相表达出来。"[②]他用"音组"的形式翻译原作的"韵文"，成功地再现了莎翁原作的风貌。

　　在抗战大后方，还有一个重要的莎剧译本，即杨晦的《雅典人台满》。译本前有长达 34 页的译序，力图用马列主义的观点分析莎士比亚作品。[③]杨晦阐释了造成台满悲剧的时代原因与社会根源，并在此基础上批判了资产阶级的处世哲学。他还论述了这部悲剧的进步意义，"这仿佛是一篇哲学的论文，或是一本政治的小册子""向当时的社会发出愤怒的呼号，下了猛烈的攻击"。[④]剧本译文后附有译后记，揭示了他的翻译动机，是想借此机会向社会抗议。在谈到"以诗译诗"问题时，他认为"实在不必要用诗的形式来写剧本的对话"，只要译本"读得上口"，使读者"能把握原著的内容与意义，也就可以"。[⑤]可见，与孙大雨重在探索莎剧翻译的艺术境界相比，杨晦更注重莎剧译本的可读性。

　　这个时期的莎剧译本还有梁实秋译的《暴风雨》(1937)、蒋镇译的《暴风

① 转引自：田本相. 中国现代比较戏剧史. 北京：文化艺术出版社，1993：451.
② 莎士比亚. 黎琊王. 孙大雨，译. 上海：商务印书馆，1948：11.
③ 曹未风. 莎士比亚在中国. 文艺月报，1954(4)：31.
④ 莎士比亚. 雅典人台满. 杨晦，译. 重庆：新地出版社，1944：7.
⑤ 莎士比亚. 雅典人台满. 杨晦，译. 重庆：新地出版社，1944：234.

雨》(1938)、孙伟佛译的《该撒大将》(1938)、周庄萍译的《哈梦雷特》和《马克白》(1938)、梁实秋译的《第十二夜》(1939)、邱存真译的《知法犯法》(1944)、李慕白译的《麦克柏司》(1945)以及张常人译的《好事多磨》(1947)等。

20世纪三四十年代,我国的戏剧工作者仍不间断地在舞台上传播莎剧。1937年6月,上海业余实验剧团根据田汉译本公演了《罗蜜欧与朱丽叶》。这是中国舞台上第一次成功的莎剧演出。[①]与此同时,还有一场影响深远的莎剧演出:国立戏剧专科学校(简称"国立剧专")采用梁实秋译本成功地搬演了《威尼斯商人》。全面抗战爆发后,为筹募难民捐款,上海新生话剧研究社于1938年演出了邢云飞改编自《罗密欧与朱丽叶》的《铸情》。同年7月,国立剧专为台儿庄大捷在重庆举行劳军公演,根据梁实秋译本上演了《奥赛罗》。1942年,国立剧专在四川江安公演《哈姆雷特》,这是该剧在中国首次较为完整的演出。剧本由梁实秋翻译,焦菊隐导演,同年11月和12月,在重庆两次复演。复演时,校长余上沅指出,哈姆雷特的反抗精神正是中国人民所需要的。[②]1944年1月,神鹰剧团在成都首演《柔蜜欧与幽丽叶》。此次的剧本是导演张骏祥请曹禺翻译的,这是抗战时期艺术成就较高的一次莎剧演出。

抗战时期,还出现了影响较大的"民族化"改编的莎剧演出。1944年5月,上海艺术剧团首演话剧《三千金》。该剧由顾仲彝根据《李尔王》改编,同时借用了中国戏曲《王宝钏》的主题意蕴,旨在宣扬中华民族的孝悌之道。1945年4月,李健吾的《王德明》(演出时易名为《乱世英雄》)在上海公演,连演6个月,盛况空前。该剧改编自《麦克白》,吸收了元杂剧《赵氏孤儿》中搜孤救孤的情节,全剧洋溢着中华民族的忠义精神。艺术家们对莎剧民族化的有效探索,促进了莎剧与中国传统戏曲的融合与对话。

这一阶段,莎剧的研究工作也取得了新的进展。1937年5月,鲍志一在《清华月刊》第1卷第1期上发表了论文《莎士比亚的悲剧原理》。同年6月至7月,《新演剧》第1卷第2—4期刊译了3篇谷渥兹德夫的《莎士比亚演出史》(文殊译)。1937年8月1日,《戏剧时代》第1卷第3期刊出了"莎士比亚特辑"。该特辑刊登了莎剧评论文章3篇,包括宗白华的《莎士比亚的艺术》、梁实秋的《莎士比亚的戏剧艺术》和张庚的《关于罗蜜欧与朱丽叶》。梁实秋的论文概

---

① 孟宪强.中国莎学简史.长春:东北师范大学出版社,1994:26.

② 曹树钧,孙福良.莎士比亚在中国舞台上.哈尔滨:哈尔滨出版社,1989:105.

括了学界公认的莎剧的主要特点，如客观性、象征性、音乐性等。1939年5月出版的《译报周刊》第2卷第6期刊译了斯柏斯基的《莎士比亚戏剧在苏联——莎士比亚诞生三七五年纪念》（莫德音译）。

　　莎学专著的译本也相继出版。1941年10月，世界书局在上海出版了由英国斯米吞著、戚治常译的《莎士比亚评传》。全书共13章，全面评述了莎士比亚的戏剧创作、艺术特色以及各种版本情况，该书于1946年5月再版。1943年，桂林文汇书店出版了苏联知名学者合著的《莎士比亚新论》，内收狄纳莫夫和斯米尔诺夫的论文（宗玮、克夫译）。该书用社会学批评方法对莎士比亚及其作品做了高水平的述评。

　　20世纪40年代，在空前艰苦的条件下，期刊上的莎剧评论与研究也经久不息。1941年1月，《文艺杂志》第1卷第1期发表了张天翼的《谈哈姆雷特———封信》。1941年9月，《戏剧岗位》第3卷第1—2期合刊载有《莎士比亚在苏联舞台上》一文。该文由莫洛佐夫撰写，潘子农和李丽水翻译。同年10月出版的《文艺生活》第1卷第2期上刊登了焦菊隐的《俄国作家论莎士比亚》。1943年7月，《时与潮文艺》第1卷第3期发表了柳无忌的《莎士比亚的该撒大将》。郑伯奇辑译的《〈哈姆雷特〉源流考》于1943年9月发表在《中原》第1卷第2期上。1944年，上海出版的《文艺世纪》第1卷第2期刊登了毕基初的《谈莎士比亚悲剧〈马克白〉》。1945年2月，哈烈逊著、葛一虹译的《莎士比亚的研究》刊登在《文艺先锋》第6卷第1期上。1946年，又有一些重要的莎剧研究论文见刊，如陈瘦竹的2篇《莎士比亚及其〈马克白〉》（《文潮月刊》第1卷第4、5期）和赵景深的《汤显祖与莎士比亚》（《文艺春秋》第2卷第2期）。赵景深的论文第一次将中国戏曲家与莎士比亚进行比较研究。1948年，《文潮月刊》第4卷第6期的"莎翁专辑"刊有田禽的《剧圣莎士比亚》和梁实秋译的《仲夏夜梦序》。

　　在莎剧汉译的第3个时期，中国翻译家和戏剧工作者克服种种困难，以多种形式向我国文艺界和广大民众介绍莎士比亚戏剧。他们的译介活动充分发挥了莎士比亚戏剧独特的艺术力量，起到了重振国民精神的积极作用。在莎剧研究领域，既出现了综述性研究，也不乏个案研究，还有比较文学研究。这些丰硕的研究成果，为我国莎学研究的深入发展打下了坚实的基础。

第三节 战时萧伯纳剧作的译介与研究

萧伯纳是备受中国文坛关注的英国戏剧家之一。他的剧作早在1912年就被翻译到中国。五四时期,我国译者具有十分明确的功利性译介意识,译介的萧伯纳戏剧多以他的社会问题剧为主。这就导致国内读者对萧伯纳戏剧的认识较为单一和片面。

20世纪30年代后期至40年代,中国对萧伯纳戏剧的译介呈现出多元化发展的趋势。译介作品不仅覆盖萧伯纳创作的不同时期,而且涉及各种类型的剧作。出版的译本有他早期创作的历史剧《魔鬼的门徒》(陈治策改译,1939),以及神秘剧《干迪达》(徐百益译,1940),另译《康蒂妲》(陈瘦竹译,1943)和《康第达》(朱文振译,1944)。更多的是他的中期作品,如哲理剧《人与超人》(蓝文海译,1937;汪明玉译,1948)和《音乐治疗》(宗仍译,1948);独幕趣剧《一封情书》(徐百益译,1939),《他怎样向她丈夫撒谎》(赵曼叔译,1942),另译《他怎样哄她的丈夫》(宗仍译,1948),《战时"帝国"》(邵介改译,1942)及《奇双会》(胡春冰译,1944)。还有一部是他后期创作的政治狂想剧《日内瓦》(戊佳译,罗吟圃译,白樱译,陈东林译,白林译,1940)。①国内对萧伯纳剧作的汉译已从他的社会问题剧转向了其他类型的剧作。

多元化趋势还体现在萧剧译本的多样性上。有些剧作,如《康蒂妲》《他怎样向她丈夫撒谎》《人与超人》《日内瓦》等,出现了2~5个不同版本的中译本。这些作品之所以广受译者欢迎,与当时的时代和政治语境有着密切的关系。抗战时期,面对日本帝国主义的侵略,中国民众的政治热情日益高涨,译介具有进步思想的作品成为当务之急。萧伯纳的作品大多描写现实社会,关注社会伦理问题。如《康蒂妲》塑造了一个独立意识很强的"新女性"形象。《他怎样向她丈夫撒谎》对"人的自我解放"这一问题进行了深入思考,表达了他对虚伪道德的批判和真实人生的关注。②《人与超人》表达了他对战争的憎恶之情。正如茅盾所言,剧中"唐西恩在地狱中之对谈",将其嫉恶战争之情

---

① 关于萧伯纳创作分期的问题,详见:杜鹃.萧伯纳戏剧研究.苏州:苏州大学出版社,2012.
② 刘茂生,谢晨鹭.萧伯纳戏剧中的伦理表达与道德教诲——以《他怎样对她的丈夫说谎》为例.江西师范大学学报(哲学社会科学版),2018(2):63.

畅说无疑,"尤足为当今之好战者下一棒喝"。①《日内瓦》一剧对法西斯主义做出了谴责。所以,许多译者选择这几部剧作,很大的可能是因为它们符合主流意识形态,能够反映中国当时的社会现实。

　　从同一部剧作的诸多译本中,我们可以发现,不同的译者对萧伯纳原著进行了不同程度的干预。以译本最多的《日内瓦》为例,戊佳和罗吟圃的译本均为全译本,白樱、陈东林和白林的译本则都是刊登在期刊上的编译本。在两个全译本中,译者基本采取了直译和意译相结合的方法。虽然译者使用了一些个性化的语言,但仍然尽力忠实于原文的内容。相比之下,在这3个编译本中,译者对原文的操纵和改写表现得较为明显。他们都不约而同地选译了这部剧作的第三幕,而对第一、二幕,都只是描述了剧情梗概。这可能是因为期刊版面有限,译文既要确保全剧情节的明晰,又要凸显剧本最重要的部分。第一、二幕有很多冗长的对白,而第三幕被公认为是最主要且最有趣的部分,所以他们才选择了这种特殊的翻译方法。

　　除了剧本译本,20世纪30年代后期国内还出版了一些关于萧伯纳的重要著译作品。1937年2月,商务印书馆出版了金东雷的《英国文学史纲》,称萧伯纳为"自由的战士",并在第13节中对萧氏的哲学、戏剧提要及创作风格做了概述。同年5月,《艺文线》创刊号发表了曼利和里克特作、赵景深译的《萧伯纳的戏剧》。该文从《陋巷》一剧出发,概括了萧剧的结构特点,如注重剧本前的序和舞台指示,不用传统分幕法等。1938年,上海西风社出版了黄嘉德编译的《萧伯纳情书》。书中收录了萧氏与英国著名女演员爱兰黛丽的100封通信,内容不仅涉及两人的友谊关系,还包含萧伯纳对戏剧艺术的见解。1939年,林履信的《萧伯纳的研究》由商务印书馆出版。这是中国较早的,具有代表性的萧伯纳研究专著。该书分八个章节,比较全面地评介了萧伯纳戏剧。其中,第三章和第八章从"作剧的动机和新剧运动的影响""作剧的目的和成功的秘诀"以及"萧剧的特质"等方面,细致地分析了萧伯纳的代表剧作及其艺术思想。书后附有萧氏著作目录和中外文研究参考书。林履信的著作显示出较高的学术水准,对萧剧的特质有比较准确的认识,林履信认为戏剧是萧氏用于宣传"社会主义思想的武器"②。

---

① 萧伯纳.地狱中之对谈.四珍(茅盾),译.学生杂志,1919(2):25.
② 林履信.萧伯纳的研究.上海:商务印书馆,1939:248.

进入20世纪40年代,萧剧评介文章依然屡见于各种报刊。1941年6月,《译文丛刊》第3期发表了秋斯翻译的英国伊文斯的论文《现代英国的戏剧——从谢力顿到萧伯纳》。文中指出,萧的最大的天赋是他的隽语。同年11月,上海出版的《西风》第63期刊登了黄嘉德的《八十五岁的萧伯纳》,该文对各个时期的萧剧做了简要介绍。1942年,《新崇明报》推出了韦戈的《萧伯纳的写剧经验谈》。1943年,陈瘦竹的《萧伯纳及其〈康蒂姐〉》相继发表于《国立戏剧专科学校校友通讯月刊》第4卷第10期和《文艺先锋》第3卷第5期,后来作为《康蒂姐》的译序出版。作者对这部不朽的著作做了高度评价,认为其作剧技巧"明净轻巧,紧凑有力",人物"异常经济",舞台说明"特别详尽"。①1945年4月,《西风》第75期发表了魏根纳著、谢庆尧译的《萧伯纳及其作品》。在谈到萧翁的戏剧理论时,作者认为萧伯纳反对"为艺术而艺术"的传统艺术观念,反对"盲目接受传统道德观念",特别反对"以爱情为题材的剧本",主张"用喜剧的方式去宣传他的思想",以人类本性为出发点去写历史剧。②1947年6月出版的《中国青年》复刊第4号上刊载了皮尔逊的《论萧伯纳的戏剧》,译者是英新。1948年,徐百益在《家庭年刊》第5期上发表了《读剧随笔:萧伯纳的〈人与超人〉》。

1949年前,萧伯纳的著名剧作几乎都被汉译到了中国,一些名剧还出现了不同译者翻译的多个版本。学界对萧伯纳戏剧研究的深度和广度也日渐加强,开始把注意力从萧剧的思想价值转向艺术价值,并对萧氏的创作技巧和艺术思想做了较为深入的探讨。这一阶段的译介和研究成果对国人全方位、多元化地认识萧剧发挥了重要的媒介作用。

第四节　战时英国风俗喜剧的译介与研究

风俗喜剧,又译世态喜剧、社会喜剧,常描写并讽刺某一特定阶级或社会的风尚和习俗,具有语言机智、情节纠葛、人物鲜明等特点。③英国风俗喜剧兴起于17世纪二三十年代,到王政复辟时期达到全盛。这一时期诞生了一位著名的风俗喜剧作家威廉·康各瑞夫。其后出现的代表作家有哥德史密斯、

---

① 萧伯纳. 康蒂姐. 陈瘦竹,译. 成都:中西书局,1943:22,24.
② 魏根纳. 萧伯纳及其作品. 谢庆尧,译. 西风(上海),1945(75):261-262.
③ 杜定宇. 英汉戏剧辞典. 上海:上海译文出版社,2013:170.

谢立丹、琼斯、王尔德、阿瑟·平内罗、巴蕾、毛姆和诺埃尔·考禾德等。

　　这些剧作家中，最早被译介到中国的是王尔德。早在五四运动前后，王尔德的《意中人》（薛琪瑛译，徐培仁译为《一个理想的丈夫》，林超真改译为《理想良人》）、《遗扇记》（沈性仁译，另有潘家洵译的《扇误》和《温德米尔夫人的扇子》，以及洪深改译的《少奶奶的扇子》）、《同名异娶》（王靖、孔襄我译）、《一个不重要的妇人》（耿式之译）等风俗喜剧作品就已进入国人视野。20世纪20年代末，台维斯①的《寄生草》（朱端钧改译，此前还有陈泉译本和赵元任译本）、谢立丹的《造谣学校》和哥德史密斯的《诡姻缘》（均为伍光建译）也相继问世。20世纪30年代初期至中期，国内涌现出更多的英国风俗喜剧译本，如巴蕾的《可钦佩的克来敦》（余上沅译，熊式一译为《可敬的克莱登》）、《半个钟头》《七位女客》《我们上太太们那儿去吗》《十二镑的尊容》《遗嘱》《洛神灵》（均为熊式一译），平内罗的《谭格瑞的续弦夫人》（程希孟译），毛姆的《毋宁死》（方于译）等。此后，英国风俗喜剧作品的汉译持续不衰。

　　即使在战争年代，也不断有新译本推出。1937年，国内出版了3部英国风俗喜剧译著：陈绵转译的毛姆的《情书》、杨逸声译述的王尔德的《少奶奶的扇子》和王象咸译的康各瑞夫的《如此社会》。1938年5—10月，戴小江译的巴蕾的《十二金镑的面孔》连载于《蜀风月刊》第3卷第2—5期、第4卷第1—2期。同年6月，考禾德著、芳信译的《私生活》由中国图书杂志公司在上海出版。1939年11月，杨威廉译的巴蕾的《拾贰磅》载于《戏剧杂志》第3卷第5期。至此，巴蕾的这部独幕剧有了熊式一、戴小江和杨威廉所译的3个译本。1940年1月，《寄生草》又被洪深改译，由上海杂志公司在重庆发行，并于1945—1948年3次再版。其后不久，王尔德的《理想丈夫》（怀云译述，1940）和《少奶奶的扇子》（石中译，1941）再次被重译。1943—1944年，刘芄如译的毛姆名剧《循环》连载于《戏剧月报》第1卷第4—5期。1944年2月，毕竑译的巴蕾的《名门街》被辑录到重庆青年书店发行的"近代世界名剧百种选"中。同年3月，世界书局在上海出版了朱端钧改译的琼斯的《圆谎记》。1946年4月，王尔德著、胡双歌译的《莎乐美》由星群出版公司在上海出版。1947年7—11月，琼斯的《结婚生活》由徐春霖翻译，连载于《文艺先锋》第11卷第1—3/4合期。1948年2

---

① 台维斯虽被称为严肃喜剧作家，他的《寄生草》却是一个在20世纪三四十年代的中国广为流传的风俗喜剧剧本。

月,上海正谊出版社出版了孙剑秋译的世界名剧译丛"爵士夫人及其他",内收巴蕾的《爵士夫人》。

除书刊的译介之外,英国风俗喜剧还以舞台剧和影片的形式呈现在国人眼前。1937年6月,巴蕾的《名门街》电影在南京上演。他的《可钦佩的克来敦》被黄佐临改编为《荒岛英雄》,1944年由上海苦干剧团多次演出。1939年12月,中青剧社在上海公演《寄生草》。该剧后由上海剧艺社演出,采用洪深改译本,朱端钧任导演,演出从1940年持续到了1941年。在此期间,上海剧艺社还上演了《圆谎记》。这两部剧的演出场次分别是27场和36场。[①]上海剧艺社公演的《少奶奶的扇子》(洪深改译,洪谟导演)也受到较多关注。复旦剧社于1941年3月在上海公演《少奶奶的扇子》,由姚克导演。1941年底《寄生草》在重庆上演。1945年9月,为了庆祝抗战胜利,该剧再次公演。20世纪40年代初,毛姆的《毋宁死》和《情书》也被搬上了戏剧舞台。

从上述译介情况来看,英国风俗喜剧代表作家的作品几乎都被翻译到了中国。其中,汉译剧目最丰富的是巴蕾的作品;重译最多的剧作是王尔德的《理想丈夫》和《少奶奶的扇子》,以及台维斯的《寄生草》;后两部剧作,加上琼斯的《圆谎记》,又高居演出次数榜首。在其他零星翻译的剧作中,康各瑞夫的《如此社会》被视为英国风俗喜剧的巅峰之作。[②]再看译者群体,英国风俗喜剧的译者多是在文学翻译、戏剧创作、舞台导演等领域造诣深厚的名家,如熊式一、潘家洵、伍光建、芳信、陈绵、洪深、朱端钧、余上沅等。无论是选剧的质量,还是汉译的版本,抑或译者的名望,都可以说明英国风俗喜剧在20世纪三四十年代的中国备受瞩目。

英国风俗喜剧译介盛况的背后有诸多影响因素,主要包括剧作自身的价值、社会与文化语境、特定时期受众的期待视野等。首先,对于被笼罩在战争阴霾下的国人,英国风俗喜剧能带给他们精神上的慰藉。这种轻松诙谐的戏剧,正是当时紧张、忧愁、苦闷的中国民众所需要的,他们能借此获得情感的宣泄和心灵的放松。

其次,这类喜剧使人们在放松之余,也会或多或少地对现实人生进行反思。英国风俗喜剧总体倾向于现实主义,常透过恋爱、婚姻等日常生活,对人

---

① 穆海亮. 政治化与世俗化的合流与悖反——上海剧艺社研究. 南京大学博士学位论文, 2012:276-278.
② 何其莘. 王朝复辟时期的风俗喜剧. 外国文学,1998(5):68.

性的弱点进行温和的讽刺和温婉的批评。如《圆谎记》讽刺人的撒谎习性，《寄生草》批判人的惰性和依赖性。这些风俗喜剧经过"中国化"改译之后，更容易使中国观众看到现实中的自己，对自身的缺点多一分清醒的认识。这对于"现代中华民族品格的蜕变与升华"也起到了积极作用，[①]因为"幽默派独到的生活发现使人们在昏沉麻木中愕然惊醒，并能唤起他们对于现实黑暗与生活丑陋的厌恶与抗争"[②]。正是这种强烈的现实性，使英国风俗喜剧受到国内翻译家和戏剧家的重视。

最后，英国风俗喜剧的艺术性也是其在中国盛行的重要因素。英国风俗喜剧以世俗化的题材、复杂的情感纠纷、机智风趣的对白，迎合了中国广大市民阶层的审美情趣。它们的艺术魅力也感染了中国译者。如王象咸在《如此社会》的"自序"中写道："材料的丰富，意境的新颖，情节的紧张，比喻的俏皮，别有一番风姿。"[③]从中可见他对康各瑞夫喜剧艺术的欣赏。对于中国剧作家而言，英国风俗喜剧的汉译为他们的喜剧创作提供了丰富的借鉴：受王尔德、毛姆、康各瑞夫的影响，丁西林、宋春舫、袁牧之等人的喜剧于幽默中流露出机智俏皮；王文显、李健吾、杨绛等则接受了巴蕾喜剧中讥嘲讽刺的艺术风格。概括而论，英国风俗喜剧的入世情怀、批判态度及美学品格满足了国人在社会转型时期的精神需求，因此对其的译介十分兴盛。

与译介的盛况相比，这一时期国内学界对英国风俗喜剧的研究略显薄弱。研究成果多为对剧作家生平、创作历程及艺术成就等方面的概述，大致可分为以下几类。

一是英国风俗喜剧作品译本中的序和跋。这些副文本是评价原作者的珍贵资料。如陈绵在《情书》的序中评点了毛姆的"倒叙法"，指出这在舞台上是第一次运用。译者还将该剧与毛姆的另一个风俗喜剧做了对比，认为《情书》虽作剧技巧可取，但没有多少文学价值和哲学意义；而《循环》的哲学和文学意味太深，不适合演出。毕竑译的《名门街》卷首附有一篇介绍巴蕾的文章，对其做了高度评价："他智慧赅博如高尔斯华绥，德性沉潜如琼司，谈言微中如辛琪，玄想绝俗如邓生尼，达理如安汶，机智如萧，技巧精到如平内罗，但

① 马俊山.演剧职业化运动研究.北京:人民文学出版社,2007:110.
② 隗芾.中国喜剧史.汕头:汕头大学出版社,1998:335.
③ 康各瑞夫.如此社会.王象咸,译.重庆:商务印书馆,1937:1.

他却是他们中间最有创造性的一个,他有着众人所不及的姿媚和优雅。"①洪深在《寄生草》的跋中说,这个剧本的演出使中国观众"接受了西洋喜剧的精神"②。这些对英国风俗喜剧作家作品的评论,尽管不乏独到的见解,但还是以印象式评点或介绍为主。

二是综合性评介英国风俗喜剧的著作和论文。比较重要的成果有巩思文的《现代英美戏剧家》(长沙商务印书馆,1939年)和孙晋三的《现代英国的戏剧主潮》(《时事新报》,1944年)。巩思文专辟章节分别介绍考禾德和毛姆。作者从写剧的动机、方法、技巧的创新等方面,对考禾德的作品做了详细的评介,认为他有编剧的天赋和丰富的舞台经验,是当时英国最受欢迎的、第一流的戏剧家。在评论毛姆的风俗喜剧时,作者先对风俗喜剧的概念和历史做了简要论述,然后将毛姆与其他风俗喜剧作家进行比较,认为王尔德改革了风俗喜剧的形态,琼斯对之进行了新的实验,但最能把握住王政复兴戏剧精神的,只有毛姆。另外,该书还论及康格列夫喜剧的艺术特点,认为他的幻想轻逸,辞句机智细腻。孙晋三则在其论文的第五部分对王尔德、毛姆、考禾德等的作品做了简评。他指出,毛姆的《圆圈》(即《循环》)称得上是"自然主义化"了的《少奶奶的扇子》,但由于时代不同,两剧的处理和作者的态度也有着很大的差异。他还认为,考禾德的喜剧效果最佳,对话之轻俏,令一般作者望尘莫及。以上两位学者对英国风俗喜剧及其代表作家做了较为细致的评述。

三是关于英国风俗喜剧作家作品的个案专论。讨论巴蕾的文章最多,如巩思文的《英国新故戏剧作家巴蕾》(《国闻周报》1937年第28期)、桐君的《詹姆士巴蕾和他的戏剧》(《新中华》1937年第14期)、邹佩玲的《巴蕾》(《话剧界》1942年第5期)、吴瑞麟的《巴雷的平等观念》(《民族文学》1943年第4期)等。其中,巩思文分析了《拾贰磅》这部巴蕾讨论妇女问题的代表作,认为巴蕾不留情面地攻击男人对女人的态度。桐君的论文集中论述了巴蕾的创作特点:对人物充满同情,讽刺极富幽默,浪漫的幻想和深刻的现实交织,"描写细致而又善于表现个性心理"③。该文是20世纪30年代后期巴蕾研究中比较全面、深入的一篇专论。邹佩玲虽肯定了巴蕾戏剧创作的独特性,但同时认为他没有做出特殊的贡献。吴瑞麟主要对巴蕾名剧《可钦佩的克莱敦》的中译

---

① 巴蕾. 名门街. 毕弦,译. 重庆:重庆青年书店,1944:9.
② 台维斯. 寄生草. 洪深,译. 上海:上海杂志公司,1948:114.
③ 桐君. 詹姆士巴蕾和他的戏剧. 新中华,1937(14):59.

本进行了评介。

此外,还有几篇关于王尔德的译介和评论文章。1943年7月,盛澄华译的《忆王尔德》发表于《时与潮文艺》第1卷第3期。该文系法国著名作家纪德为王尔德周年纪而作,是研究王尔德的重要文献之一。1946年11月,在广州出版的《文坛》新10期载有蒙塔古·萨米作、李联译的《王尔德的悲剧》。该文认为《少奶奶的扇子》和《诚恳之重要》(即《同名异娶》)是王尔德戏剧中最伟大的两部。1947年5月12日的《时事新报》刊登了陶纳的《英国戏剧家王尔德》,该文对王尔德精巧的语言及其蕴含的智慧极其赞赏。

一些剧评对英国风俗喜剧的研究也有一定的参考价值。1938年7月24日,在上海出版的《导报》刊登了易之的《〈私生活〉读后感》。作者认为考禾德的这部剧作真实地暴露了市民阶级私生活的空虚和无聊。龚炯在《剧评之辑〈圆谎记〉》中说,琼斯以优越的机智、风趣的对白、灵巧的结构,为观众照亮了人生之路,也使他在19世纪的剧坛上,巍然屹立于巴蕾和萧伯纳两大巨匠之间。[①]

总的来说,这一时期我国对英国风俗喜剧的研究较为零散,系统深入的研究成果尚显不足。这也许和当时研究者出于借鉴外国剧作、促进文学传播的目的相关,也可能是因为喜剧理论建设的薄弱所限。尽管如此,这些研究成果加深了国人对英国风俗喜剧作品的理解,推动了英国风俗喜剧译作在中国的传播。丰硕的译介成果又为研究提供了丰富的素材,两者相得益彰,为中国现代风俗喜剧的发展带来了可资借鉴的资料。

第五节　战时奥尼尔剧作的译介与研究

在美国戏剧汉译史上,最受重视的剧作家是奥尼尔。中国对奥尼尔戏剧的译介和研究始于20世纪20年代,至30年代掀起了第一股热潮。抗日战争全面爆发后,由于奥尼尔剧作的战斗性和革命性不强,中国的"奥尼尔热"有所减退。20世纪40年代,尽管恶劣的战争环境使中国的奥剧译介与研究受挫,但并没有完全陷入沉寂。

1937—1948年,国内有多部奥尼尔剧作的汉译本出版。1937年6月,唐

---

① 龚炯. 剧评之辑《圆谎记》. 小剧场:半月丛刊,1940(4):25.

长孺译述的《月明之夜》(另译《啊,荒野!》)被冠以"世界戏剧名著",由上海启明书局出版,1939年4月再版。1938年10月,上海剧场艺术出版社出版了范方翻译的《早点前》。该译本后被收录于舒湮编的《世界名剧精选》(第1集),1939年12月由上海光明书局出版,1941年1月再版,1946年3月推出第4版。1943年,该译本又被收录于文宪选注的《话剧选》,由桂林文化供应社出版,1948年8月推出沪新1版。此外,顾仲彝翻译了奥尼尔的《天边外》(改译)和《琼斯皇》。这两个剧本合成1册,以《天边外》为书名,于1939年2月由商务印书馆在长沙出版发行。该译本被列为"世界文学名著",于1940年5月再版,1947年3月推出第3版。这几个译本的再版情况表明,即使在战乱年代,奥尼尔的经典名剧在中国也备受推崇,可见其巨大的艺术魅力。

　　1944年1月,重庆大时代书局发行了张尚之翻译的世界独幕剧名剧选《良辰》,内收奥尼尔的《划了十字的地方》。同年5月,李庆华根据《天边外》改译的《遥望》由重庆天地出版社出版。1945年10月,王思曾节译的《红粉飘零》(《奇异的插曲》的另一种译本)由南京独立出版社印行。1946年7月,顾仲彝根据《天边外》改译的《大地之爱》由上海永祥印书馆出版。1948年又有两种奥剧汉译本相继出版,分别是聂淼翻译的《安娜·桂丝蒂》(上海开明书店)和朱梅隽翻译的《梅农世家》(又译《悲悼》,上海正中书局)。上述8部剧作中,《月明之夜》《安娜·桂丝蒂》《梅农世家》这3部是第一次被翻译到中国,其余5部均为重译。

　　随着新译本的出版,国内学者对奥尼尔戏剧的研究也日趋深入。1937年,国内共有至少9篇文章对奥尼尔戏剧进行了探讨,其中有8篇发表在期刊上。它们是浩若夫的《奥尼尔的技巧及其社会哲学》(《中央日报》,1月27日)、巩思文的《美国戏剧家奥尼尔》(《月报》第1卷第1期)、俞念远的《奥尼尔的生涯及其作品》(《文学》第8卷第2号)、赵家璧的《友琴·奥尼尔》(《文学》第8卷第3号)、姚克的《评王译〈奇异的插曲〉》(《译文》新3卷第1号)、黄学勤的《戏剧家奥尼路的艺术》(《社会科学》第10、13、16期)、王思曾翻译的《奥尼尔的剧作技巧》(《文艺》第10卷第4—5期)和曹泰来的《奥尼尔的戏剧》(《国闻周报》第14卷第3期)。这些文章从不同角度对奥剧展开了讨论,如黄学勤着重论述了奥尼尔作品的社会批判功能,曹泰来用悲剧美学理论解读奥尼尔的剧本,指出其剧旨在于对生命力的弘扬。另外,译著《月明之夜》的"小引"对奥剧的艺术特点做了评价,认为奥尼尔的剧作"充满着梦幻似的情境,诗和哲理的气味"①。

在20世纪30年代末的奥尼尔研究中,值得提及的还有以下三位学者的成果。1938年11月,赵家璧在《戏剧杂志》第1卷第3期上发表了《〈早点前〉的作者奥尼尔》。该文认为奥尼尔是一个哲学家兼宗教家,因为他在每部作品中"都在设法寻找一条最终的出路"②。1939年2月,顾仲彝的译本《天边外》出版,后附《戏剧家奥尼尔评传》一文,介绍了奥氏的代表作品及其剧作的演出情况。顾仲彝在文中指出,奥尼尔是一个"打破传统形式而主张自由"的作家,但他并不违背戏剧创作的基本规律。③他还认为,奥尼尔的成功不仅体现在舞台上,更在于他激发了人类向上奋斗的精神。1939年6月,商务印书馆在长沙又发行了巩思文的专著《现代英美戏剧家》。该书对这位美国戏剧家做了全面的评述,内容包括剧作家小传、两个时期的名剧、戏剧总评及附录四个部分。最为详尽的是第三部分,重点论述了时代背景、奥尼尔的贡献以及他的地位和影响等问题。在评论奥尼尔的贡献时,巩思文从奥尼尔的人生观出发,概括了他指责的社会痼疾,继而谈到了他的作剧风格,接着阐述了他对独白、旁白和假面具等戏剧技巧的运用,最后介绍了他的长剧。作者写道:"奥尼尔的写剧技巧自是不凡,但主要的成功却在表现活泼的真人生。"④巩思文的观点鞭辟入里,对奥尼尔戏剧的研究也更为系统。

进入20世纪40年代,我国的奥尼尔研究虽因战火偶有中断,但仍产生了一些重要的成果。1942年6月,《文学译报》第1卷第2期刊登了法国丁蒲里伏著、陈占元译的《友琴·奥尼尔传》。该文是《美国文明概观》中的一章,对奥尼尔的多部剧作进行了评论。同年9月出版的《话剧界》第7期发表了王卫的《戏剧家奥尼尔之介绍》。1944年初,李曼瑰在《国际编译》第2卷第1—2期上发表了《美国剧坛巨星奥尼尔》。该文对奥尼尔的评价较为客观中肯,总体上对奥剧大加赞赏,认为其"动目,动听,动情,动意",同时也指出了奥剧的一些缺点,如"有时因创新的野心太过了,未免牺牲了艺术"。⑤1944年6月,《戏剧时代》第1卷第4—5期发表了理查德·瓦茨讲、黄谷柳记的《现代美国剧作家

---

① 奥尼尔. 月明之夜. 唐长孺, 译. 上海:启明书局,1937:1.

② 赵家璧.《早点前》的作者奥尼尔. 戏剧杂志,1938(3):19.

③ 奥尼尔. 天边外. 顾仲彝,译. 长沙:商务印书馆,1939:229.

④ 巩思文. 现代英美戏剧家. 长沙:商务印书馆,1939:41.

⑤ 李曼瑰. 美国剧坛巨星奥尼尔(续). 国际编译,1944(2):57-58.

及其作品》一文,该文认为奥尼尔的剧作很有气魄。1945年8月,《文艺先锋》第7卷第2期刊登了洗群的《读欧尼尔的〈加力比斯之月〉》。该文对《天边外》《航路上》《归不得》《战线内》等多部奥尼尔的剧本做了简要介绍。1947年2月,顾仲彝在《文艺春秋》第4卷第2期上发表了《奥尼尔和他的〈冰人〉介绍》。同年9月30日,重庆发行的《时事新报》第4版刊出了《东山再起的美剧作家尤金·奥尼尔传》。1948年出版的译著《梅农世家》,书前附有《介绍奥尼尔》。该文对奥剧做了高度评价,认为"奥尼尔的戏不是文字所能赞美的,只可与莎士比亚最好的戏比美"[①]。

演出方面,奥尼尔名剧也被多次搬上舞台。1938年10月,上海剧艺社在"孤岛"上海首演《早点前》,吸引了诸多观众。这是个独角戏,饰演者张可(笔名"范方")就是该剧的译者。她对剧本理解精深,表演到位,"所有各种地方都很深刻地表现出来",从而"使戏剧界一新耳目"。[②]1941年12月,陪都重庆上演了李庆华根据《天边外》改编的《遥望》。改编本将原剧置于中国抗战的背景下,剧中人物与情节都经过了"中国化"改造。有评论指出,"《遥望》在技巧上是许多改编剧中较为成功的一个",但却"抽出了《天外》的精髓和血液"。[③]更多的剧评,如理孚的《关于〈遥望〉》、陈纪莹的《遥望简评》及罗苏的《诗与现实》等,则肯定了该剧的时代价值和现实意义。有学者认为,这样的改编使奥尼尔戏剧寓有民族斗争意识,对战时的中国观众有极大的感染力。[④]1943年,陈叙一根据《榆树下的欲望》改编的三幕剧《田园恨》,由苦干剧团在上海首演,黄佐临任导演。1948年7月,顾仲彝改译的《天边外》也在上海首演,导演吴天,演出单位为上海市实验戏剧学校。这些演出进一步推动了奥尼尔戏剧在中国的传播与接受。

彼时中国的奥尼尔戏剧爱好者不畏艰苦,多方面尝试开掘奥尼尔戏剧的价值。他们既看到了奥尼尔剧作的社会批判意义,也看到了奥尼尔剧作中洋溢的生命力,还看到了奥尼尔剧作中饱含的诗意和哲理。他们还被奥尼尔突破传统、大胆创新的艺术表现手法所深深地吸引。而奥尼尔戏剧,也因他们的译介与研究,在战时中国显现出一抹难得的亮色。

---

① 奥尼尔.梅农世家.朱梅隽,译.上海:正中书局,1948:8.
② 瑞任.观《早点前》后.戏剧杂志,1938(3):27.
③ 杨骥.从《遥望》谈到外国剧本的改编.时事新报,1942-01-22.
④ 熊辉.抗战大后方对奥尼尔戏剧的译介.戏剧文学,2014(2):135.

第六节　战时美国左翼戏剧的译介与研究

左翼戏剧是一种具有浓厚的意识形态色彩的戏剧类型。其本质特征是以激进、革命的态度,对现存不合理的社会制度进行批判与颠覆,希冀建立一个自由、民主、平等的理想社会。正是左翼戏剧所特有的这种"批判精神"与"乌托邦情怀",使之成为推动社会进步的重要力量。[①]左翼戏剧的这些特征也决定了它只能兴盛于政治斗争异常激烈的年代。

20世纪30年代是美国左翼戏剧的第一个兴盛期。受经济大萧条影响,工人与农民大量失业,千百万劳动者陷入穷困饥饿的窘境,美国国内的社会矛盾空前尖锐。与此同时,资本主义各国的右翼势力崛起,法西斯政权在德、意、日等国建立,对内残酷镇压,对外疯狂侵略。在这内忧外患的形势下,左翼戏剧直接参与现实政治,成为美国进步戏剧作家手里的思想武器。他们在马克思主义"改造世界"理论的指引下,写出了一大批鼓舞人心的剧作,号召人民群众为捍卫自己的权利而斗争。根据左翼戏剧反映社会现实的不同角度,可以将当时的剧作大致分为三类:直接反映罢工斗争的戏剧、社会谴责剧、反战题材剧。[②]

第一类是直接反映罢工斗争的戏剧,其典型剧作有奥德茨的成名作 *Waiting for the Lefty*。奥德茨是20世纪30年代美国左翼戏剧运动中最有影响力的剧作家之一,他的剧作代表了这一时期美国左翼戏剧的最高水准。这部描写纽约出租汽车工人罢工的剧作,被称为"激励广大工人群众投入战斗的檄文"[③]。剧中,奥德茨尝试拆除"第四堵墙",让观众介入其中,以唤起情感共鸣;同时为避免观众入戏太深而缺乏独立思考,他又通过"戏中戏"的形式和类似电影中的"闪回"手法制造出一定的"间离效果"。丰富的思想内涵与精湛的艺术技巧使作品产生了震撼人心的力量。该剧由穆俊翻译为《生路》,1940年在"孤岛"上海出版。译本出版后,一位评论者写道,当人们"读到那'罢工! 罢工! 罢工!'的呼声时,我想谁也禁不住激动起来"[④]。另一位书评

---

① 李时学.二十世纪西方左翼戏剧.文艺理论与批判,2006(1):72.
② 汪义群.当代美国戏剧.上海:上海外语教育出版社,1992:18-22.
③ 郭继德.论《等待莱弗蒂》的思想艺术特色.山东外语教学,1990(3):42.
④ 魏明.好书介绍之页:《生路》.青年知识,1940(4):16.

者指出，这部剧作能"十分勇猛"地"把真实的罪恶暴露出来，把真理指示给我们"。[1]显然，该剧译本在中国读者中也引起了强烈反响和深刻思考。

1940年5月，《剧场艺术》第2卷第5期刊登了另一个罢工剧本：莘薤译的西奥多·德莱塞的《棺中女郎》。德莱塞是美国现实主义作家，以小说《嘉莉妹妹》和《美国悲剧》著称。《棺中女郎》选自他的《自然与超自然的戏剧集》（*Plays of the Natural and Supernatural*），是德莱塞创作的第一个完整剧本。主要情节是一位劳工领袖因女儿死于堕胎感到悲痛愤怒，但最终控制个人情绪履行了罢工职责。该剧将焦点从复仇和道德问题上引开，关注罢工的问题，反映了"阶级斗争塑造美国人生活"的这一观念。[2]在20世纪三四十年代，此类罢工题材剧本的汉译顺应了时代语境。

第二类是社会谴责剧，其有4部代表作品在抗战时期被翻译到中国。1939年10月，于伶和包可华，"孤岛"时期"青鸟剧社"的两位成立者，编译出版了《上海一律师》。原剧作者赖斯是对美国现代戏剧发展做出重要贡献的剧作家。他一生创作了50余种剧本，题材覆盖几乎所有的重大社会问题。他的《大律师》被认为是揭露美国法律界黑暗内幕的力作。两位编译者对原剧进行了本土化移植：把故事发生的地点从纽约改为上海，把原作没有明确的时间确定为"七君子"[3]出狱前的几天，从而使译本直接与抗战现实对接。

1942年8月至10月，《文艺阵地》第7卷第1—3期连载了由约翰·史坦倍克（另译斯坦贝克）作、冯亦代（笔名"楼风"）译的《人鼠之间》。该译本于翌年由重庆东方书社出版，1947年由上海新群出版社再版。《人鼠之间》原是小说，是史坦倍克荣获诺贝尔文学奖的代表作，后由他自己改编成剧本，曾获纽约剧评人奖。作品真实地再现了大萧条时期美国农业工人悲惨的生活境遇，抨击了资本主义制度的罪恶。冯亦代在"译后记"中写道："资本主义社会不但灭绝了个人的生活自由，且灭绝了人性的发展。"[4]如此猛烈的抨击有力地传达了该剧所承载的政治意蕴。

---

① 毕罕.新书：《生路》.剧场新闻,1940(6):21.
② Keyssar, H. Theodore Dreiser's Dramas: American Folk Drama and Its Limits. *Theatre Journal*, 1981(3):375.
③ 1936年11月23日,沈钧儒、邹韬奋、李公朴等七名抗日民主人士因"危害民国"罪在上海被逮捕入狱。由于他们不屈的斗争,救国会和抗日团体的营救以及全国人民的声援,1937年7月31日,"七君子"被释放。
④ 史坦倍克.人鼠之间.冯亦代,译.重庆：东方书社,1943:125.

冯亦代翻译的另一部社会谴责剧是奥德茨的《天之骄子》。该剧是奥德茨最成功的剧作,讲述了一位青年艺术家为追求名利而酿成的人生悲剧,揭露了拜金主义对人性的摧残与戕害。该剧于1943年2月至3月连载于《戏剧月报》第1卷第2—3期,后易名为《千金之子》,次年由重庆美学出版社出版,1948年由上海太平洋出版社再版。译本后附哈劳特·克鲁曼①的《论〈千金之子〉》一文,称其为"一个能永远存在的戏剧"②。这部经典左翼剧作的翻译,对抗战时期的中国青年同样具有教育价值。

1944年7月,中国话剧导演贺孟斧翻译的《烟草路》由重庆群益出版社出版,1946年由上海群益出版社再版。该剧由杰克·柯克兰根据美国南方左翼作家欧斯金·考德威尔的同名小说改编而成,自1933年初次在纽约上演以来,创下了在百老汇连演9年的奇迹。剧名"烟草路"是指极度贫困落后的地区,剧本描写的是大萧条给美国南方农民带来的毁灭性打击。该剧译本易使人联想到抗战时期中国农民的苦难生活,触发国人对农民阶级命运的关切。

第三类是反战题材的剧作,其在美国左翼戏剧中占有重要的地位。1936年,美国著名作家欧文·肖发表了他的成名作《把死人埋葬掉》。该剧通过六名阵亡士兵拒葬的怪诞情节,表达了作者反战的愿望,被称为美国反战剧的典范之作。次年5月刊出了中译本,载于《戏剧时代》第1卷第1期,译者是洪深和唐锦云。译本出现在日本法西斯发出战争叫嚣、全面抗战即将来临之际,具有特殊的政治意义。

反战主题往往与反法西斯主义紧密结合,这就使剧作具有更强烈的战斗性。1940年5月,上海青年文化出版社出版了穆俊译的奥德茨的《自由万岁》。作品写的是德国共产党的反法西斯斗争。原剧名是 *Till the Day I Die*,意为"直到我死的那一天",译者将之改写成一个鼓动性口号,为抗战振臂疾呼。译本前附有国际共产主义者季米特洛夫写的反法西斯主义的摘录。摘录之后是王任叔(笔名"毁堂")和吴彻之这两位文艺界名人所作的序。王任叔重在评价剧本的思想内容,认为该剧揭露了法西斯的暴行,强调了无产阶级革命的伟大使命。吴彻之则着重评价了原著的艺术特征,指出这部剧作采用"顿""宕""衬托"等手法,"从阴暗面来写出惨酷的场面"。③译文后的附录叙

① 哈劳特·克鲁曼创建了20世纪30年代美国左翼戏剧运动中最有影响的"同仁剧团"。
② 奥代茨. 千金之子. 冯亦代,译. 重庆:美学出版社,1944:163.
③ 奥代茨. 自由万岁. 穆俊,译. 上海:上海青年文化出版社,1940:Ⅶ.

述了纳粹统治下德国工人的斗争。译本出版时正值抗战相持阶段,有读者呼吁,学习主人公"坚贞的革命精神",坚决"和恶势力奋斗到底"。①可见,该译本加深了中国人民对日本侵略者的仇恨,使他们坚定了人民抗战必胜的信念。

　　翻译的反法西斯剧本还有欧内斯特·海明威的《第五纵队》。这是海明威唯一的一部剧作,也是他投身反法西斯战争的见证。西班牙内战期间,海明威以记者身份亲临前线,写下了这部马德里保卫者与叛军交锋的剧作。此剧中译本于1942年8月由重庆新生图书文具公司出版,译者是冯亦代。冯亦代在"译后记"中阐释了翻译的缘由:"在全世界反法西斯的高潮里,对于西班牙人民悲惨而又英勇的斗争,寄予十二万分的同情",此时此地"介绍这个剧本,并不是件无意义的事"。②20世纪30年代末,在战时肃奸的历史语境下,《第五纵队》的汉译激励了中国人民坚持抗战的斗志。

　　纽约上演的第一部反纳粹剧作,赖斯的《审判日》也被翻译成中文。剧作取材于纳粹分子对季米特洛夫的审判事件。作者把剧中的希特勒置于死地,尖锐无情地抨击了纳粹法西斯主义,体现了坚定的反法西斯立场和正义感。该剧由著名导演张骏祥(笔名"袁俊")翻译,1942年11月—1943年4月连载于《人世间》第1卷第2—4期。译本单行本于1943年7月由成都联友出版社出版,1946年5月又由上海万叶书店出版。

　　《守望莱茵河》也是一部优秀的反纳粹剧本。作者是海尔曼,现代美国剧坛最有影响力的女作家。海尔曼擅长人物性格的刻画,她在这部剧作中成功地塑造了一个反法西斯英雄形象。此剧为她赢得了纽约剧评人奖,后被改编成电影,又获奥斯卡最佳电影奖。该剧本由冯亦代翻译,1945年5月由重庆美学出版社发行,同年5—10月,连载于《文哨》第1卷第1—3期。抗战时期该剧在重庆上演时曾轰动一时,对激发民众的抗日士气发挥了积极作用。

　　抗战胜利后,解放战争爆发,中国出现了根本对立的民主与反民主的思潮。③一部以民主斗争为题材的美国左翼剧作引起了译者关注。该剧作者西德尼·金斯莱是20世纪30年代美国新进青年剧作家,常以社会和政治问题作为剧作的主题。他的历史剧 The Patriots 描写了美国开国元勋杰斐逊为民主

---

① 平一.读《自由万岁》感.青年知识,1940(8):26.
② 海明威.第五纵队.冯亦代,译.重庆:新生图书文具公司,1942:142.
③ 王友贵.意识形态与20世纪中国翻译文学史(1899—1979).中国翻译,2003(5):12.

而英勇战斗的事迹。1943年,该剧获纽约剧评人奖。1946年,侯鸣皋将其翻译成《民主元勋》,由上海文建出版社出版。1948年,上海开明书店推出傅又信的汉译本《爱国者》。该译本的出版给中国从事民主运动的人士提供了值得学习的经验和教训。

这些译作中,冯亦代翻译了4部,是这一时期翻译美国左翼戏剧最多的译者。冯亦代是中国著名作家、翻译家和出版家。抗日战争全面爆发后,他积极投身抗日宣传活动,从事左翼戏剧和电影运动。1938—1940年,他在香港《星报》做电讯翻译,创办《中国作家》《耕耘》《电影与戏剧》等杂志,并加入了全国文艺界抗敌协会香港分会。1941年,他赴重庆,开始研究和翻译美国文学作品。冯亦代不仅有丰富的翻译实践经验,而且对文学翻译理论也有自己独到的见解。他认为译者首先必须熟读原作,熟悉作者和作品的背景、风貌;其次一定要掌握原作的风格,精心选择语句与字眼,做到文字上的"传神";最后是须进入"角色",这样才能译出书中重要人物的心态和感情,由此引起读者的共鸣。[①]他的这些观点在译本中得到了有力的印证。如《第五纵队》的译文措辞简练鲜活,恰当地再现了海明威作品的口语化风格;从《人鼠之间》的译文可以看出,他的译笔精确传神,把个性化的人物语言、忧郁感伤的氛围和情绪表现得淋漓尽致,既不失原意又译出了原作的风格。

这一时期在戏剧综合研究方面,重要的综述性论文有《参战后的美国剧坛》和《现代美国剧作家及其作品》。这两篇文章都发表在《戏剧时代》1944年第1卷,作者分别是孙晋三和理查德·瓦茨。孙晋三在文中指出,当欧洲民主国家武力抵抗法西斯主义之时,美国剧坛涌现出许多反法西斯主义的剧本,从中可见当代美国戏剧的智识水准。他还对多部美国反法西斯剧本做了评介,如对《雷岩》(查尔斯·阿特莱作)多处提到中国抗战表示高度赞赏,预言《夜将不存》(舍伍德·安德森作)会对美国舆论产生重大影响,并认为《守望莱茵河》虽是一出安静的戏,但却"埋有炸药般的含义"[②]。瓦茨也评点了美国左翼戏剧的代表作。他认为《人鼠之间》表现了人与人之间的共同情感和民主精神,《第五纵队》的价值在于它是最早写西班牙内战的剧本,《等候往左走》(即《生路》)非常动人而有力。这些剧作或抨击法西斯主义、或表现战争

---

① 冯亦代. 翻译琐语. 世界文学,1990(4):285-286.
② 孙晋三. 参战后的美国剧坛. 戏剧时代,1944(3):31.

的恐怖、或谴责社会的不公。毋庸置疑,这种译介与研究具有积极的现实意义。

戏剧个案研究中,巩思文的著作《现代英美戏剧家》(商务印书馆,1939年)专辟一章介绍了美国剧作家雷士(即赖斯)。作者认为赖斯写剧的动机中,消极的动机有反对资本家、反对侵略战、反对军人独裁等,积极的动机包括赞同反资产阶级的阵线、拥护真正民治主义。书中还对《大律师》《审判日》等左翼剧作的思想内容做了较为深入的探讨,并指出赖斯写剧意在揭露时代的弊病,但对写剧技巧不太在意。

1942年9月,《文学译报》第1卷第1期发表了苏联阿布拉莫夫作、孟昌译的《斯坦倍克及其〈人鼠之间〉》。这篇评论文章认为,斯坦倍克塑造了美国文学中熟悉的人物典型,但他对人物温暖热心的态度却是令人耳目一新的。文中还指出,《人鼠之间》是他作为作家的世界观的转折点,他抛弃从前写小人物个人幸福的主题,而把集体和社会的情感展示给了世人。同一期上还刊载了美国杰克逊作、茹雯译的《史坦倍克论》。1943年5月,《文学创作》第2卷第1期发表了黄桦霈的《史坦倍克的英雄》。从该文可知,"史坦倍克的英雄"这一表述是受到《人鼠之间》主角的启示,象征美国经济大萧条时代的悲剧人物。

20世纪40年代国内对奥德茨的研究中值得一提的有张骏祥的《美国当代剧作家克利福·奥代茨》。张骏祥首先提到,美国戏剧"莽苍雄勃的气势"和"丰富的优越的舞台技巧"是欧洲作家们所缺少的。[1]他接着介绍了劳森、金斯莱、欧文等美国剧作家及其反映现实的剧作。在这些剧作家中,他认为奥德茨最值得重视。在详细分析其剧作后,张骏祥指出奥德茨的戏剧既有社会意义,又注重艺术技巧。他着重评论了奥德茨的戏剧对话,认为其不仅保持了大众语言的节奏,而且加入了"诗人的想象力"和"音乐家的韵调感觉"。[2]这篇长文将文本分析和理论阐述相结合,颇有洞见与启示。

讨论单部美国左翼戏剧作品的文章还有下列几篇。1943年12月,陈瘦竹(又名"陈泰来")的《农民悲剧——〈烟草路〉》发表于《国立戏剧专科学校校友通讯月刊》第5卷第3期,次年3月又载于《东方杂志》第40卷第6号。该文认为,《烟草路》是一部性格悲剧,其悲惨的结局完全是因农民固执的性格所造

[1] 张骏祥. 美国当代剧作家克利福·奥代茨. 文艺先锋,1942(2):7.
[2] 张骏祥. 美国当代剧作家克利福·奥代茨(续). 文艺先锋,1942(3):39.

成的。在评价其艺术特色时,陈瘦竹指出,该剧语言平实质朴,情感表达深刻真实。1946 年 4 月,在广州出版的《现代生活》杂志第 1 卷第 3—4 期刊登了秋云的《读〈民主元勋〉》。这篇读后感对杰斐逊这一英雄人物及其坚贞的灵魂做了剖析。1946 年 9 月 14 日的《前线日报》载有高衡的《读〈守望莱茵河〉》。高衡认为,这部反法西斯剧作,人物刻画细致,语言贴合情节结构和人物性格,是一部难得一见的上乘之作。

这一时期,中国对美国左翼戏剧的译介与研究,始终受到战争意识形态的制约,同时又对战时主流意识形态的建构起到了不可或缺的作用。在民族危亡关头,美国左翼戏剧作品以其丰富的思想内涵与独特的美学品格,为救亡图存的中国民众提供了精神力量。它们不但发挥了巨大的现实力量,激发了中国人民的抗日热情,而且彰显了震撼人心、发人深省的艺术魅力。

第七节　战时英美独幕名剧的译介与影响

独幕剧是一种不分幕的小型戏剧,[①]常被称作文艺战线的"轻骑兵"。就创作而言,独幕剧短小精悍,剧情紧凑,能迅速反映现实。从表演角度看,独幕剧的演员少,道具简单,演出方便灵活。在观众接受层面上,独幕剧的戏剧冲突相对简单,使文化程度不高的广大民众易于理解。因为这些特点,独幕剧在抗战时期十分兴盛。各演剧团体在短时间内创作、改编并演出了大量独幕剧。有学者统计,在整个抗战过程中,独幕剧在各演剧团体,尤其是移动演剧队的剧目中,基本占了 60% 以上的比例。[②]当时演出最广、影响最大的独幕剧是《三江好》《最后一计》《放下你的鞭子》(合称"好一计鞭子"),几乎演遍城乡各地和各战区,充分发挥了抗日宣传的效果。

《三江好》脱胎于《月亮上升》。原剧作者是格雷戈里夫人,爱尔兰著名剧作家,爱尔兰戏剧运动的重要旗手。《月亮上升》是她在 1907 年创作的独幕剧,剧名是一首纪念爱尔兰起义歌曲的歌名。剧本写的是一名爱尔兰巡长抓捕了一个越狱逃犯,此人乃爱尔兰独立运动的领袖。巡长经过一番内心挣扎后,放弃英国政府的悬赏金,最终放走了革命领袖。这个剧本的价值在于它

---

① 周端木,孙祖平. 论独幕剧. 戏剧艺术,1982(3):98.
② 何吉贤."抗战演剧"背景下的独幕剧及其"适用性". 中国现代文学研究丛刊,2016(10):41.

触及了爱尔兰独立运动的精神内核。艺术上,该剧情节扣人心弦,矛盾冲突激烈,人物描写细致,堪称独幕剧中的经典力作。

这部作品引起了国内翻译界和戏剧界的特别关注。1919—1935年,该剧就出现了多个中译本,如茅盾译的《月方升》(1919)、黄药眠译的《月之初升》(1929)、罗家伦译的《月起》(1931)、王学浩编译的《明月东升》(1933)、陈鲤庭和陈治策编译的《月亮上升》(1935)等。抗战开始到1949年前,该剧又有新译本不断问世,如何茵改译的《青山好》(1937)、陈治策改译的《月亮上升》(1938)、红螺译的《逃犯》(1944)、沣利译的《月光曲》(1947)、潘守先译的《月亮上升》(1948)等。该剧凸显了民族解放和独立的政治意图,因此受到译者们的普遍推崇。

《月亮上升》也成为抗战时期演出次数最多的改译剧。[①]改译者陈治策是中国戏剧教育家、导演兼戏剧翻译家。他将原剧情改为"九一八"事变后,东三省沦陷,爱国志士努力收回领土的故事。他还对原剧中的爱尔兰民间歌谣做了如下改动:"中华人民四万万,爱国的男儿在哪边?醉生梦死已经太可怕,更怕那些走狗与汉奸。"[②]这段歌词在改译本中出现了3次,有力地唱出了中华民族面临危机时的心声。

除《月亮上升》之外,格雷戈里夫人的另两部独幕剧也被翻译过来。1937年12月,涂序瑄翻译的《爱尔兰名剧选》由上海中华书局出版,内收格雷戈里夫人的《麦克唐洛的老婆》。这是该剧在中国的第一个译本。她的代表作 *Spreading the News*[③]有了3个新译本:芳信将其译为《消息传开了》,1939年8月刊载于《戏剧杂志》第3卷第2期;赵如琳的改译本《谣传》于1941年5月由动员书店出版;1948年4月,该剧又由蒲耀琼翻译成《传播新闻》,发表在《妇女文化》第3卷第1期上。该剧的翻译也有助于中华民族独立意识的觉醒。

同为爱尔兰戏剧运动的领袖,叶芝和辛格也受到译者们的关注。涂序瑄的译本《爱尔兰名剧选》还收录了叶芝的《沙钟》和辛格的《海葬》。《海葬》被誉

---

① 翟月琴. 格雷戈里夫人戏剧在中国的接受——以茅盾的译介为中心. 中国比较文学, 2021(4):83.

② 格雷戈里夫人. 月亮上升. 陈治策,译. 长沙:中华平民教育促进会,1938:9.

③ 据现有资料,1920—1934年,该剧共有下列5个中译本:茅盾译的《市虎》(1920)、赵锺才译的《消息之流传》(1926)、黄药眠译的《谣传》(1929)、赵如琳改译的《谣传》(1932)及阎哲吾译的《造谣的人们》(1934)。

为20世纪最优秀的独幕悲剧。[1]剧本通过描写爱尔兰渔民的悲惨遭遇,表现命运的不可控性。该剧最早由鲍文蔚译为《向海去的骑者》,之后又由郭沫若翻译成《骑马下海的人》,收于他的《约翰沁孤的戏曲集》,田汉译的《檀泰琪儿之死》也收有《骑马下海的人们》。1937年5月,郭译本被选入张越瑞选辑的《翻译独幕剧选》,由商务印书馆出版。1944年,该剧又被译为《海上骑士》,收入重庆大时代书局出版的世界独幕名剧选《良辰》中,译者是张尚之。他在"译者后记"中称该剧为"现代独幕悲剧的绝响"[2]。与叶芝的哲理讽刺剧相比,辛格的现代农民生活剧更贴近现实,表现手法相对写实,且流露出对底层人民的人文关怀精神,因此在现代中国更受欢迎。

还有学者撰文评介爱尔兰戏剧运动的这三大支柱及其戏剧创作。1937年8月,石灵在《文艺月刊》第11卷第2期上发表了一篇长文,题为《约翰辛格戏剧的题材》。文章从辛格听从叶芝忠告去民间写剧,介绍了他在亚兰岛上记录当地居民生活的笔记,认为从笔记中可以追寻他所有的剧本的轮廓。作者接着分析了他的6个剧本,通过对比《亚兰岛笔记》中的原故事与剧本后发现,辛格写剧的态度是"悲观"和"理想"并存。他对现实绝望,创作出虚幻的梦境,这种处理题材的态度,在作者看来,是辛格戏剧的"美中不足"之处。此文对于认识辛格写实的手法和思想的本质有启发意义。对叶芝的评介集中于他的诗歌创作,戏剧创作方面涉及较少。1945年3月,《改进》第11卷第1期刊发了明森译的《从夏芝说到民族文化》,原文载于《今日的不列颠》。文中提到叶芝创立爱尔兰民族剧场的决心,并指出他的戏剧大部分取材于爱尔兰历史和神话,或乡土民情。1947年11月,李曼瑰的《桂格瑞夫人与哀尔兰剧运》发表于《妇女文化》第2卷第7/8期。该文介绍了格雷戈里夫人投身爱尔兰戏剧运动30余年的事迹。作者高度赞赏格雷戈里夫人参加戏剧运动的热心、毅力和开创之功,并认为她对于爱尔兰戏剧运动的贡献远在叶芝和辛格之上。就其创作特点而言,文中说,她的题材取自爱尔兰的民间传说,对白采用人民群众的方言,情感表达淳朴真挚。该文是20世纪40年代难得一见的从女性主义视角评介格雷戈里夫人的专论。

这一时期国内还翻译出版了几部英美独幕名剧选集。1939年12月,上海

---

[1] 田菊.爱尔兰戏剧运动在中国的百年回响.北京:中国社会科学出版社,2017:121.
[2] 张尚之.良辰.重庆:重庆大时代书局,1944:139.

光明书局出版了舒湮编的《世界名剧精选》(第1集),内收8个短剧,收录的英国戏剧有焦菊隐译的约翰·梅斯斐尔德的《锁着的箱子》、芳信译的威廉·斯坦利·霍登的《亲爱的死者》,美国戏剧有罗家伦译的温斯洛普·巴克斯特的《奇丐》。《锁着的箱子》塑造了一个坚强、有正义感的女性形象。《亲爱的死者》描写了人性的虚伪、自私和贪婪。《奇丐》既是一幕寓言式的幻剧,也是一幕讽刺剧。这些剧作都有上演的可能性和良好的舞台效果,因此被编者选中。每个剧后都附有"作者小史""剧情说明"及"导演计划",便于剧团使用和读者了解。该书于1941年1月再版,1946年3月推出第4版,足见其受欢迎之程度。1941年2月,这部名剧选又推出第2集,内收6个剧本,其中3个为美国戏剧。赖斯作、顾仲彝译的《雪的皇冠》讥讽帝制的没落和皇权的衰败,并对劳工阶级寄予厚望。[①]在罗家伦翻译的乔治·梅德敦的《潮流》中,主人公认识到一切战争都源于帝国主义的侵略并决定参战。这个独幕剧不仅有进步的主题,而且对社会心理描写极为精到。庸人翻译的布斯·泰金东的《幽会》是一个讽刺喜剧。1948年2月,上海正谊出版社出版了孙剑秋译的《爵士夫人及其他》。这部独幕剧集收有英国艾尔弗雷德·苏德罗的《街头人》、美国弥德尔顿(即梅德敦)的《传统》和《逆流》等剧。

还有一些英美独幕名剧被刊登在期刊上,以《剧场艺术》为主阵地。该刊是"孤岛"时期在上海创立的戏剧杂志,内容偏重国外戏剧理论的介绍及剧本的选译。1938年11月的创刊号发表了菲利普·约翰逊作、蓝洋和许子合译的《放弃》。同年12月出版的第2期刊发了又一部独幕剧《十点钟》,作者为希基和普里斯-琼斯,译者是沙苏。翌年1月第3期载有徐以礼译的悉德尼·鲍克斯的《如此内阁》。这3部英国独幕剧结集成册,以《放弃》为书名,1939年8月由上海剧场艺术出版社出版。1940年12月,《剧场艺术》第2卷第10—12期又刊出蓝洋译的约翰逊的《海滨故事》。该剧译文后附有介绍和导演注释。据主编李伯龙介绍,选译这些英国独幕剧主要是为了缓解舞台上的"剧本荒"。

其他刊物上发表的英美独幕剧译本有:杨威廉译的美国亚瑟·霍普金斯的《智逸》(《戏剧杂志》第2卷第3期,1939年3月)、陈澄改译的英国琼斯[②]的

---

① 陶丹丹.抗战时期英美戏剧在上海与重庆的译介和影响.影剧新作,2023(2):132.
② 译本上注明该剧为"美国琼司原著",经考证,原剧作者为英国作家琼斯,原剧名为 *The Goal*。该剧曾被收于顾仲彝译注的《独幕剧选》(1930)和罗家伦选译的《近代英文独幕名剧选》(1931)。

《遗志》(《戏剧岗位》第2卷第2—3合刊,1941年1月)、潘家洵改译的英国艾伦·亚历山大·弥伦的《后母》(《文史杂志》第1卷第5期,1941年6月)、许天虹译的美国杰克·伦敦的《第一位诗人》(《文艺杂志》第2卷第2期,1943年1月)、余绍彰译的弥伦的《少奶奶的帽子》(《建国青年》第5卷第4—5期,1947年8—9月)、陈彤译的美国约翰生女士的《一个贫女之死》(《文艺先锋》第12卷第2期,1948年3月)、童金译的米里登(即梅德敦)的《传统思想》(《金声》,1948年6月29日至7月27日)等。

　　英美独幕名剧的引入为中国话剧创作提供了丰富的借鉴。夏衍曾鼓励青年剧作者学习辛格等人的独幕剧,从中了解如何简洁清楚地介绍人物。中国剧作家创作的一些重要剧本也直接或间接得益于英美独幕名剧的汉译。如舒强、何茵、吕复等集体创作的《三江好》,在主题表达、剧情发展和人物塑造等方面,全面借用了格雷戈里夫人《月亮上升》的编剧技巧。李健吾的《十三年》也受到《月亮上升》的启发:两个剧本最直接的联系是抓捕者与被捕者交谈后,两人的共同记忆被唤醒,情感和思绪因此受到触动。[①]而在李健吾的另一部独幕剧《母亲的梦》中,我们可以看到辛格《骑马下海的人》的影响;这两部剧作都通过对母亲形象的生动刻画及其复杂心理的深刻描写,表现母亲在残酷现实中不能掌握自己命运的主题。于伶的抗战独幕剧《搜查》,在戏剧结构上模仿了梅斯斐尔德的《锁着的箱子》;他在《鸽笼中人》中对失业者所处绝境的描绘,很大程度上受到了苏德罗的《街头人》的启迪。顾仲彝的《同胞姊妹》在角色安排、情节设置及剧旨上,都可以追溯到霍登的《亲爱的死者》。这些英美独幕名剧为中国剧作家打开了创作视野,提高了他们的艺术鉴赏力和表现力,为中国话剧的剧本创作带来了宝贵的经验。

---

① 安凌. 重写与归化:英语戏剧在现代中国的改译和演出(1907—1949). 广州:暨南大学出版社,2015:166.

第五章

英美戏剧汉译的兴盛期(1949—1965)

1949年10月新中国成立至1966年5月这段时间,通常被称为新中国成立后"十七年"时期。这一时期,随着大规模经济建设的展开和文化事业的发展,党中央高度重视外国文学翻译工作,将外国文学翻译作为建立和发展社会主义文化的重要媒介。与新中国成立前相比,这一时期意识形态和主流诗学对外国文学翻译的影响更加深刻。社会主义现实主义成为译介选材的准绳。这在外国戏剧翻译上的体现是译者们把译介重点放在了苏联和其他社会主义国家的戏剧上,而对于英、美等资本主义国家的戏剧,则着重翻译一些优秀的经典作品,或具有进步意义的当代作品及作为"反面教材"的现代派作品。译介者对英美戏剧的解读和评论主要采取阶级分析法,常把作品中丰富复杂的主题归结为阶级斗争,从而将英美剧作"有效地阐释成为一种有助于社会主义话语建构与实践的资源"①。该时期英美戏剧翻译出版的组织性和计划性都得到了加强,所译的英美剧作在质量上总体超过了前面的几个时期,迎来了一个蓬勃发展的兴盛期。

第一节 "十七年"间英美戏剧译介的特征

新中国成立后,政治运动频繁,"文艺为政治服务"的口号响彻了整个"十七年"。戏剧翻译与政治的关系达到了前所未有的紧密程度。是否具有政治

---

① 方长安.新中国"十七年"欧美文学翻译、解读论.长江学术,2006(3):3.

价值,成了英美戏剧进入国门的先决条件。在此背景下,英美戏剧译介呈现出以下几个特点。

第一,译介的美国戏剧远远少于英国戏剧。我们统计的依据为这5种图书,即《1949—1979翻译出版外国古典著作目录》(1980)、《1949—1979翻译出版外国文学著作目录和提要》(1986)、《1949—1986全国内部发行图书总目》(1988)、《二十世纪中国文学大典(1930—1965)》(1994)、《中国现代文学总书目·翻译文学卷》(2010),以及《译文》《世界文学》《戏剧生活》等刊物。"十七年"间我国出版的英国戏剧译作共有60余种,美国戏剧译作仅有15种。这种差异可能与当时国际文化交流的特定历史背景有关。在那个时期,中国与美国之间的文化交流受到了一些限制,可能影响了美国戏剧作品在中国的传播和翻译。同时,新中国成立初期,国内文化领域强调与社会主义革命和建设相适应的内容,因此,一些在新中国成立前流行的美国剧作家的作品,因为与当时文化政策的要求不完全契合,而在译介和传播上受到了一定影响。最明显的就是"美国戏剧之父"奥尼尔。新中国成立后很长一段时间里,国内几乎没有出版过他的剧作,对他的评论也很少,仅有的个别评论也是把他当作"反面教材"予以批判,认为他的后期作品"充斥着彻底的颓废的世界观"[1]。相比之下,英国戏剧译介较多,这与20世纪50年代初期中英外交关系的不断改善有很大的关系,因为英国是最早承认中华人民共和国的西方国家;同时也与英国戏剧经典名著的数量之多不无关系。

第二,译介作品分为三大戏剧流派。其一是古典戏剧,翻译一些优秀的古典剧作可为新中国的文化建设提供借鉴。毛泽东曾说过:"外国的古代文化,例如各资本主义国家启蒙时代的文化,凡属于我们今天用得到的东西,都应该吸收。"[2]英美古典戏剧属于外国的古代文化,此类作品具有一定的文化价值。其二是进步戏剧,在两大阵营对峙的格局下,翻译具有进步意义的英美当代剧作,能使我国读者了解英美资产阶级对人民的剥削和压迫以及英美人民对此所作的英勇斗争,激励中国人民以更加昂扬的斗志投入社会主义建设。其三是现代派戏剧,以荒诞派与"愤怒的青年"派戏剧为主,如贝克特的《等待戈多》、奥斯本的《愤怒的回顾》等。这些剧作属于"反面教材",以内部

---

① 北京师范大学中文系外国文学教研组.外国文学参考资料(现代部分下册).北京:高等教育出版社,1958:703.
② 毛泽东.新民主主义论//毛泽东选集.第3卷.北京:人民出版社,1991:706-707.

发行的方式被译介到国内,从中揭示资本主义国家的"社会思想、政治和经济状况,为反帝防修和批判资产阶级提供材料"[1]。

第三,译介选材深受苏联剧坛的影响。一方面,彼时国人把苏联文学作品当作不可或缺的精神食粮,翻译了大量苏联的戏剧。与此同时,国人还非常关注在苏联剧坛受欢迎的外国戏剧,大规模翻译介绍苏联所推崇的外国剧作家及其作品。如莎士比亚和萧伯纳的剧作,因得到苏联的高度肯定,在"十七年"间出版的英国戏剧译作中占据绝对优势。1964年,中国戏剧出版社出版了美国戏剧《两个打秋千的人》,其之所以被译介,除了剧作本身在欧美的影响力之外,也是因为它"近年在苏联很受欢迎,仅在莫斯科一处,一九六三年就有五家剧院竞相上演"[2]。值得一提的是,该剧转译自1962年的俄文版,而非英文版,当时苏联对中国的影响可见一斑。另一方面,苏联所批判的英美剧作家作品,中国译界对之也极力摒弃。以王尔德为例,这一时期他的作品完全从中国读者的视野中消失,没有一部他的剧作得到重译或再版。这与他在当时苏联文艺界受到的批判不无关系。正如苏联戏剧评论家阿尼克斯特所言,王尔德的作品与"腐朽资产阶级文学"有着密切联系,虽然他的创作"反映了资本主义文化的危机和衰落,也反映了人道主义的解体",但是"这些主题毕竟占次要的地位"。[3]在新中国成立初期,这样一位在苏联受到批判的作家,在中国的缺席也就不难理解了。

第四,译介的组织性和计划性得到加强。为改变新中国成立前抢译、乱译等情况,使翻译工作有条不紊地为社会主义建设服务,中央人民政府出版总署在1951年召开了全国第一届翻译工作会议,中国作家协会于1954年召开了全国文学翻译工作会议。两次会议都以加强翻译工作的计划性和组织性为中心议题,对新中国成立初期的翻译工作起了重要的指导作用。会后,党和政府对出版机构进行了大力整顿和改造,将一些民营出版社并入国营出版社,改造为公私合营企业。如文化生活出版社和新文艺出版社合并,后者又与上海文化出版社和上海音乐出版社合并,改名为上海文艺出版社。此外,我国还创办了人民文学出版社(含作家出版社)、中国戏剧出版社等国营出版机构。这些出版社是当时翻译出版英美戏剧作品的主力,新文艺出版社

① 《摘译》编译组.答读者——关于《摘译》的编译方针.摘译(外国文艺),1976(1):172.
② 基勃森.两个打秋千的人.馥芝,译.北京:中国戏剧出版社,1964:120.
③ 阿尼克斯特.英国文学史纲.戴镏龄等,译.北京:人民文学出版社,1959:526.

（后改为上海文艺出版社）出版了12部曹未风译的莎剧；人民文学出版社先后出版了朱生豪译的《莎士比亚戏剧集》、杨宪益等多位专家翻译的《肖伯纳戏剧集》；中国戏剧出版社出版了一批英美现代派剧作。这些举措使我国的英美戏剧翻译工作步入了有组织、有计划的发展轨道，把我国的英美戏剧翻译事业推向了一个新的高峰。

第五，译介的历时性发展不均衡。何辉斌教授在《新中国外国戏剧的翻译与研究》一书中，把这"十七年"分为了5个时段：1949—1952年、1952—1955年、1956—1959年、1960—1962年、1963—1966年。[①]在不同时段，英美戏剧的命运跌宕起伏。在第一个时段，随着社会主义文艺观的确立，苏联戏剧译介成为主流，英美戏剧译介进入紧缩期。1949年国内共出版13种英美戏剧译作，此后逐年减少，到1952年甚至减少到零。第二个时段的中间两年，苏联文艺界对极左的文艺政策进行了深刻的反思，国内文艺界人士也紧跟其后，较为积极地推动了文化多样性，英美戏剧译介数量逐渐增多。第三个时段伊始，中共中央提出"百花齐放、百家争鸣"的方针（简称"双百"方针），苏共二十大召开，在文艺领域纠正极左意识形态倾向。良好的国内外形势把英美戏剧译介推向"十七年"中的高峰，1956—1959年，共有33种译作出版。1959年庐山会议之后，各地开展了"反右倾"斗争。因此，到了第四个时段，英美戏剧译介再次跌落谷底，1960年没有任何英美戏剧译作出版。1961年6月全国文艺工作座谈会在北京召开，议题是如何贯彻"双百"方针。1962年3月话剧、歌剧、儿童剧创作座谈会在广州召开。这两个会议使英美戏剧译介出现了复苏的迹象，1962年又有5种英美戏剧的译作出版。在最后一个时段，左倾文艺思潮逐步升级，英美戏剧译介日渐式微。

在这"十七年"中，虽然尊重文艺自身发展规律的文艺界发挥了一定的作用，但是主流意识形态是影响英美戏剧译介的主要力量。当文艺界的想法和官方的意图较为一致时，英美戏剧译介出现了比较活跃的局面。当两者产生矛盾时，英美戏剧的译介也受到了限制。一些经典优秀的英美剧作未能得到翻译出版，这不得不说是一个缺憾。

---

① 何辉斌. 新中国外国戏剧的翻译与研究. 北京：中国社会科学出版社，2017：21-22.

第二节 "十七年"间莎士比亚剧作的译介与研究

"十七年"间,中国对莎士比亚戏剧的翻译与研究进入了一个新的阶段。与新中国成立前相比,这个阶段我们迎来了中国莎学史上的第一个高潮。无论是莎剧作品的汉译出版,还是相关评论与研究,都取得了较为显著的成就。

莎剧翻译出版方面的成就主要体现为三个方面。一是汉译版本种类繁多。1949年,上海永年书局出版了萧叔编译的《仲夏夜之梦》,该译本还收入《罗密欧与朱丽叶》;曹禺翻译的《柔密欧与幽丽叶》由文化生活出版社再版。1953—1962年,曹未风翻译的12部莎剧陆续出版,其中既有《如愿》《仲夏夜之梦》《马克白斯》等修订本,又有《汉姆莱特》《第十二夜》《奥塞罗》等新译本。1954年,作家出版社将朱生豪翻译的31部莎剧编为12册,以《莎士比亚戏剧集》为名出版。这本戏剧集所缺的6部历史剧(《理查三世》《亨利五世》《亨利六世》(上、中、下篇)《亨利八世》),分别由方重、方平、章益和杨周翰译出,与朱译的31部合成全璧(共37部),由人民文学出版社于1962年重排出版。除戏剧集以外,人民文学出版社还出版了朱译《奥瑟罗》单行本。1955年,张采真翻译的《如愿》由作家出版社再版。20世纪50年代国内还出版了方平译的《捕风捉影》《威尼斯商人》《亨利第五》、吕荧译的《仲夏夜之梦》、卞之琳译的《哈姆雷特》、吴兴华译的《亨利四世》、方重译的《理查三世》等新译本。这些修订增补、重译再版的译作开创了莎剧翻译出版事业的新局面。

二是译本发行数量十分可观。根据孟宪强的统计,曹禺译的《柔密欧与幽丽叶》印行了31000册;曹未风的莎剧译本共印行了73399册;1954—1962年,《莎士比亚戏剧集》的印行总量是30多万册,其精装本的印行量是36000册;张采真译的《如愿》和吕荧译的《仲夏夜之梦》共印行了12000册;方平译的3部莎剧共印行了34000册;卞之琳译的《哈姆雷特》共印行了17000多册。[①]20世纪50年代初到60年代初,莎剧汉译本共印行了50多万册。这足以显示,当时出版的莎剧译作有着不凡的影响力。

三是翻译质量上乘,尽显名家风范。20世纪50年代,国内一些翻译家在诗译莎剧领域取得了突破性的成就。卞之琳译的《哈姆雷特》就是一部典范

---

① 孟宪强.中国莎学简史.长春:东北师范大学出版社,1994:30,104-105.

之作。在这部译作中，他用汉语白话律来再现莎剧的素体无韵诗，成功地再现了原作的气韵与节奏，达到了"形神皆似"的效果。在理论上，卞之琳提出了"亦步亦趋"的翻译原则，严格讲究格律的对应，最大可能地忠实于原作的艺术形式。方平对此做了高度评价："从总体上说，'亦步亦趋'，存形求神，显示了不为审美定势所束缚的探索精神，提出了比舍形求神更高的要求，开拓了更高的艺术境界。"[①]方平本人也在这方面做出了不懈的探索，他在1953—1955年翻译出版的3部莎剧，全是诗体译本。方平认为，"莎剧首先是一个诗剧，莎剧的生命就在于那有魔力的诗的语言"[②]。为了使中国读者准确地理解莎剧，他主张译作应还原莎剧应有的风貌，采用与原作相符的诗体形式。"从格律上看，方平并未像卞之琳那样，有意识地安排'以顿代步'，但却往往给人以'暗合'之感"，方译"充分展示了莎剧的神韵和魅力。"[③]此外，吴兴华译的《亨利四世》、方重译的《理查三世》等也是以诗体形式翻译莎剧的力作。这些成果标志着我国的莎剧翻译艺术已经走向成熟。

　　国内学者对莎剧翻译的批评也很活跃，发表了如下几篇比较重要的论文：朱文振和孙大雨的《关于莎士比亚的翻译》（《翻译通报》1951年第3卷第1期），顾绶昌的《谈翻译莎士比亚》（《翻译通报》1951年第3卷第3期）、《评莎剧〈哈姆雷特〉的三种译本》（《翻译通报》1951年第3卷第5期）、《评孙译〈黎琊王〉》（《翻译通报》1952年1月号），巫宁坤的《卞之琳译〈哈姆雷特〉》（《西方语文》1957年第1卷第1期），曹未风的《翻译莎士比亚札记》（共6篇）（《外语教学与翻译》1959年第3至12期）。这些学者从不同的角度对莎剧的翻译进行了探讨，如朱文振提出根据"诗境"的高低来决定译文是用韵文还是散白；顾绶昌认为莎剧翻译者需要具备基本的莎学知识修养；曹未风主张译成口语，而不是"文章体"；等等。他们的译评为之后的莎剧翻译提供了不少真知灼见。

　　与此同时，中国的莎评也呈现出繁荣的景象。据不完全统计，20世纪50年代中期到60年代初，中国莎评约有130篇，还有60篇左右的莎剧演出与影视评论，这相当于1917—1948年中国莎评总数的一倍半；"十七年"间中国发

93

---

① 方平.《"亦步亦趋"追求更高的艺术境界——谈卞之琳先生的翻译思想.外国文学评论,1990（4）:116.
② 方平.莎士比亚诗剧全集的召唤.中国翻译,1989（6）:16.
③ 孙致礼.中国的英美文学翻译:1949—2008.南京:译林出版社,2009:81-82.

表的莎评译文约为80篇,相当于解放前30年莎评译文总数的2倍。①与新中国成立前相比,这一时期我国的莎评在学术上取得了明显的进步,也形成了自己的特色。

其中最大的特色是,评论家较为系统地运用了马克思主义理论来研究莎士比亚戏剧。20世纪五六十年代的中国莎评大都采用辩证唯物主义和历史唯物主义观点,着重考察莎剧所反映的时代背景、社会特点与阶级关系,旨在揭示莎剧中蕴含的丰富的思想内容。评论家们普遍把莎剧视为杰出的现实主义作品,充分肯定了它的历史进步意义,同时也看到了它的时代和阶级局限。

新中国成立后的第一篇马克思主义莎评是《莎士比亚和他的四大悲剧》。该文是张健为纪念莎士比亚诞辰390周年而写的。他在文中首先肯定了莎士比亚的地位,称他为"文艺复兴时代伟大的人文主义者"。继而指出,莎士比亚所处的时代是一个"'资产阶级自由发展已经和封建制度不能并存'(恩格斯)的时代",这个时代的"社会特点之一是人民大众的极端贫穷化",莎士比亚"写尽了这一残酷时代社会上的一切不合理现象"。②他还指出,资产阶级学者之所以不能正确地分析哈姆雷特的性格和行动,就是因为他们没有研究莎剧所反映的时代,而只是对哈姆雷特的懦弱多疑妄加揣测。张健把莎剧置于文艺复兴这个历史时期中去分析,体现了他对马克思主义唯物史观的正确认识。

当时马克思主义莎评成果最为丰硕的学者是卞之琳。1956年,他发表了《莎士比亚的悲剧〈哈姆雷特〉》和《莎士比亚的悲剧〈奥瑟罗〉》;1964年莎士比亚诞辰400周年之际,他又发表了《〈里亚王〉的社会意义和莎士比亚的人道主义》和《莎士比亚戏剧创作的发展》。在这一系列长篇莎学论文中,他明确提出运用马克思主义文艺观来研究莎士比亚的作品,并且引用了《资本论》《自然辩证法》《马克思、恩格斯、斯大林论文艺》等著作中的观点。由于阶级斗争理论是马克思主义唯物史观的重要组成部分,卞之琳以阶级分析的方法来剖析莎剧。他指出,莎士比亚在他的戏剧里,"站在广大人民一方面,不但反对封建罪恶,而且反对资本主义关系的罪恶倾向,可是历史注定了人民胜利还

---

① 孟宪强. 中国莎学简史. 长春:东北师范大学出版社,1994:33,35.
② 张健. 莎士比亚和他的四大悲剧. 文史哲,1954(5): 4-8.

得经过一个资本主义的阶段,莎士比亚后期戏剧中反映人民理想、进步思想的人物,仿佛有一种只能演悲剧的命运——这个命运也就是历史条件"①。他看到了莎士比亚对封建制度的批判,同时指出莎氏在一定程度上对新兴资产阶级进行了批判,但他也看到了莎士比亚不可能完全超越历史条件的局限性。可以说,卞之琳的莎评较好地把握了马克思主义莎评的精髓。

吴兴华的研究把马克思主义莎评推向了更高的层次。他在《莎士比亚的亨利四世》一文中,批驳了资产阶级批评家把历史剧和阶级斗争割裂开来的观点,认为他们"企图把史剧解释作一种无端自发的'爱国'情绪的产物",而"不了解这种民族的觉醒有它的阶级根源"。②他进一步指出,资产阶级批评家对于《亨利四世》和其他相关历史剧的解释,掩盖了本质,"完全忽视了推动全部史剧的,时而喷溢出来,时而潜伏的主流——人民的意志"③。吴兴华认为,莎士比亚的伟大之处就在于认识到人民的意志会使统治者与被统治者之间的矛盾继续深化。这篇文章肯定了人民的意志在阶级斗争中的重要性,对莎剧的人民性提出了独到的见解。

吴兴华的另一篇莎评《〈威尼斯商人〉——冲突和解决》也有不少颇有见地的观点。例如,有人把夏洛克和安东尼奥之间的冲突理解为犹太人和基督教的冲突,他否定了这个观点。他反复强调,这两个人物之间"有着超乎种族、信仰之上的经济利益的冲突"④。马克思主义理论认为,文学作品是社会现实的反映,与经济基础密切相关。吴兴华也在文中写道,《威尼斯商人》是莎士比亚"从对当代社会的深刻观察里面孕育出来的",隐藏在剧情背后的"正是一种伊丽沙白社会上习见的现象:商业或企业资本与高利贷资本中间既相互抵触、同时也相互依存的关系"。⑤在他看来,安东尼奥和夏洛克的冲突首先是这两类资本之间的冲突。那么,莎士比亚又是如何对待他们之间的冲突呢?吴兴华敏锐地发现,莎士比亚对新兴商业资本家抱有既支持又批评的态度,也指出了莎士比亚人文主义思想的某种局限性。该文具有很高的学术价值,"代表着当时中国人运用马克思主义研究莎士比亚的最高水平"⑥。

① 卞之琳. 莎士比亚悲剧论痕. 上海:生活·读书·新知三联书店,1989:16.
② 吴兴华. 莎士比亚的亨利四世. 北京大学学报,1956(1):107.
③ 吴兴华. 莎士比亚的亨利四世. 北京大学学报,1956(1):111.
④ 吴兴华.《威尼斯商人》——冲突和解决. 文学评论,1963(6):81.
⑤ 吴兴华.《威尼斯商人》——冲突和解决. 文学评论,1963(6):86-88.
⑥ 何辉斌. 新中国外国戏剧的翻译与研究. 北京:中国社会科学出版社,2017:140.

　　同时代将马克思主义理论运用到莎剧批评实践中的还有其他一些学者。如李赋宁在《北京大学学报》1956年第4期上发表了《莎士比亚的"皆大欢喜"》;同年,陈嘉在《南京大学学报》第4期上发表了《莎士比亚在历史剧中所流露的政治见解》;戚叔含在《复旦学报》1959年第10期上发表了《莎士比亚的悲剧人物个性塑造和他的现实主义》;赵澧、孟伟哉等在《教学与研究》1961年第2期上发表了《论莎士比亚的社会政治思想及其发展》,在《文史哲》1963年第2期上发表了《论莎士比亚的伦理思想及其发展》。这些学者重点论述了莎剧中所体现的政治观、社会观、伦理观等内容,提出了符合当时意识形态要求的观点。他们的研究对中国马克思主义莎评的发展起到了促进作用。

　　这个阶段苏联的莎学研究对中国也产生了较大的影响。20世纪50年代,我国汉译了几部苏联学者研究莎士比亚的著作,分别是:莫罗佐夫的《莎士比亚在苏联》(吴怡山译/巫宁坤译,1953)、《莎士比亚在苏联的舞台上》(吴怡山译,1953),斯坦尼斯拉夫斯基的《〈奥瑟罗〉导演计划》(英若诚译,1954),阿尼克斯特的《莎士比亚悲剧"汉姆莱脱"》(刘丹青译,1956)以及《莎士比亚的戏剧》(徐云青译,1957)。莫罗佐夫是苏联莎学的奠基人之一,他的著作描述了莎剧在苏联流行的盛况,梳理了苏联在莎剧翻译和研究上的成就,详尽地阐述了莎剧在苏联舞台上演出的经验。斯坦尼斯拉夫斯基是苏联著名戏剧家、表演艺术理论家。他的《〈奥瑟罗〉导演计划》对于国人理解莎士比亚的剧作有很大帮助。斯氏演剧体系也成为这一时期中国莎剧演出的指导理论。阿尼克斯特是苏联最负盛名的莎士比亚研究专家。他在马克思主义理论的指导下,总结出莎士比亚创作的一般特征。他还将莎士比亚的创作分为3个时期,为中国学者研究莎氏创作分期提供了有益的参考。这些苏联莎学译著,拓宽了中国莎剧研究者的视野,使他们对莎士比亚及其戏剧创作有了比较完整的认识。通过这些著述,中国学者第一次了解了马克思、恩格斯关于莎士比亚及其作品的系列论述,更加深刻地认识到莎士比亚戏剧的伟大成就。

　　在这10余年里,中国翻译出版了包括莎士比亚全部剧作的戏剧集,还有各类修订、再版、新译的单行本。莎剧翻译实践与翻译批评都取得了较大的发展,特别是在诗译莎剧领域出现了一批高质量的成果。在苏联莎学的影响下,国内专家、学者对莎剧展开了全面深入的研究,为中国马克思主义莎评的兴盛做出了重要贡献。

第三节 "十七年"间萧伯纳剧作的译介与研究

20世纪50年代,中国对萧伯纳戏剧的翻译与研究工作蓬勃开展。1950年11月2日,萧伯纳逝世,中国文艺界表达了深切的哀悼。11月12日,《人民日报》刊登了英国专家夏庇若的文章《关于萧伯纳》(鲁汤然译),当月19日又刊登了潘家洵的《纪念萧伯纳》和顾清琴的《同情共产主义的萧伯纳》。《文艺报》第3期刊登了《悼萧伯纳》。《世界知识》第19期刊登了英国文艺批评家考得威尔的《论萧伯纳》(任叔良译),第21期刊登了苏联学者莫罗佐夫的《纪念萧伯纳》(冰夷辑译)。《人民戏剧》第3期也刊登了莫罗佐夫的这篇文章,译者是袁湘生。胡春冰初译的萧剧《奇双会》和姚克译的《魔鬼的门徒》(再版)也于此间出版。

1951年,《翻译》月刊第3期推出"萧伯纳特辑",登载了6篇译自英国共产党主办的刊物《劳工月刊》的文章。其中,《戏剧家萧伯纳》一文的作者认为,萧把戏剧从堕落中拯救了出来,他把艺术当作反对资本主义的武器,借此赋予戏剧艺术新的形式和内容。针对萧剧仅是辩论的剧本这种说法,该刊主编杜德在《萧伯纳》一文中指出,萧的大部分后期作品的确如此,但他在1914年以前创作的剧本体现了他作为艺术家的创造力。这些文章对萧剧的现实意义和创作特点做了较为中肯的评价。

1956年,我国举办了纪念萧伯纳诞辰100周年的系列活动。7月27日,中国人民对外文化协会、中国作家协会、中国戏剧家协会等在北京饭店联合召开纪念大会。茅盾主持大会,并在开幕词中指出,萧伯纳在剧作中揭露帝国主义的侵略政策,鼓舞人民争取自由和解放,他的讽刺喜剧深受中国人民的热爱。田汉做了题为《向伟大的现实主义大师们学习》的报告,肯定了萧伯纳伟大的艺术成就,介绍了萧剧在中国传播的情况及其产生的巨大影响。爱尔兰国家剧院导演罗宾逊、萧伯纳生前的友人米内也在纪念大会上讲话。会后的纪念晚会上,北影演员剧团和中央戏剧学校表演干部训练班分别演出了萧剧《苹果车》和《华伦夫人的职业》的片段。北京图书馆开展了专题展览,展出萧伯纳著作的多国译本和他的生平照片。除北京外,上海、沈阳和天津等地也举办了纪念活动。

1956年12月,人民文学出版社推出3卷本《肖伯纳戏剧集》,这是迄今为止收录萧剧最多的译文集。第一卷收录4个剧本:黄钟译的《鳏夫的房产》、潘家洵译的《华伦夫人的职业》、陈瘦竹译的《康蒂妲》和杨宪益译的《凯撒和克莉奥佩屈拉》。第二卷内收3个剧本:朱光潜译的《英国佬的另一个岛》、林浩庄译的《巴巴拉少校》和杨宪益译的《匹克梅梁》。第三卷收有4个剧本:张谷若译的《伤心之家》、俞大缜译的《奥古斯都斯尽了本分》、老舍译的《苹果车》和方安译的《真相毕露》。在这些剧本中,《鳏夫的房产》和《匹克梅梁》是新译,[①]《华伦夫人的职业》和《康蒂妲》为再版,其余均为首次在国内汉译出版。这部戏剧集由国内一流的翻译家、作家和学者译成,在读者中享有很高的声誉。

1956年,纪念萧伯纳的文章也屡见于各类报刊。纪念大会前后,《人民日报》刊登了萧乾的《萧伯纳二三事》和杨宪益的《萧伯纳——资产阶级社会的解剖家》,《解放日报》刊登了曹未风的《萧伯纳的创作道路》,《光明日报》刊登了田汉的《向现实主义戏剧大师们再学习》和郑振铎的《纪念萧伯纳诞生一百周年》。《解放军文艺》第8期刊登了姚汉昭的《伟大戏剧家萧伯纳》。《语文学习》第9期刊登了杨宪益的《伟大的戏剧家萧伯纳》。《文艺报》总161期刊登了冯亦代的《乔治·伯纳·萧》。这些文章大多重在阐述萧伯纳的反战思想及其对资产阶级的批判。

对萧剧进行专门论述的有《伟大的英国戏剧家萧伯纳》,作者黄嘉德是我国著名的萧伯纳研究专家。他从欧洲政治局势的变化和萧伯纳思想的发展出发,对萧的重要作品做了全面细致的分析。黄嘉德认为,一方面,由于受到费边主义思想的局限,萧伯纳没有认识到工人阶级的力量,无法指出消灭资本主义罪恶的正确道路,萧剧中的正面人物也比较软弱无力;但另一方面,萧伯纳对一切进步的思想始终表示关切,他对资本主义社会的揭露和对帝国主义政策的抨击尖锐有力,具有深刻的现实意义。[②]黄嘉德精辟地阐述了萧伯纳戏剧的局限性和进步性。

另一篇关于萧伯纳戏剧的专论是《萧伯纳戏剧创作的思想性和艺术特点》。该文作者蔡文显指出,萧的"批判现实主义的创作方法"使他的剧作产

---

① 《鳏夫的房产》最早由潘家洵译为《陋巷》,1920年刊登在《新潮》第2卷第4号上。《匹克梅梁》的首译是林语堂的《卖花女》,1931年由上海开明书店出版。

② 黄嘉德.伟大的英国戏剧家萧伯纳.文史哲,1956(7):24.

生了"巨大威力"。[①]他以一战和俄国十月革命为分界线,把萧伯纳的戏剧创作生涯分为前期和后期,认为萧伯纳后期剧作的批判倾向更加尖锐深刻。作者还阐明了萧剧艺术的特点,如把辩论的方式引入到戏剧中、善于掌握戏剧冲突、采用幽默与讽刺的艺术手法、塑造高度典型的人物形象等,并强调萧氏创作艺术上突出的优点是能够大胆地运用新颖的形式来充分表达思想。[②]该文虽然对萧伯纳创作时期的划分比较笼统,但对萧的创作艺术的讨论具有较高的学术价值。

王佐良的《萧伯纳和他的戏剧》也是这方面的代表性论文。作者首先梳理了萧伯纳的生平经历,发现萧的一个突出特点是把写作纳入他的社会活动中,选择戏剧作为改革社会的武器,接着他把萧的戏剧创作过程分成四个阶段,并结合剧作阐述了每个阶段的创作特点。王佐良认为,萧在第一阶段创作《愉快的戏剧》时,主要特点是反对"虚伪的英雄主义和矫揉造作的浪漫化倾向";第二阶段的《卖花女》把"尖锐的社会讽刺"和"有趣的剧情"紧密结合起来;第三阶段所创作的《伤心之家》"带有诗歌似的感染力";在第四阶段,萧把"时事题材与奇妙的幻想相混合",在戏剧艺术上有了新发展。[③]最后他指出萧剧的两个成功因素是出色的对白和大胆的想象。王佐良在肯定萧伯纳艺术成就的同时,也指出了他的不足之处,如个别剧本中有一些不必要的玩笑,使得主题不够分明。这篇文章对萧剧艺术的分析深刻透彻,尤其为后人研究萧的创作分期提供了借鉴。

20世纪50年代,我国还翻译了苏联学者研究萧伯纳的论著。1956年《文史译丛》第2期刊登了阿尼克斯特《萧伯纳论》的汉译。1956年10月,作家出版社出版了巴拉萧夫的《萧伯纳评传》(杨彦劬译)。此书原为巴拉萧夫为俄文版《萧伯纳选集》所写的序言。在这篇序言中,他对萧的思想做了比较全面的分析,指出萧摈弃"为艺术而艺术"的颓废派文艺理论,强调文艺作品应具有一定的思想内容;同时也指出了萧伯纳思想的局限性,因为萧伯纳没有真正接触到科学的社会主义思想。1959年10月,人民文学出版社出版了阿尼克斯特的《英国文学史纲》(戴镏龄等译)。书中专辟一节,论述了萧伯纳的文学观念和戏剧创作特点。阿尼克斯特指出,萧伯纳是"消遣艺术的坚决反对

---

① 蔡文显.萧伯纳戏剧创作的思想性和艺术特点.中山大学学报,1956(4):166.
② 蔡文显.萧伯纳戏剧创作的思想性和艺术特点.中山大学学报,1956(4):170.
③ 王佐良.萧伯纳和他的戏剧.译文,1956(8):101-105.

者",他有意识地"摆脱那种情节编排巧妙足以产生醒目动作和引起观众兴趣的戏剧",而是"给戏剧艺术带来具有一定形式的新的和重大的内容"。[①]在这种形式中,萧把演说家的热情、辩论家的技巧及尖锐的现代社会冲突互相结合。这些评价代表了当时苏联文艺界的权威意见,也为国内学者研究萧剧奠定了基调。

进入20世纪60年代,萧伯纳译介热逐渐褪去,国内只对他的个别剧本进行了重印或注释。1960年,商务印书馆出版了徐燕谋注释的《魔鬼的门徒》,1964年又出版了张云谷注释的《鳏夫的房产》。两本注释本的最前面均附有作家和作品简介,书内是英文原剧和关键词句的中文脚注。1963年,人民文学出版社推出《肖伯纳戏剧三种》,收录了《华伦夫人的职业》《英国佬的另一个岛》和《巴巴拉少校》这3个旧译本。王佐良写了"译本序",详尽地分析了萧伯纳戏剧的优缺点。

这一阶段比较重要的研究是钟日新的《试论萧伯纳的〈不愉快的戏剧〉》。该文选取萧伯纳最早创作的3个剧本进行研究。作者认为,《鳏夫的房产》(简称《鳏》)在主题思想、人物刻画上对英国戏剧起了革新作用;《玩弄爱情的人》的个别场面和人物生动有趣,台词机智幽默,但是结构比较松散,主题也不够明确;相比前面两个剧本,《华伦夫人的职业》情节发展更加紧凑,戏剧冲突也更富有变化。作者不仅对这些剧作进行了较为全面深入的分析,而且也提出了一些独到的见解。他认为,萧伯纳对《鳏》剧中的两个配角刻画得很好,而且"在处理男女恋爱问题方面也不落俗套"[②]。这个观点在当时难得一见,体现了学者的独立风骨。

回顾新中国成立后的"十七年",我国对萧伯纳的剧作进行了较大规模的翻译,这些译作"不但对中国的话剧运动有过不可磨灭的影响,对社会的改革也起过推动的作用"[③]。在研究方面,学者们在阶级分析论的指导下,重点关注萧剧对资本主义社会的揭露和批判,以达到宣传社会主义的目的。他们对萧的创作手法和艺术特色也进行了一些探讨,这有助于我们更加深入地挖掘萧伯纳戏剧的魅力。

---

① 阿尼克斯特.英国文学史纲.戴镏龄,等译.北京:人民文学出版社,1959:595-596.
② 钟日新.试论萧伯纳的《不愉快的戏剧》.中山大学学报,1964(4):88.
③ 杨宪益.萧伯纳——资产阶级社会的解剖家.人民日报,1956-07-26(7).

第四节 "十七年"间英美进步戏剧的译介与研究

纵观翻译史研究,翻译文学不可避免地受到主流诗学的影响。本时期的主流诗学是从苏联引入的社会主义现实主义,要求艺术家"从现实的革命发展中真实地、历史地和具体地去描写现实",强调文艺作品必须用社会主义精神教育改造人民群众。[1]在社会主义现实主义诗学影响下,英美进步剧作家及其戏剧作品引起了国内译者与学者的高度关注。

亨利·菲尔丁便是其中一位。他是英国伟大的现实主义作家,早年从事戏剧创作,后改写小说。菲尔丁一生共创作了25个剧本,涉及笑剧、滑稽剧、喜剧、政治讽刺剧等多种体裁。他的剧作歌颂了人民的善良,尖锐地揭露了英国统治阶级的黑暗与腐朽,使得当时的那些达官显贵异常恼怒。1737年,英国议会通过了《戏剧检查法》,禁止讽刺时事的喜剧的上演,由此结束了菲尔丁的戏剧创作生涯。之后,他不得不把他那锐利的笔锋转向小说。

对人民立场的坚守是菲尔丁戏剧被译介到国内的主要原因。1954年,适逢菲尔丁逝世200周年,10月27日我国举行了隆重的纪念大会。出席大会的有茅盾、阳翰笙、洪深等文艺界名人。时任中国作家协会副主席的老舍主持大会,并致开幕词。他呼吁与会人员学习菲尔丁热爱人民、勇于进攻的战斗精神。郑振铎接着做了纪念菲尔丁的主题报告。次日的《光明日报》头版报道了本次纪念大会的情况。《人民文学》第6期刊登了萧乾的读书札记《关于亨利·菲尔丁》。札记提到,菲尔丁之所以受到世界人民的喜爱,是因为他关心人民的幸福。

《文艺杂志》第8期和《戏剧报》第10期分别刊登了著名戏剧理论家顾仲彝撰写的纪念文章《亨利·菲尔丁的生平与著作》和《亨利·菲尔丁的戏剧作品》。顾仲彝指出,戏剧事业是菲尔丁整个创作活动的重要部分。他肯定了菲尔丁在戏剧方面做出的巨大贡献:"他以讽刺喜剧著名于世;在戏剧史上起着承先启后的作用,他继承了希腊喜剧家阿里斯托芬的讽刺时事的'中喜剧'和莎士比亚的喜剧方面的传统,并直接影响了萧伯纳和王尔德的讽刺喜

---

[1] 周扬. 苏联作家协会章程//苏联文学艺术问题. 曹葆华等,译. 北京:人民文学出版社,1953:13.

剧。"①不仅如此,顾仲彝认为菲尔丁的作品将永远成为鼓舞人类前进的力量。这些文章有力推动了我国菲尔丁戏剧研究的开展。

作为纪念活动的一部分,1957年人民文学出版社出版了菲尔丁的剧本《咖啡店政客》。该剧译者英若诚是我国著名的翻译家、杰出的戏剧艺术家。他在"译后记"中说,资产阶级学者对这部剧作的诽谤和攻击恰恰显示出了他们自己的卑劣和无耻,因为作品揭露了当时英国司法制度的阴暗及英国统治阶级的丑恶。但是,广大人民理解这一剧作的价值。菲尔丁的剧作不仅受到他本国人民的喜爱,而且也是全世界进步人类所珍视的文化遗产。②这段评价充分肯定了该剧在人民中享有的崇高地位。

另一位被译介的英国进步剧作家是希恩·奥凯西。他很早就关心爱尔兰民族独立运动,创作了许多表现革命题材的剧本,其中最知名的3部是《枪手的影子》《朱诺与孔雀》和《犁与星》。这些作品具有雄浑的气魄,淋漓尽致地展现了工人阶级波澜壮阔的革命斗争,表现出这位无产阶级剧作家旺盛的革命精神和战斗意志。

同样,对于中国人民的革命斗争,奥凯西也表达了热烈的支持。他在1954年创作的《日落与晚星》一剧中写道:"革命的火焰已经出现在中国的河谷和中国的山岭!……所谓中国人沉默寡言的时代早已过去了!"在中国红军进行长征的时候,他向《文艺报》(1958年第3期)致信表示,将一直关注红军的伟大斗争历程,注意他们怎样壮大力量,最终成为全中国人民的酵母。他还盛赞了《万水千山》这部表现红军长征精神的剧作。

1959年,他的名剧《星星变红了》被译介到中国。剧本描写了爱尔兰工人阶级的革命斗争,歌颂了他们为民族解放而不怕牺牲的精神。这部四幕剧连载在《世界文学》第2—3期上,前两幕由王佐良、英若诚合译,后两幕由英若诚翻译。英若诚以高超的语言造诣、对中西文化的深刻领悟和丰富的导演、表演经验,打造出了舞台演出译本的典范。他主张在戏剧翻译中考虑舞台的"语言直接效果",注重语言的口语化、简洁性、动作化和性格化。③他的合作者王佐良对奥凯西深有研究,发表了系列评论文章,包括《论旭恩·奥凯西》(《文学研究》1958年第1期)、《奥凯西的成就》(《文学研究》1959年第1期)、

① 顾仲彝. 亨利·菲尔丁的戏剧作品. 戏剧报,1954(10):15.
② 菲尔丁. 咖啡店政客. 英若诚,译. 北京:人民文学出版社,1957:143-144.
③ 孟伟根. 戏剧翻译研究. 杭州:浙江大学出版社,2012:59.

《当代爱尔兰伟大剧作家旭恩·奥凯西》(《世界文学》1959年第2期)及《论奥凯西的自传》(《世界文学》1962年第2—3期)。

这些文章采用社会历史批评模式,对奥凯西及其戏剧创作进行了评述。王佐良赞扬奥凯西是一个"共产主义者",并强调这是他取得巨大成就的首要原因。他还对奥凯西不同阶段创作的剧本进行了比较,认为资产阶级批评者之所以反对他的后期剧本,是因为他们反对后期剧本的战斗性。在他看来,奥凯西的后期剧本进步更大。以《星星变红了》为例,王佐良指出,这个剧作让我们看到了"真正的工人阶级斗士的光辉形象",它的主题"有重大的政治意义,在西欧成千上万的剧本里几乎是独一无二的",它的技巧也不像"作者前一阶段的剧本那样过分奇特和突出,而是与内容比较紧密地结合着的了"。① 与资产阶级文人歌颂个人英雄主义不同,他高度评价了奥凯西强调群众行动的创作思想。王佐良对奥凯西戏剧做出了肯定性的评价,其主要的依据是社会主义现实主义常用的政治标准。

社会主义现实主义也是当时美国戏剧译介的主要立足点。"十七年"时期,中国与美国文学之间的直接交往虽然中断,但仍翻译出版了一些美国文学史上影响较大的进步戏剧作品。1949年12月,穆俊翻译的奥达茨的《自由万岁》和《生路》由上海海燕书店推出新1版。1951年,文化工作社出版了《生路》的另一个译本,书名是《还在等待什么》,由顾仲彝和杨小石合译。1954年,平明出版社推出新1版冯亦代译的海尔曼的《守望莱茵河》。海尔曼的另一部反法西斯剧作《彻骨寒风》,1958年由新文艺出版社出版,译者是金易。20世纪50年代我国出版的美国进步剧作还有如下这些:丹克的反映美国海员罢工斗争的《四十九经度》(叶君健译),杜索和高伊合作的揭露种族歧视的《根深蒂固》(符家钦译、朱光潜审校),斯戴维思描写美国劳工运动者遇害的《永远不死的人》(陈麟瑞译)。

还有一位当代美国卓越的进步作家也被译介进来:马尔兹。他出生于纽约一个贫困的工人家庭,在青年时代开始接触马克思主义,积极参与许多工会和进步团体的工作。马尔兹是一位有才能的作家,以短篇小说《世界上最幸福的人》和《兽国黄昏》两次获得欧·亨利奖。他的长篇小说《潜流》是美国无产阶级文学中最出色的作品。他还写过一些电影剧本和政论。

---

① 王佐良.当代爱尔兰伟大剧作家旭恩·奥凯西.世界文学,1959(2):142.

　　戏剧是马尔兹早期创作的主要文类。1930年,他从哥伦比亚大学毕业后,又到耶鲁大学攻读戏剧,与同学斯克拉尔合写了两个剧本。一个是抨击美国政府腐败的《旋转木马》(1932),另一个是反对帝国主义侵略战争的《和平降临大地》(1933)。1935年,马尔兹写了《黑矿》,这部剧作描写美国煤矿工人与矿主的斗争。之后,他还完成了两部独幕剧:《小兵希克斯》(1935)和《排戏》(1938)。《小兵希克斯》揭露了美国政府利用军队镇压罢工的罪行,《排戏》控诉了屠杀工人的美国资本家。

　　令人惋惜的是,马尔兹在20世纪40年代被美国反动政府清洗、判刑,1951年出狱后避居墨西哥。1952年,他又创作了独幕剧《莫里生案件》,成为"美国进步文学的一个新的胜利"[①]。该剧是根据纽约一个海军造船厂"忠诚审讯"的实录写成的,从中揭穿了美国统治阶级所谓"自由""民主"的谎言,同时颂扬美国人民坚持正义、英勇斗争的精神。由于政治上的尖锐性,这个剧本在美国一度被禁止出版。

　　大约在1954年,流亡在墨西哥的马尔兹与中国取得了联系。他通过翻译家沙博理,与茅盾互通信件。两位作家开始了长达10年的文字之交。两人共同探讨了文艺理论问题。马尔兹对中国"百花齐放、百家争鸣"的文艺方针高度赞扬。对于苏联文学作品的缺点,如人物缺乏个性、结构公式化等,他提出了批评意见,并把这些缺点归咎于社会主义现实主义理论。对此,茅盾则认为有必要纠正对于社会主义现实主义的片面理解,应结合历史的发展和具体的作品,为社会主义现实主义找到更加全面丰富的解释。[②]他们还交换了对一些戏剧作品的看法。

　　茅盾对他的作品赞赏有加,这在一定程度上促成了马尔兹作品的译介热潮。1953—1962年,由鲁迅、茅盾等人创办的《世界文学》6次介绍马尔兹,刊登他的小说、独幕剧和政论的译文。1956年,作家出版社出版了荒芜、冯亦代、符家钦(共用笔名"叶芒")合译的《马尔兹独幕剧选集》,收录《小兵希克斯》《排戏》《莫里生案件》。这本剧集是根据马尔兹从墨西哥寄来的打字稿译出的。书前有"中译本序",开篇就是这位美国作家向东方巨人发出的欢呼:"中国人民的成就在美国进步人士的心中占有独特的地位,我相信这样说是

---

① 转引自:马尔兹.《潜流》.黄星圻,译.北京:商务印书馆,1960:2.
② 茅盾.书简五封:致艾·马尔兹(1957年12月14日).世界文学,1996(3):12-13.

千真万确的。对于世界上任何地方的解放运动，不管它发生在像波兰那样的人民民主国家，或者在惨遭压迫的非洲各国，我们都感到休戚相关，而对于新中国的独立，我们尤其感到欢欣鼓舞。"①马尔兹为他的这几个剧本能在中国汉译出版感到光荣。紧接着，他对这3出戏的创作背景、思想内容和演出风格做了详细的说明。

在这几部剧作中，马尔兹用通俗、洗练的语言，描绘了社会底层的众生相。除了受到时代、家庭及进步团体的影响外，马克思主义思想对他分析现实生活中的问题起到了很大的帮助。他在谈到美国当代作家的任务时说，作家们创造的形象是复杂社会现象的一部分，而那些复杂社会现象的基础就是阶级斗争。为了理解这种斗争，作家就应该向马克思主义求教。马尔兹作品的译者荒芜认为，在美国当代作家中，真正能掌握这一锐利武器的人，恐怕是凤毛麟角。而马尔兹作品的与众不同之处，就在于"他手里有一把锋利的解剖刀，能剖析生活现实"②。马尔兹的作品具有吸引力，正是因为他紧握着马克思主义这把解剖刀。

"十七年"时期的文艺工作者，从马克思主义立场出发，发掘英美进步戏剧中的反封建反资本主义思想。他们对上述剧作的解读和评论，与当时社会主义意识形态话语相契合。译介者将英美进步戏剧纳入社会主义现实主义框架内进行审视、分析，使之成为新中国文学和文化建设的有效资源。

第五节 "十七年"间英美现代派戏剧的译介与研究

20世纪五六十年代，以"荒诞派"和"愤怒派"为代表的现代派戏剧风靡欧美剧坛。这两个流派，虽然风格迥异，它们的代表作却都产生了震撼人心的力量。1955年，荒诞派戏剧的奠基之作——爱尔兰剧作家贝克特的《等待戈多》在伦敦首演，引起了巨大轰动。翌年，皇家宫廷剧院第一次上演了英国青年演员奥斯本的《愤怒的回顾》，成为伦敦舞台上的一次"爆炸性事件"③。不久，这个剧在欧洲许多其他城市及纽约演出，1957年还被搬上莫斯科舞台。1961年，美国剧作家阿尔比的荒诞剧《美国梦》首演，也获得很大成功。

---

① 马尔兹. 马尔兹独幕剧选集. 叶芒，译. 北京：作家出版社，1956：1.
② 马尔兹. 马尔兹中短篇小说选. 叶芒，译. 杭州：浙江文艺出版社，1983：394-395.
③ 奥斯本. 愤怒的回顾. 黄雨石，译. 北京：中国戏剧出版社，1962：147.

相比西方世界对这些剧作的认可,中国最初是把它们作为批判的对象引进的。受"左"倾文艺观的影响,西方现代派作品被认为是"反动腐朽"和"颓废堕落"的。1962年,中共中央批转了《关于当前文学艺术工作若干问题的意见(草案)》,明确提出应当批判地吸收外国文化,对于西方现代派文学艺术流派,要注意了解和研究,并进行有力的揭露和批判;有计划地向专业文艺工作者介绍这方面的作品,作为教育他们的反面材料。[1]在此意见指导下,英美现代派剧作被陆续翻译进来。1962—1965年,中国戏剧出版社先后出版了黄雨石译的《愤怒的回顾》、石馥译的《接头人》、馥芝译的《两个打秋千的人》、施咸荣译的《等待戈多》等剧。在当时,这些著作的内容被看作是有害的,因此没有公开发行,而是以内部发行的方式出版。这些书的封面通常被印成黄色,俗称"黄皮书",只供高干和专家参考,普通读者是很难读到的。

由于历史的局限性,译者不可避免地对现代派戏剧做了批判性评介。在《愤怒的回顾》的"译后记"中,黄雨石说,愤怒派的产生,反映了二战后英国社会在文化上所面临的深刻危机。从内容上看,这一流派的作品大多描写"比较狭窄的腐化堕落的个人生活",表现"英国青年的苦闷心情",暴露"英国腐朽的社会生活面貌";在手法上,更多的是嬉笑怒骂,而不是义正词严的批评;在思想上,很少或根本没有积极的理想,只有消极的否定。[2]他指出,愤怒派青年不满于个人所处的社会地位,因此他们对社会的反抗,纯粹是出于个人利益,而不是人民大众的利益。尽管这部愤怒派代表作收获了英国评论界的一片赞誉,黄雨石则认为大多数的赞扬只不过是些空洞的夸张,因为这个剧作只是表面上反对资本主义制度,但实际上又不肯与之决裂,更不用说去同它斗争。显然,该剧译者对愤怒派戏剧几乎持完全否定的态度。

同时代其他文学批评者的观点与黄雨石的观点如出一辙。在《"愤怒的青年"和"垮掉的一代"——介绍当代资本主义世界的两个文学流派》一文中,董衡巽、徐育新将愤怒派纳入"腐朽没落的资产阶级文学流派"。他们继而归纳了愤怒派作品的共同特点:一是这些作品中的主人公都是对周围生活不满的青年知识分子;二是因"愤怒的青年"实为"小资产阶级思想情绪的代表人

---

① 关于当前文学艺术工作若干问题的意见. 文艺研究,1979(1):142.
② 奥斯本. 愤怒的回顾. 黄雨石,译. 北京:中国戏剧出版社,1962:143.

物”，他们的作品体现了“严重的个人主义思想”。①两位学者还认为，愤怒派的产生是有其社会根源的，是资产阶级社会腐朽落后的真实写照。可以看出，他们介绍愤怒派戏剧是为了更好地对资本主义制度进行批判。

20世纪60年代的中国学界还把批判的矛头指向了荒诞派戏剧。1961年10月7日的《人民日报》刊登了一篇摘译自美国《生活》杂志的文章，题为《丑化人类　嘲笑人类——美国流行“先锋派”戏剧》。当时还没有“荒诞派”的提法，而是称“先锋派”或“反戏剧派”。原文首先认为先锋派戏剧的发展历史不长，但在欧洲已取得了稳固地位，正在以洪流之势进入美国；接着指出先锋派戏剧的一个重要主题是描写人与人之间的隔阂，这一主题在阿尔比的《美国梦》等剧中表现得淋漓尽致；最后指出，先锋派作家在舞台技巧上的想象力和独创性是令人感到新鲜有趣的。从原报道可以看出，20世纪60年代初的美国戏剧评论界对这种独特的戏剧流派表示了肯定。然而，摘译前的“编者按”却指出，先锋派戏剧是一种堕落，意在丑化人类、嘲笑人类。

荒诞派戏剧的经典作品《等待戈多》尤其遭到了国内学者的猛烈挞伐。这部剧作最初是贝克特用法语写的，后来由他翻译成英语。该剧主要讲述了两个流浪汉等待一个叫戈多的人的故事，等来等去，戈多却始终没有出现。据现有资料，该剧最早被介绍到中国是在1962年10月21日，那一天的《人民日报》刊登了程宜思的《法国先锋派戏剧剖视》。在这篇文章中，《等待戈多》被看成是“彻底反戏剧”的代表作，因其没有完整的戏剧情节，更没有塑造典型人物；在主题上，该剧回避社会现实，宣传死亡哲学。这在程宜思看来是资本主义日益深重的危机的产物和反映。作者认为，荒诞派戏剧虚妄地否定一切，但在本质上，它否定人民的革命，肯定资本主义制度，从而阻止历史的发展。

类似的观点也出现在董衡巽的《戏剧艺术的堕落——法国“反戏剧派”》（1963）一文中。文章指出悲观主义情绪是荒诞派戏剧出现的重要原因，这种情绪在《等待戈多》中表现得最为突出。戈多象征希望，戈多没有出现就意味着希望不存在。该文认为，“这是一种宣传死亡的颓废哲学”，并进一步指出，荒诞派戏剧的思想观点不仅是“资产阶级思想体系瓦解和资本主义社会制度

---

① 董衡巽，徐育新. “愤怒的青年”和“垮掉的一代”——介绍当代资本主义世界的两个文学流派. 前线，1963（3）：10-11.

死亡前夕的一个反映",而且是"对人类进步传统、对今天世界上的进步势力一种恶毒的诬蔑"。①

这种批判式评介也显见于丁耀瓒的《西方世界的"先锋派"文艺》(1964)。除《美国梦》《等待戈多》之外,丁文还概述了其他几部荒诞剧的代表作。《管家人》是英国最著名的荒诞剧作家品特的名著,描写一个流浪汉渴望找到安身之处,结果却未能如愿的故事。《动物园的故事》是美国荒诞剧代表阿尔比所作,写了一个孤独的人,感受不到活着的乐趣,故意让另一个人把他刺死,并对此表示感谢。阿尔比的另一部荒诞剧《谁怕佛吉尼亚·沃尔夫》描写一对大学教授夫妇相互用最恶毒的言语攻击对方。美国剧作家格尔伯的《接头人》描写一群吸毒者等待送海洛因的接头人的到来。丁文认为这些荒诞剧在思想内容上都表现了悲观绝望、颓废堕落的人生观,是"资本主义社会、文化和精神日趋崩溃的一面镜子";在表现手法上极力追求标新立异,结果违背了戏剧的基本准则,"把艺术带到'反艺术'的道路上去,使资产阶级的艺术在表现形式上也陷于死胡同"。②

1965年,《等待戈多》首个中译本的问世,为国内文艺工作者更加直观地认识这种新的戏剧流派打开了一扇窗。该剧译者施咸荣是新中国成立以来卓有成就的文学翻译家和英美文学研究专家。他在翻译选材方面具有敏锐独到的眼光,20世纪60年代初开始研究英美当代各个流派,翻译了《在路上》(与黄雨石合译)、《麦田里的守望者》及《等待戈多》等现代派名作。施先生译的《等待戈多》影响广泛,20世纪80年代被收录于《荒诞派戏剧集》《荒诞派戏剧选》《外国现代派作品选》等外国文学类图书,2002年又被人民文学出版社作为大学生必读书目推出。在很长一段时间内,施译本也是中国戏剧工作者排演该剧的唯一译本。无论是孟京辉的中央戏剧学院演出版,还是任鸣的人艺小剧场版,甚或林兆华的嫁接版《三姊妹·等待戈多》,都是依据施译本排演的。施译本对原剧台词进行了精心处理,巧妙地呈现了贝克特戏剧语言的艺术特色。

施咸荣的汉译本震撼了中国戏剧界,给中国戏剧的发展和革新带来了很大的影响。著名戏剧评论家杜高将之比作"投进死水中的一颗石子"和"隧洞

---

① 董衡巽. 戏剧艺术的堕落——法国"反戏剧派". 前线,1963(8):11.
② 丁耀瓒. 西方世界的"先锋派"文艺. 世界知识,1964(9):26.

中闪烁的一粒火星"。①他认为,《等待戈多》冲击着几十年来的写实主义演剧模式,既拓展了舞台的表现空间,又改变了演员与观众的交流方式;不仅让中国戏剧家看到"一种崭新的戏剧流派和一种奇异的戏剧形式",而且让他们接触到了"一种现代的新的艺术观念",启迪他们用新的艺术方式和视角"从更广阔的层面反映社会生活的真实"。②随着施译本的流传,北京、上海的舞台上也出现了面目一新的先锋剧,为国内的戏剧改革推波助澜。可以说,施咸荣译的《等待戈多》对中国戏剧界迎接思想解放新高潮的到来功不可没。

---

① 杜高. 施咸荣和《等待戈多》. 文汇读书周报,2005-03-18.
② 杜高. 施咸荣和《等待戈多》. 文汇读书周报,2005-03-18.

第六章

英美戏剧汉译的瓶颈期(1966—1976)

中华人民共和国的成立,以及国内随之而来的社会环境和发展局面,为英美戏剧汉译的繁荣提供了良好的条件与保障。在1949年新中国成立后的"十七年"中,尽管遇到了不少曲折与困难,英美戏剧汉译工作还是在艰难中取得了显著的成绩,丰富和促进了我国戏剧艺术的普及和兴盛。然而,1966—1976年,英美戏剧汉译进入了一个停滞期。1978年12月,中国共产党十一届三中全会胜利召开,会议决定在全国实行改革开放政策。①从此,英美戏剧的汉译才进入了新的发展阶段。

这10年是我国历史发展中的特殊时期,也是英美戏剧汉译工作所遭遇的困难时期。在这一时期,全国基本上处于"八亿人看八个样板戏"的不正常状态。

第一节 "文革"十年英美戏剧译介的背景和特征

"文化大革命"十年是我国翻译历史上极为罕见的非常时期,国内的社会、艺术、文化和生活等各个方面都受到了政治意识形态的前所未有的影响,前期活跃的英美戏剧汉译活动几乎处于停滞的状态。在此期间,除了内部作为批判使用的少数戏剧译本之外,公开出版的英美戏剧译作几乎销声匿迹。

---

① 李景治. 伟大变革让我们收获了至简至深的真理——解放思想是改革开放的"总开关".
(2018-12-17)[2024-05-20]. http://theory.people.com.cn/n1/2018/1217/c40531-30470482.html.

与其他时期的英美戏剧汉译的数量相比,虽然该时期内部发行的英美戏剧译作数量可谓微不足道,但这一时期的英美戏剧汉译有着许多在以往任何时期都不具有的背景和特征,它所呈现出的特殊性和极端性值得我们思考和研究。

一、内部发行戏剧译作,供批判使用

在政治氛围的影响下,当时公开出版或发表的文艺作品必须符合主流的意识形态,必须与当时的政治、外交和文艺思想高度统一,这使得戏剧翻译选材的空间极其狭小。当时译介的英美戏剧作品多为符合政治气候和主流文化的剧作,其数量也是屈指可数的。该时期众多作品内部发行的目的也是错综复杂的。文艺领域一方面要维护本国的政治意识形态和革命觉悟,另一方面又想试探性地了解包括英美等国在内的西方国家的文艺状况。在这种自相矛盾的情况下,谨慎地选译少部分英美戏剧,并通过内部发行的方式供部分人员参阅,便成了当时最佳的选择。这些人员通常具有较高的政治觉悟,能够抵制西方资本主义思想的侵蚀,并能将其作为生动的反面教材,进行自我警示教育。内部发行的每一本出版物在前言中都特别提示,翻译出版该英美戏剧是供批判使用,其批判的内容不仅是作品所反映的思想意识和政治立场,还有戏剧作品的语言及其表现方式。

二、使用导读性文字,引领读者

这一时期,对翻译文本的选择权归属于相关部门的领导,翻译被视为一项指定的政治任务。译者个人选择译本的主体性被消解,译者的翻译策略也必须符合一定的标准。这样的译作很难使读者产生与原文读者相同的阅读感受,甚至有时会出现相异的理解与误读。而且该时期的戏剧汉译作品还出现了另一个独特的现象:每一个译本的开头都无一例外地会附上一篇政治性很强的导读性文章,来引领读者对译作进行理解和分析。

这一时期,不仅是翻译的选题和译者的策略选择等诸多翻译活动受到严格的限制,译作的审查和出版等也必须由专门的机构进行统一组织和安排。这一时期的翻译活动,无不与国内的政治意识形态相关联。由于受到政治思维模式的影响,内含西方资本主义国家的戏剧与文化,尤其是英美国家的作品,大多遭到批判与抵制。该时期的英美戏剧译本在遣词造句上表现出一种强烈的意识形态导向,甚至连译者的译文加注或删改都带有明显的政治意识倾向。

三、将戏剧翻译视为工具,为意识形态服务

这一时期,翻译外国戏剧作品的宗旨就是为意识形态服务。英美戏剧被当作反面政治材料,用来对资本主义国家进行批判。在被译介的美国戏剧中,谈论黑人问题的剧作占有较大比例,因为黑人问题是批判美国政治黑暗的有力佐证。[1]同样,被译介的英国戏剧作品也对资本主义社会的问题进行了猛烈的抨击。英美戏剧译本充当了那个时期有效的政治工具。

第二节 "文革"十年英美戏剧汉译的状况

"文革"前,作为文学出版的政治性试探,已经有少部分英美戏剧被汉译,由中国戏剧出版社等出版,作为"内部试发行"。这些剧作如:1962年1月,中国戏剧出版社出版的英国奥斯本的《愤怒的回顾》,黄雨石译;1965年7月,中国戏剧出版社出版的英国贝克特的《等待戈多》,施咸荣译;1962年11月,中国戏剧出版社出版的美国格尔柏的《接头人》;1964年6月,中国戏剧出版社出版的美国基勃森的《两个打秋千的人》,馥芝译。采用"内部试发行"形式,实际上就是对汉译剧作的一种尝试性政治鉴定,说明出版发行的目的是为批判提供实质性的材料。

1962年1月出版的英国戏剧《愤怒的回顾》是我国最早内部发行的英美戏剧。译者黄雨石在"译后记"中对该剧作了耐人寻味的评价:这部戏剧是"英国社会发展到现阶段时文化上所面临的深刻危机的反映",它"反映了今天英国青年的苦闷心情,暴露了英国腐朽的社会生活面貌"。[2]

这一时期及之后的一段时间,英美戏剧一直被视为资本主义的"大毒草",被禁锢了10年之余。直到1977年,人民文学出版社才公开出版了第一批英美戏剧名作,其中有莎士比亚的《哈姆雷特》《威尼斯商人》和《雅典的泰门》等。不过,在这十年期间,当时的文化部门还是在内部发行了一些英美戏

---

① 何辉斌.新中国外国戏剧的翻译与研究北京:中国社会科学出版社,2017:66.
② 奥斯本.愤怒的回顾.黄雨石,译.北京:中国戏剧出版社,1962:141、143.

剧译本。这些译本多以灰色或黄色等单色纸作为封面，俗称"灰皮书"或"黄皮书"，上面印有"内部资料""供内部参考"等字样。内部发行的英美戏剧"灰皮书"或"黄皮书"从1962年开始出版，1966年5月后被迫中断。1975年起又继续出版，直到1977年退出历史舞台。

这一时期，内地共出版了6部内部发行的英美戏剧。它们是：英国剧作家奥斯本的《愤怒的回顾》（《摘译》（外国文艺）1973年第3期，黄雨石译），美国剧作家詹姆斯·鲍德温的《迷路前后》（《摘译》（外国文艺）1975年第7期，复旦大学外语系部分教师译）、马文·埃克斯的《黑鸟》（《摘译》（外国文艺）1975年第7期，林骧华译）、尼尔·西蒙的《二号街的囚徒》（《摘译》（外国文艺）1975年第8期，俞其歆译）、查尔斯·小富勒的《觉醒》（《摘译》（外国文艺）1976年第5期，钟闻译）和赫伯特·斯托克斯的《两度相信魔鬼的人》（《摘译》（外国文艺）1976年第5期，田滨译）。

该时期汉译的英美戏剧作品几乎全是现代剧作。这是因为经典的传统戏剧在内容上很难为政治目的服务。在剧作主题的选择上，那些能揭露英美资本主义社会的反动和黑暗现状，反映底层劳动人民，特别是黑人的痛苦和抗争的作品多被选取，这同样也是为政治目的服务的。上述内部发行的剧作中就有4部揭示黑人问题，分别是《两度相信魔鬼的人》《迷路前后》《黑鸟》和《觉醒》。

这10年使经过"十七年"创建起来的翻译、出版事业遭受了严重的摧残。许多出版机构被撤销，大量期刊被迫停刊，大批优秀的翻译人员被下放劳动。译者的自主性、能动性以及对翻译对象的选择权被完全剥夺，译者成了任人使唤的翻译机器。戏剧翻译是一种再创作，译者作为这一再创作行为的主体，在选择翻译对象和翻译策略时应该有充分的自由，也应保持译者的个性风格。但在这一时期，译者的这些权利和个性都几乎消失殆尽。

该时期内部出版的英美戏剧译作，每一部都会附上一篇批判性文章。戏剧翻译、出版和发行机构的操控者们利用这些前言或后记的批判文章，强制性地引领读者理解和接受相关的政治思想，这种直接干预读者接受戏剧文学译作的做法是非常不合理的。

第七章
英美戏剧汉译的繁荣期(1977—2020)

1978年,党的十一届三中全会,确立了解放思想、实事求是的思想路线,把党和国家工作中心转移到经济建设上来,决定进行改革开放。[①]此后,"百花齐放、百家争鸣"的"双百"方针重新成为党和政府发展科学和文艺的重要方针。[②]这些政策和举措有力地促进了新时期戏剧文学的迅猛发展,使戏剧界迎来了社会主义艺术繁荣的春天。进入20世纪80年代以后,我国戏剧舞台上出现了一大批创新剧作,它们不仅突破与提升了我国传统戏剧观念,而且开拓和创造了我国戏剧新的审美形式和艺术模式。特别是1985年以后,这种戏剧艺术创新已开始汇聚成一股新的创作力量,成为我国戏剧创作逐步摆脱艺术教条的羁绊、步入艺术自由创作境界、迈向世界戏坛高峰的一个新起点。

新时期艺术领域良好的创作氛围也促使英美戏剧汉译逐步冲破僵化的极左思想意识的束缚,其译介的数量和范围逐渐扩大,真正显现出世界戏剧艺术传播的格局与特色:1)戏剧汉译对象的选择更为多元;2)越来越注重以戏剧性和审美性作为汉译的择取标准;3)具备扎实专业功底的戏剧翻译家不断涌现;4)汉译工作更趋组织性、规模性和系统性。

新时期的英美戏剧汉译对我国戏剧观念的革新、戏剧形式的创新、读者

---

① 李景治.伟大变革让我们收获了至简至深的真理——解放思想是改革开放的"总开关".(2018-12-17)[2024-05-20]. http://theory.people.com.cn/n1/2018/1217/c40531-30470482.html.

② "双百"方针.(2022-01-20)[2024-06-30].https://www.zgbk.com/ecph/words?SiteID=1&ID=121841&Type=bkzyb&SubID=44373.

戏剧审美意识的转变和剧作家的创作视野等方面都产生了积极而深远的影响。英美戏剧汉译在选择上的多元化极大地丰富了我国戏剧创作的艺术表现空间,为新时期我国剧作家提供了共时性与多元性的世界戏剧语境。

第一节　1977—1989 年英美戏剧的汉译[①]

20 世纪 70 年代末至 80 年代,英美戏剧的汉译出现了三种译介趋向。第一,延续对英美著名剧作家作品的翻译,如英国的莎士比亚、王尔德、萧伯纳等,美国的密勒、奥尼尔、威廉斯等;第二,期刊上刊载的英美戏剧译作在数量上不断上升,甚至超过了同一阶段以单行本和合集形式出版的英美戏剧译作;第三,英美戏剧翻译集的系列出版,体现了汉译出版工作的组织性、计划性和系统性。

一、1977—1989 年英国戏剧的汉译

1. 莎士比亚戏剧作品的汉译出版

1977 年 12 月,人民文学出版社率先出版了《莎士比亚全集》(共 11 卷)。该全集根据朱生豪所译的《莎士比亚戏剧集》进行了全面校订、补译,收录了莎士比亚创作的 37 种无韵体诗剧。

1978 年 1 月、4 月和 10 月,人民文学出版社相继出版了朱生豪译的《李尔王》《亨利四世》和《温莎的风流娘儿们》等单行译本。

1978 年 4 月,人民文学出版社出版了朱生豪翻译的《莎士比亚全集》(1—11 卷),该全集采用的是 1964 年方重、杨周翰、方平、吴兴华、章益等人校订和增补后的译本。这套全集将莎士比亚的 37 部戏剧作品悉数囊括在内,并且增补了朱生豪生前未译出的 6 部历史剧,投入市场后深受好评,成了莎翁爱好者的收藏珍品。

1979 年 1 月,曹禺译的《柔密欧与幽丽叶》由人民文学出版社重印出版。1986 年 10 月,《莎士比亚全集》(1—11 卷)由人民文学出版社重印出版。1988

---

① 本章介绍的是英美戏剧汉译的繁荣期,涉及的剧作家众多,剧作的类型繁杂,许多剧作家和戏剧作品同时多次出现在这 40 多年的不同时期,较难按前几章那样用原剧作家或作品类型分节叙述,故采用时间段分节介绍。其中,第一至三节的写作思路借鉴了上海外国语大学温年芳的博士学位论文《系统中的戏剧翻译——以 1977—2010 年英美戏剧汉译为例》(2012)。

年3月,卞之琳译的《莎士比亚悲剧四种》由人民文学出版社出版,收录《哈姆雷特》《麦克白斯》《奥瑟罗》和《里亚王》。

除人民文学出版社外,国内其他3家出版社在这一阶段也出版了莎剧的汉译作品。1979年5月,方平翻译的《莎士比亚喜剧五种》由上海译文出版社出版,内收《仲夏夜之梦》《威尼斯商人》《捕风捉影》《温莎的风流娘儿们》和《暴风雨》;1980年8月,该社以单行本形式出版了方平翻译的《奥瑟罗》。1979年7月,曹未风翻译的4部莎剧,即《马克白斯》《汉姆莱特》《罗米欧与朱丽叶》和《奥塞罗》,由上海译文出版社以单行本的形式出版;1983年9月,上海译文出版社以单行本的形式出版了曹未风译的5部莎剧:《仲夏夜之梦》《如愿》《错中错》《尤利斯·该撒》和《安东尼和克柳巴》;1984年1月,上海译文出版社出版了曹未风译的《凡隆纳的二绅士》。此外,中国戏剧出版社于1982年12月出版了林同济译的《丹麦王子哈姆雷的悲剧》。1984年10月,陆谷孙主编的《莎士比亚专辑》由复旦大学出版社出版,其中收录了杨烈译的《麦克白斯》。

总之,这一阶段高质量译本的精心出版使莎士比亚的戏剧译作在我国图书市场形成了一定的规模,呈现了多译者、多版本的良好局面。

2. 英国其他剧作家戏剧作品的汉译出版

1977年至1989年,除了莎剧的大规模翻译之外,中国对英国其他剧作家戏剧作品的汉译也同样热情不减。

哥德斯密斯的剧作是这一阶段除莎剧以外较早被汉译出版的英国剧作家的作品。1981年11月,哥德斯密斯的《老好人·屈膝求爱:喜剧二种》由湖南人民出版社出版,收录了陈瘦竹、李守谅译的《屈膝求爱》和周永启译的《老好人》。《老好人》讲述了年轻的"老好人"汉尼乌与黎奇兰曲折的爱情故事。《屈膝求爱》描写的是马洛与郝嘉思、韩士廷与奈维尔两对情人的离奇经历,最后皆大欢喜,终成眷属的故事。

1982年2月,巴蕾的《可敬佩的克来敦》由中国戏剧出版社出版,余上沅翻译。该剧歌颂了劳动人民的勤劳智慧,揭露和讽刺了贵族阶级的自私和虚伪。

这一时期,汉译较多的剧作是王尔德的作品。1983年8月,钱之德译的《王尔德戏剧选》由花城出版社出版,收录了王尔德的名作《温德米尔夫人的扇子》《名叫埃纳斯特的重要性》和《一个理想的丈夫》。

1986年9月,余光中译的王尔德的《不可儿戏》由中国友谊出版公司出版。

1987年8月，中国戏剧出版社出版了《英国戏剧二种》，收录了张南峰译的王尔德的《认真的重要》。

此外，这一时期，萧伯纳的多部剧作被再次汉译出版。1982年5月，杨宪益译的《卖花女》由中国对外翻译出版公司出版。1987年8月，萧伯纳戏剧汉译集《圣女贞德》由漓江出版社出版，内收萧伯纳的6个剧本：《圣女贞德》（申慧辉译）、《华伦夫人的职业》（潘家洵译）、《康蒂妲》（陈瘦竹译）、《匹克梅梁》（即《卖花女》）（杨宪益译）、《武器与人》（申慧辉译）和《人与超人》（张全全译）。

1989年5月，高尔斯华绥著、汪倜然译的现代喜剧《天鹅之歌》由上海译文出版社出版。

3. 期刊上刊载的英国剧作家的戏剧译作

这一时期，国内前期停刊的多种艺术类、文学类期刊陆续复刊，更有新的刊物创刊。尤其是复刊后的《世界文学》和《外国戏剧》、新创刊的《外国文学》和《外国文艺》等杂志，为发表和传播英美剧作提供了有利的条件和载体。

1977—1989年，国内公开出版的各种期刊上刊载了大量的英国戏剧译作，其主要剧作家有莎士比亚、叶芝、高尔斯华绥、奥凯西、约翰·博因顿·普里斯特利、戴维·坎普顿、布赖恩·弗里尔、品特、斯托帕德、韦斯克、斯蒂芬·伯考夫和蒂姆·赖斯等，有多位译者单独或合作参与了翻译。

《世界文学》1978年第2期刊载了品特著、杨熙龄译的《生日晚会》。该剧描述了主人公莫名其妙地受到两个陌生人的诱骗和威胁，他试图逃跑，但一直被跟踪的故事。剧中的荒诞性充满了政治的寓意，表现了对社会现实的焦虑。

《世界文学》1979年第6期刊载了普里斯特利著、卢永健译的《罪恶之家》（又译《巡官登门》）。全剧围绕一个女工的死亡展开，叙述了警察局探长、资本家博林和他的家人，以及一个女工之间扑朔迷离的诡秘故事，反映了作者的改良主义思想。

《外国戏剧》1980年第2期刊载了伯考夫著、刘毅和张京采合译的《变形记》。该剧改编自奥地利表现主义作家弗兰兹·卡夫卡的同名短篇小说。流动推销员格里高尔一觉醒来，突然变成了一只大甲虫。他浑身长脚，失去了说话能力，喜欢在墙壁、天花板上爬行，爱吃腐烂食物。格里高尔的变形使他失去了公司的工作，无法再赚钱养家。剧作通过一个荒诞的故事，深刻揭示了资本主义社会中人变成非人的"异化"现象,以及人与人之间的冷漠、缺乏同情与理解的状况。

《外国戏剧》1980年第4期刊载了赖斯著、章泽译的《埃维塔》。

《外国戏剧》1981年第1期刊载了斯托帕德著、赵启光译的《黑夜与白昼》。这是一部揭露英国新闻界内幕以及西方老牌殖民主义者在非洲争夺势力的两幕剧。

《当代外国文学》1981年第2期刊载了贝克特著、夏莲和江帆合译的《啊,美好的日子!》和冯汉津译的《剧终》。

《外国戏剧》1981年第3期刊载了英国木偶剧校学生编剧、余所亚译的《去,把门闩上》。

《外国文学》1981年第7期刊载了莎士比亚著、英若诚译的《请君入瓮》。同一期还刊载了韦斯克著、袁鹤年译的《商人》。该剧根据莎士比亚名剧《威尼斯商人》改编而成,韦斯克把《威尼斯商人》的剧情几乎完全颠倒,表露了他对长期遭受迫害和磨难的犹太民族的深切同情。

《世界文学》1981年第4期刊载了叶芝著,赵澧译的诗剧《心愿之乡》。该剧讲的是新娘玛丽无法忍受日常生活中婆婆的唠唠叨叨,整天神思恍惚,树林里的精灵们趁机诱惑她去了另一个神秘的世界的故事。

《外国文学》1981年第9期刊载了埃尔温·詹姆士著、俞仁沛译的《叛国鸳鸯》。

《戏剧界》1982年第2期和第3期刊载了克里斯蒂著、蔡学渊译的《三只瞎老鼠(上)、(下)》,《三只瞎老鼠》是克里斯蒂的推理名剧,改编自同名小说。

《外国戏剧》1982年第2期刊载了韦斯克著、刘象愚译的《厨房》。该剧描述伦敦某大饭店厨房里一天的工作,表现了世界就像厨房,是一架发狂的赚钱机器,迫使人们高强度地重复着单调的操作,人们互相对立,失去了人格和灵魂。

《剧本》1982年第2期刊载了高尔斯华绥著、张文郁译的《最前的和最后的》。《最前的和最后的》原是高尔斯华绥创作的中篇情节剧式的小说,后来他把它改写成了戏剧。该剧通过王室法律顾问的哥哥与底层地位的弟弟之间的精神道德上的对比,鞭笞了上层阶级的自私和底层穷苦人的正直。

《外国文学》1982年第8期刊载了奥凯西著、松延译的《枪手的影子》。两幕剧《枪手的影子》以1920年爱尔兰游击战为背景,歌颂在战争中牺牲的爱尔兰儿女。在这部作品中,奥凯西以丰富的想象力把悲剧同喜剧、现实主义同浪漫主义结合在一起。该剧的悲剧结尾表现了剧作家对爱尔兰独立运动的反思,以及对社会底层人民在战争中所受苦难的同情。

《外国文学》1983年第5期刊载了坎普顿著、徐海昕译的《遗物》。

《外国戏剧》1983年第3期刊载了普里斯特利著、贺哈定译的《母亲的节日》和希恩·奥凯西著、黄沫译的《睡觉时候的故事》。

《外国戏剧》1984年第1期刊载了玛丽·麦尔伍德著、郑之岱译的《黎明前五分钟》。

《外国文学》1984年第11期刊载了约翰·麦格拉斯著、袁鹤年译的《羊、鹿和黑黑的油》。

《外国文学》1985年第1期刊载了斯托帕德著、陈琳译的《真情》。喜剧《真情》讽刺了西方一些阶层的情感纠葛,在英美演出轰动一时,先后获伦敦《旗帜晚报》1983年最佳剧作奖和美国1984年度百老汇托尼最佳戏剧奖。

《名作欣赏》1985年第4、5期刊载了谢弗著、蔡学渊译的《莫扎特之死》。

《外国文学》1986年第10期刊载了品特著、秦亚青和金莉合译的《情人》。《情人》是品特创作的独幕剧。已结婚十年的理查德和萨拉各自有着情人,互不过问。但有一天,理查德开始关心萨拉的情人,于是他们讨论各自的情人,彼此追问情人的细节。全剧从两个方面表现了作者的思想:一是人的双重性,二是环境的双重性。

《外国文学》1987年第5期刊载了斯托帕德著、韩静译的《真警探霍恩德》。该剧刻画了三个戏剧评论家在面对事业和情感时的难堪处境和他们所表现出来的种种焦虑,他们的焦虑反映了当今社会中普遍存在的社会问题和心理问题。

《外国文艺》1987年第4期刊载了韦斯克著、汪义群译的《四季》。

《外国文学》1988年第6期刊载了弗里尔著、袁鹤年译的《翻译》。该剧通过多种形式展现了英语作为一种语言的暴力,给爱尔兰带来了至今仍令人痛心疾首的影响。

二、1977—1989 年美国戏剧的汉译

1. 美国剧作家戏剧作品的汉译出版

1977年至1989年,国内共汉译出版了7位美国剧作家的戏剧作品,他们

是：密勒、奥尼尔、威廉斯、奥德茨、海明威、马尔兹和赫尔曼·沃克。

密勒的剧作是这一阶段最早被汉译的美国戏剧作品。1980年4月，陈良廷译的《阿瑟·密勒剧作选》由上海译文出版社出版，内收《推销员之死》和《都是我的儿子》。该书在当时颇为畅销，印数达20000册。

1982年3月，中国戏剧出版社出版了聂振雄译的密勒的四幕剧《严峻的考验》。

1983年，我国杰出戏剧家英若诚根据自己多年的舞台经验翻译了密勒的代表作《推销员之死》，随后他与密勒合作将该剧成功献演于北京人民艺术剧院（简称北京人艺）的舞台，而且在剧中他本人扮演了主人公威利·洛曼，演出获得的巨大成功提升了密勒的剧作在我国的影响力。

1984年3月，密勒的《请不要杀死任何东西》收于上海译文出版社出版的《国际笔会作品集》，译者是余小明。

奥尼尔是美国最重要的悲剧作家之一，一生共创作了50多部剧作。他是现代美国戏剧的缔造者和奠基人，曾3次获得普利策戏剧奖，1936年荣获诺贝尔文学奖，在世界戏坛享有盛誉。奥尼尔的戏剧在20世纪30年代就被译介到中国，并被成功搬上舞台，在我国多个城市上演。1977—1989年，多种奥尼尔的剧作被汉译出版。

1982年8月，荒芜翻译的《奥尼尔剧作选》由上海文艺出版社出版，内收《毛猿》《天边外》，以及《悲悼》三部曲：《归家》《猎》与《祟》。

1983年7月，奥尼尔戏剧集《漫长的旅程·榆树下的恋情》由湖南人民出版社出版，收录蒋嘉和蒋虹丁合译的《榆树下的恋情》和欧阳基等人译的《漫长的旅程》。

1984年11月，漓江出版社出版了奥尼尔的另一部戏剧集《天边外》，包括6部戏剧作品：《天边外》（荒芜译）、《琼斯皇》（茅百玉译）、《上帝的儿女都有翅膀》（汪义群译）、《榆树下的欲望》（汪义群译）、《啊，荒野！》（沈培锴译）和《进入黑夜的漫长旅程》（汪义群译）。

威廉斯是美国戏剧史上的传奇式人物，他的经典剧作《欲望号街车》《热铁皮屋顶上的猫》和《玻璃动物园》蜚声海内外。1982年1月，鹿金译的《玻璃动物园》由上海译文出版社出版。

这一时期，译界也将关注的焦点投向美国左翼剧作家奥德茨。1982年6月，上海译文出版社出版了陈良廷和刘文澜合译的《奥德茨剧作选》，内收奥德茨的5部戏剧译作:《等待老左》《天之骄子》《等我死的那一天》《醒来歌唱!》和《失去的天堂》。

1983年3月,江西人民出版社出版了戏剧集《第五纵队及其他》,内收海明威的三幕剧《第五纵队》,冯亦代译。《第五纵队》是海明威唯一一部剧作,它以西班牙内战时期的马德里保卫战为背景,描写了一位美国记者反击叛军"第五纵队"的故事,具有强烈的自传色彩。

1983年4月,中国戏剧出版社出版了美国20世纪30年代左翼剧作家马尔兹的《雨果先生》,荒芜译。

1988年11月,文化艺术出版社出版了沃克的《哗变》,英若诚译。《哗变》采用了多种艺术表现方式来展现一场军事法庭背后的复杂甚至于荒唐的黑幕。

2. 期刊上刊载的美国剧作家的戏剧译作

1979年,《外国戏剧资料》第1辑刊载了《近三十年美国剧作家概貌》一文,其作者是"美国当代戏剧史"的研究专家凯瑟琳·休斯。该刊同期还发表了梅兰芳之子、著名英美文学翻译家和戏剧家梅绍武介绍美国剧作家密勒的文章,同时刊载了密勒的剧作《推销员之死》。这标志着"文革"结束后,美国戏剧作品在我国国内期刊译介发表的开始。

1977—1989年,有近20家国内杂志刊物登载了美国剧作家的戏剧译作,50多位翻译者参与了翻译工作,主要有冯亦代、郭继德、汪义群、欧阳基、梅绍武、刘海平、袁鹤年和张学采等。在这些期刊中,《美国文学丛刊》(1985年改名为《美国文学》)刊载了14部,《外国戏剧》(及其前身《外国戏剧资料》)12部,《外国文艺》5部,《现代美国文学研究》4部,《当代外国文学》4部,《外国文学》3部,《外国文学报道》3部,《外国文学季刊》2部,《剧本》2部,《新剧本》2部,《戏剧》2部,《戏剧文学》2部,《国外文艺资料》2部,其余刊物各为1部。

根据总体情况分析,1977—1989年,期刊上刊载的美国戏剧译作超过了以单行本或合集形式出版的美国戏剧译作,而且这种趋势还在不断上升。

密勒是这一时期最早被翻译的美国剧作家,他的主要戏剧作品多次被汉译发表。

《外国戏剧资料》1979年第1期刊载了密勒的《推销员之死》,陈良廷译。该剧讲述了推销员威利,在"美国梦"的蛊惑下,一生都在寻找幻想中的自我,最后因希望破灭而自杀的故事。

《外国文学季刊》1982年第1期刊载了密勒著、梅绍武译的《萨勒姆的女巫》。该剧讲的是,1692年,北美马萨诸塞州萨勒姆小镇出现了"女巫",牧师巴里斯请来"驱魔高手"来协助调查。为了保护自己,人们开始相互怀疑、彼此揭发甚至诬陷。

《美国文学丛刊》1982年第1期刊载了密勒著、梅绍武译的《桥头眺望》。该剧以犀利的笔触描述了一个自我毁灭的故事,其中所探讨的家庭伦理和新移民问题,至今依然能唤起广大读者的共鸣。

《外国文学季刊》1982年第1期刊载了密勒著、梅绍武译的《萨勒姆的女巫》。

《外国戏剧》1982年第4期刊载了密勒著、费春放译的《小猫和铅管工》。

《美国文学丛刊》1983年第3期刊载了密勒著、郭继德译的《回忆两个星期一》。独幕剧《回忆两个星期一》描写了纽约一家汽车零件供应商包装部里所发生的事情,反映了20世纪30年代终日为生计而奔波的人们的悲哀情绪。

《影剧艺术》1985年第3期刊载了密勒著、谭宝全译的《堕落之后》。剧中主人公昆廷是一名职业律师,他回顾着自己的人生经历,以及痛苦的婚姻,反思道德与人性的真谛。最终他领悟到人类自古以来就面临各种挑战,所以世上光有爱是远远不够的,更需要面对生活的勇气。

《外国文艺》1986年第5期刊载了密勒著、梅绍武译的《美国时钟》。该剧作以20世纪30年代美国大萧条为背景,描写了资本主义社会的经济恐慌给普通民众的精神和生活带来的悲惨景象。

《戏剧文学》1989年第9期刊载了密勒著、郭继德和李秀英合译的《克拉拉》。该剧通过调查一桩杀人案的过程,揭示父女的复杂关系,鞭挞美国社会的腐朽。

美国戏剧史上,威廉斯是另一位与密勒齐名的剧作家,但在这一时期,其剧作被汉译的数量远不如密勒。

《译丛》1981年第1期刊载了威廉斯著,周传基译的《欲望号街车》。该剧的内容是:来自南方的女主人公布兰奇,虽家庭败落,但不肯放弃原来的生活方式,致使堕落腐化。后来她投靠妹妹斯黛拉,但又不能融入妹夫斯坦利的生活方式,继而遭妹夫侮辱,最后被送进疯人院。

《当代外国文学》1981年第4期刊载了威廉斯著,东秀译的《玻璃动物园》。该剧故事发生在美国大萧条时期。生活在圣路易斯的一个平民家庭在遭遇了一连串的挫折后,试图逃离残酷的现实,但却摆脱不了痛苦困境。

《南国戏剧》1982年第4期刊载了威廉斯著,姚扣根译的《洋娃娃》。

这一时期,汉译作品最多的美国剧作家当属奥尼尔,他共有14部剧作被汉译发表,有不少的剧作还有不同的中文译本。

《外国戏剧》1981年第2期刊载了奥尼尔著、汪义群译的《榆树下的欲望》。该剧是奥尼尔的代表作之一,在世界范围内久演不衰,被誉为"美国第一部伟大的悲剧"。

《外国文学》1981年第4期刊载了奥尼尔著、李品伟译的《榆树下的欲望》。

《外国文艺》1982年第1期刊载了奥尼尔著、鹿金译的《大神布朗》。《大神布朗》用象征性的表现手法描写了两种人性力量的冲突,揭示了戴着面具的双重性格的人物。

《现代美国文学研究》1983年第1期刊载了郭继德译的《梦孩子》和《早餐之前》这两部奥尼尔的剧作。《早餐之前》讲述了一对绝望的夫妻,罗兰太太和丈夫阿尔弗雷德先生,在一个早餐之前的日常中走向绝境的故事。

《美国文学丛刊》1983年第1期刊载了奥尼尔著、张廷琛译的《日长路远夜深沉》。该剧描写泰伦一家从早到晚的日常生活,他们整天相互抱怨、挖苦、争吵,又不断地和解。全剧似乎没有多少引人的剧情,但其内蕴的张力能使读者产生一种莫名的窒息感。

《现代美国文学研究》1983年第2期刊载了奥尼尔著、郭继德译的《诗人的气质》。该剧主要以爱尔兰移民美洛迪一家的生活与工作为背景,探讨了爱尔兰女性应以何种姿态面对生活与工作的问题。

《美国文学研究》1984年第1期刊载了奥尼尔著、郭继德译的《诗人的气质》(第三、四幕)。

《美国文学丛刊》1984年第2期刊载了奥尼尔著、郭继德译的《上帝的儿女都有翅膀》。此剧诉说了白人艾拉和黑人吉姆的爱情悲剧,揭露了美国种族歧视的种种罪恶。

《美国文学》1985年第2期刊载了奥尼尔著、郭继德译的《发电机》(第一幕)。该剧通过主人公弗埃夫故意触电身亡的事件,表达了奥尼尔对个体在现代社会中的挣扎与困境,以及人与技术间的复杂关系的探讨。

《美国文学》1986年第1期刊载了奥尼尔著、郭继德译的《发电机》(第二、三幕)。

《美国文学》1986年第2期刊载了奥尼尔著、欧阳基译的《加勒比斯的月

123

亮》。该剧描写了对生活抱有美好期待的水手一生痛苦挣扎,最后走向生命之末的故事。

《美国文学》1986年第2期刊载了奥尼尔著、欧阳基译的《归途迢迢》(即《日长路远夜深沉》)。几个性格各异的船员由于一条船走到了一起,最终却遭遇了完全不同的结局。它告诉人们:在战争中,人的生死就在一线之间。

《当代外国文学》1987年第2期刊载了奥尼尔著、刘海平译的《休伊》。奥尼尔在这部短剧中,通过一个旅店住客与值班小伙的对话,生动地刻画了两个不同性格的人各自不同的生活态度与命运。

《戏剧》1987年第4期刊载了奥尼尔著、毛艾华译的《至真的爱》。

《美国文学》1988年第1—4期刊载了奥尼尔著、欧阳基译的《安娜·克里斯蒂》。该剧主要描写了主人公安娜一生的遭遇。她的父亲是一位船长,但他十分厌倦海上生活,因此他决意要安娜逃离海上的生活,也不允许她与海员结婚。但不幸的是,安娜后来沦落为妓女,几经周折最后仍然与一个海员成婚。

《当代外国文学》1988年第2期刊载了奥尼尔著、刘海平和漆园合译的《马可百万》。《马可百万》以威尼斯商人马可·波罗的绰号为剧名,以其在中国的游记为基础,刻画了马可23年悲剧式的游历生活。

《美国文学》1988年第1—4期刊载了奥尼尔著、欧阳基译的《安娜·克里斯蒂》。

《戏剧》1989年第4期刊载了奥尼尔著、张冲译的《回归海区的平静》。

除了一部分美国著名的剧作家以外,这一时期被汉译发表在刊物上的剧作大多是"十七年"中已经被译介的一些美国剧作家的作品,如奥德茨和海尔曼的剧作。此外,也有新出现的美国进步剧作家的作品进入人们的视野,如黑人剧作家奥古斯特·威尔逊。与"十七年"的译作相比,这一阶段被汉译的美国戏剧家更具多元性,汉译作品更为丰富多样。

《外国文艺》1979年第3期刊载了由阿尔比著、郑启吟译的《动物园的故事》。该剧讲述了一个书商和一个陌生青年在中央公园的偶然相遇,青年给书商讲了几个故事,最终激怒了书商并杀死青年的荒诞故事。

《外国文学报道》1979年第6期刊载了拉里·吉尔巴特著、刘宪之和张廷琛合译的《狡狐传》。

《当代外国文学》1980年第2期刊载了奥德茨著、任俊译的《等待勒夫梯》。

该剧反映了美国汽车司机的一次罢工斗争,多方面揭示了罢工的社会背景。

《外国戏剧》1980年第2期刊载了海尔曼著、冯亦代译的《小狐狸》。该剧以19世纪和20世纪的转折时期为背景,透过一系列旧贵族与新地主家族的激烈争斗,在善与恶之间的交锋、亲人间的冷漠对峙中,描写了三代女性人物不同的命运和人生追求。

《译林》1980年第4期刊载了吉尔巴特著、紫芹译的《狡猾的狐狸》。

《外国文学》1981年第1期刊载了阿尔比著、袁鹤年译的《美国之梦》。该剧讲述了一个富裕的资产阶级家庭的故事。父母结婚20多年,未能生育子女,于是收养了一个青年。这个青年体格健壮,相貌英俊,但实际上这个青年人精神空虚,没有理想,没有前途,代表着美国的青年一代,象征着美国的未来。

《戏剧界》1981年第3期刊载了詹姆斯·珀迪著、汪培译的《真实》。

《外国戏剧》1981年第3期刊载了克里斯托夫·莫利著、缪华伦译的《星期四晚上》。

《外国文学报道》1981年第6期刊载了伯纳德·波梅伦斯著、曹柳译的《象头人》。

《现代美国文学研究》1982年第1期刊载了阿尔比著、郭继德译的《沙箱》。该剧讲述的是母亲和父亲密谋,将姥姥扔进沙箱,并将其活葬的荒诞故事。

《国外文艺资料》1982年第2期刊载了西蒙著、谢榕津译的《纽约第二条大街的囚徒》。

《剧本》1982年第3期刊载了海尔曼著、冯亦代译的《松林深处》。该剧描写了唯利是图、互相争斗的社会现实,这里没有人情,没有父子之爱和夫妻之情,更没有兄妹之谊,只有利害关系。

《外国文学》1982年第4期刊载了露西尔·费莱彻著、郭凤高译的《对不起,挂错了》。该剧讲述了女主人公无意间在电话中听到的一场酝酿谋杀的故事。

《美国文学丛刊》1982年第2期刊载了海明威著、冯亦代译的《第五纵队》。

《美国文学丛刊》1982年第2—3期刊载了阿尔比著、薛诗绮译的《美国之梦》。

《美国文学丛刊》1982年第4期刊载了金斯莱著、张柏然译的《死胡同》。剧中女主人公罗莎被困在一条小胡同内,在一个连环杀手的袭击下无法逃脱的噩梦般境遇。

《国外文艺资料》1982年第5期刊载了欧内斯特·汤普森著、谢榕津和苏桓合译的《在金色的池塘上》。该剧讲述了年老的诺曼内心承受的两大心理问题：一是对衰老和死亡的恐惧，二是与女儿多年的情感隔阂。最终他在妻子艾赛尔的劝导下，战胜了心理障碍，与女儿和解。

《外国文学季刊》1983年第1期刊载了赖斯著、陈瑞兰译的《大街上发生的事》。

《新剧本》1983年第2期刊载了弗朗西斯·古德里奇和艾伯特·海凯特著、蔡学渊译的《安妮·弗兰克的日记》。该剧以犹太小女孩安妮的视角，记述了二战期间被关押在密室里的人们的生活遭遇，安妮的日记成了二战期间纳粹德国灭绝犹太人的铁证。

《美国文学丛刊》1983年第2期刊载了凯塞林·劳著、冯亦代译的《弗吉尼亚之死》。

《美国文学丛刊》1983年第4期刊载了杰若姆·劳伦斯和罗伯特·李著、袁鹤年译的《梭罗狱中一夜》。1846年，美国为发动侵略墨西哥的战争而四处征税，梭罗因拒交税赋被地方政府逮捕。该剧描写了他在狱中被关押的那一夜所发生的离奇故事。

《外国文学报道》1984年第3期刊载了汉斯贝利著、秦小孟译的《阳光下的一粒葡萄干》。该剧以反对歧视黑人运动为背景，将怀揣梦想的黑人阳戈一家，比喻为酷日下曝晒的葡萄干，描述了他们在种族歧视环境下坚守梦想的故事。

《外国戏剧》1984年第3期刊载了马克·梅朵夫著、张学采译的《低能上帝的儿女》。

《外国戏剧》1985年第1期刊载了玛莎·诺曼著、黄宗江和张全全合译的《晚安啦，妈妈》。这是一部探索生命意义的戏剧。一个周六的晚上，一对母女像平常一样悠闲地生活，不同的是女儿决定在当晚结束自己的生命。

《戏剧文学》1985年第5期刊载了阿尔比著、郭继德译的《沙箱》。

《外国戏剧》1985年第4期刊载了大卫·马麦特著、向明和高鉴合译的《格林·罗斯庄园》。同一期还刊载了查尔斯·福勒著、胡松译的《一个黑人中士之死》。1944年，美国黑人中士弗农·华特斯被人谋杀，黑人上尉理查德·代文伯受命调查此案。在种族隔离的部队，代文伯排除了来自白人军士的阻挠，发现了华特斯被害的内幕和其间的纠葛。

《新剧本》1986年第1期刊载了柯敏思著、荣之颖译的《圣诞老人》。

《外国文艺》1986年第1期刊载了福勒著、龚国杰和刘峰合译的《士兵的戏》(又译《一个黑人中士之死》)。

《外国戏剧》1986年第1期刊载了奥古斯特·威尔逊著、张学采译的《莱妮大妈的黑臀舞》。剧中的主人公莱妮大妈通过布鲁斯音乐向读者展现了美国黑人的辛酸历史和悲惨境遇。

《外国戏剧》1987年第1期刊载了梅瑞迪什·威尔逊著、沈达捷、沈承宙和韩戎合译的《乐器推销员》。该剧描写了一位名叫哈罗德·希尔的乐器推销员,在推销过程中认识了当地的钢琴教师玛丽安。经过努力,两人终于打破了当地的偏见,组织了一支儿童管乐队,彼此也因此相爱。

《美国文学》1987年第1期刊载了琼·克劳德·范·伊塔利著、郭继德译的《提袋子的女人》。

《外国文艺》1988年第1期刊载了谢泼德著、苏红军译的《被埋葬的孩子》。该剧揭示了美国家庭千疮百孔的真相,用诙谐的语调诉说了一个令人心碎的故事。

《外国戏剧》1988年第4期刊载了奥古斯特·威尔逊著、孙静渊译的《篱》。该剧以沉重的笔触再现了非裔人民在美国社会中的生存窘境,披露了蓄奴制和种族歧视的种种罪恶。

《剧本》1989年第1期刊载了沃克著、英若诚译的《哗变》。该剧采用多种方式展现了军事法庭背后的黑暗内幕,揭露了其荒唐的面目。

《剧作家》1989年第1期刊载了马麦特著、梁国伟译的《美国野牛》。该剧通过丰富的喜剧冲突,描述了货币与商品及善恶、生意与人情及人性等的复杂关系,暴露了美国社会伦理道德的沦丧,揭示了人性的脆弱。

三、1977—1989年英美戏剧汉译合集的出版

1977—1989年,中国对英美戏剧的汉译呈现出计划性、组织性和系统性等特点,不少英美戏剧的译作以系列形式结集出版。规模较大的英美戏剧汉译出版系列包括:上海文艺出版社出版的《外国剧作选》(1—6册)、《外国独幕剧选》(1—6集)和《外国现代派作品选》(1—4册);上海译文出版社出版的《荒诞派戏剧集》;中国戏剧出版社出版的《外国当代剧作选》(1—6册);作家出版

社出版的《外国戏剧名篇选读》(上、下册)和《西方现代戏剧流派作品选》(1—5册);云南人民出版社出版的《欧美现代派作品选》;湖南人民出版社出版的《外国独幕剧选》等。

上海文艺出版社1979年起陆续出版的《外国剧作选》6册翻译集,是这一时期继《莎士比亚全集》之后出版的英美戏剧译作集,由上海戏剧学院戏剧文学系编选。该选集选编了具有一定思想性和艺术性的外国戏剧作品,同时考虑作品的代表性和影响力,按历史时期分册出版,每册附有前言和原作者介绍。其中第2册出版于1980年4月,主要收录了朱生豪翻译、方平校对的莎士比亚的3部剧作,即《威尼斯商人》《罗密欧与朱丽叶》和《哈姆莱特》;第4册出版于1981年1月,收录了沈师光译的谢立丹的《造谣学校》;第5册出版于1981年7月,译介了8部戏剧,其中包括王尔德的《温德米尔夫人的扇子》(娄炳昆译)、萧伯纳的《康蒂妲》(陈瘦竹译)和奥尼尔的《安娜·桂丝蒂》(聂淼译)。

荒诞派戏剧是这一时期英美戏剧汉译的重点之一。1980年12月,施咸荣、屠珍、梅绍武、郑启吟等人翻译的《荒诞派戏剧集》由上海译文出版社出版,内收贝克特的《等待戈多》、阿尔比的《动物园的故事》和品特的《送菜升降机》等作品。1982年3月,云南人民出版社出版了《欧美现代派作品选》,收录了荒诞派戏剧的代表作:阿尔比的《动物园的故事》(郑启吟译)。1983年8月,《荒诞派戏剧选》由外国文学出版社出版,内收贝克特的《啊,美好的日子!》(金志平译)和《等待戈多》(施咸荣译)。

1980年7月,湖南人民出版社出版了中国戏剧家协会湖南分会选编的《外国独幕剧选》,收录了20部独幕剧,其中英国戏剧包括王尔德的《莎乐美》(郭沫若译)、巴蕾的《十二镑钱的神情》(丁西林译)、辛格的《骑马下海的人》(郭沫若译)、格莱葛瑞夫人的《月亮上升的时候》(俞大缜译)和麦斯菲尔德的《上了锁的箱子》(丁西林译);美国戏剧有马尔兹的《莫里生案件》(叶芒译)和阿尔比的《动物园的故事》(郑启吟译)。

1981年6月起,上海文艺出版社出版了一套《外国独幕剧选》,共6集。第一至二集由施垫存与海岑合编,第三至六集为施垫存主编。这部《外国独幕剧选》按照独幕剧的发展史进行编纂,不仅对一些剧本的旧译本作了修改,而且收录了未曾有过译本的一些剧本,每个剧本前面都配以作者作品简介。被收录的英国戏剧作品有赫登的《故去的亲人》、巴蕾的《十二镑钱的神情》、麦斯非尔德的《上了锁的箱子》、邓珊奈爵士的《小酒店的一夜》、哈罗德·布列好斯的《烟幕》、克里斯蒂的《病人》、谢弗的《黑暗中的喜剧》等等,被收录的美国戏剧作品有欧汶·萧的《阵亡士兵拒葬记》、淮尔德的《坦白》、丽达·威尔曼的《永远在一起》、威廉·萨洛扬的《喂,那边的人》、米勒的《两个星期一的回忆》、威廉·应琪的《逝水华年》、威廉姆斯的《满满的二十七车棉花》《没有说破的事》等。

　　1982年3月,《热铁皮屋顶上的猫——西方现代剧作选》由中国社会科学出版社出版,该书收录了韦斯克的《根》和威廉斯的《热铁皮屋顶上的猫》。韦斯克的剧作主要反映当代英国工人阶级的思想和生活。《根》表现了两代工人为实现自己的理想而经历的痛苦思索和剧烈抗争。尽管他们遭到了无情的挫折,但他们充满着追求与奋斗的精神,激发人们积极向上,寄希望于未来。

　　1980—1985年,上海文艺出版社还陆续出版了《外国现代派作品选》1至4册,其中1980年10月出版的第1册收录了辛格的《骑马下海的人》和奥尼尔的《毛猿》;1984年8月出版的第3册收录了品特的《看管人》和阿尔比的《美国梦》;1985年10月出版的第4册收录了威廉斯的《玻璃动物园》和奥德茨的《等待老左》。

　　1986年11月和1988年12月,作家出版社两次出版了周红兴主编的《外国戏剧名篇选读》,收录了莎士比亚的《麦克白》、奥尼尔的《琼斯皇》和阿尔比的《动物园的故事》。

　　1987年8月,黄河文艺出版社出版了《外国著名喜剧选》,收录了莎士比亚的《威尼斯商人》。

　　1988年起,中国戏剧出版社陆续推出了"外国当代剧作选"(共6册)系列,每一册集中译介一位国外戏剧大师。其中,1988年1月出版的第一册是奥尼尔的专辑,收录了他的《进入黑夜的漫长旅程》《送冰的人来了》《休伊》《诗人的气质》和《月照不幸人》。此外,该册的附录还附有《奥尼尔戏剧理论选译》;1991年11月出版的第二册是谢弗的专辑,介绍了他的两部作品,分别是一匡译的《上帝的宠儿》(又译《阿马德乌斯》)和刘安义译的《伊库斯》(又译《马》)。该册还附有汪义群的文章《彼得·谢弗和他的剧作》。该册还收录了汪义群的文章《彼得·谢弗和他的剧作》;1992年2月出版的第三册是威廉斯的专辑,收录了东秀等人译的《玻璃动物园》《欲望号街车》《热铁皮屋顶上的猫》和《鬣蜥的夜晚》;1992年2月出版的第四册则是密勒的专辑,收有他的《萨勒姆的女巫》《桥头眺望》《回忆两个星期一》《堕落之后》和《美国时钟》。

1989年起,中国戏剧出版社陆续出版了汪义群主编的丛书"西方现代戏剧流派作品选",全套共5册。1989年5月出版的第1册收录了汪义群译的奥尼尔早年的现实主义力作《榆树下的欲望》;1991年11月出版的第2册收录了英国象征主义戏剧译作4种,即辛厄的《蹈海骑手》(孙梁译)和《圣井》(孙梁、宗白译),叶芝的《凯瑟琳伯爵小姐》(汪义群译)和《心之所往》(夏岚译);1993年4月出版的第3册收录了20世纪初美国表现主义戏剧的代表作3部,即赖斯的《加算机》(郭继德译),奥尼尔的《毛猿》(荒芜译)和欧文·肖的《埋葬死者》(汪义群译);2005年1月出版的第4册主要收录叙事体戏剧,其中有英国剧作家约翰·阿登的《马斯格雷夫中士的舞蹈》和谢弗的《皇家太阳猎队》;2005年1月出版的第5册重点收录荒诞派戏剧作品,其中包括贝克特的《等待戈多》和《啊,美好的日子!》,品特的《轻微的疼痛》《茶会》和阿尔比的《美国梦》。

第二节 20世纪90年代英美戏剧的汉译

20世纪90年代,中国社会经历了全面、深刻而且巨大的变化,中国戏剧进入了一个新的"文化转型"期,英美戏剧汉译也随之进入了一个新的历史阶段。对20世纪90年代中国戏剧转型起着关键性作用的主要有两个因素:其一是意识形态的因素,大力弘扬"主旋律""正能量"戏剧的创作和表演;其二是市场经济的因素,力图使戏剧的创作与表演能带来经济效益。这两方面的因素,影响并决定了中国戏剧在20世纪90年代发展的基本风貌。

20世纪90年代,随着对外文化交流的不断开放和深入,中国与其他国家的戏剧交流,无论在范围和频率上,都日益扩大和增加。中国的艺术家和戏剧作品频频走向世界,传播中国戏剧文化,为祖国争得荣誉。中外频繁的戏剧文化交流,拓宽了中国戏剧工作者的艺术创作视野,推动了中国戏剧艺术的纵深发展。

一、1990—1999年英国戏剧的汉译

1990—1999年,中国国内期刊上发表的英国戏剧译作和以图书形式出版的英国戏剧译本主要是莎士比亚的戏剧作品,其他剧作汉译的数量比前10年少,并出现了明显的分化现象,一些具有写实主义风格或左翼倾向的戏剧家

不断受到冷落。

1. 莎士比亚戏剧作品的汉译出版

20世纪90年代,中国出版界对莎士比亚戏剧的汉译出版仍表现出了很高的热情,相继出版发行了各种类型、各种版本的莎剧中文单行本或合集。据统计,1990—1999年,国内有15种莎剧的汉译单行本或合集出版,有7家出版机构参与了出版工作。

1991年1月,方平译的《李尔王:莎士比亚悲剧》由上海译文出版社出版。

1991年5月,孙大雨译的《罕秣莱德》(今译《哈姆雷特》)由上海译文出版社出版。20世纪60年代开始,孙大雨就着手研究、翻译《罕秣莱德》,但其译本直到1991年才由上海译文出版社出版。在莎剧的汉译上,孙大雨一直主张"以散文译散文,以诗体译诗体"。

此后,上海译文出版社从1993—1994年相继出版了孙大雨以诗体形式汉译的莎剧单行本,包括《黎琊王》(1993年1月)(今译《李尔王》)、《奥赛罗》(1993年5月)和《麦克白斯》(1994年1月)(今译《麦克白》)。

此外,1995年1月,上海译文出版社出版了《莎士比亚四大悲剧》一书,冠以"世界文学名著珍藏本系列"。该译文集收录了孙大雨译的诗体《罕秣莱德》《奥赛罗》《黎琊王》和《麦克白斯》。同年2月,上海译文出版社出版了孙大雨译的莎剧《威尼斯商人》和《冬日故事》。1998年8月,孙大雨译的另两部莎剧,《萝密欧与踞丽晔》和《暴风雨》,也由上海译文出版社出版。至此,孙大雨译的8部莎剧已全部出版。

1992年6月,孙法理译的莎剧《两个高贵的亲戚》由漓江出版社出版。

1994年11月,朱生豪译的1978年版《莎士比亚全集》(共11卷)被压缩为6卷本《莎士比亚全集》,由人民文学出版社出版发行。

1995年5月,中国广播电视出版社出版了梁实秋译的《莎士比亚全集》,全套共10册,收录了37部莎剧译作,这是中国大陆首次出版中国台湾译者的戏剧译本。

1996年11月,莎剧译文集《莎士比亚精华》由复旦大学出版社出版,收录了杨烈译的《汉姆来提》《李尔王》《阿塞罗》和《麦克白斯》、罗汉译的《罗密欧与朱丽叶》,以及杨东霞译的《威尼斯商人》等6部剧作。

1998年5月,南京译林出版社出版了增订本《莎士比亚全集》(共8册)。该译文集对朱生豪所译的原莎剧译本进行了全面的校订、修改、补译和重译。

参加此次校订和翻译的人员主要有裘克安、孙法理、何其莘、索天章、沈林、辜正坤和刘炳善等。该全集收录了已发现的莎士比亚的39个剧本，包括1974年增译的《两个高贵的亲戚》和1997年增译的《爱德华三世》。为了呈现莎剧的原貌，增订本还恢复了曾被删除的词句和段落。

2. 英国其他剧作家戏剧作品的汉译出版

20世纪90年代，除莎士比亚的戏剧外，只有王尔德、高尔斯华绥和德莱顿三位剧作家的作品在国内被汉译出版。

1990年5月，香港学者张南峰译的《王尔德戏剧选》由海峡文艺出版社出版，内收王尔德的《温德美夫人的扇子》《理想丈夫》《认真为上》和《无关紧要的女人》等4部剧作。

1991年11月，上海译文出版社出版了高尔斯华绥的戏剧集《银烟盒案件》，收录了裘因译的《斗争》《银烟盒案件》、金绍禹译的《鬼把戏》、贺哈定译的《公正的判决：一个悲剧》和王晓译的《最先的和最后的》。

1994年2月，漓江出版社出版了德莱顿著、许渊冲译的《埃及艳后》。该剧是德莱顿根据莎剧《安东尼与克莉奥佩特拉》改编而成。《埃及艳后》又译《江山殉情》或《一切为了爱情》。1956年，新文艺出版社出版许渊冲的这个译本时，其书名为《一切为了爱情》。1994年，此译本的修订本由漓江出版社出版，其书名改为了《埃及艳后》。

1997年3月，辽宁教育出版社出版了余光中译的王尔德剧作《温夫人的扇子》。

3. 期刊上刊载的英国剧作家的戏剧译作

1990—1999年，中国国内期刊上发表的英国戏剧译作只有6种。

《国外文学》1992年第4期刊载了贝克特著、舒笑梅译的《最后一盘录音带》。该剧讲述了主人公克拉普在69岁生日那天一面聆听30年前的录音，一面为现在的自己录音的故事。贝克特将过去与现在痛苦地交织在一起，引发观众对老克拉普的同情。

《外国文艺》1993年第6期刊载了坎普顿著、汪义群译的《我们和他们》。坎普顿是"严肃喜剧"的代表性剧作家，他的剧作在内容和表达手法上看似滑稽可笑，但其背后蕴藏着严肃的主题，蕴含了作者对人生哲理的思考。《我们和他们》采用隐喻的写作手法，讽刺社会的黑暗，揭示人性的弱点。

《戏剧艺术》1998年第2期刊载了品特著、荣广润译的《搜集证据》。《搜集证据》中,斯特拉与詹姆斯是夫妻,比尔和哈里是恋人。一天,詹姆斯突然闯入哈里之家,质问哈里的恋人比尔与他妻子斯特拉发生的一夜情。随后,为了追查事情的真相,詹姆斯开始了一系列调查,人物之间错综的情感关系逐渐显现,剧情变得跌宕起伏。

《世界文学》1998年第2期刊载了艾克伯恩著、蒲隆译的《餐规》。

《戏剧艺术》1998年第2期刊载了品特著、谷益安和芦小燕合译的《背叛》。该剧讲述了三个主要人物对婚姻家庭的背叛,抒发了作者对婚姻和家庭的思考。

《外国文学》1999年第3期刊载了叶芝著、柯彦玢译的《炼狱》。《炼狱》讲述了弑父杀子这一违背社会伦理的故事,它是19世纪末和20世纪初英国社会状况的一个悲惨缩影,也表达了剧作家对当时英国社会道德沦丧现象的深思与焦虑。

二、1990—1999年美国戏剧的汉译

1990—1999年,国内有15位美国剧作家的戏剧译作被出版或发表,其中以图书形式翻译出版了2部剧作选、1部戏剧小说合集和1部戏剧译文集和1部单行本,共包括20个剧作。这一阶段有12种美国戏剧的译作在国内期刊上发表。

1. 美国剧作家戏剧作品的汉译出版

1992年2月,中国戏剧出版社出版了《外国当代剧作选》第三册和第四册。第三册是威廉斯的专辑,收录了东秀等人翻译的《玻璃动物园》《欲望号街车》《热铁皮屋顶上的猫》和《鬣蜥的夜晚》。第四册是密勒戏剧专辑,收录了密勒最具盛名的6部作品:《推销员之死》(陈良廷译)、《回忆两个星期一》(郭继德译)、《萨勒姆的女巫》(梅绍武译)、《桥头眺望》(屠珍、梅绍武译)、《堕落之后》(郭继德译)和《美国时钟》(梅绍武译)。该译本还附有密勒的主要戏剧作品和生平年表。

1994年1月,百花州文艺出版社出版了冯亦代译的《第五纵队及其他》,这是海明威创作的唯一一部戏剧作品。

1995年5月,汪义群等人翻译的《奥尼尔集:1932—1943》(上、下卷)由生活·读书·新知三联书店出版发行。该译文集收录了1932年以后奥尼尔创作的全部作品,其中包括8部剧作:汪义群译的《长日入夜行》《啊,荒野!》和《无

穷的岁月》、梅绍武和屠珍合译的《诗人的气质》《更庄严的大厦》和《月照不幸人》、龙文佩和王德明合译的《送冰的人来了》，以及申辉译的《休吉》。

1999年12月，中国对外翻译出版公司的"英若诚名剧译丛"系列推出了英若诚翻译的《推销员之死：英汉对照》。

2. 期刊上刊载的美国剧作家的戏剧译作

1990—1999年，共有12种美国戏剧译作发表在国内期刊上。

《外国文艺》1991年第1期刊载了艾伯特·拉姆斯德尔·格尼著、袁国英译的《爱情书简》。该剧通过男女恋人相识50多年来书写的70多封情书，表达了两人从青梅竹马到痛苦分离的爱情悲剧。

《剧作家》1991年第2期刊载了密勒著、春梅译的《我为什么都不记得了》。该剧通过两位老人对往日生活的回忆，表现老年人的孤寂和绝望，揭示了人生的坎坷和世态的炎凉。

《外国文学》1991年第6期刊载了谢泼德著、侯毅凌译的《情痴》。谢泼德是20世纪70年代美国极负盛名的戏剧家，20世纪60年代开始，他以先锋剧作家的身份跻身美国剧坛。20世纪70年代创作的家庭剧系列是他创作思想和艺术风格的转变。剧作《情痴》表达了他对社会家庭的关注，标志着他戏剧创作的成熟。

《上海艺术家》1992年第1期刊载了阿尔弗莱德·尤里著、沈顺辉译的《为戴茜小姐开车》。该剧通过刻画一位老年寡妇与一个忠实黑人之间的主仆关系，再现了美国南部25年来种族关系的转变。

《当代外国文学》1994年第2期刊载了贝利·施大为著、紫芹译的《午夜明灯》。该剧讲述了科学家伽利略的故事。他试图运用严谨的科学实验来消除当时人们对天体科学的误解，揭开天体运行的真相，却被当时的政府视为触犯了教义，而被判以重刑。

《外国文艺》1996年第5期刊载了贝思·亨利著、张玉兰译的《心灵的罪恶》。该剧描写了在小镇上生活的三姐妹的不幸遭遇，表达了她们面临挫折的坚强意志，抒发了她们对待人生的态度。

《世界文学》1997年第2期刊载了菲利西娅·朗达著、汪义群译的《斯诺的中国之行》。该剧记录了斯诺6年出海冒险的经历和生活状况，再现了青年时代的斯诺对伟大中国的仰望之情。

《世界文学》1997年第4期刊载了奥古斯特·威尔逊著、王家湘译的《篱笆》。这是20世纪90年代最受欢迎的美国剧作之一。该剧曾荣获托尼最佳戏剧奖、普利策戏剧奖和剧评界最佳剧本奖等当年美国最重要的戏剧奖项。1996年,北京人民艺术剧院对该剧进行了改编,并成功地将其搬上中国戏剧舞台。

《戏剧艺术》1997年第4期刊载了迈克尔·克里斯托弗著、范益松译的《与影子较量》。该剧获1976年普利策戏剧奖,2005年由上海戏剧学院搬上中国戏剧舞台。

《剧作家》1999年第1期刊载了哈维·菲尔斯坦著、朱可欣译的《整洁的结局》。菲尔斯坦是美国的一位多产剧作家,其主要剧作有《火炬之歌三部曲》:《幼儿园里的遁走曲》《国际种马》和《寡妇们与孩子们优先》,以及《怪异的小猫》《寻找科布拉珠宝》《弗莱特布什·托斯卡》《忘记他》和《鬼屋》等。

《戏剧艺术》1999年第2期刊载了罗伯特·威尔逊著、曹路生译的《内战》。该作品讲述了一个在巴黎学习的巴基斯坦学生哈桑的故事。哈桑因为一场误会而被怀疑参与恐怖活动,随后遭受了美国情报部门的审讯。因此,他决定加入一个以纽约市为基地的激进组织,该组织密谋在美国本土发起一系列攻击。但在攻击计划实施当天,除了哈桑和另一名成员逃脱外,其他人均被捕。威尔逊通过这部作品探讨了个体在极端压力下的抉择,以及这些抉择如何影响他们的人生轨迹。

《新剧本》1999年第6期刊载了海凯特和古德里奇著、吴朱红译的《安妮日记》。该剧取材于一本少女的日记,描写了德国纳粹侵略时期,人们躲在密室中的生活状态,以及他们所经历的悲惨遭遇,也歌颂了少女安妮在恐怖与暴力的吞噬下善待他人、帮助他人的高尚情操和品格。该剧发表当年就获得普利策戏剧奖和纽约剧评家奖等多项荣誉。

三、1990—1999年英美戏剧汉译作品合集的出版

1990—1999年,英美戏剧汉译作品合集的出版主要延续了20世纪80年代的选题,大多收录英美戏剧作品的佳作。

1991年11月,中国戏剧出版社出版了《西方现代戏剧流派作品选》第2卷,收录了叶芝的《凯瑟琳伯爵小姐》(汪义群译)和《心之所往》(夏岚译),辛厄的《蹈海骑手》(孙梁译)和《圣井》(孙梁、宗白译)。

1991年11月,河南人民出版社出版了《外国著名悲剧选》(全3册)和《外

国著名喜剧选》（全3册）。《外国著名悲剧选》第1册收录莎士比亚的《罗密欧与朱丽叶》和《麦克白》；第2册收录莎士比亚的《哈姆莱特》；第3册收录奥尼尔的《榆树下的恋情》、威廉斯的《玻璃动物园》和密勒的《推销员之死》。《外国著名喜剧选》第1册收录了莎士比亚的《威尼斯商人》。

1992年1月，上海文艺出版社出版了施蛰存编的《外国独幕剧选（第五集）》《外国独幕剧选（第六集）》。第五集收录了3部英国戏剧作品，分别是奥卡西的《医疗所》、克里斯蒂的《病人》和谢弗的《黑暗中的喜剧》。第六集收录了6个美国戏剧作品，包括米勒的《两个星期一的回忆》、应琪的《逝水华年》、塔特·莫塞尔的《逢场作戏》、墨莱·希思格尔的《打字员》、雷蒙·德尔加多的《等车》和坦尼西·威廉姆斯的《没有说破的事》。

1994年9月，荣广润编译的《当代世界名家剧作》由上海教育出版社出版。该书收录的英国剧作家的作品有谢弗的《马》、斯托帕德的《黑夜与白昼》、品特的《搜集证据》和《法国中尉的女人》；收录的美国剧作家的作品有阿尔比的《沙箱》、谢泼德的《爱情的傻子》、尤里的《为戴茜小姐开车》和罗伯特·本顿的《克莱默夫妇》。

1994年12月，《袁鹤年戏剧小说译文集》由外语教学与研究出版社出版。该译文集收录了袁鹤年生前所译的7部英美戏剧和其他小说。被收录的英国剧作有麦格拉斯的《秋千和旋转木马》，韦斯克的《商人》以及弗里尔的《翻译》；被收录的美国戏剧有阿尔比的《美国之梦》，诺尔曼·卡曾斯、杰若姆·劳伦斯与罗伯特·李三人合作的《心灵的低语》，劳伦斯与罗伯特·李两人合作的《梭罗狱中一夜》。

1996年5月，中国人民大学出版社出版了《荒诞派戏剧》，收录施咸荣译的贝克特的《等待戈多》、徐立京译的品特的《房间》和曹久梅译的阿尔比的《谁害怕弗吉尼亚·吴尔芙》。

1999年起，中国对外翻译出版公司以英汉对照版的形式推出了"英若诚名剧译丛"，出版了英若诚汉译的外国戏剧单行本，其中英美戏剧的译作有：莎士比亚的《请君入瓮》、萧伯纳的《芭巴拉少校》、谢弗的《上帝的宠儿》、密勒的《推销员之死》和沃克的《哗变》。

第三节 21世纪初英美戏剧的汉译

进入21世纪后,中国对英美戏剧作品的汉译和研究基本上是20世纪90年代的延续和发展。但这种延续和发展呈现出两种倾向:一是对英美戏剧作品的汉译出版在数量上有了极大的增长;二是戏剧研究方面的成果与戏剧译作一样繁荣丰硕。

一、21世纪初英国戏剧的汉译

1. 莎士比亚戏剧作品的汉译出版

21世纪初,国内对莎士比亚戏剧的汉译出版达到了前所未有的高度,译作的数量和质量都是前几个时期无法比拟的。

2000年1月,莎剧翻译家方平组织并担任主译的《新莎士比亚全集》由河北教育出版社出版,全套共12卷,冠以“世界文豪书系”。该全集沿用莎剧原作的语言形式进行翻译,以诗译诗,以散文译散文。第1卷收录了莎士比亚喜剧《错尽错绝》《驯悍记》《维罗纳二绅士》和《爱的徒劳》,由方平、阮珅翻译;第2卷收录了莎翁的喜剧《威尼斯商人》《仲夏夜之梦》和《温莎的风流娘儿们》,由方平翻译;第3卷收录了喜剧《皆大欢喜》《第十二夜》《捕风捉影》和《暴风雨》,由方平翻译;第4卷收录了莎翁的悲剧《哈姆莱特》《罗密欧与朱丽叶》和《奥瑟罗》,由方平翻译;第5卷收录了悲剧《安东尼与克莉奥佩特拉》《麦克贝斯》和《李尔王》,由方平翻译;第6卷收录了罗马悲剧《居理厄斯·恺撒》《泰特斯·安德洛尼克斯》和《科利奥兰纳》,由汪义群翻译;第7卷收录了历史剧《亨利四世》(上、下)《亨利五世》和《理查二世》,由方平、吴兴华翻译;第8卷收录了历史剧《亨利六世》(上、中、下篇),由覃立岚翻译;第9卷收录了历史剧《约翰王》《理查三世》和《亨利八世》,由方平等翻译;第10卷收录了社会问题剧《特洛伊罗斯与克瑞西达》《雅典人泰门》《结局好万事好》和《自作自受》,由方平、阮珅翻译;第11卷收录了传奇剧《冬天的故事》《辛白林》《佩里克利斯》和《两贵亲》,由方平、张冲翻译。这套全集实现了方平先生坚持以诗体翻译莎士比亚全部剧作的夙愿,充分体现了他在汉译莎剧上的美学追求。

2000年1月,英汉对照本《莎士比亚喜剧集》(上、下册)由外文出版社出版。该合集将莎剧英文原文与朱生豪的译文对应排版,这是一次莎剧出版的新尝试。

2000年2月,朱生豪译的《莎士比亚喜剧集》由燕山出版社出版,收录莎士比亚的6部喜剧代表作:《仲夏夜之梦》《威尼斯商人》《温莎的风流娘们》《无事烦恼》《皆大欢喜》和《第十二夜》。

2000年8月,王成云译的《哈姆莱特·罗密欧与朱丽叶》由内蒙古人民出版社出版。

2001年5月,朱生豪译的《罗密欧与朱丽叶》中英文对照全译本由中国国际广播出版社出版。

2001年9月,孙法理译的《两个高贵的亲戚》由商务出版社出版。

2001年10月,中国戏剧出版社出版了《莎士比亚戏剧故事全集》(全10卷)。该全集将莎剧英文原版与朱生豪所译版本对应印刷,是中国第一部英汉对照版本的莎士比亚戏剧全集。

2002年1月,中国广播电视出版社出版了中国台湾学者梁实秋译的《莎士比亚全集》中英文对照版,共40册。该全集收录了莎士比亚39个剧本和他的十四行诗,以及其他长诗、抒情诗。

2003年1月,金燕等人译的《罗密欧与朱丽叶》由延边出版社出版。

2005年1月,李辉主编的《莎士比亚文集》由京华出版社出版,收录《罗密欧与朱丽叶》《错误的喜剧》《理查二世的悲剧》《爱的徒劳》《温莎的风流娘儿们》《皆大欢喜》《裘力斯·凯撒》《第十二夜》等13个莎士比亚的剧本。

2006年5月,刘心武主编的《莎士比亚戏剧集》由中国对外翻译出版公司出版。

2007年4月,《莎士比亚戏剧故事集》由人民文学出版社出版。

2008年12月,朱生豪译的《哈姆雷特·罗密欧与朱丽叶》由北京科学技术出版社出版。

2009年3月,朱生豪译的《莎士比亚经典作品集》由世界图书出版公司出版。

2009年8月,朱生豪译的《莎士比亚戏剧选》由译林出版社出版,收录《仲夏夜之梦》《威尼斯商人》《罗密欧与朱丽叶》和《哈姆莱特》。

2010年5月,朱生豪译的《莎士比亚悲剧集》精装本由北京燕山出版社出版。

2010年8月,朱生豪译的《莎士比亚全集》(共5卷)由时代文艺出版社出版。

2010年8月,朱生豪译的《威廉莎士比亚四大悲剧》由上海译文出版社出版。

2010年9月,朱生豪译的《莎士比亚全集》(1—8卷)由人民文学出版社出版。

2011年4月,朱生豪译的莎剧《罗密欧与朱丽叶·哈姆雷特》由吉林大学出版社出版。

2011年6月,朱生豪译的《莎士比亚戏剧选》由长江文艺出版社出版。

2011年11月,陈才宇校订的《朱译莎士比亚戏剧31种》由浙江工商大学出版社出版。

2012年1月,朱生豪译的《莎士比亚四大悲剧》由人民文学出版社出版。

2012年4月,秋名译的《莎士比亚戏剧选》由文汇出版社出版。

2012年4月,朱生豪译的《莎士比亚戏剧选》由中国对外翻译出版有限公司出版。

2012年8月,朱生豪译的《莎士比亚戏剧全集》由文津出版社出版。

2012年11月,李其金译的莎剧《哈姆雷特》由浙江大学出版社出版。

2012年11月,朱生豪译的"莎士比亚剧本插图珍藏本"由人民文学出版社出版,该丛书收录了《麦克白》《哈姆雷特》《仲夏夜之梦》《奥瑟罗》《威尼斯商人》《李尔王》《第十二夜》《罗密欧与朱丽叶》等剧作。

2012年12月,朱生豪译的莎剧《罗密欧与朱丽叶》由延边人民出版社出版。

2013年3月,朱生豪译的《莎士比亚悲剧喜剧全集》由中国书店出版。

2013年3月,"新青年文库·莎士比亚戏剧朱生豪原译本全集"系列由中国青年出版社出版,其中共包括31本莎剧精装单行本和1本导读手册。

2013年5月,孙大雨译的《莎士比亚戏剧八种》由上海三联书店出版。

2013年5月,朱生豪译的《莎士比亚喜剧选》由人民文学出版社出版。

2013年11月,敏之编译的《莎士比亚全集》由南海出版公司出版。

2013年12月,朱生豪译的《莎士比亚悲剧》《莎士比亚喜剧》由中国友谊出版公司出版。

2014年1月至5月,朱生豪译的《仲夏夜之梦》《哈姆莱特》《亨利四世》《麦克白》等莎剧由中国画报出版社出版。

2014年2月,朱生豪译的莎剧《威尼斯商人》由中国文联出版社出版。

2014年3月,方平主编并主译的《莎士比亚全集》由上海译文出版社出版。

2014年3月,朱生豪译的《莎士比亚戏剧选》由花城出版社出版。

2014年4月,朱生豪译的《威尼斯商人》由远方出版社出版。

2014年4月,朱生豪译的《罗密欧与朱丽叶》由辽宁人民出版社出版。

2014年5月,朱生豪译的《罗密欧与朱丽叶》由湖南文艺出版社出版,书中还收录了《仲夏夜之梦》。

2014年6月,龚勋编译的《哈姆莱特》由汕头大学出版社出版。

2014年9月,朱生豪译的《莎士比亚戏剧全集》由古吴轩出版社出版。

2014年10月,朱生豪译的《罗密欧与朱丽叶·哈姆莱特》由万卷出版公司出版。

2014年12月,朱生豪译的《莎士比亚悲剧选》《莎士比亚喜剧选》《莎士比亚历史剧选》由上海三联书店出版。

2015年1月,宋毓译的《哈姆莱特》由团结出版社出版。

2015年1月,朱生豪、陈才宇译的《莎士比亚全集》由浙江工商大学出版社出版。

2015年3月,朱生豪译的莎剧《哈姆莱特》由吉林大学出版社出版。

2015年6月,《朱生豪译莎士比亚戏剧》由人民文学出版社出版。

2015年7月,辜正坤主编的《莎士比亚全集·英汉双语本》由外语教学与研究出版社出版,收录辜正坤译的《麦克白》《哈姆莱特》和彭镜禧译的《李尔王》。

2015年7月,朱生豪译的《罗密欧与朱丽叶》《麦克白》《李尔王》等莎剧由北京理工大学出版社出版。

2015年9月,朱生豪译的《莎士比亚悲剧选》由上海文艺出版社出版。

2015年11月,辜正坤主编的《莎士比亚全集·英汉双语本》由外语教学与研究出版社出版,收录覃学岚译的《亨利六世》和张顺赴译的《亨利五世》。

2015年11月,朱生豪译的《莎士比亚四大悲剧》《莎士比亚四大喜剧》由四川文艺出版社出版。

2015年12月,曹禺译的《罗密欧与朱丽叶》由云南人民出版社出版。

2016年1月,孟凡君译的《理查三世》由外语教学与研究出版社出版。

2016年1月,孙大雨译的《莎士比亚四大悲剧》由上海译文出版社出版。

2016年1月,朱生豪译的《莎士比亚悲剧五种》《莎士比亚喜剧五种》由人民文学出版社出版。

2016年1月,朱生豪译的《莎士比亚戏剧全集》由民主与建设出版社出版。

2016年3月,卞之琳译的莎剧《哈姆雷特》由浙江文艺出版社出版。

2016年3月,上海译文出版社出版方平译的莎剧《麦克贝斯》《奥瑟罗》《捕风捉影》《雅典人泰门》《温莎的风流娘儿们》《第十二夜》《李尔王》《罗密欧与朱丽叶》《皆大欢喜》,以及吴兴华译、方平校的《亨利四世》和张冲译的《冬天的故事》。

2016年4月,外语教学与研究出版社出版辜正坤主编的《莎士比亚全集·英汉双语本》,收录多个莎剧单行本,如辜正坤译的《威尼斯商人》、彭发胜译的《一报还一报》、解村译的《无事生非》、万明子译的《爱的徒劳》、王剑译的《终成眷属》、张冲译的《两贵亲》、熊杰平译的《驯悍记》、邵雪萍译的《仲夏夜之梦》以及李其金译的《维洛那二绅士》等。

2016年4月,朱生豪译的《哈姆莱特》由巴蜀书社出版。

2016年4月,朱生豪译的《莎士比亚全集》由译林出版社出版。

2016年5月,朱生豪译的《莎士比亚悲剧喜剧集》由中国文联出版社出版。

2016年5月,中国画报出版社出版朱生豪译的《莎士比亚四大悲剧》和《莎士比亚四大喜剧》。

2016年6月,朱生豪译的《哈姆莱特》《奥瑟罗》《麦克白》《冬天的故事》《仲夏夜之梦》由北京联合出版公司出版。

2016年6月,朱生豪译的《莎士比亚十大经典戏剧》由中国友谊出版公司出版。

2016年6—7月,天津人民出版社出版傅光明译的丛书"新译莎士比亚全集",收录《罗密欧与朱丽叶》《威尼斯商人》《哈姆雷特》《奥赛罗》。

2016年7月,朱生豪译的《威尼斯商人》由中译出版社出版。

2016年9月,朱生豪译的《哈姆莱特》由商务印书馆出版。

2016年10月,朱生豪译的《哈姆莱特》由人民文学出版社出版。

2016年10月,朱生豪译的《罗密欧与朱丽叶》由中国宇航出版社出版。

2016年10月,朱生豪译的《罗密欧与朱丽叶》《莎士比亚悲喜剧》由团结出版社出版。

2016年11月,朱生豪译的《哈姆莱特》由浙江教育出版社出版。

2016年11月,朱生豪译的《威尼斯商人》由万卷出版公司出版。

2016年11月,朱生豪译的《莎士比亚悲剧选》《莎士比亚喜剧选》由江西教育出版社出版。

2016年11月,朱生豪译的《莎士比亚戏剧选》由中译出版社出版。

2016年12月,时惠译的《莎士比亚戏剧集》由北京工艺美术出版社出版。

2017年1月,朱生豪译的《奥赛罗》《无事生非》由中国宇航出版社出版。

2017年1月,朱生豪译的《哈姆雷特》分别由团结出版社、国际文化出版公司出版。

2017年1月,朱生豪译的《麦克白》由学林出版社出版。

2017年1月,朱生豪译的《莎士比亚四大喜剧》由四川文艺出版社出版。

2017年1月至6月,朱生豪译的《罗密欧与朱丽叶》《哈姆雷特》《威尼斯商人》由春风文艺出版社出版。

2017年2月,朱生豪译的《莎士比亚经典戏剧集》由江苏凤凰文艺出版社出版。

2017年3月,朱生豪译的《我的爱在我的诗里万古长青:莎士比亚悲剧集》《爱情生长在何方:莎士比亚喜剧集》由鹭江出版社出版。

2017年4月,曹禺译的《罗密欧与朱丽叶》由天津人民出版社出版。

2017年4月,黄梅编译的《莎士比亚悲剧集》由吉林大学出版社出版。

2017年4月,立人编译的《哈姆莱特》由天地出版社出版。

2017年4月,朱生豪译的《哈姆雷特》由学林出版社出版。

2017年4月,朱生豪译的《罗密欧与朱丽叶》由吉林大学出版社出版。

2017年5月,朱生豪译的《哈姆雷特》由江西教育出版社出版。

2017年6月,《莎翁戏剧新译四种——许渊冲手迹》由海天出版社出版。

2017年6月,张敏译的《莎士比亚悲喜剧》由吉林文史出版社出版。

2017年6月,朱生豪翻译,裘克安、沈林和辜正坤校订的《莎士比亚喜剧悲剧集》由译林出版社出版。

2017年7月,朱生豪译的《罗密欧与朱丽叶》由作家出版社出版。

2017年7月,朱生豪译的《莎士比亚经典悲剧集》《莎士比亚经典喜剧集》由化学工业出版社出版。

2017年10月,朱生豪译的《莎士比亚悲剧喜剧全集》由浙江文艺出版社出版。

2018年1月,朱生豪译的《莎士比亚悲剧喜剧集》由汕头大学出版。

2018年5月,朱生豪译的《莎士比亚戏剧选》由长江文艺出版社出版。

2018年8月,朱生豪译的莎剧《奥瑟罗》《李尔王》《哈姆雷特》《麦克白》《无事生非》《第十二夜》《仲夏夜之梦》《罗密欧与朱丽叶》和《威尼斯商人》由译林出版社出版。

2019年1月,朱生豪译的《莎士比亚悲剧集》《莎士比亚喜剧集》《莎士比亚经典戏剧全集》由北方文艺出版社出版。

2019年3月,朱生豪译的莎剧《仲夏夜之梦》由作家出版社出版。

2019年3月,朱生豪译的《莎士比亚悲剧集》《莎士比亚喜剧集》由上海三联书店出版。

2019年3月,朱生豪、陈才宇翻译的《莎士比亚别裁集》(共4册)由浙江工商大学出版社出版。

2019年4月,傅光明译的"新译莎士比亚全集"丛书由天津人民出版社出版,收录《李尔王》《麦克白》《第十二夜》《皆大欢喜》《仲夏夜之梦》。

2019年4月,朱生豪译的《莎士比亚戏剧集》由江苏凤凰文艺出版社出版。

2019年5月,屠岸译的《莎士比亚叙事诗·抒情诗·戏剧》由北方文艺出版社出版。

2019年8月,朱生豪译的《莎士比亚喜剧悲剧集》由译林出版社出版。

2019年9月,朱生豪译的《哈姆雷特》由浙江教育出版社出版。

2020年1月,朱生豪译的《仲夏夜之梦》由重庆出版社出版。

2020年2月,朱生豪译的《莎士比亚戏剧精选集》由江苏凤凰文艺出版社出版。

2020年4月,傅光明译的"新译莎士比亚全集"丛书由天津人民出版社出版,收录《理查二世》《亨利四世》《亨利五世》。

2020年5—6月,朱生豪译的《莎士比亚悲剧集》《莎士比亚喜剧集》由北京联合出版公司出版,收录四大悲剧和四大喜剧。

2020年6月,许渊冲译的《莎士比亚戏剧集》(第1卷)由浙江大学出版社出版,收录四大悲剧。

2020年6月,朱生豪译的《莎士比亚悲剧喜剧全集》由青岛出版社出版。

2020年7月,李其金译的《莎士比亚四大悲剧合集》由浙江大学出版社出版。

2020年7月,朱生豪译的《莎士比亚悲喜剧》由四川文艺出版社出版。

2020年8月，方平译的《莎士比亚喜剧五种》由人民文学出版社出版，收录了《威尼斯商人》《温莎的风流娘儿们》《捕风捉影》《仲夏夜之梦》和《暴风雨》。

2020年12月，许渊冲译的《莎士比亚戏剧集》（第2—3卷）由浙江大学出版社出版，第2卷收录《罗密欧与朱丽叶》《恺撒大将》《安东尼与克柳芭》3部悲剧，第3卷收录《有情无情》《仲夏夜之梦》《第十二夜》3部喜剧。

总的来说，国内多家出版机构在这一时期参与了莎士比亚戏剧的翻译、出版和发行工作，掀起了莎剧的重印、改译或再版的热潮，取得了前所未有的丰硕成果。

2. 英国其他剧作家戏剧作品的汉译出版

21世纪伊始，除了莎士比亚戏剧的翻译、出版以外，中国的各家出版社也出版发行了其他20多位英国剧作家的戏剧作品。其中，王尔德、品特、萧伯纳、谢弗、斯托帕德、德莱顿、哥德史密斯、雪莱、拜伦、马洛、毛姆、谢立丹、贝克特等剧作家的译作在1999年以前已经在中国被汉译出版过。这一时期，他们的有些剧作被重译，或者以前的译作被不同的出版社收录，重新出版。这种现象在萧伯纳和王尔德的剧作中表现得尤为明显。

萧伯纳的主要戏剧作品在前几个时期都被汉译出版过，如1956年12月人民文学出版社出版的《肖伯纳戏剧集》（1—3卷）。21世纪以来，中国一些著名译者的译作多次入选各家出版社出版的萧伯纳戏剧的译文集中或以单行本的形式出版。

2001年3月，杨宪益、申慧辉等人翻译的萧伯纳戏剧集《圣女贞德》由漓江出版社再版，该书被列入"诺贝尔文学奖精品典藏文库"丛书，收录的剧作有：杨宪益译的《匹克梅梁》、潘家洵译的《华伦夫人的职业》、陈瘦竹译的《康蒂姐》、张全全译的《人与超人》、申慧辉译的《圣女贞德》和《武器与人》。

2002年1月，杨宪益译的萧伯纳剧作《匹克梅梁》（即《卖花女》）英汉对照珍藏本由中国对外翻译出版公司出版。

2002年1月，杨宪益译的萧伯纳剧作单行本《凯撒和克莉奥佩特拉》由人民文学出版社出版，被列入"名著名译英汉对照读本丛书"。

2003年5月，中国致公出版社出版了方湘等人译的萧伯纳剧作《圣女贞德》。

2006年是萧伯纳150周年诞辰，为了纪念这位戏剧大师，中国国内有数家出版社出版了萧伯纳的戏剧合集。

144

2006年4月,《华伦夫人的职业:萧伯纳剧作选》由上海译文出版社出版,收录了贺哈定和吴晓园合译的《华伦夫人的职业》《凯瑟琳女皇》《皮格马利翁》《风云人物》《医生进退两难》《日内瓦》和《奥古斯图斯恪尽厥职》。

2006年10月,时代文艺出版社出版了李斯译的萧伯纳戏剧选《人与超人》,被列入"诺贝尔文学奖文集"丛书,收录了萧伯纳的剧作《圣女贞德》和《人与超人》。

2006年11月,作家出版社出版了《萧伯纳戏剧选》,收录了杨宪益译的《匹克梅梁》(即《卖花女》)、潘家洵译的《华伦夫人的职业》、老舍译的《苹果车》和申慧辉译的《圣女贞德》。

2006年12月,长江文艺出版社出版了胡仁源译的萧伯纳戏剧选《圣女贞德》,作为"世界文学名著典藏"丛书之一。该书收录了萧伯纳的两部剧作:《圣女贞德》和《千岁人》(又译《回到马士撒拉时代》)。

2008年6月,中国书籍出版社推出了向洪全译的萧伯纳剧作《圣女贞德》,作为"诺贝尔文学奖获奖作家作品"丛书之一。

2011年12月,朱光潜等译的《萧伯纳戏剧集》由云南人民出版社出版,收录了《匹克梅梁》《巴巴拉少校》和《英国佬的另一个岛》。

2012年1月,商务印书馆出版了杨宪益译的萧伯纳剧作单行本《凯撒和克莉奥佩特拉》,2019年4月再版。

2013年1月,青闰、李丽枫和丹冰译注的《诺贝尔文学奖作家戏剧作品精选:萧伯纳》由外文出版社出版,收录《圣女贞德》《卖花女》《人与超人》《鳏夫的房产》《芭芭拉少校》和《华伦夫人的职业》。

2013年1月,新星出版社出版了房霞译的萧伯纳剧作选《圣女贞德》,内收萧伯纳的《圣女贞德》和《华伦夫人的职业》。

2015年2月,北京联合出版公司出版了房霞译的萧伯纳剧作单行本《圣女贞德》。

2015年4月,萧伯纳著、胡仁源翻译、颜朝霞校注的《圣女贞德》由花城出版社出版。

2015年7月,北京理工大学出版社出版李丽霞、胡仁源译的萧伯纳戏剧选《圣女贞德》,内收萧伯纳的《圣女贞德》和《卖花女》。

2019年6月,《杨宪益中译作品集:凯撒和克莉奥佩特拉·卖花女》由上海人民出版社出版,两剧为萧伯纳所作。

上述图书密集出版的情况足以说明,在中国译介的英国剧作家中,萧伯纳已经占有了令人瞩目的地位。

王尔德是19世纪末英国唯美主义戏剧的领袖,其创作的重要剧本在21世纪前已在中国被广泛译介。2000年是王尔德逝世100周年,国内举行了一系列纪念活动。中国文学出版社和人民文学出版社组织了国内的翻译专家,重译了王尔德的经典戏剧作品,并结集出版,以此来纪念这位戏剧大师。它们分别是:中国文学出版社2000年9月出版的《王尔德全集:戏剧卷》和人民文学出版社2000年6月出版的《王尔德作品集》。前者由马爱农、荣如德等人翻译,收录《认真的重要》《温德米尔夫人的扇子》《一个无足轻重的女人》《一个理想的丈夫》《莎乐美》《帕多瓦公爵夫人》《民意党人维拉》《佛罗伦萨悲剧》和《圣妓或珠光宝气的女人》;后者由黄源深翻译,除了收有小说和诗歌外,该译文集收录了王尔德的戏剧《温德米尔夫人的扇子》《一个无关紧要的女人》《理想丈夫》《认真的重要》和《莎乐美》。

2011年11月,王尔德著、吴刚译的《莎乐美》由上海译文出版社出版。该译本为中英法三语对照本,英译者为道格拉斯勋爵,2019年再版。

2011年12月,汪剑钊编译的《王尔德唯美主义作品选》由云南人民出版社出版,收录的剧作有刘红霞译的《不可儿戏》、宋赛南译的《温德米尔夫人的扇子》和李一恬译的《莎乐美》。

2012年6月,苏福忠译的《王尔德读本》由人民文学出版社出版,收录《莎乐美》《认真的重要》和《理想丈夫》。

2012年10月,王尔德著、文心译的《理想丈夫》由商务印书馆出版,2019年再版。

2013年1月,王振译的《不可儿戏:王尔德戏剧精品选》由光明日报出版社出版,内收喜剧《不可儿戏》、悲剧《莎乐美》和《民意党人薇拉》。

2015年11月,王尔德著、苏福忠译的《莎乐美》由人民文学出版社出版,书中还收录了剧作《认真的重要》。

2017年3月,余光中译的《王尔德喜剧:对话·悬念·节奏》由江苏凤凰文艺出版社出版,收录了王尔德的四部喜剧作品——《不可儿戏》《不要紧的女人》《理想丈夫》和《温夫人的扇子》,并对每一部译作做了翔实的导读。

2019年10月,王尔德著、文爱艺译的《莎乐美》由北京航空航天大学出版社出版。

146

2020年6月,王尔德著、李筱媛译的《莎乐美》由天津人民出版社出版。

2020年6月,上海教育出版社出版许渊冲译的《王尔德戏剧精选集》,共3册,中英文对照,收录了《一个无足轻重的女人》《巴杜亚公爵夫人》《莎乐美》《认真最重要》和《文德美夫人的扇子》等5部剧作。

2020年11月,孙宜学译的《谎言》由中信出版集团出版,收录了王尔德的《不可儿戏》。

谢弗和斯托帕德的部分剧作在20世纪八九十年代已经被汉译出版。这一时期,他们的代表剧作被重译或重版。

1999年12月,中国对外翻译出版公司出版英若诚译的谢弗的剧作《上帝的宠儿》,被列入"英若诚名剧译丛"。

2005年11月,南海出版公司出版了《戏谑:汤姆·斯托帕德戏剧选》一书,作为"世界文学论坛·新名著主义丛书"之一。该戏剧选集收录了斯托帕德的剧作《戏谑》(李淑慎、萧萍译)、《罗森克兰茨和吉尔德斯特恩已死》(杨晋译)和《阿卡狄亚》(孙仲旭译)。

2006年4月,南海出版公司又出版了孙仲旭译的斯托帕德剧作《乌托邦彼岸》,该戏剧包含了三部曲:《航行》《失事》和《获救》。

21世纪初,英国剧作家品特也有多部戏剧作品被汉译出版。

2010年9月,品特著、华明译的《归于尘土》由译林出版社出版,收录了《风景》《沉默》《往日》《无人之境》《背叛》《山地语言》《月光》和《归于尘土》等8部剧作。

以前尚未翻译过的或已经译介过的其他英国剧作家的作品在这一时期也有了翻译出版的机会。

2006年11月,新星出版社出版了《萨拉·凯恩戏剧集》,该书收录了胡开奇译的凯恩的5部剧作:《4.48精神崩溃》《菲德拉的爱》《摧毁》《清洗》和《渴求》。

2007年12月,新星出版社出版了胡开奇译的《迈克·弗雷恩戏剧集》,收录弗雷恩的剧作《哥本哈根》和《民主》。

2010年4月,新星出版社出版了《枕头人:英国当代名剧集》,收录了韦滕贝克的《夜莺的爱》,译者为胡开奇。该剧源于希腊神话,讲述了少女菲洛米拉因其长相美丽而被自己的姐夫追求,后来遭到了姐夫的侮辱,并被割舌,但最终复仇的故事。

2011年12月,傅浩编译的《乔伊斯诗歌·剧作·随笔集》由云南人民出版社出版,收录的剧作有柯彦玢译的《流亡者》,2013年由上海译文出版社再版。

2011年12月,黄雨石、林疑今译的《奥凯西戏剧选》由云南人民出版社出版,收录《主教的篝火》《朱诺和孔雀》《给我红玫瑰》和《犁与星》。

2012年7月,李文俊、袁伟等译的《大教堂凶杀案:艾略特文集·戏剧》由上海译文出版社出版,收录《家庭团聚》《大教堂凶杀案》《机要秘书》《鸡尾酒会》和《老政治家》。

2013年5月,韦韬主编的《茅盾译文全集》由知识产权出版社出版,第6—7卷收录茅盾译的萧伯纳的《地狱中之对谈》,格雷戈里夫人的《海青·赫佛》《旅行人》《乌鸦》和《狱门》。

2013年12月,张春、周莉薇译的《哈佛百年经典06卷:英国现代戏剧》由北京理工大学出版社出版,收录德莱顿的《一切为了爱情》、谢立丹的《造谣学校》、哥德斯密斯的《屈身求爱》、雪莱的《钦契一家》、罗伯特·勃朗宁的《纹章上的斑点》和拜伦的《曼弗雷德》。

2014年2—3月,北京理工大学出版社出版了《伊丽莎白时期戏剧》(2卷本)。卷Ⅰ收录廖红译的马洛的《爱德华二世》、朱生豪译的莎剧《哈姆莱特》《李尔王》《麦克白》《暴风雨》。卷Ⅱ收录德克的《鞋匠的节日》、琼森的《炼金术士》、弗朗西斯·博蒙特和约翰·弗莱彻的《菲拉斯特》、约翰·韦伯斯特的《玛尔菲公爵夫人》和菲利普·曼森格的《旧债新还》,译者是彭勇、刘成萍。

2014年4月,胡开奇译的《渴求——英国当代直面戏剧①作品选》由上海人民出版社出版,内收凯恩的《摧毁》和《渴求》、尼尔逊的《审查者》(又译《审查员》)、帕特里克·马勃的《亲密》和麦克多纳的《丽南山的美人》(又译《丽南镇的美人》)和《枕头人》等。

2014年4月,沙洲和叶莉合译的《浮士德悲剧》由北京理工大学出版社出版,收录马洛的《浮士德博士的悲剧》。

2015年6月,吴琳娜译的《情欲与复仇:英国詹姆斯一世时期悲剧》由北方文艺出版社出版,收录约翰·福特的《可惜她是一个娼妓》,韦伯斯特的《马尔菲公爵夫人》和托马斯·米德尔顿、威廉·罗利合作的《变节者》。

2016年2月,牛稚雄编译的《彼拉多之死:中世纪及都铎时期的戏剧精选》

---

① 直面戏剧(In-Yer-Face Theatre)是20世纪90年代在英国兴起的先锋派戏剧浪潮。它以独特的暴力叙事方式、直面现实的尖锐主题,迅速引起文艺界的广泛关注。

(上、下册)由浙江大学出版社出版。

2016年4月,毛姆著、杨建玫和娄遂祺翻译的《比我们高贵的人们》由群众出版社出版,收录《比我们高贵的人们》《周而复始》和《坚贞的妻子》。

2016年4月,《杨周翰作品集》由上海译文出版社出版,收录杨周翰译的莎剧《亨利八世》和谢立丹的《情敌》。

2016年8月,贝克特全集系列由湖南文艺出版社出版,译自英文原剧的单行本有刘爱英译的《开心的日子》和短剧《跌倒的人》《克拉普的最后一盘录音带》《余烬》《歌词与音乐》《戏》《电影》《老曲》《来与去》《嗯,乔》《呼吸》《不是我》《那一回》《脚步声》《幽灵三重奏》《……可那些云……》《一段独白》《乖乖睡》《俄亥俄即兴作》《方庭》及《夜与梦》。

2018年2月,谢立丹著,郭艳玲、林雅琴和王倩合译的《情敌》由大连海事大学出版社出版。

2018年4月,上海三联书店出版了《民国世界文学经典译著·文献版》,八、九辑为戏剧,收录《莎士比亚戏剧全集》(朱生豪译),萧伯纳的《人与超人》(罗牧译)、《圣女贞德》和《千岁人》(胡仁源译),托马斯·哈代的《统治者:拿破仑战事史剧》(杜衡译)。

2018年4月,朱世达译的《文艺复兴时期英国戏剧选》由作家出版社出版,收录托马斯·基德的《西班牙悲剧》,米德尔顿的《复仇者的悲剧》,马洛的《浮士德博士的悲剧(第一版)》《浮士德博士的悲剧(第二版)》《爱德华二世》和《马耳他岛的犹太人》。

2020年3月,毛姆著、鲍冷艳译的《我会永远爱你 直到生命尽头》由江苏凤凰文艺出版社出版,收录《弗雷德里克夫人》《多特太太》《圈》和《凯撒的妻子》。

2020年4月,乔伊斯著、冯建明和梅叶萍等译的《流亡者》由上海三联书店出版。

2020年6月,毛姆著、鲍冷艳译的《假装得很辛苦》和《生活如此多娇》由江苏凤凰文艺出版社出版,前者收录《第十个男人》《佩内洛普》和《杰克·斯特劳》,后者收录《探险家》《未知》《应许之地》和《荣誉之人》。

2020年9月,马洛著、华明译的《马洛戏剧全集(上下卷)》由商务印书馆出版,上卷收录《迦太基女王狄多》《帖木儿大帝(第一部)》和《帖木儿大帝(第二部)》,下卷收录《马耳他的犹太人》《巴黎大屠杀》《爱德华二世》和《浮士德博士的悲剧史》,共7个剧本。

2020年9月,张祝馨、张悠悠译的《爱尔兰戏剧集》由中国华侨出版社出版,收录弗里尔的《费城,我来了》、玛丽娜·卡尔的《猫泽边》和恩达·沃尔什的《沃尔沃斯闹剧》。

3. 期刊上刊载的英国剧作家的戏剧译作

进入21世纪,英国戏剧在我国期刊的译介如火如荼,各大期刊登载译作的数量不断攀升。2000—2020年,共有11家杂志刊载了近20位英国剧作家的数十部戏剧作品,有的是全译,有些是节译。参与翻译的有20余位译者,其中翻译作品最多的是胡开奇,共有6部译作。这一时期,戏剧作品被汉译的数量最多的剧作家是品特,其次是麦克多纳。

《外国文艺》2001年第3期刊载了保罗·埃布莱曼著、胡志颖译的《实验》。《实验》是埃布莱曼的代表剧作,它颠覆了传统戏剧的叙事逻辑和剧情结构。该剧大段语无伦次、答非所问的对话、颠三倒四的情节给人以倦怠感。该剧是20世纪60年代"残酷戏剧"之一。

《戏剧艺术》2002年第5期刊载了弗雷恩著、胡开奇译的《哥本哈根》。此剧于2000年连获托尼最佳戏剧奖和普利策戏剧奖两项大奖,还先后获得外百老汇戏剧编辑最佳剧作奖、戏剧评论家最佳戏剧奖、英国奥立弗最佳戏剧奖。《哥本哈根》讲述了德国物理学家沃纳·海森堡与丹麦导师尼尔斯·波尔在哥本哈根有关原子弹的神秘会面。这次会面充满了危险和坎坷,最终以失败告终。

《新剧本》2003年第1期刊载了高尔斯华绥著、孙兆勇译的《太阳》。这部独幕剧展现了战争归来者的乐观精神和对和平生活的渴望。

《戏剧》2003年第2期刊载了泰伦斯·瑞迪艮著、邰亚妮译的《勃朗宁译本》。该剧的剧情是:安德鲁在英国公立学校教拉丁文和希腊文,但他并不受学生欢迎,被迫以健康欠佳的理由从教学岗位辞退。他的妻子劳拉对他不忠,总是喜欢在他的伤口撒盐。安德鲁最终反思了自己的失败人生,重拾自尊。

《新剧本》2004年第1期刊载了高尔斯华绥著、孙兆勇译的《刺激》。该剧通过剧院彩排的场景,展现了艺术与商业、理想与现实之间的冲突,呼吁人们重新审视和重视美、自然和艺术的价值,反对物质主义和商业化对人类精神生活的侵蚀。

《戏剧艺术》2004年第2期刊载了凯恩著、胡开奇译的《4.48精神崩溃》。此剧借鉴歌德小说《少年维特之烦恼》中一位男孩因失恋而自杀的故事,描写了一位患有抑郁症女孩自杀的心理体验。

《戏剧》2004年第2期刊载了品特著、蔡美云译的《服装展示会》(又译《搜集证据》)。该剧是品特对婚姻、忠诚和欲望主题的深刻探讨,同时也反映了他对现代社会关系的批判。

《戏剧》2004年第3期刊载了乔·奥顿著、马晴滟译的《人赃俱获》。《人赃俱获》是一出奇异的喜剧:一场葬礼,两起罪案,五个傻瓜,十万英镑……,它反映了英国中产阶级生活的冷漠与荒诞。

《新剧本》2004年第5期刊载了欧阳予倩译的《油漆未干》。《油漆未干》原是一部法国喜剧,是剧作家勒内·福舒瓦以梵·高为艺术原型创作的作品,英国剧作家艾琳·威廉将其译为英文。

《戏剧艺术》2004年第5期刊载了弗雷恩著、胡开奇译的《民主》。该剧取材于20世纪70年代德国的一桩政治丑闻,讲述了当时的西德总理勃兰特与其助理纪尧姆的故事。纪尧姆后被发现是东德间谍,勃兰特因此被迫辞职。该剧不仅揭示了民主政治的复杂性,也揭示了人类个体的复杂性。①

《剧本》2004年第10期也刊载了弗雷恩著、胡开奇译的《哥本哈根》。

《戏剧艺术》2005年第2期刊载了本·艾尔敦著、范益松译的《爆玉米花》。该剧主要探讨了艺术家的社会责任,以及它与所创作的作品之间的内在关系。

《新剧本》2006年第1期刊载了品特著、王晓鑫译的《侏儒》(片段)。《侏儒》通过三个中年男人之间的故事,向读者呈现了一个充满着背叛、嫉妒和谎言的"友谊"世界。

《外国文艺》2006年第1期刊载了品特著、鲍伊尹译的《外出的一晚》(又译《一夜外出》或《夜出》)(节选)。该剧讲述了主人公艾伯特因不堪忍受母亲的独断专行,试图在某个夜晚两次逃离家庭生活,但都未能成功的故事。同一期还刊载了胡晓庆翻译的品特的《收藏》(又译《搜集证据》)(节选)。

《上海文学》2006年第2期刊载了品特著、汤秋妍译的《入土为安》(节选)。这是品特唯一一部反战题材的剧作,探索了人与人之间的关系、个人的心理

---

① 胡开奇. 巴别通天塔——迈克·弗雷恩的新作《民主》. 戏剧艺术,2004(5):112.

创伤,以及战争对社会和个人造成的影响。

《世界文学》2006年第2期刊载了品特著、萧萍译的《一个像阿拉斯加的地方》(节选)。该剧讲述一名昏迷了29年的女子苏醒后发生的故事。同一期还刊载了匡咏梅翻译的品特的《维多利亚车站》。

《新剧本》2007年第4期刊载了贝克特著、罗湉译的《来去》。该剧剧情精致典雅,描述了弗洛、瓦伊和汝三位女性好友之间的聊天过程。

《新剧本》2007年第5期刊载了乔伊斯著、赵白生译的《流亡》(节选)。《流亡者》是乔伊斯创作的唯一一部戏剧,讲述了一位长年流亡在外的作家重返故国的故事。

《戏剧艺术》2008年第5期刊载了麦克多纳著、胡开奇译的《枕头人》。该剧描写的是一个作家由于其小说引发了一场儿童虐杀案,然后作家被逮捕审讯,最终被处决的故事。

《世界文学》2009年第1期刊载了托·斯·艾略特著、李文俊译的《大教堂凶杀案》。该剧作描写了12世纪的一起著名的谋杀案,当事双方分别是英王亨利二世和英国坎特伯雷大主教托马斯·贝克特。

《剧本》2009年第2期刊载了韦滕贝克著、胡开奇译的《夜莺之爱》。该剧的素材来源于希腊神话,讲述了一对姐妹与国王之间的故事。

《戏剧艺术》2009年第2期刊载了艾克伯恩著、杨俊霞译的《爬上,爬下!》。

《新剧本》2009年第4期刊载了夏洛蒂·勃朗特著、喻荣军译的《简·爱》(根据同名小说改编)。

《戏剧艺术》2009年第5期刊载了卡里尔·丘吉尔著、胡开奇译的《远方》。该剧讲的是一个孩子儿时被蒙蔽,成年后丧失了判断是非的能力的故事,以此提醒人们,个人的成长需要对全社会负责。

《文苑》2011年第6期刊载了麦克多纳的《小绿猪》,译者不详。

《中国校园文学》2011年第18期刊载了麦克多纳的《小绿猪》,译者不详。《小绿猪》是一个讽刺剧,描述了一个农场里的一头绿色小猪异乎寻常的故事。

《世界文学》2011年第5期刊载了乔伊斯著、李宏伟译的《流亡者》。

《外国文学》2011年第6期刊载了卡尔著、李元选译的《猫原边……》。该剧讲述了一个关于失落、复仇和救赎的故事,其基本情节源于古希腊悲剧《美狄亚》。

《青年博览》2011年第21期刊载了麦克多纳的《枕头人》,译者不详。

《文苑》2012年第2期刊载了麦克多纳的《枕头人》,译者不详。

《世界文学》2013年第1期刊载了爱德华·邦德著、陈红薇和唐小彬合译的《李尔》。《李尔》是对莎剧《李尔王》的颠覆性改写,是对暴力主题的重构和宣泄。

《幸福》2013年第1期刊载了麦克多纳著、伯爵猫译的《小绿猪》。

《文苑》2016年第4期刊载了麦克多纳的《铁道上的男孩》,译者不详。

《世界文学》2016年第3期刊载了贝克特著、张东亚译的《贝克特短剧选》,选译了《戏剧》《落脚声》《来来回回》和《什么哪里》。

二、21世纪初美国戏剧的汉译

1. 美国剧作家戏剧作品的汉译出版

2000—2020年,全国共翻译出版了40多部美国戏剧,涉及20多位美国剧作家的70余部戏剧作品。其中,奥尼尔的汉译剧作最多,其次是阿尔比。

2001年3月,漓江出版社重印了荒芜、汪义群等人翻译的奥尼尔作品集《天边外》,该书收录了奥尼尔的6部剧作:汪义群译的《进入黑夜的漫长旅程》《上帝的儿女都有翅膀》《榆树下的欲望》、荒芜译的《天边外》、茅百玉译的《琼斯皇》和沈培锚译的《啊,荒野!》。

2005年1月,东方出版社出版了徐钺译的奥尼尔的四幕剧《长昼的安魂曲》。

2006年8月,人民文学出版社出版了《奥尼尔文集》(全6册),译者为郭继德。1—5册收录的剧作包括:《天边外》《榆树下的欲望》《安娜·克利斯蒂》《毛猿》《东航卡迪夫》《加勒比群岛之月》《啊,荒野!》《琼斯皇帝》《奇异的插曲》《无穷的岁月》和《送冰的人来了》等43种,几乎囊括了奥尼尔的所有戏剧。第6册是奥尼尔的诗歌和奥尼尔关于戏剧的论述。

2007年4月,人民文学出版社出版了欧阳基等人翻译的《奥尼尔剧作选》,收录了《榆树下的欲望》《琼斯皇帝》《安娜·克里斯蒂》《悲悼三部曲》《奇异的插曲》和《诗人的气质》。

2008年6月,中国书籍出版社出版了王海岩译的奥尼尔的剧作《天边外》中英对照本。

2013年8月,奥尼尔著、陈成译的《进入黑夜的漫长旅程》由北京理工大学出版社出版。

2017年8月,奥尼尔著、王朝晖和梁金柱合译的《进入黑夜的漫长旅程》由海峡文艺出版社出版。

这一阶段,国内出版社还再版或重印了密勒、威廉斯、海明威等美国著名剧作家的戏剧作品,如《欲望号街车》《推销员之死》《第五纵队》和《萨勒姆的女巫》等。

2011年4月,密勒著、英若诚译的《推销员之死》,梅绍武译的《萨勒姆的女巫》和陈良廷译的《都是我的儿子》由上海译文出版社出版。

2020年8月,上海译文出版社出版了密勒的5部剧作,它们分别是陈良廷译的《都是我的儿子》、郭继德译的《堕落之后》、英若诚译的《推销员之死》、梅绍武译的《萨勒姆的女巫》和《桥头眺望》。

2001年6月,威廉斯著、冯永红译的《欲望号街车》由清华大学出版社出版。

2015年5月,威廉斯著、冯涛译的《欲望号街车》由上海译文出版社出版。

2012年6月,海明威著、李暮译的《第五纵队·西班牙大地》由河南文艺出版社出版,收录《第五纵队》。

2019年4月,海明威著、宋佥、董衡巽合译的《第五纵队·西班牙大地》由上海译文出版社出版,收录《第五纵队》。

2019年10月,海明威著、墨沅译的《第五纵队·西班牙大地》由现代出版社出版,收录《第五纵队》。

阿尔比是荒诞派戏剧在美国的代表人物,他曾两次获得"托尼最佳戏剧奖",三次获得普利策戏剧奖,1996年被美国肯尼迪中心授予"终身成就奖",1997年被美国总统克林顿授予"国家艺术成就奖"。他被公认为是继奥尼尔、威廉斯和密勒之后美国最重要的戏剧家,其代表作品有《动物园的故事》《屋外有花园》《美国梦》《三个说大话的女人》和《谁害怕弗吉尼亚·伍尔夫》等。

2008年3月,学林出版社出版的《新编外国现代派作品选》(第二编)收录了阿尔比的《美国梦》,译者杜晓轩。

2008年8月,中国传媒大学出版社出版《西方现代戏剧译作》,收录了戏剧翻译家吴朱红汉译的西方优秀剧目,其中就有阿尔比的《屋外有花园》,该剧还被成功搬上中国舞台。

2009年1月,阿尔比著、杜晓轩译的《美国梦》由天津科技翻译出版公司出版。

2013年5月,阿尔比著、胡开奇译的《山羊:阿尔比戏剧集》由新星出版社出版,收录《欲望花园》《在家在动物园》和《山羊或谁是西尔维娅?》。

2019年2月,张悠悠译的《爱德华·阿尔比戏剧集》由中国华侨出版社出版,收录《欲望花园》《在家在动物园》和《山羊或谁是西尔维娅?》。

此外,许多美国不同流派的剧作家的作品在21世纪初也被汉译出版。

2007年1月,上海译文出版社出版了桑塔格著、冯涛译的《床上的爱丽斯》。

2007年7月,杰克·凯鲁亚克著、金绍禹译的《垮掉的一代》由上海译文出版社出版。凯鲁亚克以其经典小说《在路上》出名,剧本《垮掉的一代》和《在路上》都写于1957年。两部戏剧作品在文本和思想上交相辉映,真实地体现了"垮掉的一代"[①]的典型特征,充满着对现实的反叛。

2007年10月,西安交通大学出版社出版了《华美文学作品集·戏剧卷》,收录了美国华裔剧作家的优秀作品,如劳伦斯·叶的《付中国人钱》(秦佳译)、阿尔文·恩的《唐人街最后一家人工洗衣店》(郑晓云译)、黄哲伦的《寻找唐人街》(南健柳译)等等。

2010年5月,美国华裔剧作家黄哲伦著、张生译的《蝴蝶君》由上海译文出版社出版。

2010年8月,伍迪·艾伦著、宁一中译的《中央公园西路:三个独幕剧》由上海译文出版社出版,收录《滨河大道》《老塞布鲁克镇》和《中央公园西路》。

2011年3月,胡开奇译的《怀疑:普利策奖戏剧集》由新星出版社出版,收录尚利的《怀疑:一则寓言》、尼洛·克鲁斯的《安娜在热带》和奥本的《求证》。

2013年9月,桑顿·怀尔德著、但汉松译的《我们的小镇》由译林出版社出版。

2013年9月,安·兰德著、郑齐译的《一月十六日夜》由重庆出版社出版,收录《一月十六日夜》《理想》和《三思》。

2016年6月,胡开奇译的《迷失:美国当代戏剧名作选》由上海人民出版社出版,收录密勒的《特殊病房》、阿尔比的《在家在动物园》、波拉·沃格尔的《那年我学开车》、齐默尔曼的《变形记》和摩西的《巴赫在莱比锡》。

2017年2月,安·兰德著、郑齐和张林合译的《理想》由重庆出版社出版。

---

① 该流派于20世纪50年代中期在美国崛起,信奉离经叛道的生活方式和惊世骇俗的文学主张,曾主宰了20世纪五六十年代的美国主流文化与价值观。

155

2017年3月,彼得·克雷夫特著、胡自信译的《苏格拉底遇见耶稣》由上海三联书店出版。

2017年7月,巴利·吉福德著、晓风译的《作家们》由南京大学出版社出版。

2017年11月,弗拉基米尔·纳博科夫著、刘玉红译的《莫恩先生的悲剧》由人民文学出版社出版。

2018年3—4月,桑塔格著、冯涛译的《床上的爱丽斯》、姚君伟翻译的《火山情人》和黄灿然翻译的《关于他人的痛苦》等剧由上海译文出版社出版。

2019年12月,约瑟夫·布罗茨基著、刘文飞译的《大理石像》由上海译文出版社出版。

2020年6月,胡开奇译的《迷失——美国当代戏剧名作选》由上海人民出版社再版,每篇译作都增补了译者胡开奇的解读。

2020年10月,汉斯贝瑞著、吴世良译的《阳光下的葡萄干》由人民文学出版社出版。

2. 期刊上刊载的美国剧作家的戏剧译作

进入21世纪,发表在国内各大期刊上的美国戏剧译本的数量也在不断上升。据统计,截至2020年,共有27位美国剧作家的30部戏剧译作(含节选和节译)刊载于7家国内刊物。创刊于1985年的《新剧本》杂志成了这一时期发表美国戏剧译作的主力军。这30部戏剧译作中,密勒占了3部,阿尔比和奈戈·杰克逊分别是2部,其余剧作家各是1部。20世纪末,国内期刊对美国剧作家的关注主要聚焦在奥尼尔、威廉斯、密勒和阿尔比等剧作家身上。21世纪初,国内译者对美国剧作家的译介更具全面性和多样性。这一阶段,译者的队伍也在不断壮大,共有20余位译者参与了翻译。

《电影创作》2000年第5期刊载了密勒著、戴行钺译的《不合时宜的人》。这是一部美国西部人对自己的言行进行反省和反思的正剧,是20世纪60年代美国西部戏剧的代表作。

《新剧本》2001年第2期刊载了阿尔比著、吴朱红译的《屋外有花园》。该剧讲述了欲望最终吞噬人性的故事。当今社会,有些人为了满足个人的私欲竟不择手段,将自己的虚伪和险恶展现得淋漓尽致。

《新剧本》2001年第5期刊载了桑顿·怀尔德著、姜若瑜译的《我们的小镇》。该剧曾获1938年美国普利策戏剧奖。作者以两个家庭为主线,讲述了日常生活中的小事,用平常的点滴展现了生活中的平凡与尊严。

《戏剧艺术》2001年第5期刊载了奥本著、胡开奇译的《求证》。奥本是美国的一位天才型剧作家,他凭《求证》这部最有影响力的剧作获得了2001年度普利策戏剧奖。《求证》讲述了美国一个高级知识分子家庭的故事。女主人翁凯瑟琳具有卓越的数学天赋,其父亲晚年患有精神病。为了在家精心照料身患疾病的父亲,凯瑟琳毅然放弃了自己的大学学业。

《新剧本》2002年第1期刊载了奈戈·杰克逊著,吴朱红译的《远去的家园》。这部戏探讨了老年痴呆症引发的家庭问题,生动地展示了一个面对老年痴呆患者的家庭的经历。

《戏剧艺术》2002年第2期刊载了沃格尔著、范益松译的《我是怎么学会开车的》。成长于单亲家庭的丽尔·碧特从小缺少父爱,在向佩克姨夫学开车的过程中,萌生了一段无望的不伦恋情。经历了诸多事件后,小碧心智日渐成熟,摆脱了这种非正常的关系,对爱与生活有了新的理解。

《新剧本》2003年第1期刊载了弗莱彻著、邢建军译的《对不起,拨错电话了》。这是一部悬疑剧,剧中的女主人公无意中在电话里听到了一个谋杀计划,随后发现自己可能是预定的受害者。该剧探讨了命运的不可预测性和个人在面对潜在危险时的无助感。

《新剧本》2003年第3期刊载了大卫·艾乌斯著、邢建军译的《被俘的观众》。该剧说的是,一对年轻夫妻总是觉得受到了家中电视机的威胁,于是他们与机器展开了一场持久的"战斗"。

《新剧本》2003年第4期刊载了欧文·阿尔诺著、紫筱译的《对手》。这是一部扣人心弦的心理剧,讲述了一位父亲在儿子意外去世后,探索儿子生前真实生活的故事。该剧反映了学校环境中的竞争压力和青少年之间的复杂关系。

《新剧本》2003年第4期刊载了阿尔比著、剑君译的《沙箱》。该剧讲述了一个母亲与父亲密谋,将姥姥扔进沙箱,并将其活埋的荒诞故事。

《新剧本》2003年第5期刊载了丽贝卡·哈丁·戴维斯著、张朝晖和吴朱红编译的《家有娇妻》(又译《妻子的故事》)。该剧探讨了19世纪美国女性在家庭责任和个人抱负之间的冲突。

《新剧本》2003年第6期刊载了阿瑟·考皮特著、邢建军和秦雯编译的《啊爸爸,可怜的爸爸,妈妈把你挂在壁橱里,我是多么伤心啊》(又译《疯狂世家》)。该剧说的是一个母亲赴加勒比地区奢华旅游的经历,与她一起旅行的还有她的儿子和保存在棺材里死去的丈夫。

《新剧本》2004年第4期刊载了苏珊·格莱斯佩尔著、刑建军译的《琐事》。该剧描述了19世纪末美国普通农民的生活,通过家中妻子的种种悲惨遭遇,抨击了性别歧视的社会现状,抒发了争取男女平等的女权主义呼声。

《新剧本》2005年第3期刊载了维克多·娄达都著、刑建军译的《伟大的父亲》。这是一部探讨家庭关系、个人历史和心理创伤的作品。

《新剧本》2005年第4期刊载了威廉斯著、黄一萍译的《疯花梦醉星期天》。该剧讲述了一个星期天的早晨,发生在简陋公寓里的四个底层社会女人之间的故事。

《新剧本》2005年第6期刊载了尚利著、胡开奇译的《怀疑》。该剧以纽约市的一所天主教堂学校为背景,描写了校长阿洛西斯修女的种种怀疑,她怀疑任课老师福林神父性侵了校内唯一的一个黑人女生,于是她便想方设法去追查和指控福林神父,但结局却是一场没有赢家的争斗。

《戏剧》2006年第2期刊载了黄哲伦著、汤卫根译的《金童》。作者用虚幻与现实相互叠加的艺术表现手法,刻画了华裔美国人动荡漂流的移民史,展现了身份认同与跨文化融合的艰难历程。

《新剧本》2006年第4期刊载了詹姆斯·舍曼著、孙兆勇和王绍军合译的《戏剧时光》。该剧描写了20世纪70年代芝加哥的一家小剧院化妆间里,最后一场《汉姆雷特》开演前发生的故事。

《戏剧艺术》2006年第5期刊载了杰西卡·布兰克、爱立克·詹森著、范益松译的《被平反的死刑犯》。该剧记录了被平反的死刑犯直接向读者吐露的心声。

《剧本》2006年第10期刊载了克鲁斯著、胡开奇译的《安娜在热带》。该剧描写19世纪末美国烟草工人的故事,反映了工业革命与人们生活之间的密切关系。该剧连获2003年度美国普里策戏剧奖、戏剧评论奖和斯坦贝格新剧奖。

《译林》2007年第1期刊载了伯纳德·索贝尔著、徐小玉译的《"懂得"音乐的珍妮》。该剧探讨了艺术评价的真实性与偏见问题,揭示了艺术家在追求梦想过程中的挑战。

《戏剧艺术》2007年第2期刊载了摩西著、胡开奇译的《巴赫在莱比锡》。该剧描写了巴赫在莱比锡任圣托马斯教堂乐监期间生活和工作的经历。

《译林》2008年第4期刊载了格莱斯佩尔著、潘静译的《琐事》。该独幕剧描述了一起谋杀案的调查过程,向读者阐明了人与人之间的隔阂与猜疑可能会导致悲剧的发生。

《剧本》2008年第10期刊载了齐默尔曼著、胡开奇译的《变形记》。《变形记》是齐默尔曼根据古罗马诗人奥维德的《变形记》改编的。改编后的《变形记》曾风靡百老汇,赢得了2002年百老汇托尼最佳戏剧导演奖。

《戏剧艺术》2010年第5期刊载了约翰·洛根著、胡开奇译的《红色》。该剧通过色彩大师罗斯科与其助手之间的对话,探讨了艺术追求与金钱之间的抉择问题。获2010年第64届托尼奖多个奖项。

《外国文学》2011年第5期刊载了阿米利·巴拉卡著、胡亚敏译的《荷兰人》。该剧揭示了美国社会中根深蒂固的种族歧视问题,批判了压迫和暴力,同时强调了团结和反抗的必要性。

《剧本》2012年第8期刊载了密勒著、胡开奇译的《车下莫根山》(又译《驶下摩根山》)。这是密勒20世纪90年代的首部剧作,是一部探索人性、批判现实的婚姻家庭剧,曾获1999年最佳戏剧文学奖提名和2000年托尼最佳戏剧奖提名。

《剧本》2014年第8期刊载了奈戈·杰克逊著、吴朱红译的《离去》。

《戏剧文学》2014年第10期刊载了奈戈·杰克逊著、曹志刚译的《离去》。该剧讲述了一位充满活力但智力逐渐受到阿尔茨海默病侵蚀的莎士比亚学者的故事。随着病情的发展,他开始与现实世界告别,并在脑海中构建了一个全新的世界。

《戏剧艺术》2016年第2期刊载了唐纳德·马格里斯著、范益松译的《和朋友共进晚餐》(又译《与友晚宴》)。该剧通过汤姆与贝斯的婚变,以及他们的挚友对此事的态度,反映了中年男女在情感上遇到危机时所面临的困惑。

《剧本》2020年第1期刊载了密勒著、聂振雄译的《严峻的考验》。该剧是根据17世纪末发生在马萨诸塞州萨勒姆村的一场真实的审巫案创作的。

《新剧本》2020年第5期刊载了罗伯特·肯·戴维斯-昂蒂亚诺著、朱萍译的《女医师成长记》。这部作品探讨了亡灵节在拉美文化中的意义。剧中拉丁裔女医师的角色体现了对生命和死亡的复杂看法,以及对亡灵节仪式背后深层含义的反思。

三、21世纪初英美戏剧汉译作品合集的出版

2001年1月,辽宁教育出版社出版了《英若诚译名剧五种》,收录美国剧作家密勒的《推销员之死》和沃克的《哗变》。

2004年1月,北京师范大学出版社出版了陈惇主编的《20世纪外国戏剧经典》,收录英国剧作家贝克特的《等待戈多》和萧伯纳的《巴巴娜少校》;美国剧作家威廉斯的《欲望号街车》、密勒的《推销员之死》、奥尼尔的《长日人夜行》和《毛猿》。

2004年6月,黄源深、陈士龙、曹国维编的《20世纪外国文学作品选》(上、下册)由上海译文出版社出版,该书收录了一些英美戏剧的片段,包括贺哈定译的萧伯纳的《芭芭拉少校》、许真译的品特的《房屋看管人》、汪义群译的奥尼尔的《进入黑夜的漫长旅程》、鹿金译的威廉斯的《玻璃动物园》和英若诚译的密勒的《推销员之死》。

2005年6月,人民文学出版社出版了人民文学出版社编辑部选编的《外国戏剧百年精华》(上、下册),其中收录英国剧作家的作品有:萧伯纳的《皮格马利翁》(杨宪益译)、贝克特的《等待戈多》(施咸荣译)、品特的《看门人》(王改姝译)、奥斯本的《愤怒的回顾》(黄雨石译)和韦斯克的《四季》(汪义群译);收录美国剧作家的作品有:奥尼尔的《进入黑夜的漫长旅程》(汪义群译)、密勒的《推销员之死》(陈良廷译)、威廉斯的《欲望号街车》(马爱农译)和谢泼德的《被埋葬的孩子》(苏红军译)。

2005年1月,汪义群主编的《西方现代戏剧流派作品选》(共5卷)由中国戏剧出版社出版,收录英国剧作家叶芝的《凯瑟琳伯爵小姐》和《心之所往》、辛厄的《圣井》和《蹈海骑手》、阿登的《马斯格雷夫中士的舞蹈》、谢弗的《皇家太阳猎队》、贝克特的《等待戈多》和《啊,美好的日子!》、品特的《轻微的疼痛》和《茶会》;美国剧作家赖斯的《加算机》、欧文·肖的《埋葬死者》、奥尼尔的《毛猿》和《榆树下的欲望》、阿尔比的《美国梦》。

2006年2月,袁可嘉等编选的《外国现代派作品选》(共4卷)由北京燕山出版社出版,其中A卷收录了辛格的《骑马下海的人们》和奥尼尔的《毛猿》;C卷收录了品特的《看管人》(许真译)和阿尔比的《美国梦》(赵少伟译);D卷收录了威廉斯的《玻璃动物园》(赵全章译)。

2006年6月,中国文联出版社出版了刘建军主编的《外国文学作品选》,收

录品特的《送菜升降机》,施咸荣、屠珍等翻译。

2007年3月,谢天振主编的《2006年翻译文学》由春风文艺出版社出版,收录品特的《收藏》,由胡晓庆节译。

2007年8月,陕西师范大学出版社出版了段鸿欣、张雪丹翻译的《西方经典戏剧》,收录英国剧作家马洛的《浮士德博士的悲剧》、莎士比亚的《仲夏夜之梦》《威尼斯商人》《罗密欧与朱丽叶》《哈姆雷特》《奥瑟罗》《李尔王》和《麦克白》、王尔德的《认真的重要》、萧伯纳的《芭芭拉少校》;美国剧作家奥尼尔的《毛猿》、密勒的《推销员之死》。

2008年3月,郑克鲁、董衡巽主编的《新编外国现代派作品选》(共3编)由学林出版社出版。第1编中收录了美国剧作家奥尼尔的《毛猿》(荒芜译);第2编收录了阿尔比的《美国梦》(杜晓轩译)和英国剧作家品特的《生日宴会》(易乐湘译)。

2008年6月,山东文艺出版社出版了王化学编的《20世纪外国戏剧精选》,收录英国剧作家贝克特的《等待戈多》(施咸荣译)和韦斯克的《四季》(汪义群译),以及美国剧作家奥尼尔的《天边外》(荒芜译)和休斯的《红色康乃馨》(吴劳译)。

2008年8月,中国传媒大学出版社出版了《西方现代戏剧译作》,分加拿大卷和美国卷,其中美国卷收录了海凯特和古德里奇的《安妮日记》、阿尔比的《屋外有花园》和尼尔·塞门的《大酒店套房》,均由吴朱红翻译。

2010年9月,译林出版社推出了两部戏剧专辑。第一部名为《归于尘土》,收录了英国剧作家品特的《风景》《沉默》《往日》《无人之境》《背叛》《月光》《山地语言》和《归于尘土》等8部剧作;第二部名为《送菜升降机》,收录了品特的《生日晚会》《房间》《送菜升降机》《看门人》和《回家》等5部剧作,均为华明翻译。

2020年6月,上海文化出版社出版了《西方现代戏剧精选》,收录美国剧作家奥尼尔的《榆树下的欲望》和英国剧作家萧伯纳的《芭芭拉少校》。

第四节　改革开放后英国戏剧在中国的研究

1978年,中国实行改革开放政策以后,国内的社会政治环境发生了巨大的变化,这极大地促进了文艺思想的解放与发展。外国文学研究的种种障碍开始得到清除,"左"的文艺思潮的影响逐渐消退,20世纪五六十年代被冠以"颓废派"的西方剧作家重新成了重要的研究对象,外国戏剧研究的禁区被陆续打破。

随着英美文学史观的逐渐增强,国内对英国戏剧的研究进入了急速发展的时期,各类研究成果异彩纷呈。改革开放后至21世纪初,我国对英国戏剧的总体研究特征主要有:研究对象上,除了莎士比亚、萧伯纳、王尔德等剧作家被重点关注外,其他剧作家,如品特、贝克特、斯托帕德、卡里尔·丘吉尔和凯恩等,也进入学界的研究视野中;成果类型上,除了大量的学术论文外,还有数量众多的学术专著和译著;研究范式上,视角更加多样,方法更加多元,"学院化"程度越来越高。

一、有关英国戏剧、英国剧作家和戏剧作品的研究论文

1. 有关莎士比亚及其作品的研究论文

改革开放以后,莎士比亚及其剧作仍然是国内学者重要的研究对象,研究论文不断涌现,成果斐然。其中有较多的论文尝试以新的视角重新解读莎士比亚及其经典剧作。

第一,语言学视角。如:顾绶昌的《关于莎士比亚的语言问题》(《外国文学研究》1982年第3期)、王佐良的《白体诗里的想象世界——一论莎士比亚的戏剧语言》(《外语教学与研究》1984年第1期)、秦国林的《莎士比亚语言的语法特点》(《外语学刊》1988年第2期)、申恩荣的《莎士比亚剧中语言的排比与对照》(《外国语》1990年第2期)、汪义群的《试论莎士比亚戏剧中的非规范英语》(《外国语》1991年第6期)、尹邦彦的《莎士比亚戏剧语言的多样性》(《外语研究》1997年第4期)、谢世坚的《莎剧词汇研究与翻译》(《广西师范大学学报(哲学社会科学版)》2006年第4期)和刘琳琪的《魅惑,欲望,权力和人性的思辨——语言符号在莎剧赏析中的四层身份应用》(《戏剧文学》2020年第5期)等。

第二,政治学视角。如:肖锦龙的《莎士比亚社会政治观新论》(《西北师大学报(社会科学版)》1993年第4期)、梁超群与张锷的《作为政治悲剧的〈麦克白〉》(《华东师范大学学报(哲学社会科学版)》2006年第1期)、马广利的《颠覆与抑制:〈李尔王〉中的权力话语》(《苏州大学学报(哲学社会科学版)》2007年第5期)、许勤超的《政治的莎士比亚——文化唯物主义莎评概述》(《宁夏社

会科学》2008年第2期）、杨林贵的《莎士比亚与权力》（《外国语文》2009年第4期）、冯伟的《罗马的民主：〈裘力斯·凯撒〉中的罗马政治》（《外国文学评论》2011年第3期）、罗春霞与罗益民的《莎士比亚的身体政治观》（《外语教学》2016年第2期）、李正栓与关宁的《莎士比亚悲剧中的"国家"意识》（《外语教学》2017年第1期）和张薇的《伊格尔顿对〈麦克白〉的政治符号学解读》（《国外文学》2017年第4期）等。

第三，宗教学视角。如：汪义群的《莎士比亚宗教观初探》（《外国文学评论》1993年第3期）、孙遇春的《论莎士比亚的宗教观》（《复旦学报（社会科学版）》1997年第2期）、李伟昉的《论莎士比亚戏剧创作思想的基督教渊源》（《贵州师范大学学报（社会科学版）》2002年第3期）、倪萍的《世俗戏剧与宗教视角——莎士比亚四大悲剧中的罪与罚》（《戏剧文学》2004年第3期）、李伟民的《对爱的真切呼唤——论莎士比亚〈李尔王〉中的基督教倾向》（《四川外语学院学报》2005年第1期）、肖四新的《莎士比亚戏剧创作的基督教语境》（《戏剧文学》2005年第12期）、梁工的《莎士比亚戏剧的终极关注》（《外国文学研究》2007年第1期）、胡鹏的《城市、驱魔与自我身份——〈错尽错觉〉中的巫术与宗教》（《国外文学》2011年第4期）和邱业祥的《超越作为特殊性的宗教：莎士比亚与圣保罗的普遍主义——以〈威尼斯商人〉为例》（《世界宗教研究》2018年第2期）等。

第四，哲学视角。如：王木春的《莎士比亚戏剧艺术的哲学根源》（《安徽大学学报（哲学社会科学版）》1999年第3期）、张浩的《中国传统哲学视野下的莎士比亚戏剧主题探讨》（《安徽大学学报（哲学社会科学版）》2008年第5期）、郭方云与潘先利的《论莎士比亚剧作中的柏拉图宇宙图景》（《外语与外语教学》2011年第4期）、孙媛的《莎士比亚悲剧中的存在主义精神》（《四川戏剧》2015年第11期）和全凤霞的《〈亨利六世上篇〉艺术哲学思想探析》（《学术探索》2016年第10期）等。

第五，伦理学视角。如：王忠祥的《建构崇高的道德伦理乌托邦——莎士比亚戏剧的审美意义》（《外国文学研究》2006年第2期）、李伟民的《道德伦理层面的异化：在人与非人之间——莎士比亚悲剧〈李尔王〉的伦理学解读》（《外国文学研究》2008年第1期）、李游与胡俊飞的《论〈李尔王〉的伦理济世思想》（《湖南社会科学》2013年第2期）、安鲜红的《莎士比亚伦理思想新识：从希罗的性别身份谈起》（《学术探索》2014年第3期）和庄新红的《莎士比亚戏剧的超验叙事与信仰伦理》(《江西社会科学》2016年第6期)等。

第六,女性主义视角。如:陈晓兰的《女性主义批评与莎士比亚研究》(《国外文学》1995年第4期)、张琦的《不能完成的颠覆——论莎士比亚女性主义研究》(《外国文学研究》2001年第4期)、王莎烈的《莎士比亚喜剧中的女性观》(《东北师大学报(哲学社会科学版)》2007年第4期)、纪颖与纪雪的《从女性主义视角探索莎翁悲剧》(《戏剧文学》2008年第4期)、王玉洁的《莎士比亚:原初女性主义者还是厌女主义者——莎士比亚女性观探佚》(《兰州大学学报(社会科学版)》2013年第5期)和张浩的《越界女性——莎士比亚悲剧人物性别特征之文化解读》(《戏剧艺术》2019年第2期)等。

第七,精神分析视角。如:布鲁姆著、吴琼译的《弗洛伊德:一种莎士比亚的解读》(《外国文学》2000年第6期),徐群晖的《破译哈姆莱特疯癫之谜》(《戏剧艺术》2003年第5期),杨正润的《对莎士比亚戏剧中的"梦"的解读》(《外国文学研究》2006年第6期),陈达的《俄狄浦斯情结的再现——以弗洛伊德精神分析学分析莎士比亚〈哈姆雷特〉》(《电影评介》2006年第20期),朱平与王岚的《疯癫的救赎——论李尔王的疯癫与神性》(《英美文学研究论丛》2009年第2期)和庄新红与逄金一的《神话原型视阈下莎士比亚戏剧人物形象阐释》(《东岳论丛》2010年第5期)等。

另有学者从解构主义、社会表演学、(新)历史主义、复调理论、后现代主义、结构主义、经济—文学批评理论、认知学等视角来阐释莎士比亚的剧作。如:倪萍的《莎士比亚戏剧的解构主义解读》(《戏剧文学》2006年第12期)、俞建村的《国家政权与社会表演——从社会表演学看莎士比亚的〈李尔王〉》(《四川外语学院学报》2008年第5期)、朱安博的《文本的历史性和历史的文本性——莎学研究的新历史主义视角》(《四川外语学院学报》2008年第5期)、田俊武与李芳芳的《从〈裘力斯·凯撒〉中的复调看莎士比亚对民众的态度》(《戏剧文学》2009年第4期)、廖金罗的《亚里士多德悲剧理论和莎士比亚悲剧成因的后现代主义阐释》(《外语学刊》2009年第6期)、辛雅敏的《20世纪莎士比亚研究中的历史主义方法——以伊丽莎白时代的心理学为视角》(《郑州大学学报(哲学社会科学版)》2014年第2期)、谢世坚与张晓琳的《体验认知视角下莎剧神话意象研究》(《解放军外国语学院学报》2017年第5期)、赖艳彬的《结构主义视域下的莎士比亚四大悲剧》(《戏剧文学》2017年第8期)、周涛的《莎士比亚戏剧的历史意识》(《复旦学报(社会科学版)》2018年第6期)、焦敏的《经济—文学批评理论视域下莎士比亚戏剧的阐释研究》(《文艺理论研究》2020年第2期)和郭方云的《退隐与回归:莎士比亚四大喜剧的路线认知图示探究》(《外国语文》2020年第1期)等。

对莎士比亚剧作中超自然因素的分析,也是莎学界关注的一大议题。这方面的论文有:洪增流的《论莎士比亚戏剧中的超自然描写》(《外国文学研究》1995年第3期)、谢江南的《超自然因素在莎士比亚戏剧中的功用》(《戏剧》1999年第3期)、朱云涛的《论莎士比亚剧作中超自然成分的思想根源及其意义》(《南京师大学报(社会科学版)》1999年第3期)、罗海鹏的《论莎士比亚戏剧中的超自然因素》(《名作欣赏》2009年第15期)和余迎胜的《超自然力量:莎士比亚戏剧的客观化策略》(《华中学术》2020年第4期)等。

还有学者从文本著作权、文本美学解构等角度研究莎士比亚戏剧。如张耀平的《柏拉图与莎士比亚——影响及莎士比亚作品著作权问题》(《国外文学》2005年第4期)、郑土生的《莎士比亚著作权论析》(《英语研究》2007年第2期)和徐群晖的《莎剧文本意义的美学解构》(《外国文化》2005年第4期)等。

随着比较文学的研究方法和学科理论在中国的确立与发展,该研究方法掀起了莎剧研究的新一轮热潮,其代表性的论文有:李正民的《略论〈牡丹亭〉和〈哈姆雷特〉》(《中华戏曲》1988年秋季号)、张弘的《〈特洛伊罗斯与克瑞西达〉和〈邯郸梦〉之比较》(《学术月刊》1990年第11期)、曹树钧的《论曹禺和莎士比亚的戏剧创作》(《艺术百家》1993年第4期)、李万钧的《比较文学视点下的莎士比亚与中国戏剧》(《文学评论》1998年第3期)、付云的《论莎士比亚和关汉卿戏剧中的浪漫主义风格》(《河南师范大学学报(哲学社会科学版)》2005年第4期)、张玲的《"主情论"观照下的汤显祖和莎士比亚比较》(《苏州大学学报》2005年第5期)、李伟民的《比较文学视野观照下的莎士比亚研究》(《中南民族大学学报(人文社会科学版)》2006年第5期)、刘昊的《莎士比亚与汤显祖时代的演剧环境》(《戏剧艺术》2012年第2期)、潘智丹的《浅析汤显祖临川四梦与莎士比亚传奇剧的比较研究》(《沈阳工程学院学报(社会科学版)》2013年第4期)、廖奔与刘彦君的《汤显祖和莎士比亚——16世纪戏剧双星的文化际遇》(《南大戏剧论丛》2016年第2期)、李建军的《并世双星灿大空——论〈牡丹亭〉与〈罗密欧与朱丽叶〉》(《兰州学刊》2016年第8期)、徐群晖的《曹禺与莎士比亚戏剧的病态心理美学比较》(《中国现代文学研究丛刊》2016年第8期)、戴炜烨的《莎士比亚戏剧与徐渭戏剧中的女扮男装现象比较》

（《河南工程学院学报（社会科学版）》2020年第4期）和邱佳芩的《中国"狂"文化视域下看莎士比亚戏剧中的"疯子"形象》（《戏剧文学》2020年第4期）等。

莎士比亚在中国的接受也是国内学者较为关注的研究话题，代表性的论文有：奠自佳与王忠祥的《莎士比亚和他的戏剧在中国》（《外国文学研究》1986年第2期）、孟宪强的《趋真与变异的独特历程——中国对莎士比亚的接受》（《世纪论评》1998年第3期）、徐群晖的《论莎士比亚对中国现代戏剧的影响》（《文学评论》2003年第3期）、李伟民的《莎士比亚喜剧批评在中国》（《国外文学》2006年第2期）、李伟昉的《接受与流变：莎士比亚在近现代中国》（《中国社会科学》2011年第5期）、杨林贵与乔雪瑛的《莎剧改编与接受中的传统与现代问题——以莎士比亚的亚洲化为例》（《四川戏剧》2014年第1期）、孙艳娜的《莎士比亚在中国话剧舞台上的接受与流变》（《国外文学》2014年第4期）和魏策策的《莎士比亚在中国的传播线路与接受研究》（《东南学术》2020年第5期）等。

2. 有关王尔德及其作品的研究论文

中国新文学创立初期，王尔德的剧作就得到了我国学者的译介与传播。1915年7月，陈独秀就在《绛纱记》的序言中向中国读者介绍了王尔德及其剧作《莎乐美》。后来，他又在《新青年》上多次高度评价王尔德。然而，由于当时唯美主义被冠以"堕落""腐朽"等评价，从20世纪40年代直至80年代，王尔德的剧作几乎消失在中国读者的视野中，只有零星几部剧作得到译介或再版，学界对王尔德的研究也陷入了漫长的沉寂期。改革开放后的80年代中期，王尔德及其剧作的译介与研究开始逐渐恢复，并逐渐走向繁荣。

在20世纪80年代的王尔德研究中，学者的关注点比较浅显、单一，主要集中在对唯美主义、王尔德本人和他的代表作《莎乐美》等的分析与研究上。如：杨江柱的《王尔德的创作与唯美主义》（《江汉学术》1985年第1期）、陈瘦竹的《王尔德的唯美主义理论和他的喜剧》（《当代外国文学》1985年第1期）、吴学平的《论王尔德的创作个性》（《外国文学研究》1989年第2期）和郝振益的《王尔德喜剧艺术的魅力》（《外国文学评论》1989第4期）等。

1990年开始，国内对王尔德戏剧的研究开始向深度和广度发展，他创作的各种戏剧也受到多方面的关注和研究。中国学者开始从现实观、文化观、艺术观、心理观和美学观来探讨王尔德的戏剧创作。如：薛家宝的《试论王尔德喜剧中的现实主义因素》（《南京师大学报（社会科学版）》1990年第3期）、周小仪的《奥斯卡·王尔德:十九世纪末消费文化与后现代主义理论》(《国外文学》1994年第2期)、崔海峰的《王尔德唯美主义艺术观评析》(《辽宁大学学报(哲学社会科学版)》1994年第6期)、吴学平的《论王尔德喜剧的创作心态》(《广东社会科学》1996年第3期)、袁霞的《唯美主义文艺观的生动体现——试评王尔德的喜剧》(《南京师大学报(社会科学版)》1997年第4期)和陈爱敏的《王尔德悲剧形象塑造的审美追求》(《外国文学研究》1998年第4期)等。这些文章以戏剧文本分析为基础,探讨了王尔德戏剧中的思想观念、艺术手法和社会意义,使王尔德的研究朝着多元化和系统性的方向发展。

进入21世纪后,国内对王尔德戏剧的研究呈现出了一片繁荣的景象,出现了价值较高、具有一定学术深度的研究论文。这些论文的关注点主要集中在以下几个方面。

第一,基于王尔德剧作的微观研究,探讨王尔德戏剧的思想内涵和艺术特征。如:陈瑞红的《论王尔德喜剧中的纨绔主义》(《广西社会科学》2003年第8期)、余凤高的《〈莎乐美〉:资源和创造》(《浙江学刊》2006年第1期)、李元的《浪荡子的狂欢——简论〈认真的重要〉中奥斯卡·王尔德对传统的颠覆与重构》(《四川外语学院学报》2007年第1期)、刘茂生的《〈理想丈夫〉中的政治伦理与家庭和谐》(《外国文学研究》2009年第3期)、周洁的《关于王尔德悖论——以〈认真的重要〉为例》(《山东外语教学》2010年第2期)、刘晋的《〈莎乐美〉:王尔德“去英国化”的一部作品》(《外国文学研究》2011年第4期)、吴学平的《王尔德喜剧语言的文化透视》(《外国文学研究》2011年第5期)、吴桂辉的《多重身份下的多重焦虑——解析王尔德的〈莎乐美〉》(《戏剧文学》2011年第8期)、陈丽的《谎言的艺术——论王尔德〈真诚的重要性〉》(《外语教学》2014年第2期)和孙蒨蒨的《王尔德作品中性别角色问题研究》(《文学与文化》2020年第3期)等。

第二,将唯美主义理论与王尔德的戏剧创作进行融合研究。如:陈文的《“唯美”与“颓废”——对王尔德的文艺美学思想的重新考量》(《甘肃社会科学》2004年第3期)、尚钊的《扇子中的“唯美主义”——从几部扇子剧看王尔德的〈温德米尔夫人的扇子〉》(《郑州大学学报(哲学社会科学版)》2005年第3期)、刘茂生与程小玲的《从享乐到悲哀:王尔德唯美艺术的双重表达》(《外国文学研究》2011年第4期)、李岩的《唯美主义面纱下的现实主义——解析王尔德的〈莎乐美〉》(《东北大学学报(社会科学版)》2013年第1期)、乔国强的《论王尔德的唯美主义思想》(《上海大学学报(社会科学版)》2015年第6期)和《从唯美到现代:王尔德唯美主义思想的再认识》(《东北师大学报(哲学社会科学版)》2020年第6期)等。

第三,从审美性、女性主义、后殖民视角研究王尔德的戏剧。如:陈瑞红的《论王尔德的审美性伦理观》(《外国文学评论》2006年第4期)、段方与王守仁的《从〈理想丈夫〉谈王尔德的女性观》(《四川外语学院学报》2006年第5期)、杨霓的《试析王尔德的女性观》(《云南师范大学学报(哲学社会科学版)》2006年第6期)、刘晋的《后殖民视角下的奥斯卡·王尔德——论王尔德的"阈限性"》(《外国文学研究》2009年第1期)、陈瑞红的《奥斯卡·王尔德与宗教审美化问题》(《外国文学评论》2009年第4期)、钟艳萍的《论王尔德小说和戏剧中的审美取向》(博士学位论文,上海外国语大学,2011)和乔国强的《从〈温德米尔夫人的扇子〉文本结构看王尔德的女性观》(《外语研究》2017年第2期)等。

第四,对王尔德在中国的影响与接受进行研究。如:沈绍镛的《郁达夫与王尔德》(《文艺理论与批评》1996年第4期)、冯涛的《王尔德与丁西林:机智喜剧之比较》(《江苏社会科学》1997年第6期)、葛桂录与刘茂生的《奥斯卡·王尔德与中国文化》(《外国文学研究》2004年第4期)、朱正华的《王尔德对中国现代话剧发展影响管窥》(《戏剧文学》2007年第4期)、侯靖靖的《17年间(1949—1966)王尔德戏剧在中国译界的"缺席"研究》(《英美文学研究论丛》2009年第1期)、朱彤的《王尔德在现代中国的传播与接受》(博士学位论文,北京语言大学,2009)、袁丽梅的《20世纪上半叶中国文坛对王尔德作品的不同评判》(《上海翻译》2014年第3期)、杨慧与边玉柱的《王尔德戏剧主张中国接受史一瞥》(《戏剧文学》2014年第6期)和王琳的《王尔德戏剧在中国大陆的译介与接受(1909—1949)》(《翻译研究与教学》2018年第1期)等。

以上这些从不同的视角、不同的层面所做的研究为中国的王尔德研究增色不少。

3. 有关萧伯纳及其作品的研究论文

萧伯纳在中国享有较高的学术地位。五四时期,中国作家茅盾等人就撰文介绍萧伯纳的生平及其剧作。1933年,萧伯纳来华访问,与中国的文化名人进行了多方面的接触与交流。此后,国内对萧伯纳剧作的译介和研究也从未中断。中国学者对萧伯纳的研究主要集中在以下几个方面。

第一,对萧伯纳剧作主题和内容的研究。如:黄嘉德的《论萧伯纳的代表作〈伤心之家〉》(《山东大学文科论文集刊》1981年第1期)、《萧伯纳论"生命力"——评喜剧〈人与超人〉》(《文史哲》1981年第1期)、《军火商与救世军——评萧伯纳的〈巴巴娜少校〉》(《文史哲》1982年第4期)、《萧伯纳的〈苹果车〉评介》(《文史哲》1983年第5期)和《评萧伯纳的历史剧〈圣女贞德〉》(《文史哲》1984年第6期)、秦文的《创造进化论——萧伯纳戏剧创作的普遍主题》(《外国文学研究》1998年第3期)、谢江南的《肖伯纳戏剧创作主题的嬗变》(《戏剧艺术》2001年第5期)、邓年刚的《论〈皮格马利翁〉中伊莉莎伦理身份的"惑"与"解"》(《外国文学研究》2010年第3期)、杜鹃的《一出精彩的短剧——评萧伯纳的〈乡村求爱〉》(《戏剧文学》2010年第9期)和李成坚与邓红灿的《萧伯纳的爱尔兰情结——〈英国佬的另一个岛〉解析》(《外国语言与文化》2019年第1期)等。

第二,对萧伯纳戏剧艺术的研究。如:顾铭的《萧伯纳戏剧语言的音乐特性》(《江苏外语教学研究》1996年第2期)、张世红的《萧伯纳戏剧中的荒诞因素》(《国际关系学院学报》2008年第3期)、杜鹃的《"萧伯纳式"戏剧品格探析》(《戏剧文学》2009年第10期)、《论萧伯纳戏剧手法的丰富性》(《四川戏剧》2010年第1期)、《萧伯纳历史剧艺术探析》(《戏剧艺术》2012年第5期)和《由〈真相毕露〉看萧伯纳后期戏剧的现代手法》(《戏剧文学》2013年第12期)、谢江南的《萧伯纳戏剧的"讨论"艺术研究》(《外国文学研究》2013年第2期)、刘涛的《对萧伯纳戏剧理论的深度反思与重新评价》(《英美文学研究论丛》2014年第1期)、杜宇的《"萧伯纳式"戏剧艺术的体现 对〈英国佬的另一个岛〉的解读》(《上海戏剧》2015年第8期)、杜鹃与曹蓝月的《整体艺术视角下的萧伯纳"神秘剧"〈康蒂姐〉》(《绵阳师范学院学报》2016年第3期)和姬蕾的《从评论家到创作家:萧伯纳的早期戏剧评论与戏剧创作》(《四川戏剧》2020年10月)等。

第三,对萧伯纳剧作思想和社会意义的研究。如:何成洲的《萧伯纳:西方女权运动的倡导者——评萧伯纳剧中"生命力"思想指导下的女性形象》(《解放军外语学院学报》1997年第2期)、易晓明的《从问题剧看萧伯纳的思想倾向》(《外国文学评论》1999年第2期)、何其莘的《萧伯纳和他的社会问题剧》(《外国文学》2000年第3期)、陈燕红与李兵的《萧伯纳剧作中的易卜生主义》(《西南民族大学学报(人文社科版)》2006年第6期)、张明爱的《萧伯纳的社会心理辨析》(《学海》2006年第3期)、朱璇的《萧伯纳戏剧中的道德观》(博士学位论文,上海外国语大学,2006)、高音的《社会问题应该在戏剧中自由讨论吗?——谈谈萧伯纳和他的舞台现实主义》(《戏剧》2009年第1期)、张明爱的《萧伯纳文学创作的社会关注》(《外语研究》2013年第6期)、谢江南的《萧伯纳批判维多利亚时代道德风尚的视角及其现代性——〈华伦夫人的职业〉新论》(《戏剧(中央戏剧学院学报)》2014年第2期)、萧莎的《萧伯纳的戏剧与费边社会主义思想》(《马克思主义与现实》2015年第3期)、刘茂生与刘建福的《萧伯纳戏剧中的政治与伦理诉求——以〈巴巴拉少校〉为例》(《江西社会科学》2016年第8期)和刘建国的《萧伯纳〈华伦夫人的职业〉中女权主义思想之体现》(《戏剧文学》2017年第5期)等。

第四,对萧伯纳戏剧的影响和比较研究。如:但扬帆的《鲁迅与萧伯纳的讽刺艺术比较》(《唐都学刊》1987年第2期)、高旭东的《鲁迅与萧伯纳》(《东岳论丛》1993年第2期)、张健的《论丁西林与萧伯纳》(《西南师范大学学报(哲学社会科学版)》1999年第6期)、钱激扬的《无意识压抑的症候——论萧伯纳戏剧与中国"才子佳人"小说中的女性形象》(《外语研究》2002年第4期)、黄彩文的《茅盾与萧伯纳:中英戏剧交流史上的一段情缘》(《河北学刊》2003年第5期)、卢炜的《萧伯纳与老舍的戏剧叙事比较》(《丽水学院学报》2004年第6期)、阿庐的《萧伯纳之于中国戏剧教育的意义》(《上海戏剧》2005年第1期)、陆军的《萧伯纳之于中国戏剧教育的意义》(《戏剧艺术》2013年第4期)、陈娟的《〈沉香屑·第一炉香〉与〈华伦夫人的职业〉比较论——张爱玲接受萧伯纳影响之一例》(《中南大学学报(社会科学版)》2015年第2期)、那艳武的《萧伯纳〈匹克梅梁〉与吴兴国〈蜕变〉之比较》(《戏剧文学》2017年第10期)、藤井省三的《女主人公的形象转换:从〈伤逝〉到〈倾城之恋〉——兼谈萧伯纳的文学影响》(《南京大学学报(哲学·人文科学·社会科学)》2019年第2期)和潘紫霓的《试析〈沉香屑·第一炉香〉对〈华伦夫人的职业〉的重写——兼论萧伯纳对张爱玲的影响》(《中国比较文学》2019年第3期)等。

改革开放以来,我国对萧伯纳的研究一直处于比较平稳的状态,不断有新的研究成果出现。从论文发表的时间和内容分析,萧伯纳的重要剧作一直是学者关注的对象,研究视角逐渐从单纯的文学解读向跨学科的多元视角转变,研究的深度不断拓展,研究的范围更加全面。

4. 有关其他英国剧作家及其作品的研究论文

品特是荒诞派戏剧在英国的代表人物,是英国20世纪最重要的剧作家之一。国内学界对品特及其作品的研究始于 1978 年,《世界文学》第 2 期刊发了朱虹的《荒诞派戏剧评述》,该文重点介绍了品特等荒诞派戏剧家。2005 年品特获得诺贝尔文学奖后,便成了我国学者关注的焦点。据不完全统计,截至 2020 年,已发表的研究品特的期刊论文多达 520 余篇,硕博士论文 165 篇。改革开放以来,我国学者对品特的研究主要集中在三个方面。

第一,对品特戏剧主题的研究,阐述荒诞和超现实、威胁与暴力、权力和控制等主题。如:邓红霞的《哈罗德·品特荒诞主题的表现手法》(《无锡教育学院学报》1994 年第 3 期)、郑嵩怡的《胁迫:存在于荒诞与真实之中——试谈品特戏剧的艺术魅力》(《江苏社会科学》1998 年第 3 期)、袁德成的《在荒诞和晦涩的后面——论哈罗德·品特的戏剧》(《西南民族学院学报(哲学社会科学版)》2002 年第 8 期)、陈红薇的《〈虚无乡〉:品特式"威胁主题"的演变》(《外国文学评论》2003 年第 1 期)、萧萍的《折光的汇合:暧昧与胁迫性生存——论品特戏剧作品》(博士学位论文,上海戏剧学院,2005)、李永梅的《权力下的生存:哈罗德·品特剧作解读》(《宁夏大学学报(人文社会科学版)》2008 年第 4 期)、施赞聪的《权力与政治——品特戏剧主题研究》(博士学位论文,上海外国语大学,2008)和刘红卫的《哈罗德·品特戏剧伦理主题研究》(博士学位论文,华中师范大学,2014)等。

第二,对品特主要剧作的研究,探讨作品内在的特征和意蕴,分析人物形象。如:杜定宇的《英国戏剧家哈罗德·品特及其代表作》(《外国戏剧》1980 年第 3 期)、王岚的《〈山地语言〉中的女英雄——兼评品特戏剧中的女性形象》(《解放军外国语学院学报》2001 年第 4 期)、杨静的《品特戏剧中人物塑造的后现代特征》(《广东外语外贸大学学报》2002 年第 3 期)、刘立辉的《品特戏剧的伦理学批评》(《西南师范大学学报(人文社会科学版)》2005 年第 6 期)、何其莘的《品特的探索真相之旅》(《外国文学》2006 年第 2 期)、黎林的《〈看管人〉:规训社会中权力与战争游戏的隐喻》(《外国文学》2009 年第 3 期)、华明的《品特戏剧中的女性、女性主义与政治》(《戏剧》2010 年第 3 期)、李华的《身体与话语的双重规训——〈送菜升降机〉所体现的"微观权力"之争》(《云南艺术学院学报》2011 年第 4 期)、袁小华的《论哈罗德·品特戏剧的本质特征》(《东南大学学报(哲学社会科学版)》2012 年第 5 期)、蔡芳钿的《品特剧作的社会政治观析论》(《外国文学》2014 年第 2 期)、王娜的《论品特戏剧中的空间争夺与身份建构》(《武汉大学学报(人文科学版)》2014 年第 5 期)和刘晶的《变形的

外国文学研究丛书

"房间"——哈罗德·品特记忆戏剧研究》(博士学位论文,上海戏剧学院,2014))等。

第三,对品特戏剧表现风格的研究,探究作品中的语言沉默、色彩符号、间离艺术、净化艺术、"替身"形式、聚会功能等。如:流扣的《品特对"沉默"的探索》(《上海戏剧》1982年第2期)、胡捷的《试论〈送菜升降机〉的艺术风格》(《外国文学研究》1999年第3期)、胡宝平的《"品特风格"的颠覆意义》(《当代外国文学》2003年第4期)、王燕的《品特戏剧的色彩符号》(《外国文学》2006年第6期)、霍红宇与张定铨的《显像与隐喻——解读品特的〈哑侍者〉与〈看管人〉》(《英美文学研究论丛》2007年第1期)、陈红薇的《试论品特式戏剧语言》(《外国文学评论》2007年第2期)、张雅琳的《论品特式房间的间离效果》(《复旦外国语言文学论丛》2009年第2期)、李华的《从〈房间〉看品特风格》(《云南艺术学院学报》2010年第3期)、魏琼的《语言维度里的哈罗德·品特戏剧》(博士学位论文,上海外国语大学,2014)、刘明录的《交流、反思、嬗变——从人物塑造看品特戏剧的净化艺术》(《当代外国文学》2015年第3期)、袁小华等的《哈罗德·品特戏剧中"替身"的多重形式》(《江苏社会科学》2017年第5期)和郑训山与刘明录的《品特戏剧中的聚会及其戏剧功能探究》(《四川戏剧》2020年第3期)等。

贝克特是英国荒诞派戏剧的另一位杰出代表,诺贝尔文学奖获得者。1978—1989年,我国学界有关贝克特戏剧的专题论文大约有20余篇,代表性的论文有:蒋庆美的《贝凯特及其剧作》(《当代外国文学》1981年第2期)、陈嘉的《谈谈荒诞派剧本〈等待戈多〉》(《当代外国文学》1984年第1期)、罗经国的《贝克特和〈等待戈多〉》(《国外文学》1986年第4期)、杨蓉莉的《〈等待戈多〉与〈车站〉》(《外国文学研究》1988年第4期)和洪欣的《贝克特与〈等待戈多〉》(《当代戏剧》1989年第3期)。由于受历史条件和研究视野的限制,这一时期国内学者的研究主要是对《等待戈多》的主题思想和表现手法的分析。进入20世纪90年代,中国社会经历了"市场化"转型,人们的思想意识和文化观念逐渐趋于多元化,一些学者尝试以新的研究视角、用新的研究方法对贝克特戏剧进行考察研究。21世纪以后,我国对贝克特及其作品的研究更为深入、视野更为开阔、方法更为多样。这些研究主要侧重以下四个方面。

第一,对贝克特剧作特征和美学思想的整体研究。如:童慎效的《戏剧与反戏剧——论贝克特的荒诞艺术特征》(《国外文学》1992年第4期)、胡向华的

《塞缪·贝克特与荒诞派戏剧艺术》(《天津外国语大学学报》1994年第1期)、冉东平的《突破现代派戏剧的艺术界限——评萨缪尔·贝克特的静止戏剧》(《外国文学评论》2003年第2期)、何成洲的《贝克特的"元戏剧"研究》(《当代外国文学》2004年第3期)、曹波的《论贝克特的荒诞派戏剧艺术》(《外语与外语教学》2004年第3期)、白玉华的《三种视角分析塞缪尔·贝克特戏剧中的沉默艺术》(博士学位论文,上海外国语大学,2008)、刘秀玉的《智性升华:贝克特戏剧的否定美学意蕴》(《社会科学辑刊》2011年第5期)、张和龙的《塞缪尔·贝克特的文艺美学思想》(《外国语》2012年第1期)和陈奇佳与何珏菡的《反叙事性:论贝克特戏剧的形式问题》(《戏剧》2020年第3期)等。

第二,对贝克特剧作创作主题的研究。如:戴晖的《等待中的世界——看贝克特的〈等待果多〉》(《浙江大学学报(社会科学版)》1998年第3期)、刘成富的《来自地狱的声音——试论萨缪尔·贝克特创作主题与风格》(《译林》2001年第5期)、胡小冬的《荒诞的世界与理性的人生——从〈啊,美好的日子〉看贝克特作品的人文主义特征》(《四川戏剧》2006年第4期)、刘爱英的《塞缪尔·贝克特:见证身体之在》(博士学位论文,上海外国语大学,2007)、刘立辉的《〈等待戈多〉:信仰和理性真空状态下的等待行为》(《英美文学研究论丛》2010年第1期)、刘秀玉的《生存体验的诗性超越——塞缪尔·贝克特戏剧研究》(博士学位论文,辽宁大学,2011)等。

第三,对贝克特剧作的结构和时空艺术的研究。如:李伟昉的《循环:〈等待戈多〉的结构特征》(《河南大学学报(社会科学版)》1993年第2期)、舒笑梅的《试论贝克特戏剧作品中的时空结构》(《外国文学研究》1997年第2期)、张士民与何树的《头盖骨里的咆哮:贝克特〈终局〉之空间分析》(《外语研究》2009年第4期)、朱雪峰的《贝克特后期戏剧的时空体诗学》(《外国文学评论》2011年第4期)、陶晨帆的《试析贝克特的戏剧空间》(《剧作家》2015年第3期)和杨锐的《荒诞派戏剧的结构原则与哲理模式》(《四川戏剧》2020年第1期)等。

第四,对贝克特剧作的语言艺术研究。如:洪增流的《〈等待戈多〉——语言形式和内容的高度统一》(《外国语》1996年第3期)、马小朝的《意义的失落与回归——荒诞派戏剧语言探究》(《国外文学》1997年第4期)、舒笑梅的《诗化·对称·荒诞——贝克特〈等待戈多〉戏剧语言的主要特征》(《外国文学研究》1998年第1期)、黄立华的《贝克特戏剧文本中隐喻的认知研究》(博士学位论文,上海交通大学,2008)、张士民的《对贝克特文学风格的文体学研究——语域与贝克特的"无风格"写作》（《国外文学》2010年第1期）、雷强的《贝克特语言观的发展历程——"荒诞世界"的语言之根》（《外国文学动态》2010年第3期）、黄立华的《试论贝克特戏剧中反讽言语的情感反应》（《扬州大学学报（人文社会科学版）》2011年第1期）、葛朝霞的《从〈等待戈多〉看贝克特的语言哲学思想》（《国外理论动态》2011年第3期）、赵山奎的《死狗、绳子与曼德拉草——〈等待戈多〉的用典与文字游戏》（《国外文学》2013年第4期）、黄辉辉的《贝克特戏剧中的存在图式与隐喻构建》（《江西社会科学》2014年第11期）和于雪彤的《贝克特〈等待戈多〉荒诞派戏剧语言的艺术特色》（《中国戏剧》2019年第8期）等。

　　20世纪中叶，英国出现了一位后荒诞派戏剧的代表作家——斯托帕德，他成了继品特之后英国戏剧史上的又一个神话。国内对斯托帕德的研究大致可分为三个阶段。20世纪80年代至20世纪末，这一阶段主要是对其生平和剧作的介绍，如袁鹤年的《与汤姆·斯托帕德一席谈》（《外国文学》1987年第5期）和荒原的《想起了斯托帕德》（《戏剧文学》1995年第1期）等。

　　21世纪初，这一阶段对斯托帕德的研究论文在数量上有所增加，内容涉及主题思想、艺术风格和比较研究，如傅俊的《荒诞派戏剧的继承与变奏——论斯托帕德的戏仿型荒诞剧》（《外国文学研究》2004年第5期）、蔡晓燕的《探寻真实——汤姆·斯托帕德〈真实的事〉戏剧形式分析》（《长沙大学学报》2007年第1期）、潘薇的《戏仿与颠覆——浅析当代英国剧作家汤姆·斯托帕德的戏剧创作》（《内蒙古大学艺术学院学报》2009年第4期）、陆赟的《"元戏剧"与斯托帕德的艺术观》（《内蒙古农业大学学报（社会科学版）》2009年第2期）、邱佳岭的《汤姆·斯托帕德戏剧中对现代文明的反思》（《戏剧艺术》2009年第5期）和《论汤姆·斯托帕德文人剧》（博士学位论文，上海戏剧学院，2009）等。

　　2010年后，这一阶段对斯托帕德及其作品的研究论文数量呈明显上升趋势，研究对象逐渐丰富，研究视野更加开阔。如黄辉辉的《互文性的空间映射机制与审美救赎功能——以〈罗森格兰兹和吉尔登斯敦之死〉为例》（《江西社会科学》2011年第9期）、王振平的《在荒诞与戏仿中探求真实的汤姆·斯托帕德》（《世界文化》2013年第11期）、王娜的《论阿卡狄亚的衰落》（《外国文学研究》2016年第4期）、武静的《汤姆·斯托帕德戏剧中的保守主义思想》（博士学位论文，北京科技大学，2018）、刘岩的《汤姆·斯托帕德戏剧〈真相〉的空间叙事解读》（《外语与翻译》2019年第2期）、毕凤珊的《论斯托帕德剧作〈真实〉中的"真实"演绎》(《当代外国文学》2019年第2期)和付英杰的《从后现代主义传记戏剧到元传记:重读〈戏谑〉与〈歇斯底里〉中的荒诞性》(《英美文学研究论丛》2020年第2期)等。

　　戏剧研究者对英国严肃戏剧的研究也日益重视。胡开奇的《英国当代严肃戏剧(1990—2013)》连载于《剧本》2014年5—11期、2015年第1期。这一系列论文评介了西蒙·斯蒂芬斯、爱德华·邦德、迈克·弗雷恩、马克·雷文希尔等多位英国严肃剧作家及其作品。

　　当代英国严肃剧作家谢弗也受到国内学者的关注。相关论文主要集中在其作品主题阐释、文本解读、剧场性元素分析等方面。如许诗焱的《间离与沉醉:论谢弗剧作〈伊库斯〉中的观众感受》(《当代外国文学》2004年第4期)、陈友峰的《"人"的解脱与奴役——彼得·谢弗〈伊库斯〉精神解析》(《戏剧》2005年第4期)、于利平的《彼得·谢弗舞台作品探析》(《齐鲁艺苑》2008年第4期)、李铎的《音乐与戏剧的完美结合——彼得·谢弗〈上帝的宠儿〉一剧中音乐的运用》(《解放军艺术学院学报》2011年第1期)、范浩的《论彼得·谢弗的戏剧文本叙事策略》(《当代外国文学》2013年第4期)、朱玉宁的《彼得·谢弗总体戏剧研究》(博士学位论文,上海戏剧学院,2013)、孙义林的《〈上帝的宠儿〉:生命意义的追寻》(《戏剧文学》2014年第3期)、赵永恒的《彼得·谢弗〈伊库斯〉的假定性舞台》(《艺苑》2017年第1期)、左璐的《英国戏剧家彼得·谢弗〈马〉剧的哲学元素》(《戏剧文学》2017年第10期)和孙丽坤的《从北京人艺新排话剧〈伊库斯〉谈人的精神世界》(《戏剧文学》2018年第9期)等。

　　近年来,国内学者也开始关注英国女性剧作家的戏剧,特别是对卡里尔·丘吉尔和凯恩两位英国女作家及其作品的研究如火如荼。

　　国内对卡里尔·丘吉尔的研究主要集中在其剧作主题思想研究和戏剧艺术风格研究这两个方面。如王岚的《身份和性别界定的人为性——解读"极乐的心境"》(《外国文学研究》2006年第3期)、潘薇的《剧场里的毕加索——英国剧作家凯萝·邱吉尔的后布莱希特戏剧解读》(博士学位论文,上海戏剧学院,2006)、钱激扬的《论卡里尔·丘吉尔在〈优异女子〉创作中的理论自觉意识》(《当代外国文学》2007年第3期)、《论丘吉尔女性主义戏剧对主体的消解》(《国外文学》2011年第1期)和《论卡里尔·丘吉尔的戏剧风格》(《外国文学动态》2013年第3期)、张雪松的《性别身份的追寻——卡里尔·丘吉尔的戏剧〈九重天〉的性别研究》(《名作欣赏》2013年第15期)、柏云彩的《"她者"的再现——卡里尔·邱吉尔女性主义戏剧中的性别与阶级政治》(博士学位论文,南京大学,2015)、钱激扬的《世界不应该是那样的——论〈远方〉的后戏剧剧场特征》(《外国文学研究》2016年第2期)、张文钰与钱激扬的《社会变革的渴望——解读卡里尔·丘吉尔20世纪80年代戏剧中的两难选择》(《四川戏剧》2017年第11期)和范德瑞的《布莱希特史诗戏剧"间离效果"在卡里尔·丘吉尔〈九重天〉中的体现》(《戏剧文学》2020年第7期)等。

国内对凯恩的研究主要涉及剧作者和"直面戏剧"的介绍,以及戏剧主题的探讨。如王岚的《孤独失落无望:简评凯恩的戏剧〈炸毁〉》(《解放军外国语学院学报》2002年第3期)、胡开奇的《萨拉·凯恩与她的"直面戏剧"》(《戏剧艺术》2004年第2期)、万俊的《萨拉·凯恩和"对峙剧场"》(《戏剧》2006年第1期)、钱激扬与邵安娜的《〈4.48精神崩溃〉中的希望之光》(《当代外国文学》2010年第2期)、李元的《论萨拉·凯恩〈摧毁〉中的创伤与暴力叙事》(《外国文学》2010年第3期)、易杰的《萨拉凯恩:从存在的悲剧到后现代戏剧》(博士学位论文,上海戏剧学院,2010)、夏延华与陈红薇的《经典的延伸:评凯恩的"菲德拉情结"再写》(《外国文学研究》2014年第2期)、李伟民的《填之以虚空,满足于无物中的救赎——萨拉·凯恩的〈渴求〉与后现代主义》(《当代文坛》2014年第2期)、邵雪萍的《英国先锋剧作家萨拉·凯恩》(《戏剧文学》2014年第10期)、胡晴天的《论萨拉·凯恩"直面戏剧"的精神救赎》(《剧作家》2018年第2期)、陈羽希与邱佳岭的《〈清洗〉与〈渴求〉:解构爱的宏大叙事》(《戏剧文学》2018年第3期)、鲁小艳的《直面戏剧在中国的几点争议与研究》(《中国戏剧》2018年第10期)和易杰的《〈摧毁〉的悲剧情感结构》(《戏剧艺术》2020年第2期)等。

5. 有关英国戏剧、戏剧史和流派等的研究论文

中国学界对英国戏剧、戏剧史和流派等的批评研究与同时代中国的社会变革有着密切的联系。20世纪70年代末改革开放至21世纪初是国内学术研究的重要时间段,它是中国新时期英国戏剧研究的繁荣时期。所取得的成果表明,中国的英国戏剧研究已走出了一条具有中国特色的学术之路。

对英国戏剧的阶段性历史研究及其发展流变的研讨是其中一个主要的研究范式。这类代表性的论文如:亢泰的《英国当代的戏剧和剧作家》(《读书》1980年第2期)、曹路生的《英国最新兴起的边缘戏剧》(《艺术百家》1987年第3期)、桂扬清的《论英国伊丽莎白时代的戏剧》(《山东外语教学》1988年

第1期)、郝振益的《战后英国戏剧概述》(《国外文学》1992年第4期)、黄明的《从"佳构剧"到"边缘戏剧"——英国二十世纪戏剧历程》(《戏剧文学》1993年第8期)、何其莘的《德莱顿和王朝复辟时期的英国戏剧》(《外国文学》1996年第6期)、马莉萍的《早期英国戏剧的历史进化》(《杭州师范学院学报》1997年第1期)、高万隆的《二十世纪后半期的英国戏剧》(《当代外国文学》1998年第2期)和《50年代的英国"新戏剧"》(《齐鲁艺苑》1998年第3期)、刘秀玉的《英国戏剧现代性的历史逻辑》(《辽宁大学学报(哲学社会科学版)》2015年第6期)、郭旭的《英国近代悲剧的历史流变》(硕士学位论文,湖南师范大学,2016)、和海伦·海克特著、顾春芳译的《英国文艺复兴戏剧的世纪演变》(《南方文坛》2018年第1期)等。

通过对剧作的解读与阐释,探讨英国社会不同时期的经济社会背景,成了新时期国内学者对英国戏剧研究的方法之一。此类研究论文如:刘红新的《浅析文艺复兴时期英国戏剧兴盛的根源》(《邵阳学院学报》2003年第3期)、王珺的《论伊丽莎白一世时期英国戏剧繁荣的经济社会背景》(硕士学位论文,首都师范大学,2005)、巴兹·柯肖著和周靖波译的《令人沮丧的民主:1979—1999年间的英国戏剧与经济》(《戏剧艺术》2006年第5期)以及洪文慧的《二十世纪末英国剧坛危机》(《广东外语外贸大学学报》2017年第2期)等。

国内学者还从不同的研究视角,探讨了英国戏剧流派、戏剧风格、美学意义、宗教伦理、叙事特点、人文精神和情感反应等,加深和拓宽了对于英国戏剧作品丰富内涵的阐释。这类论文如:费春放的《性别、政治与多元——当代英国戏剧管窥》(《戏剧艺术》2003年第2期)、周宁的《英国"探索戏剧"的审美意识形态意义》(《福建艺术》2004年第3期)、蹇昌槐的《18世纪英国戏剧的伦理学观察》(《外国文学研究》2006年第5期)、毕凤珊的《试论英国中世纪戏剧中的基督教意识》(《甘肃社会科学》2007年第3期)、毕凤珊与傅俊的《英国当代戏剧与后现代主义》(《外语与外语教学》2007年第9期)、濮波的《扫描当代英国戏剧的空间叙事》(《剧作家》2011年第4期)、陈静的《当代英国女性戏剧的政治化》(《世界文学评论(高教版)》2015年第2期)、陶久胜的《英国早期现代戏剧中的宗教论战与民族认同》(《烟台大学学报(哲学社会科学版)》2015年第5期)和《放血疗法与王国新生:英国早期现代复仇剧的医学伦理》(《外国文学研究》2016年第4期)、鲁小艳的《直面戏剧在中国的接受(2004—2016)》(博士学位论文,山西师范大学,2017)、于文思的《当代英国戏剧中的"暴力叙事"》(《社会科学战线》2018年第6期)、黄立华的《论英国后现代戏剧本体元叙事》(《淮北师范大学学报(哲学社会科学版)》2019年第2期)、王卓蓉的《英国后现代荒诞戏剧源流探析》(《中国戏剧》2019年第10期)、钱激扬的《论当代英国女性主义戏剧的现实主义风格与人文精神》(《国外文学》2020年第2期)和刘洋的《恐惧、愤怒、爱与恨——早期现代英国巫术戏剧中的情感研究》(博士学位论文,南京大学,2020)等。

　　以上这些论文从不同的角度,论述了英国戏剧各时期的历史发展,探讨了各种形式与流派的英国戏剧的主题和特色,丰富了英国戏剧研究的成果。

二、有关英国戏剧、英国剧作家和戏剧作品的研究著作

1. 有关莎士比亚及其作品的研究著作

　　经过10多年的文化压抑,文艺领域终于迎来了改革开放和思想解放的新时代。20世纪八九十年代起,我国的英国戏剧研究取得了丰硕的成果,其中莎士比亚研究一直是国内学者关注的重点。

　　1979年12月和1981年11月,中国社会科学出版社分别出版了杨周翰编选的《莎士比亚评论汇编》上册和下册。该书收录了英、德、法、俄、美等国莎士比亚评论家的近50篇评论文章。

　　1988年5月,孙家琇的《论莎士比亚四大悲剧》由中国戏剧出版社出版。该书收录了论述《哈姆雷特》《麦克白斯》《奥瑟罗》和《李尔王》的6篇文章,以及英国莎学专家肯尼斯·缪斯的4篇评论。

　　1989年4月,曹树钧、孙福良的《莎士比亚在中国舞台上》由哈尔滨出版社出版。该书通过探寻莎士比亚在我国舞台上的轨迹,探讨了莎剧对我国戏剧艺术发展的影响。

　　1989年12月,卞之琳的《莎士比亚悲剧论痕》由生活·读书·新知三联书店出版。该书汇集了作者多年来从事莎士比亚悲剧研究的9篇论文成果。

　　1991年6月,张泗洋、徐斌、张晓阳的《莎士比亚戏剧研究》由时代文艺出版社出版。该书对莎士比亚的舞台生涯、创作道路和题材来源等做了梳理,对莎士比亚创作的悲喜剧、历史剧和传奇剧等做了探讨。

　　1994年8月,孟宪强的专著《中国莎学简史》由东北师范大学出版社出版。该书全面总结了中国莎学前期研究的历史和成果,极具史料价值,是中国莎学历史研究的开山之作。

　　1999年9月,安徽大学出版社出版了王维昌著的《莎士比亚研究》。该书较为全面地阐述了世界戏剧泰斗莎士比亚的伟大一生。通过其精湛的艺术剧作,作者分析了莎士比亚时代的政治、思想、道德、经济等面貌。

　　进入21世纪,中国莎学研究出现了新高潮,学术专著的出版呈井喷之势。我们在"中国国家数字图书馆"和"国家版本数据中心"①输入"莎士比亚""莎评""莎剧"等关键词,剔除通俗读物和莎士比亚诗歌研究专著,共检索到128部莎士比亚和莎剧研究著作(2000—2020年)。这些研究著作在选题上不断创新,大致可分为6类:一是莎士比亚研究,共38部;二是莎剧综合研究,共20部;三是莎剧专题研究,共35部;四是比较研究,共11部;五是莎剧在中国的译介和接受研究,共18部;六是莎剧的媒体改编研究,共6部。

　　莎士比亚研究中,学术价值较高的有以下几部:

　　2004年11月,张冲编著的《莎士比亚专题研究》由上海外语教育出版社出版。该书涉及莎士比亚翻译、研究和电影改编等课题,以满足课堂教学与研讨的需要。

　　2004年12月,李伟昉的《说不尽的莎士比亚》由中国社会科学出版社出版。该书第二部分选析了经典莎剧的精彩独白,第三部分讨论了西方莎士比亚批评史。

　　2005年5月,复旦大学出版社出版了谈瀛洲著的《莎评简史》。该书以现代的视角对不同时代相异或者相互矛盾的莎评观点进行了梳理、比较和评价,对各时期主要莎评家的观点和流派逐一做了评析,并介绍了400年来英、美、俄、德、法等国最具代表性的50余位莎评家的主要观点。

　　2005年11月,陆谷孙著的《莎士比亚研究十讲》由复旦大学出版社出版。该书收录了作者近半个世纪以来关于莎士比亚剧作教学、演出观摩和学术研究的心得之作。

　　2006年4月,商务印书馆出版了裘克安的《莎士比亚评介文集》。该书收录了作者历年来撰写的关于莎士比亚的研究论文。

　　2006年6月,中国戏剧出版社出版了李伟民的《中国莎士比亚批评史》。该书梳理了中国莎士比亚批评的历史脉络,分析和阐释了中国莎士比亚批评

---

① 中国国家数字图书馆检索网址:http://opac.nlc.cn/F;国家版本数据中心网址:https://cnpub.com.cn/。

的代表性观点。

2007年6月,华泉坤、洪增流与田朝绪合著的《莎士比亚新论》由上海外语教育出版社出版。该书梳理了各个时期莎士比亚评论的不同流派,对莎士比亚主要剧作的思想内涵和艺术表现形式做了深入的剖析,并对相关莎研成果进行了对比研究。

2012年7月,复旦大学出版社出版了张冲撰写的《探究莎士比亚:文本·语境·互文》。该书结集了作者多年来撰写的20篇有关莎士比亚的研究文章。

2014年4月,东北师范大学出版社出版了孟宪强编的《中国莎士比亚评论》。该书描绘了中国莎学的历史脉络,收录了不同时期中国学者的代表性成果,兼具资料性和学术性。

2020年4月,商务印书馆出版了聂珍钊、杜鹃主编的《莎士比亚与外国文学研究》。该书精选《外国文学研究》期刊莎学专栏中最有影响的论文,涵盖中国莎学研究的各个方面。

莎士比亚经典剧作研究也是新时期国内学者聚焦的对象,此类著作中,学术性较强的有如下几部:

2006年11月,张沛的《哈姆雷特的问题》由北京大学出版社出版。作者以札记和诗话的形式,对哈姆雷特这一角色所面临的复仇、生死等问题进行了深入剖析。

2007年12月,孟宪强的《三色堇:〈哈姆莱特〉解读》由商务印书馆出版。作者重新界定了《哈姆莱特》的悲剧类型,评析了《哈姆莱特》研究中最具影响力的观点,揭示了《哈姆莱特》的艺术价值。

2009年8月,李艳梅《莎士比亚历史剧研究》由中国社会科学出版社出版。该书阐述了莎士比亚历史剧的产生背景,剖析了其思想内容和人物特征,探讨了莎士比亚历史剧对中国现当代历史剧和欧洲历史文学所产生的影响。

2009年9月,中国社会科学出版社出版了张丽的《莎士比亚戏剧分类研究》。该书作者根据历史剧、喜剧、悲剧、悲喜剧、传奇剧五个类型,将莎士比亚戏剧与同类的其他戏剧进行了比较分析,从而探讨了其具有的独特性。

2017年10月,天津人民出版社出版了傅光明的《天地一莎翁:莎士比亚的戏剧世界》。该书对最有影响力的6部莎剧进行了精细入微的研究,揭示了莎士比亚创作的新奇性和莎士比亚语言的精妙之处。

2019年10月,张冲的《莎士比亚的戏剧世界》由中国友谊出版公司出版。

该书详细解读了莎士比亚的39部作品，为读者展现了莎剧曲折的情节、精巧的构架和对人性的描摹。

2020年4月，李伟民、杨林贵的《中国莎士比亚悲剧研究》由商务印书馆出版。该书精选20世纪以来中国在莎士比亚悲剧研究方面最有代表性的研究成果，分为悲剧研究总论、四大悲剧研究和罗马悲剧研究等三大部分。

新时期，国内对莎士比亚的研究中，传统莎学理论的观念有了创新，西方当代文论，如哲学、伦理学、政治学、宗教学、意象主义、女性主义、后现代主义等，在莎评实践中得到了广泛运用，以下列著作为代表：

2002年4月，吾文泉的专著《莎士比亚：语言与艺术》由江苏文艺出版社出版。该书较为深入地论述了莎士比亚作品中语言的艺术性和创作的独特性。

2005年12月，张冲主编的《同时代的莎士比亚：语境、互文、多种视域》由复旦大学出版社出版。这本论文集收录了30余篇研究文章，为莎士比亚的研究提供了视域广阔的现代性思考。

2006年10月，上海译文出版社出版了仇蓓玲的《美的变迁：论莎士比亚戏剧文本中意象的汉译》。该书从符号学、文化和美学角度，对意象进行了界定。通过审视莎剧的朱生豪译本、方平译本和梁实秋译本中意象的复制再现，阐述了不同汉译本中艺术美的传递异同。

2007年8月，刘小枫、陈少明主编的《政治哲学中的莎士比亚》由华夏出版社出版。这部研究专著从政治哲学视角阐述莎士比亚及其作品，给人耳目一新之感，为新时期莎学研究注入了新的活力。

2013年8月，厦门大学出版社出版了王玉洁的《莎士比亚的"性别之战"》。该书对莎士比亚四大浪漫主义喜剧和四大悲剧做了女性主义解读。

2015年6月，山东大学出版社出版了庄新红的《莎士比亚戏剧的文学伦理学批评》。该书借鉴文学伦理学批评和叙事伦理批评等理论，系统研究了莎士比亚戏剧的伦理思想。

2019年3月，北京大学出版社出版了陈红薇的《战后英国戏剧中的莎士比亚》。该书基于改写理论，研究了在"后现代"文化背景下，莎士比亚在战后英国戏剧中被"重写"的现象。

2019年8月，南京大学出版社出版了倪萍的《宗教改革历史语境中的莎士比亚戏剧解读》。该书剖析了宗教改革运动对莎剧的内在影响，揭示了这场运动引发的社会矛盾在莎剧中的深刻体现。

新时期莎士比亚研究的最显著特征之一是比较研究的兴盛。这一类著作中，较为突出者有以下几部：

2006年1月，田民的《莎士比亚与现代戏剧：从亨利克·易卜生到海纳·米勒》由中国社会科学出版社出版。该书运用比较文学的研究方法，梳理了西方现代戏剧与莎士比亚的关系。

2006年4月，商务印书馆出版了梁工主编的《莎士比亚与圣经》（上、下册）。该书分析和研究了莎剧与圣经的各种联系，辨析了其中的异同，探讨了莎士比亚与宗教的关系。

2007年1月，肖四新的《莎士比亚戏剧与基督教文化》由巴蜀书社出版。该书从基督教文化的视角考察莎士比亚戏剧，从而阐述了莎士比亚对传统宗教文化的继承与发展。

2014年6月，中国社会科学出版社出版了李艳梅的《莎士比亚历史剧与元代历史剧比较研究》。该书通过比较莎士比亚历史剧与元代历史剧，证明决定历史剧成败的并不是如何处理好历史真实与艺术真实这两者的关系，而是历史剧如何艺术地展示人类的发展历程。

文化研究和莎剧在中国的译介、接受和影响研究也是国内莎剧研究的热门话题。较为典型的研究成果有：

2009年11月，上海外语教育出版社出版了李伟民著的《中西文化语境里的莎士比亚》。该书梳理和总结了国际莎学研究中的莎评思想和莎评特点，并叙述了中国莎学研究的文化现状。

2010年9月，河南大学出版社出版了孙艳娜的《莎士比亚在中国》。该书从莎剧翻译、演出、剧本评论等方面梳理了莎士比亚在中国的接受历史。

2015年11月，上海交通大学出版社出版了胡开宝的《基于语料库的莎士比亚戏剧汉译研究》。该书以语料库为研究平台，系统深入地研究了莎剧汉译本翻译共性、莎剧汉译语言特性、莎剧汉译本中人际意义的重构等问题。

2016年10月，对外经济贸易大学出版社出版了李军的《大众莎士比亚在中国：1993—2008》。该书回顾了1993—2008年具有"大众"特性的莎士比亚作品在中国戏剧舞台上的演绎史，探讨了中国的政治、经济和文化对莎剧演变的影响。

2019年7月，李伟民的《莎士比亚戏剧在中国语境中的接受与流变》由中国社会科学出版社出版。该书全面、系统地梳理和研究了莎士比亚戏剧在中国的演出、改编和翻译的成就。

随着科学技术的发展,尤其是新型媒体的出现,我国学者尝试用新的传播方式来研究莎士比亚作品,这也推动了传播领域的中国莎学研究,其代表性著作有下列几部:

2007年7月,吴辉的《影像莎士比亚:文学名著的电影改编》由中国传媒大学出版社出版。该书研究了不同国家、不同时期对莎士比亚剧作的电影改编,剖析了莎士比亚戏剧名著与现代电影之间互为推动、合体传播的关系。

2009年3月,张冲、张琼编写的《视觉时代的莎士比亚:莎士比亚电影研究》由北京大学出版社出版。作者从主题、内容、思想、社会、艺术和技巧等角度,对具有代表性的莎士比亚喜剧、悲剧、历史剧和传奇剧的电影进行了独到的解读与批评。

2014年4月,戴锦华、孙柏的《〈哈姆雷特〉的影舞编年》由上海人民出版社出版。该书梳理了《哈姆雷特》电影改编的历史脉络,透过哈姆雷特的银幕形象,揭示了资本主义社会文化内在精神分裂的真相。

2018年10月,李艳梅的《20世纪莎士比亚历史剧的演出与改编研究》由上海社会科学院出版社出版。该书以莎士比亚历史剧为契机,探究文学戏剧经典和媒体改编对当今社会文化的历史价值和现实意义。

2020年4月,张冲主编的《中国莎士比亚演出及改编研究》由商务印书馆出版。该书不仅论述了莎剧演出及改编所涉及的理论问题,而且研究了跨剧目、跨媒体、跨界演出实践,为莎剧在中国文化语境下的演出及改编提供有益参考。

莎士比亚戏剧是人类文明的共同财富,中国对莎士比亚戏剧的研究今后仍将一直持续,因为"作为时代灵魂的莎士比亚不属于一个时代,而属于所有的世纪"(本·琼森)。

2. 有关其他英国剧作家及其作品的研究著作

与研究英国剧作家及其作品的论文相似,国内对英国剧作家及其作品的研究著作也主要集中在萧伯纳和王尔德两位戏剧大师及其作品上。

1989年4月,黄嘉德著的《萧伯纳研究》由山东大学出版社出版,这是我国第1部较为详尽地研究萧伯纳的学术专著。该书完整地记录了萧伯纳的生平与创作,并用5章的篇幅论述了萧伯纳的戏剧理论,追溯了萧伯纳戏剧思想的发展轨迹。

2001年8月,河北人民出版社出版了倪平著的《萧伯纳与中国》。该书阐述了萧伯纳来华的经历,记录了萧伯纳在中国发表的言论,收集了鲁迅、瞿秋白、郁达夫和茅盾等人对萧伯纳的评价。

2006年9月,佛兰克·赫里斯著、黄嘉德译的《萧伯纳传》由团结出版社出版。该书用了16章的篇幅详细阐述了萧伯纳的伟大一生、他的戏剧思想和剧作人物的形象。

2012年11月,杜鹃著的《萧伯纳戏剧研究》由苏州大学出版社出版。该书结合萧伯纳的生平和3个时期的创作历程,全面分析和研究了萧伯纳关于戏剧创作的思想和理论,总结了国内学者对萧伯纳及其剧作的主要研究成果。

2013年5月,谢江南著的《萧伯纳戏剧新论》由外语教学与研究出版社出版。该书系统考察了萧伯纳戏剧主题思想的嬗变,深入探讨了萧伯纳对戏剧艺术的革新及其意义。

2019年12月,刘茂生著的《社会与政治的伦理表达:萧伯纳戏剧研究》由人民出版社出版。该书从伦理批评的视角,全面阐释了萧伯纳戏剧创作的伦理思想,深刻剖析了萧伯纳剧作的思想和艺术价值及其现代意义。

国内对英国戏剧家王尔德及其作品的研究著作主要有以下几部:

2006年9月,吴其尧著的《唯美主义大师王尔德》由浙江大学出版社出版。该书对唯美主义运动、王尔德的文艺思想与创作发表了独到的见解。

2008年2月,外语教学与研究出版社出版了李元著的《唯美主义的浪荡子:奥斯卡·王尔德研究》。该书旨在探讨王尔德在戏剧观念和戏剧创作中浪荡子形象的形成和塑造,论述了王尔德的唯美主义艺术观念和浪荡精神。

2009年4月,上海外语教育出版社出版了吴刚著的《王尔德文艺理论研究》。该书从批评家的素质和任务、艺术与理性、批评的功能和价值、道德与罪恶、唯美主义生活观和自然观等方面,梳理了百年来国内外对王尔德研究的发展历程,评述了他的各种文艺理论思想。

2014年10月,南京大学出版社出版了张明爱著的《王尔德与萧伯纳之比较研究》。该书对两位戏剧家的艺术观念、两性观念和宗教观念,以及他们的作品进行了比较。

2015年1月,广西师范大学出版社出版了美国学者艾尔曼著、萧易译的《奥斯卡·王尔德传》。据译者介绍,该书是迄今为止最全面、最权威的王尔德传记。

2015年10月,中国社会科学出版社出版了陈瑞红著的《奥斯卡·王尔德:现代语境中的审美追求》。该书从文学、美学和文化学的视角,剖析了王尔德的唯美主义与现代性的关系,有助于理解审美现代性问题。

2016年6月,刘茂生著的《艺术与道德的冲突与融合:王尔德研究》一书由社会科学文献出版社出版。该书运用文学伦理学批评的方法,系统论述了王尔德创作的伦理思想以及实践结果,揭示了他在艺术实践中的伦理和道德内涵,探讨了艺术与道德既冲突又融合的特征。

2017年2月,中国社会科学出版社出版了杨霓著的《王尔德"面具艺术"研究:王尔德的审美性自我塑造》。该书借用美学和心理学理论,从审美与自我建构这两个视角,深入剖析了王尔德的多重矛盾面具及其审美实质。

2019年11月,吉林大学出版社出版了王琳著的《王尔德译介现象研究》。该书探讨了王尔德在中国的译介接受史与中国文学观发展演变史之间的关系,揭示了意识形态、审美机制、读者接受等操控译介的因素,并总结了王尔德译介对中国文学的影响。

随着英国荒诞派戏剧传入中国,剧作家品特便成了国内学者聚焦的对象,有关品特的研究著作相继出版。

1994年7月,外语教学与研究出版社出版了王佐良、周珏良主编的《英国二十世纪文学史》。该书第16章专辟一节,介绍了品特的生平和他的主要剧作,讨论了他的戏剧风格与特点。这是国内首次较为全面地介绍品特及其剧作。

1994年10月,江苏教育出版社出版了桂扬清等人撰写的《英国戏剧史》。该书在第10章专辟一节,介绍和探讨了品特及其"威胁喜剧"。

1994年12月,赫振益等人撰写的《英美荒诞派戏剧研究》由译林出版社出版。该书第4章阐述了品特的创作经历,并论述了他三个阶段写作生涯的创作特点和风格。

1999年1月,何其莘的专著《英国戏剧史》由译林出版社出版。该书第18章用较多篇幅详细论述了"品特和他的同代人",介绍了品特的主要剧作。

1999年6月,侯维瑞主编的《英国文学通史》由上海外语教育出版社出版。其中第9章第6节讨论了英国"荒诞派戏剧",阐述了品特的创作背景、主要剧作和特点。

2001年8月,王丽丽编著的英文版《二十世纪英国文学史》由山东大学出版社出版。该书第13章介绍了哈罗德·品特的代表剧作,并论述了他对英国剧坛所作的贡献。

2003年9月,马丁·艾斯林著、华明翻译的《荒诞派戏剧》由河北教育出版社出版,其中第5章评述了哈罗德·品特的代表剧作及其对英国戏剧的影响。

2006年1月,邓中良著的《品品特》由长江文艺出版社出版。该书回顾了品特的生平和戏剧创作历程,对其剧作进行了详细评述。这是国内较早专门研究品特的著作。

2006年1月,重庆出版社出版了英国学者雷比主编的《哈罗德·品特》。该书将品特的剧作置于他所处时代的大背景下进行分析,从戏剧家的角度对他的思想进行了剖析,对他作品的政治主题进行了探讨。

2007年3月,对外经济贸易大学出版社出版了陈红薇著的《战后英国戏剧中的哈罗德·品特》。该书就作家与文本、家庭、政治主题、战后英国戏剧与品特、权力游戏与道德审视等主题展开了讨论和研究。

2008年10月,宋杰著的《品特戏剧的关联研究》由山东友谊出版社出版。该书用关联理论分析了品特的代表性剧作。

2009年8月,天津人民出版社出版了齐欣著的《品特戏剧中的悲剧精神》。该书重点分析和论述了品特创作中的语言悲剧、社会悲剧和人的悲剧。

2012年6月,孙琦著的《流沙上的博弈:哈罗德·品特早期戏剧研究》由外语教学与研究出版社出版。该书对品特早期剧作的话语语境进行了分析,主要包括《升降机》《看门人》和《回家》,阐述了剧中人物的动机和决策机制。

2013年10月,袁小华著的《综合的艺术,艺术的综合——哈罗德·品特及其创作研究》由东南大学出版社出版。该书从艺术创作、艺术作品、艺术思维、艺术审美等角度研究品特艺术的本质和技巧。

2013年11月,中国社会科学出版社出版了王燕著的《哈罗德·品特戏剧话语里沉默现象的语用文体学研究》。该书将品特戏剧中的沉默分为静默和语境沉默,作者认为这两种现象是修辞行为,承担着宣扬主题、增强戏剧性和创造艺术美的丰富功能。

2014年1月,重庆大学出版社出版了刘明录著的《品特戏剧中的疾病叙述研究》。作者认为,品特的大多数剧作借助于疾病来揭示当时社会的政治、文化、历史和宗教等状况,通过戏剧作品来表达自己的世界观和价值观,体现自己独特的人文主义思想。

2014年8月，商务印书馆出版了华明著的《品特研究》。该书主要就品特剧作的5大主题：威胁的喜剧、性与性别问题、国民性批判、政治戏剧和记忆的戏剧等进行了研究。

2016年7月，蔡芳钿著的《哈罗德·品特的戏剧艺术》由中国人民大学出版社出版。该书对品特戏剧的结构、语言、人物设置及思想内涵做了探讨。

2016年12月，王娜著的《品特戏剧与身份建构》由武汉大学出版社出版。该书的研究内容包括：身份建构理论、身份建构的缘由、品特的戏剧家身份、戏剧人物的身份、人物身份的自我建构等。

2017年5月，崔雅萍主编的《哈罗德·品特戏剧美学研究》由上海世界图书出版公司出版。该书对品特审美心理定势的形成过程及其创作动机等做了探讨，对他的文学鉴赏力和文学想象力做了评价。

2018年5月，孙丽萍著的《"叙事"作为"动作"：品特剧作戏剧性研究》由中国戏剧出版社出版。作者提出"品特式"风格形成的原因是大量运用具有"叙事"特征的艺术手段。

2019年12月，刘明录著的《接受美学视域下的品特戏剧研究》由中国社会科学出版社出版。该书运用接受美学理论，对品特戏剧艺术做了探讨，论及品特戏剧中的人物塑造、语言意象、房间形象等。

2020年4月，张艳霞著的《哈罗德·品特早期戏剧语言策略》由吉林大学出版社出版。该书运用文本分析法解读了品特早期戏剧中的语言策略，包括使用模糊语言、重复赘述、停顿沉默等。

2020年8月，贾鸿丽著的《英国后现代戏剧家哈罗德·品特戏剧创作研究》由东北师范大学出版社出版。该书论述了品特戏剧的风格特征、创作情景、"沉默"手法等创作艺术。

作为荒诞派戏剧的另一位重要代表，贝克特也受到了国内学者的持续关注。有关贝克特戏剧研究的著作主要有以下几部：

2012年4月，中国社会科学出版社出版了黄立华著的《贝克特戏剧文本中隐喻的认知研究》。该书从认知的视角研究了贝克特代表剧作中的隐喻，包括情感隐喻、时间隐喻、意象图式隐喻和非语言隐喻。

2012年11月，重庆出版社出版了刘爱英著的《塞缪尔·贝克特戏剧作品研究》。该书作者从现象学和社会学的视角，对贝克特剧作在舞台上遭遇的各种痛苦的"身体"进行了分析，从而进一步推进对荒诞派戏剧和贝克特本人的研究。

2013年12月,上海外语教育出版社出版了刘爱英的《塞缪尔·贝克特:见证身体之在》。该书作者基于身体理论、话语理论,对贝克特的戏剧进行了多维度、跨学科的综合研究。

2015年10月,南开大学出版社出版了施清婧著的《中国舞台上的塞缪尔·贝克特——跨文化戏剧演出研究(1964—2011)》。该书分析了不同历史时期贝克特戏剧演出的典型案例,考察了其演出动机、编演策略、演出效果等。

2017年7月,中国书籍出版社出版了李静著的《塞缪尔·贝克特的创作思想与戏剧革新》。该书重点分析了贝克特的创作思想与西方哲学思潮的关系,阐述了贝克特的荒诞艺术、静默艺术等戏剧创作艺术。

2020年1月,中国书籍出版社出版了刘秀玉著的《贝克特戏剧研究》。该书从个体生存体验和时代生存体验的角度,重点探析了贝克特戏剧创作的历史和文化渊源,以及贝克特戏剧的美学品质。

2020年1月,商务印书馆出版了张士民著的《重塑文学性:贝克特文学叙事多元艺术媒介研究》。该书探讨了艺术媒介与文学叙事的交融及其形成的伦理美学问题。

2020年4月,东北师范大学出版社出版了吴桂金著的《贝克特戏剧美学研究》。该书以文学文本、表演艺术和审美客体为切入点,对贝克特戏剧的美学思想进行了研究。

谢弗是当代英国剧坛的严肃剧作家。改革开放后,国内有2部谢弗的研究专著,试图对其戏剧理念和戏剧实践进行探索。

2015年12月,南京大学出版社出版了范浩著的《构建世俗教堂:彼得·谢弗的戏剧观念与实践》。该书作者通过剧本分析、剧作家访谈、导演与演员回忆录,以及观众的反馈,多层面、多角度地揭示了谢弗戏剧的宗教特色。

2018年11月,朱玉宁著的《彼得·谢弗总体戏剧研究》由中国戏剧出版社出版。该书从戏剧结构、人物形象、剧场要素、文化意蕴等方面对谢弗的戏剧创作进行了考察。作者认为,谢弗的戏剧具备深邃的主题,融文学性与剧场性为一体,整合了多种戏剧的风格。

此外,国内学者还十分关注当代英国女性剧作家和后荒诞派剧作家的研究。

2014年3月,南京大学出版社出版了钱激扬著的《历史·权力·主体:卡里尔·丘吉尔女性戏剧研究》。该专著基于历史、权力和主体的后现代理论,解读了卡里尔·丘吉尔的女性戏剧作品,分析了她的女性主义思想。

2017年5月,南京大学出版社出版了柏云彩著的《卡里尔·邱吉尔女性主义戏剧研究》。该书作者从性别视角分析卡里尔·邱吉尔代表性剧作《九重天》《优异女子》与《沼泽地》等,揭示性别与阶级政治的关系,阐述后现代女性主义思想。

2011年12月,上海书店出版社出版了邱佳玲著的《论汤姆·斯托帕德文人剧》。该书从剧作选材、剧情结构和思想意义等方面阐述了斯托帕德文人剧的主题与特质,继而对斯托帕德戏剧思想做出了整体性界定。

2013年10月,北京大学出版社出版了陈红薇、王岚合著的《中心与边缘:当代英国戏剧家汤姆·斯托帕德》。该书系统分析和阐释了斯托帕德的16部代表性剧作,研究了他极具后现代创作风格的思想。

2018年5月,陆赟著的《汤姆·斯托帕德作品中的元戏剧技巧》由四川民族出版社出版。该书从角色扮演、元评论和戏中戏三方面解读了斯托帕德代表作品中的元戏剧技巧,进而全面评价了他的艺术成就。

2019年6月,袁丹璐著的《汤姆·斯托帕德的道德理想之梦》由中国戏剧出版社出版。该书作者从作家论和作品论两个部分对斯托帕德进行了深入的研究,由此进一步探索斯托帕德的道德理想境界。

3. 有关英国戏剧史、戏剧思潮和流派等的研究著作

改革开放初期,国内出现了西方小说和诗歌的研究热潮,同时国内对英国戏剧史和戏剧流派的研究也开始起步。但20世纪80年代,国内对英国戏剧史、戏剧思潮和流派等的研究著作很少,具有代表性的只有廖可兑撰写的《西欧戏剧史》(中国戏剧出版社,1981年9月)。该书主要论述了英国戏剧的发展,介绍了英国重要的剧作家及其作品。20世纪80年代,国内有关英国戏剧研究的另一本著作是中国戏剧出版社于1987年6月出版的译著《近代英国戏剧》,由休·亨特等著、李醒译。

20世纪90年代,情况有了较大的改观,国内对英国戏剧做整体性梳理或综合性评述的专著陆续出版,一些研究英国戏剧史的著述频频出现。如杨桂清与郝振益合著的《英国戏剧史》(江苏教育出版社,1994年1月)、李醒的《二十世纪的英国戏剧》(北京文化艺术出版社,1994年6月)、陈世雄的《现代欧美戏剧史》(四川教育出版社,1997年5月)、何其莘的《英国戏剧史》(译林出版

189

社,1999年1月)等。这些著作对19世纪末复兴的英国现代戏剧、戏剧的创作与革新、爱尔兰民族戏剧、社会问题剧、风俗喜剧、宗教戏剧和诗剧、左翼戏剧运动、新戏运动等,都做了不同程度的评析和研究。

进入21世纪后,国内的社会政治环境为学术研究创造了良好的外部条件,宽松的学术气氛和便捷的信息传递加速了对英国戏剧的研究步伐。这一时期,中外学者的文化交流日益频繁,国外研究成果和第一手资料的获取既方便快捷又有众多渠道。国内对英国戏剧的研究开始呈现多元化的趋向,出现与西方学界研究同步,甚至是超前的态势。

2007年9月,北京大学出版社出版了王岚、陈红薇合著的《当代英国戏剧史》。该书向读者介绍了自1956年以来英国戏剧发展的流向、主要剧作家,如奥斯本、品特、卡里尔·丘吉尔和斯托帕特等,还评述了左翼戏剧和女性戏剧,并展望了英国戏剧的新动向。

2008年8月,何其莘著的《英国戏剧史》(第2版)由译林出版社出版。这本戏剧史记述了英国近一千年的戏剧发展史,展示了各个时期英国的主要剧作家及其代表作,阐述了他们各自对英国戏剧所产生的影响和所作出的贡献。

2009年12月,陈红薇编著的《二十世纪英国戏剧》由北京大学出版社出版。

此外,国内出版的一些英国文学史、西方文学史和外国文学史等通史类著作也辟有相关章节,介绍或研究英国戏剧。如王守仁等人合著的《20世纪英国文学史》(2006)介绍了20世纪英国戏剧的代表作家,并对他们的作品进行了深入的分析;李赋宁与何其莘主编的《英国中古时期文学史》(2006)研究了中世纪英国戏剧的状况;王佐良等人编著的《英国18世纪文学史(增补版)》(2006)论述了英国王朝复辟时期的戏剧发展;聂珍钊等人编著的《英国文学的伦理学批评》(2007)对莎士比亚以来的英国戏剧作了伦理学的批评。

进入21世纪后,国内学者还对英国戏剧进行了多方面的专题研究。

2005年9月,中国戏剧出版社出版了杨云峰著的《荒诞派戏剧的情境研究》。该书对荒诞派戏剧情境的不确定性进行了研究,认为荒诞派戏剧的情境大多是不合理性的。

2006年2月,王岚著的《詹姆斯一世后期英国悲剧中的女性》由河南大学出版社出版。该专著论述了詹姆斯一世后期英国悲剧在主题、人物等方面的特点,分析了形成这些特点的种种原因。

2018年8月,程小娟著的《英国中世纪神秘连环剧研究》由中国社会科学出版社出版。该书主要研究了中世纪英国神秘连环剧的题材,人物形象和主题思想等。

从以上出版的著作可以看出,中国的英国戏剧研究已经走出了一条具有中国特色的学术之路,中国学者已经成为国际英国戏剧研究不可或缺的生力军,其研究成果丰富和拓宽了该领域的相关研究。

第五节　改革开放后美国戏剧在中国的研究

与英国戏剧的研究情况一样,改革开放后,我国对美国戏剧的研究也如火如荼。美国戏剧之父奥尼尔留下了宝贵的戏剧文化遗产,之后的威廉斯和密勒以不同的戏剧风格傲立于美国剧坛,他们三人成为美国迄今未曾被超越的"三大高峰"。20世纪中叶以来,美国其他剧作家相继涌现,戏剧创作呈现出多元性、平民性、实验性和原创性等特点,成了世界剧坛一道亮丽的风景线。我国学界对美国戏剧的研究体现出以三大戏剧家为主,兼顾其他剧作家的局面,总体上呈现三大特色:戏剧理论建构的新颖性、戏剧实践批评的多元化和剧作文本研究的多样性。

一、有关美国戏剧、美国剧作家和戏剧作品的研究论文

1. 有关奥尼尔及其作品的研究论文

这一时期,国内对奥尼尔及其作品的研究主要围绕以下几个方面展开。

第一,创作思想与技巧研究。如:郭继德的《对西方现代人生的多角度探索——论奥尼尔的悲剧创作》(《文史哲》1990年第4期)、丛郁的《现代文明中的人的精神困境——〈毛猿〉与〈弥留之际〉》(《外国文学研究》1994年第1期)、周维培的《逃遁与救赎——奥尼尔的〈送冰的人来了〉》(《艺术百家》1997年第1期)、许诗焱的《面向剧场:奥尼尔20世纪20年代戏剧表现手段研究》(《外国文学研究》2002年第3期)、郑家建与叶庄新的《西方现代性的痛苦与智慧——论奥尼尔后期戏剧的思想和艺术》(《文艺理论研究》2004年第1期)和王占斌的《回归的心路历程——奥尼尔戏剧叙事研究》(《天津外国语大学学报》2020年第4期)等。

第二,悲剧美学思想研究。如:袁鹤年的《〈榆树下的欲望〉和奥尼尔的悲剧思想》(《外国文学》1981年第4期)、傅鸿础的《尤金·奥尼尔的欲望悲剧分析》(《戏剧艺术》1985年第2期)、刘海平的《奥尼尔戏剧美学思想初探》(《南京大学学报(哲学·人文科学·社会科学)》1987年第2期)、杨彦恒的《论尤金·奥尼尔的悲剧美学思想》(《中山大学学报(社会科学版)》1997年第6期)、张岩的《试论尤金·奥尼尔悲剧的美学意蕴》(《山东师范大学学报(人文社会科学版)》2003年第5期)、胡铁生的《奥尼尔的社会悲剧观——兼评社会悲剧〈长日入夜行〉》(《吉林大学社会科学学报》2004年第5期)、张军的《论奥尼尔的悲剧创作意识与美学思想》(《学术交流》2004年第8期)、许诗焱的《尤金·奥尼尔悲剧观研究》(《艺术百家》2007年第6期)、孙振偎的《尤金·奥尼尔悲剧美学观及其审美价值研究》(《文艺理论与批评》2013年第2期)和何辉斌的《论奥尼尔的悲剧观》(《英美文学研究论丛》2014年第2期)等。

第三,戏剧文学比较研究。如:罗义蕴的《家庭悲剧——比较巴金与尤金·奥尼尔的当代悲剧意识》(《当代文坛》1992年第1期)、吕艺红的《有形与无形的冲突——〈天边外〉与〈原野〉之比较》(《外国文学研究》1996年第3期)、冯涛的《美国的悲剧与中国的悲剧——曹禺与奥尼尔的悲剧人物比较》(《戏剧》1998年第1期)、王青的《追寻理想 探索命运——曹禺与奥尼尔戏剧之比较》(《江苏社会科学》1998年第6期)、李艳霞的《曹禺、奥尼尔与古希腊悲剧——〈悲悼〉和〈雷雨〉的比较分析》(《四川外语学院学报》2002年第1期)、杨挺的《奥尼尔与易卜生》(《外国文学评论》2003年第4期)、陈立华的《用戏剧感知生命——曹禺前期剧作与奥尼尔剧作的比较研究》(博士学位论文,华中师范大学,2006)、朱雪峰的《文明戏舞台上的〈赵阎王〉——洪深、奥尼尔与中国早期话剧转型》(《戏剧艺术》2012年第3期)和肖利民的《从边缘视角看奥尼尔与莎士比亚戏剧的深层关联》(《四川戏剧》2013年第2期)等。

第四,两性视角下的研究。如:欧阳基与孙宜学的《尤金·奥尼尔剧作中占有欲女性形象》(《山东外语教学》1993年第1期)、何铿的《尤金·奥尼尔剧作中的双重女性形象》(《福建外语》1999年第3期)、芮渝萍的《女性的"本我"与男性的"超我"——论奥尼尔作品中的女性》(《四川外语学院学报》2003年第4期)、沈建青的《疯癫中的挣扎和抵抗:谈〈长日入夜行〉里的玛丽》(《外国文学研究》2003年第5期)、邹惠玲的《〈奇异的插曲〉的男性视角评析》(《外国文学研究》2004年第3期)、刘琛的《论奥尼尔戏剧中男权中心主义下的女性观》

(《吉林大学社会科学学报》2004年第5期)、张生珍的《从两个悲剧女性看尤金·奥尼尔的妇女观》(《山东社会科学》2006年第11期)、刘永杰的《〈天边外〉的女性主义解读》(《妇女研究论丛》2006年第6期)、张新颖的《抗争·束缚·屈从——〈奇异的插曲〉中的两性关系透视》(《解放军外国语学院学报》2007年第5期)、甲鲁海的《奥尼尔〈奇异的插曲〉与〈悲悼〉中的女性观》(《山东大学学报(哲学社会科学版)》2009年第2期)和沈春花的《男性气质危机——尤金·奥尼尔剧中的暴力威胁及男性人物的抵抗》(博士学位论文,南京大学,2018)等。

第五,表现主义研究。如:刘明厚的《简论奥尼尔的表现主义戏剧》(《外国文学评论》1997年第3期)、朱伊革的《尤金·奥尼尔的表现主义手法》(《天津外国语学院学报》2003年第2期)、卫岭的《〈琼斯皇〉与〈原野〉中的表现主义》(《苏州大学学报》2005年第3期)、段世萍和唐晏的《奥尼尔剧作〈琼斯皇〉的表现主义解读》(《华南师范大学学报(社会科学版)》2006年第4期)和杨挺的《奥尼尔表现主义戏剧观比较研究》(博士学位论文,暨南大学,2007)等。

第六,宗教思想研究。如:夏茵英的《论奥尼尔宗教思想的发展》(《江西社会科学》1989年第5期)、郑闽江的《奥尼尔戏剧的宗教文化意识》(《西安外国语学院学报》2001年第2期)、朱新福的《尤金·奥尼尔作品中的东方宗教思想》(《苏州大学学报(哲学社会科学版)》2002年第4期)、李艳霞的《美国清教与奥尼尔的戏剧创作》(《世界宗教研究》2002年第4期)、郭继德的《对清教主义桎梏的大胆突破——评奥尼尔的悲剧〈奇异的插曲〉》(《戏剧》2003年第3期)、李顺春的《尤金·奥尼尔戏剧创作的道家视界》(《苏州大学学报(哲学社会科学版)》2009年第5期)和吴宗会的《戏剧治疗、道家思想与异化空间:奥尼尔戏剧疾病书写史研究》(《同济大学学报(社会科学版)》2019年第2期)等。

此外,就奥尼尔的家庭观和伦理观,奥剧中的生态意识、象征意象,奥尼尔对古希腊悲剧的借鉴、奥剧翻译等方面,也有学者进行了研究。如孙惠柱的《家庭价值观与美国家庭剧的悖论——兼论奥尼尔剧作的一个母题》(《戏剧》1995年第4期)、陶久胜的《奥尼尔的文学伦理思想论析》(《江西社会科学》2009年第9期)、张生珍的《尤金·奥尼尔戏剧生态意识研究》(博士学位论文,山东大学,2009)、赵学斌和詹虎的《奥尼尔戏剧象征艺术研究述评》(《当代文坛》2012年第4期)、郭建辉的《爱尔兰族裔美国生存的诗意体验:尤金·奥尼尔悲剧的古典形式和现代意味》(《外语与外语教学》2019年第1期)和钟毅的《陌生化语言的翻译与剧本"文学性"的实现——20世纪八九十年代奥尼尔戏剧汉译本研究》(《中国翻译》2019年第5期)等。

2. 有关威廉斯及其作品的研究论文

威廉斯是20世纪美国继奥尼尔之后的伟大戏剧家之一。1979年,国内开始陆续介绍和研究威廉斯。1979年第2期的《剧本》刊载了谢榕津的《美国剧坛一瞥》,该文首次介绍了威廉斯的《欲望号街车》和《玻璃动物园》。1981年,左宜的《田纳西·威廉斯的早期作品》发表在《当代外国文学》第4期。这篇文章给读者提供了较为丰富的信息资料,但总体来说,20世纪80年代,国内对威廉斯的研究不仅数量少,而且视角单一,其内容只是对威廉斯生平和作品的介绍。

20世纪90年代开始,对威廉斯的研究在国内才逐渐兴盛,许多戏剧爱好者和学者把目光投向威廉斯及其作品。但整理1990—2020年有关研究威廉斯的论文,可以发现,这些研究主要围绕《欲望号街车》和《玻璃动物园》这两部剧作展开,大致可分为以下几类。

第一,主题研究。学者对威廉斯剧作主题的研究包括南方文化、人性和欲望、病态心理等,如:鞠蔚的《南方之魂的反省——试论田纳西·威廉斯的几部重要剧作》(《戏剧》1995年第4期)、刘国枝的《田纳西·威廉斯与南方绅士的异化》(《四川外语学院学报》2004年第2期)、朱焰的《〈欲望号街车〉的主题意蕴》(《当代外国文学》2004年第3期)、韩曦的《探究扭曲的人性隐秘与异化情感——田纳西·威廉斯剧作的主题意旨及其成因》(《首都师范大学学报(社会科学版)》2005年第4期)、李英的《田纳西·威廉斯戏剧中欲望的心理透视》(博士学位论文,山东大学,2006)、梁超群的《被背弃的欲望之诗——田纳西·威廉斯从〈玻璃动物园〉到〈欲望号街车〉的蜕变》(《戏剧》2007年第4期)、张生珍的《论田纳西·威廉斯创作中的地域意识》(《外国文学研究》2011年第5期)、范煜辉的《田纳西·威廉斯与美国南方地域文化的危机》(《河南师范大学学报(哲学社会科学版)》2012年第3期)、陈奇佳的《欲望的分裂与兽性的剩余——论田纳西·威廉斯剧作的悲剧主题》(《学习与探索》2014年第6期)、晏微微和吴兵东的《美国南方文学传统与田纳西·威廉斯戏剧》(《四川戏剧》2016年第4期)、胡玄的《田纳西·威廉斯戏剧中的"疯癫"》(《江苏社会科学》2017年第1期)和高鲜花的《田纳西·威廉斯戏剧创作的疾病书写》(《山西师大学报(社会科学版)》2018年第4期)等。

第二,思想研究。国内在这方面的研究成果颇丰,这些研究主要关注威廉斯的女性观、道德观、生态观和宗教观等。如:汪义群的《试论田纳西·威廉斯笔下的南方女性》(《当代外国文学》1991年第3期)、左金梅的《田纳西·威廉斯笔下的病态女性——浅析〈欲望号街车〉女主角布朗琪》(《山东外语教学》1997年第4期)、刘玉的《田纳西·威廉斯妇女观研究》(《外国语言文学》1998年第3期)、刘元侠的《〈欲望号街车〉中田纳西·威廉斯的道德观》(《山东外语教学》2005年第4期)、黎林的《黑色的眼睛寻找光明——从田纳西·威廉斯的戏剧创作看其人道主义价值观》(《戏剧》2007年第4期)、张锷与梁超群的《琴神、基督与酒神——〈琴神降临〉男主人公的三重神性》(《广西社会科学》2009年第1期)、汤红的《从〈鬣蜥之夜〉看田纳西·威廉斯的生态观》(《安徽工业大学学报(社会科学版)》2011年第4期)和韩曦的《宗教神话故事的现代诠释——田纳西·威廉斯戏剧的文化意义》(《戏剧艺术》2013年第2期)等。

第三,艺术特色研究。威廉斯剧作的艺术特色一直是学界研究的热门话题,如:李杨的《田纳西·威廉斯及其创作》(《山东外语教学》1993年第4期),王占峰的《试论田纳西·威廉斯的戏剧创作》(《渤海大学学报(哲学社会科学版)》1996年第4期),何赫然的《田纳西·威廉斯的象征主义研究》(《文史博览》2005年第8期),张敏的《论田纳西·威廉斯的柔性戏剧观》(《外国文学评论》2007年第3期),范煜辉的《田纳西·威廉斯〈去夏突至〉哥特风格探析》(《河南师范大学学报(哲学社会科学版)》2010年第5期),韩曦的《论田纳西·威廉斯戏剧的艺术风格》(《安徽大学学报(哲学社会科学版)》2013年第2期),刘霞、邓爱秀与龙君的《析田纳西·威廉斯的诗化戏剧艺术》(《中南林业科技大学学报(社会科学版)》2013年第4期),以及郝志琴的《从疏远到亲近的阅读体验——〈热铁皮屋顶上的猫〉中布里克疏离境遇的叙事修辞》(《文艺研究》2014年第9期)等。

3. 有关密勒的研究论文

对我国新时期戏剧影响较大的美国剧作家,除了奥尼尔和威廉斯,恐怕非密勒莫属。他曾在1978年和1983年先后两次来华访问。第一次来华,他与中国戏剧界人士广泛接触,深入交流,还观看了中国戏剧的表演。1979年复刊后的《外国戏剧资料》第1期报道了密勒的这次访华活动,还发表了梅绍武的文章《阿瑟·密勒的六个剧本》。后一次来华是他应邀赴北京与英若诚共同执导《推销员之死》,该剧的成功献演使他在中国戏剧界声名鹊起。

从中国知网检索,20世纪80年代对密勒戏剧的研究论文为11篇,20世纪90年代是19篇,其主要研究内容为《推销员之死》的主题思想和艺术特色、剧作人物形象和密勒的戏剧创作观等。如陈继文的《阿瑟·密勒的主要人物形象》(《暨南学报(哲学社会科学版)》1980年第1期)、郭继德的《阿瑟·密勒的戏剧观》(《山东外语教学》1986年第2期)、张耘的《阿瑟·米勒与〈推销员之死〉》(《外国文学》1994年第6期)、朱新福的《阿瑟·米勒的创作倾向和悲剧艺术观》(《苏州大学学报》1997年第3期)、蒋道超与史澎海的《人性的错位——论〈推销员之死〉中的异化主题》(《解放军外语学院学报》1997年第3期)以及洪增流与张玉红的《评〈推销员之死〉中的表现主义》(《外国文学》1999年第6期)等。

21世纪后,对密勒的研究论文数量迅速增长,出现了各类新的研究视角,主要涉及以下几个方面:

第一,语言学和翻译学视角。如:俞建村的《从观众视阈看阿瑟·密勒〈推销员之死〉的二度翻译问题》(《外语与外语教学》2009年第6期)、高红云的《〈推销员之死〉中话语标记语之语用研究》(博士学位论文,上海外国语大学,2012)、方颖的《舞台指令视角下话语对语境的顺应:〈推销员之死〉个案分析》(《河海大学学报(哲学社会科学版)》2013年第3期)、王茹茹的《系统功能语言学视角下的剧场翻译与剧本翻译对比研究——以〈推销员之死〉为例》(《成都大学学报(社会科学版)》2016年第3期)、李华东和朱沁微的《戏剧〈推销员之死〉中话语标记语"well"的汉译对比研究——基于多译本平行语料库的方法》(《福州大学学报(哲学社会科学版)》2020年第2期)等。

第二,生态学视角。如:王世文的《论阿瑟·米勒作品中的生态批评思想》(《广西社会科学》2009年第1期)、陈爱华的《诗意栖居的渴求——〈推销员之死〉的生态批评解读》(《名作欣赏》2010年第9期)、施清婧的《〈推销员之死〉中的自然现象——兼论阿瑟·米勒的自然观》(《解放军外国语学院学报》2012年第2期)、洪晓丽的《人物悲剧与环境问题的社会症结——以生态批评为视角重读阿瑟·米勒〈推销员之死〉》(《学海》2015年第6期)和杨慧的《阿瑟·米勒生态戏剧主题分析——以〈推销员之死〉为例》(《四川戏剧》2018年第5期)等。

第三,心理学和精神分析学视角。如:姜岳斌的《戏剧舞台上的意识流形象——〈推销员之死〉的心理外化艺术及其他》(《外国文学研究》2001年第2期)、宋庆文与冯华英的《父子冲突背后的异化心理》(《外语与外语教学》2004年第4期)、李一坤与王华的《略论阿瑟·米勒剧作"心理外化"手段》(《四川戏剧》2006年第6期）、宋秀葵的《理想自我的寂灭——从拉康的精神分析理论看威利·洛曼的悲剧》（《山东外语教学》2007年第4期）、洪文慧的《荣格理论视角下的威利·洛曼之死》（《广东外语外贸大学学报》2015年第4期）以及迟秀湘和邹静的《心理防御机制视角下解读〈推销员之死〉中的威利·洛曼》（《戏剧文学》2018年第6期）等。

第四，比较文学和比较文化视角。如：吴戈的《中国梦与美国梦——〈狗儿爷涅槃〉与〈推销员之死〉》（《戏剧艺术》2002年第4期）、吾文泉的《阿瑟·密勒戏剧的犹太写作》（《外国文学研究》2014年第2期）和黄鸣的《〈推销员之死〉中边缘文化和主流文化的冲突》（《郑州大学学报（哲学社会科学版）》2014年第5期）等。

第五，伦理学视角。如：柯建华的《论〈推销员之死〉中的伦理冲突》（《外国文学研究》2010年第4期）、郭妮的《阿瑟·米勒〈代价〉的文学伦理学解读》（《戏剧文学》2012年第11期）和罗钱军与赵永健的《无罪之罪与伦理责任：阿瑟·米勒大屠杀戏剧中"同谋者"形象的伦理解读》（《外国文学研究》2019年第6期）等。

第六，社会表演学视角。如：俞建村的《威利·娄曼与他的社会表演——从〈推销员之死〉看阿瑟·米勒的社会表演学思想》（《上海大学学报（社会科学版）》2008年第1期）和《前台、后台与真诚——从社会表演学看〈萨勒姆的女巫〉的悲剧情由》（《英美文学研究论丛》2011年第1期）。

除了上述研究视角以外，也有学者从哲学、叙事学、历史学等视角解读密勒的戏剧作品。如：郭妮的《阿瑟·密勒〈推销员之死〉的存在主义解读》（《沈阳农业大学学报（社会科学版）》2009年第3期）、赵永健与余美的《阿瑟·密勒戏剧开场叙述范式研究》（《戏剧艺术》2016年第2期）和但汉松的《"塞勒姆猎巫"的史与戏：论阿瑟·米勒的〈坩埚〉》（《外国文学评论》2017年第1期）等。

总之，我国对密勒研究的队伍不断壮大，研究范围越来越广泛，研究主题不断深化，研究方法进一步细化。

4. 有关其他美国剧作家的研究论文

阿尔比是美国20世纪最伟大的戏剧家之一，曾3次获得普利策戏剧奖。我国读者开始接触阿尔比剧作的译本是在20世纪70年代，即郑启吟翻译的《动物园的故事》（《外国文艺》1979年第3期）。改革开放以来，我国对阿尔比戏剧的研究主要涉及以下五个方面。

第一,基于荒诞派戏剧理论分析阿尔比剧作的特点。如:郭继德的《阿尔比与荒诞派戏剧》(《外国文学研究》1986年第3期)、李育与唐敏的《荒诞的类比象征——论〈动物园的故事〉中荒诞派戏剧理论的运用》(《解放军外国语学院学报》2008年第6期)、左进与俞东明的《荒诞与解构——〈谁害怕弗吉尼亚·伍尔夫?〉中的二元对立》(《外语教学》2009年第5期)、石蕾的《美国特色的荒诞——〈沙箱〉主题探析》(《戏剧文学》2011年第4期)、樊晓君的《〈谁害怕弗吉尼亚·沃尔夫〉的仪式化形式与荒诞性主题解读》(《世界文学评论(高教版)》2013年第1期)、胡静的《走出"荒诞"——论爱德华·阿尔比戏剧的非荒诞性》(《戏剧艺术》2014年第5期)和李逊唯的《中产阶级的梦魇——浅析爱德华·阿尔比剧作的荒诞性》(《当代戏剧》2015年第3期)等。

第二,从现实主义视角探讨阿尔比戏剧的价值。如:邹惠玲的《论〈谁害怕弗吉妮亚·沃尔夫?〉的社会批评主题》(《外国文学研究》1999年第4期)、梁琰的《幻想与现实的对抗——评〈谁害怕弗吉尼亚·沃尔夫?〉》(《西安外国语大学学报》2009年第3期)和朱淑华与付伟杰的《荒诞只是表象 绝望只是外衣——浅析爱德华·阿尔比〈动物园的故事〉的战斗精神》(《戏剧文学》2018年第7期)。

第三,从生态主义视角阐释阿尔比戏剧的伦理性。如:张琳与郭继德的《从〈海景〉和〈山羊〉看爱德华·阿尔比的生态伦理观》(《外国文学研究》2009年第1期)、邹惠玲与李渊苑的《斯芬克斯因子与伦理选择:〈谁害怕弗吉尼亚·沃尔夫?〉的伦理意旨析评》(《外国语文》2014年第4期)和张连桥的《伦理禁忌与道德寓言——论〈山羊〉中的自然情感与伦理选择》(《江西师范大学学报(哲学社会科学版)》2016年第6期)。

第四,从文化视角分析阿尔比戏剧的现代性。如:黄玲的《科学与人文两种文化的对立——从爱德华·阿尔比的〈谁害怕弗吉尼亚·伍尔夫〉谈起》(《语文建设》2012年第14期)、袁家丽的《文化批判与身份探寻——评爱德华·阿尔比剧作〈我、我、我〉》(《外国文学动态研究》2019年第3期)和《"权力的游戏":〈谁害怕弗吉尼亚·伍尔夫?〉中的性别政治与文化协商》(《戏剧艺术》2019年第2期)等。

第五,从文体学、空间批评、叙事学等角度研究阿尔比戏剧的艺术性。如:李建波与唐岫敏的《从〈动物园的故事〉结构的文体特征看荒诞派戏剧的象征创新》(《外国文学研究》2002年第1期)、王瑞琞与陈爱敏的《"破碎"的城市形象——论爱德华·阿尔比〈美国梦〉中的城市书写》(《当代外国文学》2016年第4期)和冉东平的《从〈动物园的故事〉到〈在家在动物园〉——谈阿尔比戏剧的叙事策略》(《天津外国语大学学报》2020年第4期)等。

除了热门的剧作家以外,我国对美国戏剧的研究和考察还涉及当代兴盛的各种流派的剧作家,如先锋派剧作家罗伯特·威尔逊、表现主义剧作家桑顿·怀尔德、后现代派剧作家谢泼德、现实主义剧作家海尔曼、左翼戏剧的代表人物奥德茨、女性主义戏剧家梅根·特利、当代剧作家奥本和马梅特、犹太裔剧作家赖斯和华裔剧作家黄哲伦等。代表性论文如下:

劳伦斯·夏伊尔著、曹路生译的《罗伯特·威尔逊和他的视象戏剧》(《戏剧艺术》1999年第2期),玛丽亚·谢弗索娃著、黄觉译的《罗伯特·威尔逊的艺术与政治:1960年代及以后》(《戏剧》2011年第4期),吴瑶的《"剧场即是感受"——罗伯特·威尔逊的后现代主义戏剧》(《戏剧文学》2020年第7期),但汉松与刘海平的《现代寓言的舞台呈现:重解桑顿·怀尔德的〈我们的小镇〉》(《戏剧》2011年第1期),徐庆的《对于桑顿·怀尔德戏剧〈我们的小镇〉的主题研究》(《外国语文》2012年第1期),袁宏琳的《灵动的时空——论桑顿·怀尔德早期独幕剧对舞台时空自由度的拓展》(《戏剧艺术》2020年第2期),王和月的《追求超越的灵魂——山姆·谢泼德及其剧作》(《戏剧艺术》1989年第4期),姜萌萌的《后现代创作的跳跃——评山姆·谢泼德的家庭剧》(《四川戏剧》2006年第2期),杜新宇的《山姆·谢泼德家庭剧中的新现实主义倾向》(《山东社会科学》2010年第8期),孙冬与M. W. Luke Chan的《焦虑的"自我凝视"——山姆·谢泼德戏剧的元戏剧性》(《文艺研究》2011年第7期),郝志琴的《图像、证据与拘囿——解读山姆·谢泼德后期剧作〈和谐〉》(《外国文学动态研究》2020年第1期),周维培的《南方传统文明与北方工业文明的冲突——莉莲·海尔曼剧作论之一》(《戏剧》1997年第3期)和《感情的战争与战争的情感——莉莲·海尔曼剧作论之二》(《戏剧》1997年第4期),李一坤的《略论莉莲·海尔曼名剧〈小狐狸〉之结构特点》(《剧作家》2006年第2期),张欣的《莉莲·海尔曼戏剧创作女性观研究》(《广东外语外贸大学学报》2014年第6期),陈向普的《社会与时代的产物——从玛丽的视角审视莉莲·海尔曼的〈儿童的时光〉》(《当代戏剧》2020年第3期),徐新的《试评奥德茨的剧作〈等待勒夫梯〉》(《当代外国文学》1984年第4期),李映瑆的《从"拆墙"到"间离"——浅谈〈等待老左〉中的戏剧艺术》(《当代戏剧》2008年第5期),范煜辉与严霞的《美国左翼运动为何衰亡——以奥德茨剧作〈醒来歌唱〉为例》(《新世纪剧坛》2015年第6期),杨跃华的《变:人生的另一种解读——评析梅根·特利的女性主义戏剧艺术》(《四川外语学院学报》2003年第4期),胡开奇的《戴维·奥本和他的〈求证〉》(《戏剧艺术》2001年第5期),刘仪华的《戴维·奥本与他的戏剧、影视创作》(《外国文学动态》2009年第4期),柯英的《失梦人的悲歌——解读大卫·马梅特的〈拜金一族〉》(《戏剧》2009年第2期),周维培的《埃尔默·赖斯及其名剧〈街景〉》(《福建艺术》1997年第3期),汤卫根的《从批判走向文化家园——评黄哲伦的剧作〈金童〉》(《外国文学》2006年第2期),殷茵的《民族的记忆与回望——华裔美籍流散作家黄哲伦戏剧研究》(《戏剧文学》2010年第7期)和张秋梅的《美国亚裔身份的操演性:黄哲伦〈黄面孔〉之新的解读》(《戏剧艺术》2018年第5期)等。

5. 有关美国戏剧、戏剧史和流派等的研究论文

改革开放40多年来,我国学者对美国非裔戏剧给予了较多的关注,发表了一大批研究论文,成为国内美国戏剧研究的一大亮点。美国非裔戏剧最早出现于20世纪20年代,50年代开始逐渐兴盛,形成了一定的规模,80年代走向成熟,至今成果丰硕。这些非裔戏剧中有7部作品获得普利策戏剧奖,17部作品入围该奖。国内对美国非裔戏剧的相关研究也是成果辉煌,不断有学者对美国非裔戏剧进行理论梳理、分析总结和前景展望。

国内最早研究美国非裔戏剧的文章是谢榕津1978年发表在《外国文学研究》第2期上的《70年代的美国黑人戏剧》。该文主要介绍了盛行于20世纪70年代的两大美国黑人戏剧:"歌舞剧"和"家庭剧"。20世纪80年代,国内对美国非裔戏剧的研究论文逐渐增多。如:苏红军的《绚丽多姿、生气勃勃的美国当代黑人戏剧》(《上海戏剧》1985年第5期)介绍了美国20世纪六七十年代的黑人戏剧,论述了其创作的主要特色;郭继德的《美国黑人戏剧文学》(《戏剧艺术》1988年第2期)则介绍了20世纪70年代以前美国优秀的黑人剧作家,继而系统地评述了他们的主要剧作。

进入21世纪,国内学者对美国黑人戏剧的研究也渐趋多元化和精细化,还阶段性地考察与研究了美国非裔戏剧的流变。如:刘志芳的《美国"弱势戏剧":黑人戏剧述评》(《戏剧文学》2008年第10期)专题研究了美国黑人戏剧的发展历史;陈爱敏的《20世纪80年代以来的美国非裔戏剧概览》(《英美文学研究论丛》2014年第2期)对当代优秀黑人剧作家,如奥古斯特·威尔逊和苏珊·

洛里·帕克斯,进行了综合介绍与评价。其他代表性的论文还有:赵晶的《美国非裔戏剧的定位、定义与定向》(《外国文学动态研究》2016年第6期)、李彤的《美国黑人戏剧主题的演变轨迹》(《戏剧文学》2017第4期)、陈洪江的《政治与美学之间:20世纪美国黑人戏剧理论之争》(《戏剧》2018年第4期)、万金的《美国非裔戏剧美学百年流变》(《文化艺术研究》2018年第4期)和王玮的《宣传抑或艺术:从非裔美国戏剧史上的三次论战说起》(《外国文学》2020年第5期)等。

20世纪70年代以来,国内对美国另一个戏剧流派:非裔女性戏剧的译介成绩骄人,令人刮目相看。20世纪90年代,国内学者开始关注美国黑人女性戏剧的研究。张冲的《当代美国的黑娜拉——评黑人女性问题剧〈分手〉与〈重聚〉》(《国外文学》1995年第4期)在梳理了优秀黑人女性戏剧后认为,在主题和情节上,20世纪80年代的美国黑人女性戏剧已不再聚焦种族矛盾,而是转向了黑人家庭的内部对立与冲突。

进入21世纪,美国非裔女性剧作家越来越受到人们的重视,其作品在美国主流戏坛的地位越来越高,其影响范围和文学价值也越来越大,国内有许多学者开始研究这个群体,发表了多篇学术水平较高的论文。如:嵇敏的《黑人文艺复兴运动中的黑人女剧作家》(《四川师范大学学报(社会科学版)》2007年第1期)论述了黑人女性戏剧家在文艺复兴运动中运用戏剧语言为黑人呐喊助威的历程。黄坚的《美国黑人女性戏剧的话语策略研究》(《江西社会科学》2016年第6期)则研究了美国黑人女性剧作家的戏剧话语策略的运用,阐述了美国黑人女性戏剧家自成一派的语言风格。其他代表性论文还有:李嵘剑与于贺巾的《文化视域下的美国黑人女性戏剧与批评》(《开封教育学院学报》2014年第7期)、黄坚的《美国黑人女性戏剧研究的反思与策略》(《求索》2015年第12期)、王军与王莹莹的《文化 精神 重构——20世纪美国黑人女性戏剧探幽》(《戏剧文学》2015年第11期)、黄坚的《美国黑人女性戏剧之检视与剖析》(《山东社会科学》2016年第5期)和李慧的《美国黑人女性戏剧文学的边缘性与话语权重构》(《戏剧文学》2018年第11期)等。

1988年,美国华裔剧作家黄哲伦创作的《蝴蝶君》在美国百老汇上演,同年获得托尼最佳戏剧奖。国内学界对亚裔,特别是华裔美国戏剧的研究应运而生。研究黄哲伦的论文始于20世纪90年代,较早的文章是署名“刘”的《好莱坞掀起中国热——黄哲伦功不可灭》(《电影评介》1993年第9期)。国内对亚裔美国戏剧研究的代表性论文还有：宋伟杰的《迟到的悲歌——美国华（亚）裔英文戏剧一瞥》(《外国文学动态》1998年第2期)、王正胜的《美国亚裔戏剧研究》(《戏剧文学》2009年第2期)、徐颖果的《美国华裔戏剧的历史与现状》(《南开学报（哲学社会科学版）》2009年第5期)和《美国华裔戏剧与亚裔戏剧》(《广东社会科学》2011年第3期)、陈爱敏的《新世纪美国剧坛又一强有力的声音——评亚裔戏剧家谢耀及其两部戏剧》(《外国文学研究》2013年第2期)、高云燕的《美国华裔戏剧在艺术表现上的坚持与妥协》(《戏剧文学》2018年第8期)和周炜的《亚裔美国戏剧研究：渊源、发展与研究方法》(《天津外国语大学学报》2020年第4期)等。

20世纪90年代初期，生态戏剧作为一种戏剧思潮，在美国悄然兴起，开启了西方戏剧绿色化的进程。美国生态戏剧历经30多年的探索已渐趋成熟，并呈现多元化、多样性的特征。我国学界对生态戏剧的研究初见于2009年，刘永杰在《西安外国语大学学报》2009年第1期上发表了《当代美国戏剧的生态研究》一文。该文从生态批评的研究视角，对美国戏剧进行了介绍和评述。随后，国内论述美国生态戏剧的论文接踵而至，主要有：康建兵的《美国生态戏剧的缘起与发展动向》[《广州大学学报（社会科学版）》2013年第4期]、康建兵的《生态戏剧：21世纪美国戏剧新动向》(《戏剧文学》2016年第4期)和王蔚的《美国生态戏剧的兴起及对我国戏剧发展的启示探究》(《当代戏剧》2018年第4期)等。

2001年，美国当代严肃戏剧的汉译本进入中国读者的视野。《求证》《怀疑》《山羊或谁是西尔维娅》等剧作以新颖的题材、创新的手法和深邃的思想揭露了美国现实社会的种种弊端，引发了我国国内读者和学者的关注与共鸣。国内对美国当代严肃戏剧研究的论文主要有：胡开奇的系列论文《美国当代严肃戏剧（1990—2013年）》(《剧本》2013年第6—8、12期，2014年第1—2期)、鲍晓芳的《严肃戏剧外表下的荒诞内核》（硕士学位论文，郑州大学，2014）和王成珍的《走出荒原：美国严肃戏剧擎旗亮相》(《戏剧文学》2018年第7期)等。

美国先锋戏剧是20世纪一种重要的戏剧艺术思潮，它推动了西方现代戏剧的繁荣，丰富了现代戏剧舞台的内容。第二次世界大战以后，美国先锋派戏剧家在社会政治中的作用也不可小觑。他们为民权运动呐喊，为少数群体权益抗争，为艾滋病和毒品的受害者倾诉，他们的剧作反映了底层民众的失落、迷惘与追求。我国学者对美国先锋戏剧的研究成果主要有:高子文的《美国先锋戏剧诞生的历史语境》(《南大戏剧论丛》2015年第1期)、韩曦的《美国先锋戏剧的承袭流变与艺术实践》(《戏剧艺术》2015年第5期)、李高华与陈静的《美国先锋戏剧的源起》(《长春教育学院学报》2015年第9期)、朱雪峰的《美国先锋戏剧里的道禅思想与美学:一种跨文化谱系考察》(《当代外国文学》2017第4期)和乔国强的《美国格特鲁特·丝坦因先锋戏剧思想研究》(《上海师范大学学报(哲学社会科学版)》2018年第3期)等。

此外,国内对其他美国戏剧阶段史、艺术思潮和戏剧流派等的研究也方兴未艾,代表性的论文有:吴光耀的《美国的实验戏剧》(《戏剧艺术》1990年第1期)、丁罗男的《当今美国戏剧面面观》(《戏剧艺术》1992年第4期)、杜隽的《美国后现代主义戏剧一瞥》(《戏剧文学》1992年第8期)、周维培的《当代美国戏剧文化与戏剧思潮概述》(《戏剧》1999年第1期)、孙建秋的《当代美国的十分钟戏剧》(《中国戏剧》2008年第2期)、费春放的《灾难前后的美国戏剧:聚焦9.11》(《戏剧艺术》2008年第5期)、王正胜的《从女权主义到后女性主义:百年美国女性戏剧》(《戏剧文学》2009年第8期)、李保杰的《二十世纪美国西语裔戏剧的嬗变》(《戏剧文学》2010年第4期)、郭继德的《20世纪末期以来的美国戏剧》(《英美文学研究论丛》2012年第1期)、周宁与洪增流的《论当代美国犹太戏剧的理论嬗变》(《戏剧文学》2014年第6期)、吾文泉的《当代美国戏剧的文化他性及其舞台表述》(《当代外国文学》2015年第2期)、张生珍的《20世纪美国女性戏剧发展趋势研究》(《外国文学研究》2016年第2期)、黄艳春的《1960—1970年代的美国戏剧研究》(《湖北民族学院学报(哲学社会科学版)》2016年第3期)、冯政的《论美国"即兴剧"的发展历程》(《戏剧文学》2017第1期)、张生珍与姜泰迪的《20世纪美国女性主义戏剧的文化价值》(《当代外国文学》2017年第2期)和韩曦的《传统与嬗变:当代美国戏剧思潮的演进》(《戏剧艺术》2019年第2期)等。

二、有关美国戏剧、美国剧作家和戏剧作品的研究著作

1. 有关奥尼尔及其作品的研究著作

随着我国改革开放的迅速发展,中西方戏剧文化交流不断深入。奥尼尔作为世界杰出的戏剧大家,受到了国内学者们的广泛关注。奥尼尔剧作思想和创作艺术等得到了深入研究,国外研究专著也陆续得到译介出版。这些研

究主要集中在奥尼尔悲剧美学思想、女权主义批评、比较研究、表现主义研究和精神分析解读等方面。

1983年2月,汪义群著的《奥尼尔创作论》由中国戏剧出版社出版。该书全面论述了奥尼尔戏剧创作特色和艺术表现手法。

1988年5月,南京大学出版社出版了刘海平、朱栋霖合著的《中美文化在戏剧中的交流——奥尼尔与中国》。该书以奥尼尔及其戏剧作品传播中国的时间为线索,较为详尽地阐述了这位美国著名戏剧家和诺贝尔文学奖获得者,对中国话剧发展所产生的影响,进而对中国文化价值观和审美观所起的作用。

1999年4月,廖可兑著的《尤金·奥尼尔剧作研究》由中国美术学院出版社出版。该书深入剖析了奥尼尔的18部剧作,资料翔实,思想深邃,对于奥尼尔戏剧研究有着重要的学术价值。

1999年8月,大众文艺出版社出版了刘海平、徐锡祥主编的《奥尼尔论戏剧》。该书的主要内容包括:奥尼尔论戏剧创作、论自己的剧作以及演出与批评,并附有奥尼尔创作年表,主要剧作的故事梗概。

2000年5月,廖可兑主编的《尤金·奥尼尔戏剧研究论文集》由外语教学与研究出版社出版。该书收录了奥尼尔戏剧研究论文20多篇,主题包括奥尼尔的戏剧理论、戏剧人物和戏剧创作的手法等。

2005年6月,北京大学出版社出版了谢群著的《语言与分裂的自我:尤金·奥尼尔剧作解读》。该书运用泰勒和拉康的精神分析理论,剖析和解读了奥尼尔塑造的戏剧形象。

2006年6月,上海外语教育出版社推出汪义群著的《奥尼尔研究》。该书较为详细地介绍了奥尼尔的生平,以及各个时期创作的剧作,诠释了奥尼尔的艺术特色和成就,讨论了国内外对奥尼尔及其剧作的研究情况。

2009年4月,中国人民大学出版社出版了卫岭著的《奥尼尔的创伤记忆与悲剧创作》。该书主要论述了奥尼尔创伤记忆的产生、创伤记忆对奥尼尔悲剧观的影响、创伤记忆与奥尼尔悲剧创作的关系等问题。

2013年1月,时代文艺出版社出版了刘德环著的《尤金·奥尼尔传》。这是一部关于奥尼尔的传记作品,内容包括奥尼尔生平和创作年表、获奖大事记、诺贝尔奖获奖词和授奖词等。

2013年11月,山东大学出版社出版了郭继德主编的《尤金·奥尼尔戏剧研究论文集》。该书收录了国内奥尼尔研究评述、奥尼尔晚期剧作的生态马克思主义解读、奥尼尔戏剧舞美设计的象征意蕴和奥尼尔的社会悲剧观等论文。

2014年1月,南京大学出版社出版了华明著的《悲剧的奥尼尔与奥尼尔的悲剧》。该书基于知识哲学,在第一部分重点讨论了奥尼尔戏剧的自传性、现代性、悲剧性、艺术性及其美学价值与社会意义。

2014年1月,中国社会科学出版社出版了刘永杰著的《性别理论视阈下尤金·奥尼尔剧作研究》。该书运用性别视阈理论对奥尼尔的剧作进行了分析研究,从剧作中两性关系的依赖和对抗等多方面,探讨了奥尼尔对女性的态度。

2016年10月,北京大学出版社出版了郑飞著的《尤金·奥尼尔爱的主题研究》。该书通过探究奥尼尔所有剧作中有关爱的主题,从爱的角度,较为系统地分析了奥尼尔每个时期的创作动因,以期找到现实中的奥尼尔。

2017年4月,江苏大学出版社出版了卫岭著的《奥尼尔戏剧的文化叙事》。该书研究了奥尼尔戏剧的文化内涵,涉及种族、身份、宗教等不同层面。

2017年12月,南开大学出版社出版了王占斌著的《多维视角下的奥尼尔戏剧研究》。该书基于文本分析,从解构主义、后殖民主义、女性主义、原型批评、精神分析、悲剧美学等多种视角,对奥尼尔的戏剧进行解读和研究,包括他的创作理念、剧作思想和叙事策略等,旨在把握奥尼尔独特的审美习惯和伦理追求。

2017年12月,中国书籍出版社出版了沈建青著的《跨文化之旅:奥尼尔与中国》。该书运用微观分析与宏观论述相结合的方法,通过文本细读和实地考察,旨在追寻奥尼尔的人生经历和戏剧创作之路。

2018年8月,北京大学出版社出版了王占斌著的《尤金·奥尼尔戏剧伦理思想研究》。该书从伦理主题视角,探索奥尼尔戏剧的伦理道德观,探索奥尼尔作品中所蕴含的伦理思想。

2019年7月,吴宗会著的《异化与本真:尤金·奥尼尔戏剧荒诞特征艺术》由同济大学出版社出版。该书探讨了存在主义与荒诞主义的关系,具体分析了奥尼尔戏剧创作的3个时期所表现出来的荒诞特征。

2020年4月,光明日报出版社出版了王艺陶著的《尤金·奥尼尔关于面具的理论主张及其实践》。该书分析了奥尼尔剧作中使用面具的手段,运用戏剧情境理论,探究了奥尼尔是如何通过面具塑造具有双重人格的人物形象,展现双重人格对心灵的折磨和扭曲。

近年来,国外的一些研究奥尼尔及其作品的专著被陆续译介到我国,为国内的奥尼尔研究增添了活力,影响较大的有:

1993年,上海译文出版社出版了弗吉尼亚·弗洛伊德著、陈良廷与鹿金合译的《尤金·奥尼尔的剧本——一种新的评价》。该书通过剧本的分析,阐述了奥尼尔从业余写作到成为戏剧大师的创作历程。

1997年,辽宁教育出版社出版了詹姆斯·罗宾森著、郑柏铭译的《尤金·奥尼尔和东方思想——一分为二的心象》。该书分析了奥尼尔的创作思想对佛教、道家和印度教所带来的影响。2018年,南京大学出版社出版了罗伯特道林著、许诗炎译的《尤金·奥尼尔:四幕人生》。

此外,2000年,上海外语教育出版社出版了曼海姆编的《剑桥文学指南:尤金·奥尼尔》,该书收录了西方学者的16篇研究论文。这些文章对奥尼尔剧作进行了理论解读,阐述了奥尼尔的戏剧艺术成就,评述了奥尼尔剧作的舞台演出与改编,为国内学者提供了实用的研究资料。

2. 有关威廉斯及其作品的研究著作

国内对威廉斯的学术研究历经20世纪八九十年代的起步阶段,进入21世纪后得到了迅猛的发展。1992年9月,上海外语教育出版社出版了汪义群的《当代美国戏剧》。该书把威廉斯置于美国戏剧发展的大背景下进行研究,讨论了剧作所反映的美国社会,总结了威廉斯的艺术贡献。1999年1月,南京大学出版社出版了周维培的专著《当代美国戏剧史(1950—1995)》。该书辟出专门章节论述威廉斯及其代表剧作。

2004年5月,天津人民出版社出版了李莉著的《女人的成长历程:田纳西·威廉斯作品的女性主义解读》。该书从女性主义理论的视角解读和阐述威廉斯的剧作及其思想,这是国内第1部完整研究威廉斯及其作品的学术专著。

2008年8月,李英的英文版专著《田纳西·威廉斯戏剧中欲望的心理透视》由现代教育出版社出版。该书运用精神分析理论来剖析威廉斯剧作人物的深层心理,从而揭示人类行为的多样性和复杂性。

2010年11月,李尚宏著的《田纳西·威廉斯新论》由上海外语教育出版社出版。威廉斯的大多数剧作常常含有一明一暗两个主题,人们较多关注其中的显性主题。该书试图解开更为重要的隐性主题,展示一个鲜为人知的威廉斯。

2010年12月，梁超群著的《田纳西·威廉斯戏剧中父亲的在场与缺席》由三联书店上海书店出版。该书基于父亲形象的在场或缺席，探讨威廉斯剧作中的救赎主题，昭示剧作家的心理世界，挖掘文本背后的美国文化内涵。

2011年6月，张新颖著的《田纳西·威廉斯边缘主题研究》由科学出版社出版。该书用精神分析的研究方法，从作家、作品、读者和世界这四大要素入手，探究威廉斯渗透于剧作中的多种边缘感，由此得出其边缘主题思想体系。

2013年1月，韩曦著的《百老汇的行吟诗人——田纳西·威廉斯》由群言出版社出版。该书从南方文化、作者经历、家庭背景等方面出发，分析威廉斯在剧作选材、人物塑造和写作风格等方面的特色及其形成的原因。

2013年3月，光明日报出版社出版了蒋贤萍著的《重新想象过去——田纳西·威廉斯剧作中的南方淑女》。该书聚焦威廉斯剧作中的美国南方女性形象，从社会文化视角阐释南方女性的悲剧命运，探讨她们在残酷的现实中寻找自我、回归本真的心路历程。

2015年1月，人民文学出版社出版了周维培与韩曦合著的《当代美国戏剧60年（1950—2010）》。该书第三章"威廉斯：南方传统文化的歌手"讨论了威廉斯早期、中期和后期的戏剧创作。

2018年8月，河南大学出版社出版了冯倩珠译的《田纳西·威廉斯回忆录》。该书是威廉斯的一本亲笔自传，讲述了作者不畏艰难攀登艺术高峰的奋斗经历，披露了其创作戏剧的缘起与创作过程。

2019年12月，高鲜花著的《励志与颓废的传奇——田纳西·威廉斯及其戏剧研究》由中国戏剧出版社出版。该书通过研究威廉斯的生平，探析其励志和传奇的人生经历，研究其极具个性化的戏剧创作。

2020年7月，宁波出版社出版了梁真著的《另类人生："异质"视域下的田纳西·威廉斯研究》。该书运用大量的史料分析威廉斯的剧作，旨在阐述不同时期的剧作在艺术表现方面的差异和关联，梳理出一条贯穿始终的风格主线。

3. 有关密勒及其作品的研究著作

密勒是20世纪美国最负盛名的剧作家之一，也是与中国戏剧界联系最为密切的美国戏剧家，其作品对中国戏剧产生了深远的影响。1992年9月，汪义群著的《当代美国戏剧》由上海外语教育出版社出版。该书专辟一节介绍了密勒的主要剧作和戏剧思想，重点介绍了《推销员之死》《桥头眺望》和《炼狱》3部戏剧。1993年4月，郭继德著的《美国戏剧史》由河南人民出版社出版，这是国内第1部研究美国戏剧史的著作。书中对密勒的戏剧创作和戏剧思想进行了专题评述,还介绍了密勒与中国戏剧之间的关系。1999年1月,南京大学出版社出版了周维培著的《当代美国戏剧史(1950—1995)》,该书用了6页的篇幅较为详尽地评述了密勒的戏剧创作。

2015年5月,王世文著的《阿瑟·米勒剧作中的背叛主题研究》由山东人民出版社出版。该书以家庭背叛、社会背叛、宗教背叛三个主题,对密勒戏剧中的伦理思想进行了解析,总结了密勒在不同剧作中所表现的伦理观。

2020年1月,赵永健著的《阿瑟·密勒戏剧叙述范式研究》由浙江工商大学出版社出版。该书作者通过"时空交错""时空并置"和"时空复现"等范式,解读了密勒剧作中真实与现实、善与恶、个人与社会之间对立统一的辩证关系,对密勒戏剧作品中的叙述范式进行了深入的研究。

关于密勒的译著有以下几部。1987年7月,生活·读书·新知三联书店出版了罗伯特·马丁编、陈瑞兰与杨淮生选译的《阿瑟·米勒论剧散文》。该书选译了《悲剧的特性》《论社会剧》《现代戏剧中的家庭》等10余篇文章。1988年6月,文化艺术出版社出版了密勒著、郭继德等译的《阿瑟·密勒论戏剧》。该书选译了密勒有关戏剧理论的20篇演讲文章,内容涉及戏剧理论与创作、戏剧与社会、道德与现代戏剧、美国剧院和悲剧的性质等。1991年12月,莫斯著、田路一与王春丽译的《阿瑟·米勒评传》由中国戏剧出版社出版。该书考察了密勒的创作特色,分析了几部代表作的内在联系,讨论了他的艺术风格和艺术追求。2010年7月,汪小英译的《阿瑟·米勒手记:"推销员"在北京》由新星出版社出版。该书是密勒根据1983年在北京排练《推销员之死》的日记而写成的,记录了他对中国的独特观察。2016年7月,华东师范大学出版社出版了蓝玲等译的《阿瑟·米勒自传》。这部传记为读者了解20世纪美国剧坛及美国社会提供了丰富珍贵的资料。

4. 有关其他美国剧作家及其作品的研究著作

改革开放以后,一些在国内长期遭受冷遇的美国优秀剧作家开始进入学界的研究范围,首先引起关注的是阿尔比。

我国学者对阿尔比及其剧作的介绍最初可散见于一些美国文学研究的专著和译著。1979年2月,中国社会科学出版社出版了张英伦主编的《外国名作家传》,收录郑启吟撰写的"阿尔比";1980年8月,山东人民出版社出版了伊哈布·哈桑著、陆凡翻译的《当代美国文学 1945—1972》,内辟"爱德华·阿尔比"的专节;1982年7月,中国戏剧出版社出版了凯瑟琳·休斯著、谢榕津译的《当代美国剧作家》,介绍了"爱德华·阿尔比及其剧作";1984年7月,中国文联出版公司出版了丹尼尔·霍夫曼主编、《世界文学》编辑部译的《美国当代文学》,其中有较多的篇幅论述阿尔比;1999年9月,山东教育出版社出版了吴富恒、王誉公主编的《美国作家论》,收录孙筱珍撰写的"爱德华·阿尔比";2006年6月,山东大学出版社出版了郭继德编著的《美国戏剧选读》,收录"爱德华·阿尔比"的介绍与剧作;2010年8月,华中师范大学出版社出版了王卓、李权文主编的《美国文学史》,对阿尔比做了较为详细的论述。这些著作和教材为我国读者了解阿尔比及其剧作提供了大量的信息资料。

此外,1992年9月,汪义群著的《当代美国戏剧》由上海外语教育出版社出版。该书对阿尔比及其剧作进行了较为全面的分析;1993年4月,郭继德著的《美国戏剧史》由河南人民出版社出版,该书专章论述阿尔比的生平和戏剧创作;2009年9月,山东大学出版社出版了郭继德著的《当代美国戏剧发展趋势》,该书辟专章研究阿尔比的戏剧。

2005年11月,中国社会科学出版社出版了吾文泉的《跨文化对话与融合:当代美国戏剧在中国》。该书梳理了阿尔比戏剧在中国的译介、演出和学界对其的评论。

2015年5月,南京大学出版社出版了胡静德著的《"挑战现状"——爱德华·阿尔比的"搅扰"戏剧研究》。该书探讨了阿尔比的创作理论与实践,为我们展示了一个研究阿尔比及其作品的新视角。

2016年3月,科学出版社出版了张连桥著的《身份困惑与伦理选择——爱德华·阿尔比戏剧研究》。这是一部运用文学伦理学进行研究的著作,作者把阿尔比剧作中人物身份与伦理选择相联系,对戏剧人物的理性丧失、秩序破坏和道德失衡等伦理问题开展研究,旨在构建阿尔比戏剧的伦理思想体系。

2016年8月,樊晓君著的《爱德华·阿尔比戏剧研究》由中国戏剧出版社出版。该书分析了阿尔比戏剧的思想渊源,探讨了阿尔比戏剧的主题,解读了阿尔比的戏剧形象和戏剧结构,论述了阿尔比对戏剧艺术的变革和创新。

2017年9月,学苑出版社出版了焉若文著的《阿尔比戏剧艺术》。该书对阿尔比的戏剧艺术进行了多角度的综合研究。

国内学界除了聚焦阿尔比以外,也对美国其他剧作家,如谢泼德、海尔曼、诺曼、马梅特、罗伯特·威尔逊和帕克斯等,进行了专题研究。

209

2017年10月,杜新宇著的《当代美国戏剧中的新现实主义倾向——山姆·谢泼德后期家庭剧创作研究》由山东大学出版社出版。该书探索了谢泼德的创作历程,分析了谢泼德的家庭剧,梳理了剧作家的创作风格,揭示了美国戏剧的新现实主义倾向。

2020年10月,天津大学出版社出版了郝志琴著的《山姆·谢泼德戏剧中的图像研究》。该书将图像理论与特定语境联系起来,依托人物对话与舞台提示,探讨图像与表象、图像与梦想和图像与罪责等话题。

2009年12月,山东大学出版社出版了岑玮著的《女性身份的嬗变:莉莲·海尔曼与玛莎·诺曼剧作研究》。该著作认为,诺曼的剧作秉承了海尔曼的现实主义创作手法,继承了海尔曼对女性命运的关注,塑造了更为丰满的女性人物形象。

2013年7月,南开大学出版社出版了张金良著的《当代美国戏剧的多样性:语言视角》。该书从语言的社会功能、语言与自我的丧失与重构、语言与族裔认同之间的关系等角度,深入分析了白人剧作家马梅特、女性剧作家诺曼和华裔剧作家赵健秀的剧作。

2014年12月,中国社会科学出版社出版了王莉著的《论玛莎·诺曼戏剧中的过去和记忆》。该书分析了诺曼戏剧中的3种过去,分别是创伤性过去、让人渴望的过去和虚构的过去,从中揭示了诺曼对人如何生存这个问题的思考。

2013年1月,中国戏剧出版社出版了玛丽亚·谢弗索娃著、黄觉译的《罗伯特·威尔逊:方法与作品》。该书以美国社会文化和政治环境为背景,分析了威尔逊的主要作品,探索了威尔逊的戏剧工作室、排练方法和合作过程。

2017年12月,闵敏著的《苏珊-洛里·帕克斯戏剧研究》由武汉大学出版社出版。该书从帕克斯的戏剧观出发,从剧作主题和创作手法等方面考察帕克斯的创作动因,从而揭示帕克斯戏剧的真实历史。

2018年2月,张琳著的《苏珊-洛莉·帕克斯戏剧的后现代历史书写研究》由中国社会科学出版社出版。该书介绍了帕克斯的戏剧创作思想和戏剧表现手法,并对帕克斯的3部剧作进行了解读,指出帕克斯戏剧的意义不仅是发掘和重构黑人历史,而且为所有观众呈现了审视历史和社会的新视角。

5. 有关美国戏剧史、戏剧思潮和流派等的研究著作

改革开放40多年对美国戏剧译介的成果深刻地影响着中国学术界和戏剧界。随着研究的不断深入,国内学者已不满足于对美国剧作家与作品的文

章阐述,更愿意以一种独立的、敏锐的学术眼光去审视和研究美国戏剧的发展,积极撰写著作,对美国戏剧的历史和各种艺术思潮、流派进行归纳和总结。

1981年4月,廖可兑主编的《美国戏剧论辑》由中国戏剧出版社出版。该书回顾了两百年来的美国戏剧,并对重要作家以及黑人戏剧进行了研究。

1992年9月,汪义群著的《当代美国戏剧》由上海外语教育出版社出版。该书结合美国当代文化和思潮,系统介绍了美国戏剧名家名作,呈现了近半个世纪来美国戏剧的全貌。

1993年4月,河南人民出版社出版了郭继德著的《美国戏剧史》,这是国内第一本美国戏剧通史。2011年10月,南开大学出版社重版了这本著作,补充了20世纪末后美国戏剧的发展,增加了经典剧作专题。该书对美国戏剧做了史论结合的介绍。

1997年10月和1999年1月,南京大学出版社先后出版了周维培著的《现代美国戏剧史(1900—1950)》和《当代美国戏剧史(1950—1995)》。这两本著作较为翔实地论述了现当代美国戏剧的形成、发展和创新,重点讲述了现当代美国戏剧在世界戏坛的地位和重要影响。

2009年9月,山东大学出版社推出了郭继德著的《当代美国戏剧发展趋势》。该著作从不同的视角评价和阐释了美国戏剧的发展趋势,梳理了当代美国主要的戏剧作家和戏剧流派。

2010年7月,谢群、陈立华主编的《当代美国戏剧研究》由北京理工大学出版社出版。该书收录了近30篇关于美国经典戏剧作品的评论文章,其中不少论文有较高的学术价值。

2012年4月,中国社会科学出版社出版了范煜辉著的《意识形态幻象的批评与超越:二战后美国另种戏剧研究》。该书研究了1945—2008年美国的大众商业剧和替补戏剧,考察了非百老汇的替补戏剧与百老汇大众商业剧的互动关系,着重论述了替补戏剧所批判的意识形态幻想。

2012年8月,商务印书馆出版了徐颖果著的《美国华裔戏剧研究》。该书探究了美国华裔戏剧的诞生,分析了产生的社会和历史原因,梳理了华裔戏剧的发展历程,描述了华裔戏剧的特点,研究了中国文化和戏剧传统对美国华裔戏剧的影响。

2013年12月,左进著的《20世纪美国女性戏剧文学与文化的语用文体研究》由南京大学出版社出版。该书构建了一个分析戏剧文本的语用文体框架,在此框架内,对5部美国女性戏剧代表作进行了分析,并论述了语言选择与女性剧作家自我书写之间的关系。

2014年12月,人民文学出版社出版了周维培与韩曦合著的《当代美国戏剧60年(1950—2010)》。该书全面记述了1950—2010年美国戏剧的发展状况,描述了当代美国戏剧的作家、作品和思潮。

2015年12月,吾文泉著的《多元文化与当代美国戏剧》由上海外语教育出版社出版。该书把当代美国戏剧置于多元文化之中,探讨了20世纪80年代以后的美国戏剧,研究剧作的艺术特征和多元文化主题。

2016年12月,中国社会科学出版社出版了张生珍著的《当代美国戏剧艺术思潮研究》。该书以当代美国经典剧作家为研究对象,讨论了美国现代派和后现代派最具影响力的剧作家。作者认为,当代美国戏剧已经超越了现实主义,走向多元化的发展道路。

2017年9月,北京交通大学出版社出版了陈爱敏与王羽青主编的《异彩纷呈:20—21世纪之交美国戏剧研究》。该书选取了世纪之交的美国戏剧研究论文,对美国族裔戏剧的新发展,美国戏剧中性别、身份与意识形态关系,美国戏剧与大众文化等问题进行了论述。

2018年1月,中国书籍出版社出版了翟慧丽著的《从模仿到独创:美国戏剧的发展研究》。该著作对美国各个时期不同类型戏剧的发展情况进行了深入的研究。

2020年1月,韩曦著的《当代美国戏剧思潮与流派研究》由南京大学出版社出版。该研究从多层次、多角度、跨文化、跨领域的解析,展示了当代美国戏剧思潮与流派的整体风貌。

2020年9月,阿诺德·阿伦森著、高子文译的《美国先锋戏剧:一种历史》由南京大学出版社出版。该书首次对美国先锋戏剧进行了梳理,内容涉及先锋戏剧的定义、起源、理论与基础,并对生活剧团、伍斯特剧团等代表剧团做了介绍。

这些学术著作虽然数量有限,但它们代表着国内对美国戏剧的研究水准,极大地推动了美国戏剧在中国的传播与研究,并促进了中国与国际的美国戏剧研究的接轨。

第六节　英美戏剧汉译对中国新时期戏剧文化的
建构与影响

英美戏剧在中国近120年的译介与传播,对中国戏剧文化的建构产生了巨大的作用和影响。特别是改革开放以后,传统的中国戏曲,由于受到艺术领域新思潮的冲击,以及英美戏剧的影响,在多方面发生了深刻的变化。20世纪90年代国内新创作的戏剧作品,其戏剧结构、时空处理、表演形式和舞台设置都已与传统、古老的戏曲截然不同。对西方话剧以及20世纪80年代以后的英美各种流派的剧作译介,促使中国戏剧在民族化和现代化的道路上进行了长期的探索。中国戏剧在消化吸收英美等西方各种戏剧流派的同时,形成了自己独有的艺术特色。在此基础上,21世纪的中国戏剧更是乘势而上,一展风姿。

第一,以英美为代表的西方戏剧的译介与传播,打破了我国古老的、传统的、教条的戏剧观念。在新中国成立后的近30年,我国的戏剧艺术基本上可归纳为"为政治服务"。20世纪80年代中期,在戏剧"西潮"的冲击下,全国掀起了"戏剧观"的大讨论。中国旧的舞台文化,在20世纪90年代末的社会转型期受到了抨击,人们的社会观念与审美心理开始转变。无论是传统戏曲还是现代话剧,剧本创作开始关注社会问题,讲述普通人的命运、诉求和苦难,融入现代的舞台技术和表现手法。

第二,在以英美为代表的西方戏剧思潮的影响下,中国戏坛出现了现代戏剧流派的"前卫"剧作,"解放思想成为戏剧界非常之流行且响亮的口号"。[①]品特和斯托帕德等当代剧作家的荒诞派戏剧作品的汉译,以及贝克特为代表的"先锋"戏剧在中国的译介与传播,极大地推动了中国戏剧的改革、创新和发展。中国戏坛出现了一批带有现代主义色彩的"探索剧"。1985年,空政话剧团上演 *WM*;同年,中央实验话剧院上演《一个死者对生者的访问》;1986年,上海青年艺术剧院上演《天才与疯子》。这些剧作对中国戏剧的变革产生了积极而深远的影响。其多维的思想主题、多变的舞台时空、多层的视觉感受、多面的对话形式,轰动了国内戏剧界。

---

① 傅谨. 中国戏剧史. 北京:北京大学出版社,2014:269.

　　第三,中国戏剧舞台进入了一个真正多样化的时期,校园戏剧和小剧场戏剧得到了蓬勃的发展。国内的校园戏剧和小剧场戏剧是直接模仿英美的戏剧模式进行的,其宗旨是实现戏剧的实验性、前卫性、非商业化和非主流化。1989年,"南京小剧场艺术节"在南京举办,包括北京人艺在内的10个戏剧院团参加了演出,在全国产生了很大的反响。1993年,"中国小剧场戏剧展暨国际研讨会"在北京举办,8天时间共演出了14台戏。2009年8月9日至23日,由北京剧协等单位联办的"2009年大学生戏剧节"汇集了来自全国高校的19部校园戏剧,连演36场,获得了广泛的好评。

　　21世纪的中国戏剧舞台呈现出多样化的趋势,单一的舞台模式已不复存在,多种风格与流派的戏剧精彩纷呈,构成了靓丽的艺术美景。小剧场戏剧更成为一种流行的"快餐式"戏剧形式,吸引了众多年轻人的参与。

　　第四,英美戏剧的译介与传播加速了中国戏剧与世界舞台的融合。随着中西戏剧文化交流的日益频繁,除了引入英美等优秀戏剧文化之外,中国的经典戏剧也同时走向世界。20世纪末,中国强劲的改革开放之风助推了中国戏剧向海外的译介与传播。一个多元化戏剧观念引领下的舞台新格局已经呈现,中国戏剧在世界的影响力日趋扩大。

　　21世纪是中国戏剧真正接轨世界戏剧的世纪。随着全球文化一体化进程的加快,一个世界文化大融合的时代即将到来,戏剧在其中将扮演一个不可或缺的角色。中国戏剧将以璀璨的姿态,步入与世界戏剧同步发展的轨道,真正成为世人瞩目的全球性艺术。

附录一

英国戏剧作品汉译年表（1904—2020）

1904年

10月，玛丽·兰姆和查尔斯·兰姆（Mary Lamb & Charles Lamb）著、林纾和魏易翻译的《英国诗人吟边燕语》（*Tales from Shakespeare*）由商务印书馆出版。

1911年

威廉·莎士比亚（William Shakespeare）著、包天笑翻译的《女律师》（*The Merchant of Venice*）刊载于《女学生》第2期，月份不详。

1912年

2月，爱塞宾奈尔著、欧云翻译的《秋扇影》刊载于《小说月报》第3卷第2号。

7月至1914年5月，乔治·萧伯纳（George Bernard Shaw，另译肖伯纳、萧伯讷）著、陈景韩翻译的《拿破仑》（*The Man of Destiny*）刊载于《小说时报》第16、19、22期。

1914年

9月至次年11月，莎士比亚著、美国传教士亮乐月（Laura M. White）翻译的《剜肉记》（*The Merchant of Venice*）刊载于《女铎》第3卷第6期至第4卷第8期。

1915年

10月,英国陆军副将弗雷泽(F. J. Fraser)著、刘半农翻译的《戍獭》刊载于《小说大观》第2期。

10月至次年10月,奥斯卡·王尔德(Oscar Wilde)著、薛琪瑛翻译的《意中人》(*An Ideal Husband*)刊载于《青年杂志》第1卷第2-4、6号和《新青年》第2卷第2号。

12月,赖赛氏著、(周)瘦鹃翻译的《验心》刊载于《小说大观》第4期。

1916年

1月,莎士比亚著、林纾和陈家麟翻译的《雷差得纪》(*Richard II*)刊载于《小说月报》第7卷第1号。

2月,萧伯纳著、(赵)苕狂翻译的《噫嘻拿翁》(*The Man of Destiny*)刊载于《春声》第2期。

2—4月,莎士比亚著、林纾和陈家麟翻译的《亨利第四纪》(*Henry IV*)刊载于《小说月报》第7卷第2—4号。

4月,莎士比亚著、林纾和陈家麟翻译的《亨利第六遗事》(*Henry VI*)由商务印书馆出版。

5—7月,莎士比亚著,林纾和陈家麟翻译的《凯彻遗事》(*Julius Caesar*)刊载于《小说月报》第7卷第5—6号。

6月,莎士比亚著、贡少芹改译的《盗花》(*Henry VI*)由文明书局出版,1932年12月6版。

9月、11月,王尔德著、陈嘏翻译的《弗罗连斯》(*A Florentine Tragedy*)刊载于《新青年》第2卷第1、3号。

1918年

5月,王尔德著、神州天浪生翻译的《扇》(*Lady Windermere's Fan*)刊载于《民铎》第1卷第4号。

12月至次年3月,王尔德著、沈性仁翻译的《遗扇记》(*Lady Windermere's Fan*)刊载于《新青年》第5卷第6号,第6卷第1、3号。

1919年

2月，萧伯纳著、沈雁冰翻译的《地狱中之对谈》(*Man and Superman*：*Don Juan in Hell*)刊载于《学生杂志》第6卷第2号。

3月，王尔德著、潘家洵翻译的《扇误》(*Lady Windermere's Fan*)刊载于《新潮》第1卷第3号。

10月，伊莎贝拉·奥古斯塔·格雷戈里夫人(Isabella Augusta，Lady Gregory)著、沈雁冰翻译的《月方升》(*The Rising of the Moon*)刊载于《时事新报》第0018版。

10月，萧伯纳著、潘家洵翻译的《华伦夫人之职业》(*Mrs. Warren's Profession*)刊载于《新潮》第2卷第1号。

1920年

3—4月，王尔德著、陆思安和裘配岳翻译的《萨洛姆》(*Salomé*)刊载于《民国日报》副刊《觉悟》。

5月，萧伯纳著、潘家洵翻译的《陋巷》(*Widowers' Houses*)刊载于《新潮》第2卷第4号。

6月，萧伯纳著、葉洪煦翻译的《鳏夫的屋子》(*Widowers' Houses*)（第1幕）刊载于《新学报》第2号。

9月，格雷戈里夫人著、沈雁冰翻译的《市虎》(*Spreading the News*)刊载于《东方杂志》第17卷第17号。

1921年

3月，王尔德著、王靖和孔襄我翻译的《同名异娶》(*The Importance of Being Earnest*)由泰东图书局出版。

3月，王尔德著、田汉翻译的《沙乐美》(*Salomé*)刊载于《少年中国》第2卷第9期。

5—9月，约翰·高尔斯华绥(John Galsworthy)著、陈大悲翻译的《银盒》(*The Silver Box*)刊载于《戏剧》第1卷第1、3、5期。

5—12月，王尔德著、耿式之翻译的《一个不重要的妇人》(*A Woman of No Importance*)刊载于《小说月报》第12卷第5、6、8、12号。

6月,莎士比亚著、田汉翻译的《哈孟雷特》(*Hamlet*)刊载于《少年中国》第2卷第12期。

8月,亨利·阿瑟·琼斯(Henry Arthur Jones,另译琼司)著、俞梅初翻译的《密嘉尔和他失去的安琪儿》(*Michael and His Lost Angel*)刊载于《戏剧杂志》第4期。

9月,格雷戈里夫人著、沈雁冰翻译的《海青赫佛》(*Hyacinth Halvey*)刊载于《新青年》第9卷第5号。

12月,约翰·德林瓦脱(John Drinkwater)著、沈性仁翻译的《林肯》(*Abraham Lincoln*)由商务印书馆在上海出版,1923年1月再版,1931年7月出4版,1933年3月又出1版,1935年4月推出2版。

1922年

1月,高尔斯华绥著、邓演存翻译的《长子》(*The Elder Son*)由商务印书馆出版,1924年11月再版,1933年1月又出1版。

3月,格雷戈里夫人著、沈雁冰翻译的《旅行人》(*The Travelling Man*)刊载于《民国日报·妇女评论》第30—31期。

3—6月,格雷戈里夫人著、沈雁冰翻译的《乌鸦》(*Jackdaw*)刊载于《民国日报·妇女评论》第34—37、44期。

7月,高尔斯华绥著、邓演存翻译的《小梦》(*The Little Dream*)刊载于《东方杂志》第19卷第13—14号。

10月,艾尔弗雷德·苏特罗(Alfred Sutro,另译苏德罗、苏周、休德诺)著、赵惜迟翻译的《街头人》(*The Man on the Kerb*)刊载于《东方杂志》第19卷第19期。

10月,圣约翰·汉金(St. John Hankin)著、沈性仁翻译的《常恋》(*The Constant Lover*)刊载于《小说月报》第13卷第10号。

11月,莎士比亚著、田汉翻译的《哈孟雷特》(*Hamlet*)由中华书局出版,1923年11月再版,1930年3月推出6版,1932年11月推出7版,1936年3月推出8版。

11月,格雷戈里夫人著、沈雁冰翻译的《狱门》(*The Jail Gate*)刊载于《民国日报·妇女评论》第65—66期。

11月,玛丽·玛茜(Mary Marcy)著、谭伯扬翻译的《自由结合》(*A Free*

Union)刊载于《晨报副刊》。

12月,唐绥尼(Lord Dunsany,今译邓萨尼勋爵)著,魏雨苍翻译的《光辉底门》(*The Glittering Gate*)刊载于《晨报副刊》。

1923年

1月,王尔德著、田汉翻译的《沙乐美》(*Salomé*)由中华书局出版,1930年3月5版,1939年8月7版。

3—7月,莎士比亚著、田汉翻译的《罗蜜欧与朱丽叶》(*Romeo and Juliet*)刊载于《少年中国》第4卷第1-5期。

4月,萧伯纳著、潘家洵翻译的《华伦夫人之职业》(*Mrs. Warren's Profession*)由商务印书馆出版,1925年11月再版,1933年6月又出1版,1935年5月推出2版。

4月,金本基、袁弼翻译的萧伯纳戏剧集《不快意的戏剧》(*Plays of Unpleasant*)由商务印书馆出版,收录《乌兰夫人的职业》(*Mrs. Warren's Profession*)、《好述者》(*The Philanderer*)和《鳏夫之室》(*Widowers' Houses*)。

8月,阿诺德·比纳特(Arnold Bennet,另译白纳德、彭内特)著、王兆俊翻译的《贤妇》(*A Good Woman*)刊载于《心潮》第1卷第2期。

8月至9月,高尔斯华绥著、陈大悲翻译的《忠友》(*Loyalties*)和《有家室的人》(*A Family Man*)刊载于《晨报副刊》。

1924年

1月,王尔德著、洪深改译的《少奶奶的扇子》(*Lady Windermere's Fan*)刊载于《东方杂志》第21卷第2—5号。

4月,莎士比亚著、田汉翻译的《罗蜜欧与朱丽叶》(*Romeo and Juliet*)由中华书局出版,1930年5月推出4版,1932年9月推出5版,1937年2月推出6版。

4月,东方杂志社编纂的《现代独幕剧》(1—3册)由商务印书馆出版。第1册收录苏德罗的《街头人》(*The Man on the Kerb*)、威廉·巴特勒·夏芝(William Butler Yeats,今译叶芝)的《沙漏》(*The Hour-Glass*)、唐珊南(今译邓萨尼勋爵)的《遗帽》(*The Lost Silk Hat*)和葛雷古(今译格雷戈里夫人)的《市虎》(*Spreading the News*)。该书于1925年9月推出3版。

5月,莎士比亚著、邵挺翻译的《天仇记》(*Hamlet*)由商务印书馆出版。

11月,王尔德著、桂裕和徐名骥译述的《莎乐美》(*Salomé*)由商务印书馆出版。

詹姆斯·巴蕾(James Barrie)著、沈性仁翻译的《十二镑钱的神气》(*The Twelve-pound Look*)刊载于《太平洋》第4卷第6期,月份不详。

1925年

1月,琼斯著、张志澄翻译的《玛加尔及其失去的天使》(*Michael and His Lost Angel*)由商务印书馆出版。

1月,莎士比亚著、邵挺和许绍珊翻译的《罗马大将该撒》(*Julius Caesar*),译者自刊。

4月,约翰·辛格(John Synge)著、鲍文卫翻译的《向海去的骑者》(*Riders to the Sea*)刊载于《京报副刊》第128—129期。

5—6月,巴蕾著、洪深改译的《第二梦》(*Dear Brutus*)刊载于《东方杂志》第22卷第9—11期。

8月,高尔斯华绥著、顾德隆(顾仲彝)改译的《相鼠有皮》(*The Skin Game*)由商务印书馆出版,1927年4月再版。

11—12月,莎士比亚著、林纾遗译《亨利第五纪》(*Henry V*)刊载于《小说世界》第12卷第9—10号。

12月,吉卜生著、汪宝瑄翻译的《家庭的骄子》刊载于《京报副刊》第360期。

1926年

2月,郭沫若翻译的《约翰沁孤的戏曲集》由商务印书馆出版,收录辛格的《悲哀之戴黛儿》(*Deirdre of the Sorrows*)、《西域的健儿》(*The Playboy of the Western World*)、《补锅匠的婚礼》(*The Tinker's Wedding*)、《圣泉》(*The Well of the Saints*)、《骑马下海的人》(*Riders to the Sea*)和《谷中的暗影》(*The Shadow of the Glen*)。

2月,葛高立(今译格雷戈里夫人)著、赵锺才翻译的《消息之流传》(*Spreading the News*)刊载于《文艺》第1卷第2期。

6月,戈斯华士(今译高尔斯华绥)著、郭沫若翻译的《争斗》(*Strife*)由商务印书馆出版。

6月,王尔德著、潘家洵翻译的《温德米尔夫人的扇子》(*Lady Windermere's Fan*)由北京朴社出版。

1927年

1月,乔治·卡尔德龙(George Caldron)著,沈性仁翻译的《小坟屋》(*The Little Stone House*)刊载于《小说月报》第18卷第1号。

3月,莎士比亚著、张采真翻译的《如愿》(*As You Like It*)由北新书局出版。

7月,高尔斯华绥著、郭沫若翻译的《银匣》(*The Silver Box*)由创造社出版部出版,1929年9月由上海联合书店再版,1931年10月由上海现代书局推出3版,1933年5月推出4版。

7月,高尔斯华绥著、郭沫若翻译的《法网》(*Justice*)由上海现代书局推出初版,1929年8月由创造社出版部出版,1929年9月由上海联合书店推出3版,1933年5月由上海现代书局推出4版。

8月,王尔德著、徐葆炎翻译的《莎乐美》(*Salomé*)由光华书局出版。

10月,芳信和钦榆翻译的《近代欧美独幕剧集》由光华书局出版,收录格雷戈里夫人的《一个游历的人》(*The Travelling Man*),1936年6月由上海大光书局再版。

10月,席涤尘和赵宋庆翻译的《鸽与轻梦》由开明书店出版,收录高尔斯华绥的《鸽》(*The Pigeon*)和《轻梦》(*The Little Dream*)。

1928年

2月,格雷戈里夫人著、谐庭翻译的《狱门》(*The Jail Gate*)刊载于《新路半月刊》第1卷第2期。

9月,萧伯纳著、席涤尘和吴鸿缓翻译的《武器与武士》(*Arms and the Man*)由光华书局出版。

10月,王尔德著、徐培仁翻译的《一个理想的丈夫》(*An Ideal Husband*)由金屋书店出版。

11月,威廉·基葡特(William Gilbert,另译吉尔勃特)著、徐培仁翻译的《沛生斯的海盗》(*The Pirates of Penzance, or The Slave of Duty*,又译《义务之仆》)由国际学术书社出版。

11月,莎士比亚著、石民翻译的《裘力斯·凯撒》(*Julius Caesar*)(第3幕第

2场）刊载于《语丝》第4卷第43期。

12月，高尔斯华绥著、华汉光翻译的《阳光》（*The Sun*）刊载于《今代妇女》第7期。

莎士比亚著、邓以蛰翻译的《若邈玖嬲新弹词》（*Romeo and Juliet*）由新月书店出版，出版月份不详。

1929年

1月，莎士比亚著、缪览辉翻译的《恋爱神圣》（*The Merry Wives of Windsor*）由唯爱丛书社出版。

2月，艾丽丝·斯密司（Alice Smith）编、焦菊隐译述的《现代短剧译丛》（*Short Plays by Representative Authors*）由商务印书馆出版，收录的英国戏剧作品有苏周的《受困的人》（*The Man on the Kerb*）、约翰·梅斯斐尔德（John Masefield，另译梅士斐儿、马斯斐尔、麦斯斐尔、曼殊斐尔、麦斯非尔德）的《锁着的箱子》（*The Locked Chest*）和康斯坦丝·玛开（Constance Mackay）的《银裹子》（*The Silver Lining*），1935年5月又推出1版。

2月，顾仲彝改译的独幕剧译文集《同胞姊妹》由真善美书店出版，收录根据威廉·斯坦利·何腾（Wiliam Stanley Houghton，另译霍顿、霍登、赫登）的《亲爱的死者》（*The Dear Departed*）改译的《同胞姊妹》。

3月，艾伦·亚历山大·米恩（Alan Alexander Milne，另译弥伦、米尔恩）著、皮西翻译的《艺术家》（*The Artist: A Duologue*）刊载于《新月》第2卷第1期。

5月，格雷戈里夫人著、黄药眠翻译的剧作集《月之初升》由文献书房出版，收录《监狱门前》（*The Jail Gate*）、《月之初升》（*The Rising of the Moon*）、《启厄新斯黑尔福》（*Hyacinth Halvey*）、《旅行人》（*The Travelling Man*）、《谣传》（*Spreading the News*）、《贫民院的病室》（*The Workhouse Ward*）和《乌鸦》（*The Jackdaw*）。

5月，巴雷（今译巴蕾）著、顾仲彝改译的《一百二十五两银子的面孔》（*The Twelve-Pound Look*）刊载于《新月》第2卷第3期。

6月，田汉翻译的《檀泰琪儿之死》（*La Mort de Tintagere*）① 由现代书局出

---

① 1928年，田汉翻译了多部外国戏剧作品，包括比利时剧作家梅特林克的《檀泰琪儿之死》、爱尔兰剧作家辛格的《骑马下海的人们》，以及奥地利剧作家施尼茨勒的《最后的假面》。这些作品在次年以《檀泰琪儿之死》为名集结出版。

版,收录辛格的《骑马下海的人们》(*Riders to the Sea*)。

6月,休伯特·亨利·台维斯(Hubert Henry Davis)著、朱端钧改译的《寄生草》(*Mollusc*)刊载于《现代戏剧》第1卷第2期。

6—12月,莎士比亚著、朱维基翻译的《乌赛罗》(*Othello*)(第1-2幕)刊载于《金屋月刊》第1卷第6—7期。

8月,理查德·谢立丹(Richard Sheridan)著、伍光建译、梁实秋校的《造谣学校》(*The School for Scandal*)由新月书店出版。

8月,薛立敦(今译谢立丹)著、苏兆龙翻译的《造谣学校》(*The School for Scandal*)由商务印书馆出版。

9月,魏肇基翻译的《神与人的戏剧》由现代书局出版,收录唐绥尼卿(今译邓萨尼勋爵)的《山神》(*The Gods of the Mountain*)、《光辉的门》(*The Glittering Gate*)和《宿店底一夜》(*A Night at an Inn*)。其中,《宿店底一夜》于1937年10月由上海文化书局再版。

9月,唐绥尼卿著、马彦祥翻译的《亚杰门王与无名战士》(*King Argimenes and the Unknown Warrior*)刊载于《戏剧》第1卷第3期。

11月,奥利弗·哥德史密斯(Oliver Goldsmith,另译哥尔斯密)著、伍光建译、叶公超校的《诡姻缘》(*She Stoops to Conquer*)由新月书店出版。

11月,高尔斯华绥著、春冰翻译的《有家室的人》(*A Family Man*)刊载于《戏剧》第1卷第4期。

高尔斯华绥著、曾子亨翻译的《败北》(*Defeat*)刊载于《中大月刊》第1—2期,月份不详。

1930 年

1月,台维斯著、朱端钧改译的《寄生草》(*Mollusc*)由光华书局在上海出版,1936年3月由大光书局再版。

1月,高尔斯华绥著、万曼翻译的《小人物》(*The Little Man*)刊载于《新文艺》第1卷第5期。

3月,吉布斯(B. R. Gibbs)著、伍蠡甫翻译的《合作之胜利》由中国合作学社出版,1933年11月再版。

4月,高尔斯华绥著、南开新剧团改译的《争强》(*Strife*)发行。

5月,巴蕾著、余上沅翻译的《可钦佩的克来敦》(*The Admirable Crichton*)

由新月书店出版。

5月,莎士比亚著、顾仲彝翻译的《威尼斯商人》(*The Merchant of Venice*)由新月书店出版。

5月,莎士比亚著、张文亮翻译的《墨克白丝与墨夫人》(*Macbeth*)由青野书局出版。

5月,顾仲彝译注的《独幕剧选》(*Some One Act Plays*)由北新书局出版,收录的英国戏剧作品有米恩的《孩子回家了》(*The Boy Comes Home*)、琼斯的《终局》(*The Goal*)、邓萨尼勋爵的《金色的恶运》(*The Golden Doom*)和高尔斯华绥的《最先与最后》(*The First and the Last*),1931年4月再版。

5月,高尔斯华绥著、黄作霖改译的《家长》(*A Family Man*)刊载于《戏剧与文艺》第2卷第1、2期。

6月,何腾著、瑞翻译的《芳西》(*Fancy Free*)刊载于《国闻周报》第7卷第21期。

9月,格哩高莱夫人(今译格雷戈里夫人)著、陈鲤庭翻译的《月亮上升》(*The Rising of the Moon*)刊载于《文艺月刊》第1卷第2期。

9月,萧伯纳著、彭道真翻译的《他如何对她的丈夫撒谎》(*How He Lies to Her Husband*)刊载于《北新》第4卷第18号。

10月,莎士比亚著、戴望舒翻译的《麦克倍斯》(*Macbeth*)由金马书堂出版。

10月,巴蕾著、熊式一翻译的《半个钟头》(*Half an Hour*)和《七位女客》(*Seven Women*)刊载于《小说月报》第21卷第10期。

11月,巴蕾著、熊式一翻译的《可敬的克莱登》(*The Admirable Crichton*)由商务印书馆出版。

11月,萧伯纳著、中暇翻译的《英雄与美人》(*Arms and the Man*)由商务印书馆出版,1932年11月又出1版,1947年3月推出2版。

11月,哈罗德·布里格豪斯(Harold Brighouse,另译布列好斯)著、熊正瑾翻译的《密司徧士》刊载于《新月》第11期。

12月,哥尔斯卫狄(今译高尔斯华绥)著、朱复翻译的《群众》(*The Mob*)由商务印书馆出版,1933年4月又出1版。

12月,莎士比亚著、彭兆良翻译的《第十二夜》(*Twelfth Night*)由中华新教育社出版。

1931 年

1月，巴蕾著、熊式一节译的《我们上太太们那儿去吗》（*Shall We Join the Ladies*）刊载于《小说月报》第22卷第1期。

2—6月，巴蕾著、熊式一翻译的《潘彼得，又名〈不肯长大的孩子〉》（*Peter Pan or The Boy Who Wouldn't Grow Up*）刊载于《小说月报》第22卷第2—6期。

4月，孙大雨翻译的莎士比亚剧作《译 *King Lear*》（第3幕第2场）刊载于《诗刊》第2期。

5月，汉金著、梁遇春译注的《忠心的爱人》（*The Constant Lover*）由北新书局出版。

7月，萧伯纳著、林语堂翻译的《卖花女》（*Pygmalion*）由开明书店发行，同年11月再版发行，1947年4月又出一版。

10月，罗家伦选译的《近代英文独幕名剧选》由商务印书馆出版，收录的英国戏剧作品有梅斯斐德的《临别》（*The Sweeps of Ninety-Eight*）、葛赖戈蕾（今译格雷戈里夫人）的《月起》（*The Rising of the Moon*）、高士华胥（今译高尔斯华绥）的《阳光》（*The Sun*）、段香莱（今译邓萨尼勋爵）的《诗运》（*Fame and the Poet*）、何腾的《巧遇》（*Fancy Free*）、白纳德的《性别》（*A Question of Sex*）和琼斯的《遗志》（*The Goal*），1933年9月又出1版。

10月，莎士比亚著、孙大雨翻译的《罕姆莱德》（*Hamlet*）（第3幕第4场）刊载于《诗刊》第3期。

11月，巴蕾著、熊式一翻译的《十二镑的尊容》（*The Twelve-Pound Look*）刊载于《小说月报》第22卷第11期。

11—12月，萧伯纳著、熊式一翻译的《"人与超人"中的梦境》（*Man and Superman*）连载于《新月》第11—12期。

12月，高尔斯华绥著、方光焘翻译的《一场热闹》（*The Show*）由开明书店出版，1932年5月再版。

12月，巴蕾著、熊式一翻译的《遗嘱》（*The Will*）刊载于《小说月报》第22卷第12期。

1932 年

3月，邓萨尼勋爵著、柏寒翻译的《南瓜》（*The Pumpkin*）刊载于《清华周刊》第37卷第5期。

3月,格雷戈里夫人著、赵如琳改译的《谣传》(*Spreading the News*)刊载于《话剧表演特刊》。

6月,王尔德著、林超真改译的《理想良人》(*An Ideal Husband*)由神州国光社出版。

7月,巴蕾著、熊式一翻译的《我们上太太们那儿去吗》(*Shall We Join the Ladies*)由星云堂书店出版。

7月,莎士比亚著、徐志摩遗译《罗米欧与朱丽叶》(*Romeo and Juliet*)(第2幕第2场)刊载于《诗刊》第4期。

12月,高尔斯华绥著、杜衡翻译的《太阳》(*The Sun*)刊载于《现代》第2卷第2期。

1933年

1月,阿瑟·平内罗(Arthur Pinero)著、程希孟翻译的《谭格瑞的续弦夫人》(*The Second Mrs. Tanqueray*)由商务印书馆出版,1937年6月又出1版。

1月,王学浩编译的《世界独幕剧》(第1集)由沪江文社出版,收录葛兰格兰夫人(今译格雷戈里夫人)的《明月东升》(*The Rising of the Moon*)和段适南(今译邓萨尼勋爵)的《遗忘的丝帽》(*The Lost Silk Hat*),1935年11月推出再版。

1月,莎士比亚著、徐志摩遗译《罗米欧与朱丽叶》(第2幕第2场)刊载于《新月》第4卷第1期。

2月,萧伯纳著、罗牧翻译的《人与超人》(*Man and Superman*)由商务印书馆出版。

2月,休德诺著、刘大杰翻译的《手钏》(*The Bracelet*)刊载于《海潮(上海)》第22—23期。

2月,高尔斯华绥著、白宁翻译的《结婚戒指》(*Hall-Marked*)刊载于《大陆杂志》第1卷第8期。

3月,高尔斯华绥著、蒋东岑翻译的《群众》(*The Mob*)由线路社出版。

3月,何腾著、张梦麟翻译的《摩登夫妇》(*Fancy Free*)刊载于《海潮(上海)》第24期。

3月,萧伯纳著、熊式一翻译的《安娜珍丝加》(*Annajanska, the Bolshevik*

Empress)刊载于《现代》第2卷第5期。

4月,何腾著、顾仲彝改译的《同胞姐妹》刊载于《新月》第1卷第4期。

5—6月,威廉·萨默赛特·毛姆(William Somerset Maugham)著、方于翻译的《毋宁死》(*The Sacred Flame*)刊载于《文艺月刊》第3卷第11—12号。

10月,巴蕾著、熊适逸(熊式一)翻译的《可敬的克莱登》(*The Admirable Crichton*)由商务印书馆出版。

1934年

1月,巴蕾著、熊式一翻译的《洛神灵》(*Rosalind*)刊载于《申报月刊》第3卷第1—2期。

4月,萧伯纳著、胡仁源翻译的《圣女贞德》(*Saint Joan*)由商务印书馆出版,1937年3月再版。

4—6月,高尔斯华绥著、唐槐秋翻译的《有家室的人》(*A Family Man*)刊载于《中国文学》第1卷第3—6期。

6月,吉尔勃特著、刘漫孤翻译的《海寇》(*The Pirates of Penzance, or The Slave of Duty*)由上海高圳书发行。

6—7月,高尔斯华绥著、郑稚存翻译的《逃亡者》(*Escape*)刊载于《文艺月刊》第5卷第6期、第6卷第1期。

7月,毛姆著、方于翻译的《毋宁死》(*The Sacred Flame*)由正中书局出版。

9月,梅士斐儿著、饶孟侃翻译的《兰姑娘的悲剧》(*The Tragedy of Nan*)由中华书局出版。

10月,萧伯纳著、张梦麟翻译的《人与超人》(*Man and Superman*)由中华书局出版。

12月,钱歌川、杨维铨著译的《黑女》由中华书局出版,此为《新中华》创刊两年以来所发表的短剧总集,收录高尔斯华绥的《败北》(*Defeat*)和邓萨尼勋爵的《阿拉伯人的天幕》(*The Tents of the Arabs*)。

格雷戈里夫人著,阎哲吾翻译的《造谣的人们》(*Spreading the News*)被收于山东省立民众教育馆出版的《化装讲演稿》第7集,出版月份不详。

1935年

1月,高尔斯华绥著、安其翻译的《银烟盒》(*The Silver Box*)刊载于《东方杂志》第32卷第1期。

2月,苏德罗著、郑光汉翻译的《街头人》(*The Man on the Kerb*)刊载于《文学期刊》第2期。

2—3月,莎士比亚著、高昌南翻译的《朱理亚·恺撒》(*Julius Caesar*)(第1—2幕)刊载于《文艺月刊》第7卷第2—3期。

5月,葛瑞古夫人(今译格雷戈里夫人)著、陈鲤庭和陈治策编译的《月亮上升》(*The Rising of the Moon*)由中华平民教育促进委员会定县实验区出版。

5月,萧伯纳著、黄嘉德翻译的《乡村求爱》(*A Village Wooing*)由商务印书馆出版。

5月,萧伯纳著、刘叔扬翻译的《一个逃兵》(*Arms and the Man*)由商务印书馆出版。

5月,萧伯纳著、李健吾改译的《说谎集》(*How He Lied to Her Husband*)刊载于《文学(上海1933)》第4卷第5期。

5月,布里格豪斯著、苇君和谷人翻译的《夕红》刊载于《北平晨报》副刊《北平学园》。

6月,莎士比亚著、高昌南翻译的《暴风雨》(*The Tempest*)(第1幕第2场)刊载于《文艺月刊》第7卷第6期。

8月,莎士比亚著、曹未风翻译的《该撒大将》(*Julius Caesar*)由商务印书馆出版。

10月,王尔德著、徐保炎翻译的《沙乐美》(*Salomé*)由大光书局出版。

1936年

2月,高尔斯华绥著、方安和史国纲译述的《正义》(*Justice*)由商务印书馆出版。

3月,萧伯纳著、胡仁源翻译的《千岁人》(*Back to Methuselah*)由商务印书馆出版。

3—5月,萧伯纳著、朱文振翻译的《康缇达》(*Candida*)刊载于《文艺月刊》第8卷第3—5期。

5月,王尔德著、张由纪译述的《少奶奶的扇子》(*Lady Windermere's Fan*)由启明书局出版,1937年1月再版,1937年4月3版。

6月,诺艾尔·科华德(Noel Coward,另译考禾德、柯华德)著、殷作桢翻译的《骑队》（*Cavalcade*）由商务印书馆出版。

6—8月，莎士比亚著、梁实秋翻译的《威尼斯商人》《马克白》《丹麦王子哈姆雷特之悲剧》《如愿》和《李尔王》由商务印书馆出版。

7月，琼斯著、刘秋星翻译的《归宿》（*Home Again*）刊载于《文艺月刊》第9卷第1期。

8月，萧伯纳著、姚克翻译的《魔鬼的门徒》（*The Devil's Disciple*）由文化生活出版社出版，1950年11月再版。

9月，托马斯·哈代（Thomas Hardy）著、杜衡翻译的《统治者》（*The Dynasts*）由商务印书馆出版。

10月，米恩著、张彭春改译的《谁先发的信》（*The Artist：A Duologue*）刊载于《南开校友》第1卷第1期。

11月，莎士比亚著、梁实秋翻译的《奥赛罗》（*Othello*）由商务印书馆出版。

陈治策改译自莎士比亚《威尼斯商人》的《乔妆的女律师》由中华平民教育促进会出版，出版月份不详。

1937年

1月，莫恨（今译毛姆）著、陈绵根据卡布夏（H. de Carbuccia）法译本转译的《情书》（*The Letter*）由商务印书馆发行。

1月，王尔德著、汪宏声（以"沈佩秋"为笔名）翻译的《沙乐美》（*Salomé*）由启明书局出版，同年3月再版，书名改为《莎乐美》，1940年8月推出第3版。

2月，杰弗里·戴耳（Jeffrey Dell）著、陈绵翻译的《缓期还债》（*Payment Deferred*）由商务印书馆出版。原剧改编自傅来司特（C. S. Forester）的同名小说。

2月，高斯华绥（今译高尔斯华绥）著、向培良翻译的《逃亡》（*Escape*）由商务印书馆出版。

5月，高尔斯华绥著、谢焕邦翻译的《争斗》（*Strife*）由启明书局出版，同年6月再版。

5月，莎士比亚著、梁实秋翻译的《暴风雨》（*The Tempest*）由商务印书馆在上海出版，1938年6月由商务印书馆再版，1948年2月推出第4版。

5月，张越瑞选辑的《翻译独幕剧选》由商务印书馆出版，收录2个英国戏剧剧本：沁孤（今译辛格）著、郭沫若翻译的《骑马下海的人》（*Riders to the*

Sea)和巴蕾著、熊式一翻译的《十二镑的尊容》(*The Twelve-Pound Look*)。

5月,格丽高莱夫人(今译格雷戈里夫人)著、何茵改译的《青山好》(*The Rising of the Moon*)刊载于《生活文学》第1卷第4期。

5月,罗伯特·谢里夫(Robert Sheriff)著、顾仲彝翻译的《圣赫勒拿》(*St. Helene*)刊载于《中国文艺》第1卷第1期。

6月,王尔德著、杨逸声译述的《少奶奶的扇子》(*Lady Windermere's Fan*)由大通图书社出版。

6月,萧伯纳著、蓝文海翻译的《人与超人》(*Man and Superman*)由启明书局出版,1941年8月推出第3版。

10月,马斯斐尔德著、于伶(以"尤兢"为笔名)改译的《搜查》(*The Locked Chest*)被收于《"皇军"的"伟绩"》,由上海杂志公司出版。

12月,涂序瑄翻译的《爱尔兰名剧选》由中华书局出版,收录5个英国戏剧剧本:莘谷(今译辛格)的《海葬》(*Riders to the Sea*)、格莱哥丽(今译格雷戈里夫人)的《麦克唐洛的老婆》(*McDonough's Wife*)、野芝(今译叶芝)的《沙钟》(*The Hour-Glass*)、丹森尼(今译邓萨尼勋爵)的《亚尔济美尼斯皇帝与无名战士》(*King Argimenes and the Unknown Warrior*)和麦茵的《誓约》(原名不详),1941年11月再版。

威廉·康各瑞夫(William Congreve)著、王象咸翻译的《如此社会》(*The Way of the World*)由商务印书馆出版,出版月份不详。

1938年

1月,于伶根据麦斯斐尔德的《临别》(*The Sweeps of Ninety-Eight*)改译的《给打击者以打击》收录于译文集《我们打冲锋》,由大众出版社出版。

2月,曲肇兴根据萧伯纳的《他教她向丈夫撒谎》(*How He Lied to Her Husband*)改译的《他的撒谎》收录于译文集《幽兰女士》,由益智书店出版。

5—10月,巴蕾著、戴小江翻译的《十二金镑的面孔》(*The Twelve-Pound Look*)刊载于《蜀风月刊》第3卷第2—5期、第4卷第1—2期。

6月,格雷戈里夫人著、陈治策改译的《月亮上升》(*The Rising of the Moon*)由中华平民教育促进会发行。

6月,考禾德著、芳信翻译的《私生活》(*Private Lives*)由中国图书杂志公司出版。

8月，莎士比亚著、蒋镇翻译的《暴风雨》（*The Tempest*）由启明书局出版，1940年4月推出第3版。

8月，莎士比亚著、孙伟佛翻译的《该撒大将》（*Julius Caesar*）由启明书局出版，1940年3月再版。

8月，莎士比亚著、周庄萍翻译的《哈梦雷特》（*Hamlet*）由启明书局出版，1940年4月推出第3版。

8月，莎士比亚著、周庄萍翻译的《马克白》（*Macbeth*）由启明书局出版，1939年3月再版，1940年4月推出第3版。

11月，菲利普·约翰逊（Philip Johnson，另译琼逊）著，蓝洋和许子合译的《放弃》刊载于《剧场艺术》第1期。

12月，予且编的独幕剧集《训育主任》由中华书局印行，收录米恩的《孩子回来了》（*The Boy Comes Home*）、圣约翰·欧文（St. John Ervine）的《未完成的发明》（*Progress*）等英国戏剧的改译本。

12月，希基和普里斯-琼斯（D. E. Hickey & A. G. Prys-Jones）合著，沙苏翻译的《十点钟》（*The Clock Strikes Ten*）刊载于《剧场艺术》第2期。

1939 年

1月，悉德尼·鲍克斯（Sydney Box）著、（徐）以礼翻译的《如此内阁》刊载于《剧场艺术》第3期。

4—10月，鲁道夫·培斯亚（Rudolf Besier）著、许子翻译的《闺怨》（*Plays of Half-Decade*）刊载于《剧场艺术》第6—8、11—12期。

5月，霍登著、芳信翻译的《亲爱的死者》（*The Dear Departed*）刊载于《南风》第1卷第1期。

8月，蓝洋等译著的独幕剧选《放弃》由剧场艺术出版社出版，收录《如此内阁》《十点钟》《放弃》等3个英国戏剧剧本。这些剧本此前曾刊登在《剧场艺术》期刊上。

8月，格勒哥丽（今译格雷戈里夫人）著、芳信翻译的《消息传开了》（*Spreading the News*）刊载于《戏剧杂志》第3卷第2期。

9月，莎士比亚著、梁实秋翻译的《第十二夜》（*Twelfth Night*）由商务印书馆出版。

9月，昌言编选的《现代最佳剧选》由现代戏剧出版社出版，收录格里高莱夫人(今译格雷戈里夫人)的《月亮上升》(*The Rising of the Moon*)。

9月,曼殊斐尔著、张季纯改译的《插翅虎》(*The Sweeps of Ninety-Eight*)刊载于《西线文艺》第1卷第2期。

11月,巴里(今译巴蕾)著、杨威廉翻译的《拾贰磅》(*The Twelve-Pound Look*)刊载于《戏剧杂志》第3卷第5期。

11月,萧伯纳著、徐百益编译的《一封情书》(*The Man of Destiny*)刊载于《家庭》第5卷第6期。

11月,陈治策根据萧伯纳的《魔鬼的门徒》(*The Devil's Disciple*)改译的《断头台上》刊载于《戏剧岗位》第1卷第2—3期合刊。

12月,培斯亚著、许子翻译的《闺怨》(*Plays of Half-Decade*)由剧场艺术出版社出版。

12月,舒湮编的《世界名剧精选》(第1集)由光明书局出版,收录的英国戏剧作品有梅斯斐尔德著、焦菊隐翻译的《锁着的箱子》(*The Locked Chest*),霍登著、芳信翻译的《亲爱的死者》(*The Dear Departed*),1941年1月再版,1946年3月推出第4版。

高尔斯华绥著、鲁汀翻译的《罪犯》(*Justice*)由新光出版社出版,出版月份不详。

1940年

1月,台维斯著、洪深改译的《寄生草》(*The Mollusc*)由上海杂志公司发行,1945年6月在上海再版,1947年1月推出复兴2版,1948年9月推出第3版。

1月,于伶根据苏德罗的《街头人》(*The Man on the Kerb*)改译的《鸽笼中人》收录于译文集《江南三唱集》,由上海珠林书店出版。

1—4月,萧伯纳著、白樱编译的《日内瓦》(*Geneva*)刊载于《中行杂志》第1卷第5、6期,第2卷第1期。

1—5月,萧伯纳著、陈东林编译的《日内瓦》(*Geneva*)刊载于《天下事》第1卷第3—7期。

3月,萧伯纳著、罗吟圃翻译的《日内瓦》(*Geneva*)由大时代书局出版。

3月,萧伯纳著、戊佳翻译的《日内瓦》(*Geneva*)由生活书店出版。

4月,萧伯纳著、白林编译的《日内瓦》(*Geneva*)刊载于《中和月刊》第1卷第4期。

4—6月,萧伯纳著、徐百益翻译的《干迪达》(*Candida*)刊载于《家庭》第6卷第5—6期,第7卷第1期。

5月,王尔德著、怀云译述的《理想丈夫》(*An Ideal Husband*)由启明书局出版。

7月,侯枫根据戴耳的《缓期还债》(*Payment Deferred*)改译的《电》由成都新闻报馆出版。

8月,英语周刊社编的英汉对照《近代戏剧选》(1—4册)由商务印书馆出版,收录威尔弗里德·威尔逊·吉布森(Wilfrid Wilson Gibson)的《一家之宝》(*The Family's Pride*)和《救火钟声》(*The Call*),格雷戈里夫人的《狱门》(*The Jail Gate*),米恩的《健儿回家》(*The Boy Comes Home*)和布里格豪斯的《求婚者》(*Followers*)。

12月,约翰逊著、蓝洋翻译的《海滨故事》刊载于《剧场艺术》第2卷第10—12期。

1941年

1月,琼司著、陈澄改译的《遗志》(*The Goal*)刊载于《戏剧岗位》第2卷第2、3期合刊。

5月,格雷戈里夫人著、赵如琳改译的《谣传》(*Spreading the News*)由动员书店出版。

6月,弥伦著,潘家洵翻译的《后母》(*The Stepmother*)刊载于《文史杂志》第1卷第5期。

7月,王尔德著、石中翻译的《少奶奶的扇子》(*Lady Windermere's Fan*)由广益书店出版。

10月,劳合与伊戈尔·维诺格拉道夫(A. L. Lloyd& Igor Vinogradoff)合作、张白山翻译的《卐字旗下》由重庆五十年代出版社出版。

1942年

2月,莎士比亚著、曹未风翻译的《仲夏夜之梦》(*A Midsummer Night's Dream*)由贵阳文通书局出版。

5月,莎士比亚著、曹未风翻译的《第十二夜》(*Twelfth Night*)由贵阳文通

外国文学研究丛书

书局出版。

6月,莎士比亚著、曹未风翻译的《微尼斯商人》(*The Merchant of Venice*)由贵阳文通书局出版,1946年6月该书又由上海文化合作股份有限公司出版。

6月至1944年5月,萧伯纳著、赵曼叔翻译的《他怎样向她丈夫撒谎》(*How He Lied to Her Husband*)刊载于《半月戏剧》第4卷第3—7,9—10,12期,第5卷第3期。

7月,莎士比亚著、曹未风翻译的《暴风雨》(*The Tempest*)由贵阳文通书局出版。1946年6月该书又由上海文化合作股份有限公司出版。

8—9月,邵介根据萧伯纳的《奥古斯都尽了他的本份》(*Augustus Does His Bit*)改译的《战时"帝国"》刊载于《改进》第6卷第6—7期。

9月,莎士比亚著、曹未风翻译的《凡隆娜二绅士》(*Two Gentlemen of Verona*)由贵阳文通书局出版。

1943年

4月,莎士比亚著、曹未风翻译的《罗米欧与朱丽叶》(*Romeo and Juliet*)由贵阳文通书局出版,1946年6月该书又由上海文化合作股份有限公司出版。

4月,莎士比亚著、曹未风翻译的《如愿》(*As You Like It*)由贵阳文通书局出版,1946年6月该书又由上海文化合作股份有限公司出版。

4月至1944年4月,毛姆著、刘芃如翻译的《循环》(*The Circle*)刊载于《戏剧月报》第1卷第4—5期。

12月,萧伯纳著、陈瘦竹翻译的《康蒂妲》(*Candida*)由中西书局出版。

文宪选注的《话剧选》由文化供应社出版,收录熊式一翻译的萧伯纳的《安娜珍丝加》(*Annajanska, the Bolshevik Empress*),出版月份不详,1948年8月推出沪新1版。

1944年

1月,张尚之翻译的世界独幕剧名剧选《良辰》由大时代书局出版,收录的英国戏剧作品有赛恩期(今译辛格)的《海上骑士》(*Riders to the Sea*)。

1月,格雷格里(今译格雷戈里夫人)著、红螺改译的《逃犯》(*The Rising of the Moon*)刊载于《文学集刊》第2期。

1月,萧伯纳著、胡春冰翻译的《奇双会》(*Overruled*)载于《大千》第5—6期。

2月，巴蕾著、毕竑翻译的《名门街》（*Quality Street*）由重庆青年书店发行。

2月，萧伯讷著、朱文振翻译的《康第达》（*Candida*）由重庆青年书店发行。

3月，琼斯著、朱端钧改译的《圆谎记》（*The Liars*）由世界书局出版。

3月，莎士比亚著、曹未风翻译的《马克白斯》（*Macbeth*）由贵阳文通书局出版。

3月，莎士比亚著、曹禺翻译的《柔密欧与幽丽叶》（*Romeo and Juliet*）由文化生活出版社出版，1945年12月该书又由上海文化生活出版社出版，1947年3月推出第2版，1948年11月推出第3版。

3—6月，萧伯纳著、陈瘦竹翻译的《康蒂姐》（*Candida*）刊载于《当代文艺》第1卷第3—6期。

4月，珀西·雪莱（Percy Shelley）著、方然翻译的《沈茜》（*The Cenci*）由新地出版社出版。

5月，莎士比亚著、曹未风翻译的《错中错》（*The Comedy of Errors*）由贵阳文通书局出版。

9月，莎士比亚著、曹未风翻译的《汉姆莱特》（*Hamlet*）由贵阳文通书局出版，1946年6月该书又由上海文化合作股份有限公司出版。

10月，莎士比亚著、邱存真翻译的《知法犯法》（*Measure for Measure*）由重庆商羊书屋出版。

10月，莎士比亚著、杨晦翻译的《雅典人台满》（*Timon of Athens*）由新地出版社出版。

12月，石华夫根据平内罗的《执法官》（*The Magistrate*）改译的《雁来红》由世界书局出版。

莎士比亚著、之堇和之江同译的《铸情》（*Romeo and Juliet*）由成都译者书店出版，出版月份不详。

雪莱著、方然翻译的《解放了的普罗米修斯》（*Prometheus Unbound*）由雅典书屋出版，出版月份不详。

1945 年

10月，莎士比亚著、李慕白翻译的《麦克柏司》（*Macbeth*）刊载于《文艺先锋》第7卷第4期。

12月，黄佐临根据巴蕾的《可敬的克莱登》（*The Admirable Crichton*）改译的《荒岛英雄》由世界书局出版。

1946年

4月,王尔德著、胡双歌翻译的《莎乐美》(*Salomé*)由星群出版公司出版。

5月,独幕喜剧集《处女的心》由联谊出版社出版,收录霍顿的《风流老人》(*The Dear Departed*),徐昌霖改译,1948年6月再版。

6月,莎士比亚著、曹未风翻译的《安东尼及枯娄葩》(*Antony and Cleopatra*)由文化合作股份有限公司发行。

6月,莎士比亚著、曹未风翻译的《凡隆娜的二绅士》(*Two Gentlemen of Verona*)由文化合作股份有限公司发行。

6月,莎士比亚著、曹未风翻译的《李耳王》(*King Lear*)由文化合作股份有限公司发行。

6月,莎士比亚著、曹未风翻译的《马克白斯》(*Macbeth*)由上海文化合作股份有限公司出版。

8月,顾仲彝根据莎士比亚的《李尔王》改译的《三千金》由世界书局出版。

1947年

4月,朱生豪翻译的《莎士比亚戏剧全集》(第1—3辑)由世界书局出版。第1辑收录《仲夏夜之梦》《威尼斯商人》《无事烦恼》《皆大欢喜》《第十二夜》《终成眷属》《量罪记》《暴风雨》《冬天的故事》等9部喜剧和传奇剧。第2辑收录《罗密欧与朱丽叶》《汉姆莱脱》《奥瑟罗》《李尔王》《麦克佩斯》《英雄叛国记》《该撒遇弑记》《女王殉爱记》等8部悲剧。第3辑收录《爱的徒劳》《维洛那二士》《错误的喜剧》《驯悍记》《温莎的风流娘儿们》《血海歼仇记》《特洛埃围城记》《黄金梦》《还璧记》《沉珠记》等10部喜剧和杂剧。其中,《女王殉爱记》和《沉珠记》于1949年4月再版。

6月,莎士比亚著、张常人翻译的《好事多磨》(*Much Ado About Nothing*)由大东书局出版。

6—8月,李健吾根据莎士比亚的《奥赛罗》改译的《阿史那》刊载于《文字杂志》第2卷第1—3期。

7—11月,琼斯著、徐春霖翻译的《结婚生活》刊载于《文艺先锋》第11卷第1、2、3/4期。

8—9月,米恩著、余绍彰翻译的《少奶奶的帽子》(*The Camberley Triangle*)刊载于《建国青年》第5卷第4—5期。

10—11月,格蕾格丽(今译格雷戈里夫人)著、沣利翻译的《月光曲》(*The Rising of the Moon*)刊载于《文哨》第5—6期。

1948年

1月,高尔斯华绥著、史其华译注的《死的控诉》(*The First and the Last*)由现代外国语文出版社出版。

1—3月,萧伯纳著、汪明玉翻译的《人与超人》(*Man and Superman*)刊载于《中美周报》第273—275,277—282期。

2月,孙剑秋翻译的"爵士夫人及其他"由正谊出版社出版,收录的英国戏剧作品有巴雷(今译巴蕾)的《爵士夫人》和苏德罗的《街头人》(*The Man on the Kerb*)。

3月,格雷哥利(今译格雷戈里夫人)著、潘守先翻译的《月亮上升》(*The Rising of the Moon*)刊载于《建国月刊》第1卷第6期。

4月,格桂丽(今译格雷戈里夫人)著、蒲耀琼翻译的《传播新闻》(*Spreading the News*)刊载于《妇女文化》第3卷第1期。

5月,萧伯纳著、宗仍翻译的《他怎样哄她的丈夫》(*How He Lied to Her Husband*)刊载于《文潮月刊》第5卷第1期。

7月,萧伯纳著、宗仍翻译的《音乐治疗》(*The Music Cure*)刊载于《文潮月刊》第5卷第3期。

7月,于伶根据高尔斯华绥的《一场热闹》(*The Show*)改译的《满城风雨》由现代戏剧出版社出版。

11月,莎士比亚著、孙大雨翻译的《黎琊王》(*King Lear*)由商务印书馆出版。

12月,陈永倞根据谢立丹的《造谣学校》(*The School for Scandal*)改译的《老凤雏凰》由正中书局出版。

高尔斯华绥著、史其华翻译的《死的控诉》(*The First and the Last*)由现代外国语文出版社出版,出版月份不详。

1949 年

1月,顾仲彝根据夏洛蒂·勃朗特(Charlotte Bronte)的《简·爱》(*Jane Eyre*)改译的《水仙花》由上海光明书局出版。

4月,莎士比亚著、萧叔编译的《仲夏夜之梦》(*A Midsummer Night's Dream*)由永年书局出版,另收《罗密欧与朱丽叶》。

11月,莎士比亚著、曹禺翻译的《柔密欧与幽丽叶》(*Romeo and Juliet*)由文化生活出版社出版。

乔治·拜伦(George Byron)著、刘让言翻译的《曼弗雷德》(*Manfred*)由光华出版社出版,出版月份不详。

1950 年

5月,拜伦著、杜秉正翻译的《该隐》(*Cain*)由文化工作社出版。

11月,萧伯纳著、胡春冰翻译的《奇双会》(*Overruled*)由大公书局出版。

1953 年

3月,莎士比亚著、曹未风翻译的《如愿》(*As You Like It*)由上海出版公司出版。

10月,莎士比亚著、方平翻译的《捕风捉影》(*Much Ado About Nothing*)由平明出版社出版。

1954 年

3—8月,莎士比亚著、朱生豪翻译的《莎士比亚戏剧集》(分12册,共31部)由作家出版社出版。

6月,莎士比亚著、曹未风翻译的《仲夏夜之梦》(*A Midsummer Night's Dream*)由上海出版公司出版。

7月,莎士比亚著、方平翻译的《威尼斯商人》(*The Merchant of Venice*)由平民出版社出版。

10月,莎士比亚著、吕荧翻译的《仲夏夜之梦》(*A Midsummer Night's Dream*)由作家出版社出版。

1955年

3月,莎士比亚著、曹未风翻译的《汉姆莱特》(*Hamlet*)由新文艺出版社出版。

4月,莎士比亚著、张采真翻译的《如愿》(*As You Like It*)由作家出版社出版。

6月,莎士比亚著、方平翻译的《亨利第五》(*Henry V*)由平民出版社出版。

8月,莎士比亚著、曹未风翻译的《第十二夜》(*Twelfth Night*)由新文艺出版社出版。

8月,莎士比亚著、曹未风翻译的《马克白斯》(*Macbeth*)由新文艺出版社出版。

9月,莎士比亚著、曹未风翻译的《如愿》(*As You Like It*)由新文艺出版社出版。

9月,莎士比亚著、曹未风翻译的《仲夏夜之梦》(*A Midsummer Night's Dream*)由新文艺出版社出版。

9月,伊立克·派司和威廉·白兰德(Eric Paice & William Bland)著、丁西林翻译的《罗森堡夫妇》(*The Rosenburgs*)由作家出版社出版。

10月,拜伦著、刘让言翻译的《曼弗雷德》(*Manfred*)由平民出版社推出新1版。

1956年

6月,约翰·德莱顿(John Dryden)著、许渊冲翻译的《一切为了爱情》(*All for Love*)由新文艺出版社出版。

6月,谢立丹著、杨周翰翻译的《情敌》(*The Rivals*)由作家出版社出版。

7月,克里斯托弗·马洛(Christopher Marlowe)著、戴镏龄翻译的《浮士德博士的悲剧》(*Tragedy of Dr. Faustus*)由作家出版社出版。

8月,莎士比亚著、卞之琳翻译的《哈姆雷特》(*Hamlet*)由作家出版社出版。

8月,莎士比亚著、曹未风翻译的《尤利斯·该撒》(*Julius Caesar*)由新文艺出版社出版。

12月,《肖伯纳戏剧集(1)》由人民文学出版社出版,收录黄钟译的《鳏夫的房产》(*Widowers' Houses*)、潘家洵译的《华伦夫人的职业》(*Mrs. Warren's Profession*)、陈瘦竹译的《康蒂妲》(*Canaida*)和杨宪益译的《凯撒和克莉奥佩屈拉》(*Caesar and Cleopatra*)。

12月,《肖伯纳戏剧集(2)》由人民文学出版社出版,收录朱光潜译的《英国佬的另一个岛》(*John Bull's Other Island*)、林浩庄译的《巴巴拉少校》(*Major Barbara*)和杨宪益译的《匹克梅梁》(*Pygmalion*)。

12月,《肖伯纳戏剧集(3)》由人民文学出版社出版,收录张谷若译的《伤心之家》(*Heartbreak House*)、俞大缜译的《奥古斯都斯尽了本分》(*Augustus Does His Bit*)、老舍译的《苹果车》(*The Apple Cart*)和方安译的《真相毕露》(*Too True to Be Good*)。

1957年

2月,莎士比亚著、方平翻译的《威尼斯商人》(*The Merchant of Venice*)由新文艺出版社推出新1版。

3月,莫纳·白兰德(Mona Brand)著、张丹子翻译的《喧宾夺主》(*Strangers in the Land*)由新文艺出版社出版。

3月,莎士比亚著、吴兴华翻译的《亨利四世》(*Henry IV*)由人民文学出版社出版。

3月,雪莱著、杨熙龄翻译的《希腊》(*Hellas*)由新文艺出版社出版。

4月,莎士比亚著、方平翻译的《捕风捉影》(*Much Ado About Nothing*)由新文艺出版社出版。

6月,拜伦著、刘让言翻译的《曼弗雷德》(*Manfred*)由新文艺出版社推出新1版。

8月,亨利·菲尔丁(Henry Fielding)著、英若诚翻译的《咖啡店政客》(*The Coffee House Politician*,又译《司法官作法自毙》)由人民文学出版社出版。

8月,雪莱著、邵洵美翻译的《解放了的普罗密修斯》(*Prometheus Unbound*)由人民文学出版社出版。

1958年

1月,莎士比亚著、方平翻译的《亨利第五》(*Henry V*)由人民文学出版社出版。

2月,莎士比亚著、曹未风翻译的《罗米欧与朱丽叶》(*Romeo and Juliet*)由新文艺出版社出版。

4月,莎士比亚著、曹未风翻译的《奥塞罗》(*Othello*)由新文艺出版社出版。

4月,莎士比亚著、卞之琳翻译的《哈姆雷特》(*Hamlet*)由人民文学出版社出版。

7月,约翰·弥尔顿(John Milton)著、杨熙龄翻译的《科马斯》(*Comus*)由新文艺出版社出版。

10月,俞大缜翻译的《格莱葛瑞夫人独幕剧选》由人民文学出版社出版,收录《道听途说》(*Spreading the News*)、《海新斯·哈尔卫》(*Hyacinth Halvey*)、《月亮上升的时候》(*The Rising of the Moon*)、《穴鸟》(*The Jackdaw*)、《贫民收容所里面的一间屋子》(*The Workhouse Ward*)、《漂泊的人》(*The Travelling Man*)、《监狱门口》(*The Jail Gate*)、《圆圆的月亮》(*The Full Moon*)、《大衣》(*Coats*)等9部独幕剧。

1958年7月至1960年2月,朱生豪翻译的《莎士比亚戏剧集》(分12册,共31部)由人民文学出版社出版。

1959年

1月,莎士比亚著、曹未风翻译的《凡隆纳的二绅士》(*The Two Gentlemen of Verona*)由上海文艺出版社出版。

2—3月,希恩·奥凯西(Sean O'Casey)著、英若诚翻译的《星星变红了》(*The Star Turns Red*)连载于《世界文学》第2—3期。

4月,莎士比亚著、朱生豪翻译的《奥瑟罗》(*Othello*)由人民文学出版社出版。

9月,莎士比亚著、方重翻译的《理查三世》(*Richard III*)由人民文学出版社出版。

9月,《肖伯纳戏剧集》由人民文学出版社出版,收录潘家洵译的《华伦夫人的职业》(*Mrs. Warren's Profession*)、林浩庄译的《巴巴拉少校》(*Major Barbara*)和老舍译的《苹果车》(*The Apple Cart*)。

12月,莎士比亚著、曹未风翻译的《安东尼与克柳巴》(*Antony and Cleopatra*)由上海文艺出版社出版。

241

12月,莎士比亚著、曹未风翻译的《错中错》(*The Comedy of Errors*)由上海文艺出版社出版。

1961年

9月,莎士比亚著、曹未风翻译的《尤利斯·该撒》(*Julius Caesar*)由上海文艺出版社推出新1版。

9月,莎士比亚著、曹未风翻译的《罗米欧与朱丽叶》(*Romeo and Juliet*)由上海文艺出版社推出新1版。

9月,莎士比亚著、曹未风翻译的《奥塞罗》(*Othello*)由上海文艺出版社推出新1版。

9月,莎士比亚著、曹未风翻译的《第十二夜》(*Twelfth Night*)由上海文艺出版社推出新1版。

10月,莎士比亚著、曹未风翻译的《汉姆莱特》(*Hamlet*)由上海文艺出版社推出新1版。

11月,莎士比亚著、方平翻译的《捕风捉影》(*Much Ado About Nothing*)由上海文艺出版社推出新1版。

11月,莎士比亚著、方平翻译的《威尼斯商人》(*The Merchant of Venice*)由上海文艺出版社推出新1版。

1962年

1月,约翰·奥斯本(John Osborne)著、黄雨石翻译的《愤怒的回顾》(*Look Back in Anger*)由中国戏剧出版社内部发行。

3月,朱生豪等翻译的《莎士比亚戏剧集》(共12册)由人民文学出版社出版。该译本是《莎士比亚戏剧集》(共12册)的不同版本,新增了6部历史剧。

4月,莎士比亚著、曹未风翻译的《无事生非》(*Much Ado About Nothing*)由上海文艺出版社出版。

12月,雪莱著、汤永宽翻译的《钦契》(*The Cenci*)由上海文艺出版社出版。

1963年

9月,《肖伯纳戏剧三种》由人民文学出版社出版,收录潘家洵译的《华伦夫人的职业》(*Mrs. Warren's Profession*)、朱光潜译的《英国佬的另一个岛》

（*John Bull's Other Island*）和林浩庄译的《巴巴拉少校》（*Major Barbara*）。

1965 年

7 月，萨缪尔·贝克特（Samuel Beckett）著、施咸荣翻译的《等待戈多》（*Waiting for Godot*）由中国戏剧出版社内部发行。

1973 年

12 月，奥斯本著、黄雨石翻译的《愤怒的回顾》（*Look Back in Anger*）载于《摘译》（外国文艺）第 3 期，内部发行。

1977 年

12 月，朱生豪翻译的《莎士比亚全集》（共 11 卷）由人民文学出版社出版。

1978 年

1 月，莎士比亚著、朱生豪翻译的《亨利四世》由人民文学出版社出版。

4 月，莎士比亚著、朱生豪翻译的《温莎的风流娘儿们》由人民文学出版社出版。

4 月，朱生豪翻译、吴兴华、方重、方平、章益、杨周翰等人校订和增补的《莎士比亚全集》（共 11 卷）由人民文学出版社出版。

4 月，哈罗德·品特（Harold Pinter）著、杨熙龄翻译的《生日晚会》（*The Birthday Party*）刊载于《世界文学》第 2 期。

10 月，莎士比亚著、朱生豪翻译的《李尔王》由人民文学出版社出版。

1979 年

1 月，莎士比亚著、曹禺翻译的《柔密欧与幽丽叶》由人民文学出版社出版。

5 月，方平翻译的《莎士比亚喜剧五种》由上海译文出版社出版，收录《仲夏夜之梦》《威尼斯商人》《捕风捉影》《温莎的风流娘儿们》和《暴风雨》。

7 月，莎士比亚著、曹未风翻译的《马克白斯》《汉姆莱特》《罗米欧与朱丽叶》和《奥塞罗》由上海译文出版社以单行本的形式出版。

12 月，约翰·博因顿·普里斯特利（John Boynton Priestley）著、卢永健翻译的《罪恶之家》(*An Inspector Call*)刊载于《世界文学》第6期。

1980 年

4月,上海文艺出版社出版了《外国剧作选(二)》,收录了朱生豪译的莎士比亚的3部剧作:《威尼斯商人》《罗密欧与朱丽叶》和《哈姆莱特》。

6月,史蒂文·伯考夫(Stephen Berkoff)著,刘毅、张学采合译的《变形记》(*Metamorphosis*)刊载于《外国戏剧》第2期。

7月,湖南人民出版社出版了《外国独幕剧选》,收录了王尔德的《莎乐美》(*Salomé*)(郭沫若译)、巴蕾的《十二镑钱的神情》(*The Twelve-Pound Look*)(丁西林译)、辛格的《骑马下海的人》(*Riders to the Sea*)(郭沫若译)、格莱葛瑞夫人的《月亮上升的时候》(*The Rising of the Moon*)(俞大缜译)及麦斯非尔德的《上了锁的箱子》(*The Locked Chest*)(丁西林译)。

8月,莎士比亚著、方平翻译的《奥瑟罗》由上海译文出版社出版。

10月,上海文艺出版社出版的《外国现代派作品选》第1册收录了辛格的《骑马下海的人》(*Riders to the Sea*)。

12月,上海译文出版社出版了《荒诞派戏剧集》,收录了贝克特的《等待戈多》(*Waiting for Godot*)和品特的《送菜升降机》(*The Dumb Waiter*),均为施咸荣所译。

12月,蒂姆·赖斯(Tim Rice)著、章洋翻译的《埃维塔》(*Evita*)刊载于《外国戏剧》第4期。

1981 年

1月,上海文艺出版社出版了《外国剧作选(四)》,收录了谢立丹的《造谣学校》(*The School for Scandal*),沈师光译。

3月,汤姆·斯托帕德(Tom Stoppard)著、赵启光翻译的《黑夜与白昼》(*Night and Day*)刊载于《外国戏剧》第1期。

4月,贝克特著,夏莲、江帆翻译的《啊,美好的日子!》(*Happy Days*)刊载于《当代外国文学》第2期。

4月,贝克特著、冯汉津翻译的《剧终》(*Endgame*)刊载于《当代外国文学》第2期。

6月,上海文艺出版社出版了施蛰存、海岑编的《外国独幕剧选(第一集)》,收录下列 11 个英国戏剧作品:赫登的《故去的亲人》(*The Dear Departed*)、巴蕾的《十二镑钱的神情》(*The Twelve-Pound Look*)、乔治·卡尔特龙(George Calderon)的《石祠堂》(*The Little Stone House*)、布列好斯的《煤的代价》(*The Price of Coal*)、鲍斯华士·克洛寇(Bosworth Crocker)的《童车》(*The Baby Carriage*)、麦斯非尔德的《上了锁的箱子》(*The Locked Chest*)、彭内特的《一个善良的女人》(*A Good Woman*)、邓珊奈爵士(今译邓萨尼勋爵)的《小酒店的一夜》(*One Night in the Pub*)、王尔德的《莎乐美》(*Salomé*)、沁孤的《骑马下海的人》(*Riders to the Sea*)和格莱葛瑞夫人的《月亮上升的时候》(*The Rising of the Moon*)。

7 月,上海文艺出版社出版了《外国剧作选(五)》,收录了王尔德的《温德米尔夫人的扇子》(娄炳坤译)和萧伯纳的《康蒂姐》(陈瘦竹译)。

7 月,莎士比亚著、英若诚翻译的《请君入瓮》(*Measure for Measure*)刊载于《外国文学》第 7 期。

7 月,阿诺德·韦斯克(Arnold Wesker)著、袁鹤年翻译的《商人》(*The Merchant*)刊载于《外国文学》第 7 期。

7 月,英国木偶剧校学生编剧、余所亚翻译的《去,把门闩上》(*Get up and Bar the Door*)刊载于《外国戏剧》第 3 期。

8 月,叶芝著、赵澧翻译的诗剧《心愿之乡》(*The Land of Heart's Desire*)刊载于《世界文学》第 4 期。

9 月,埃尔温·詹姆士著、俞仁沛翻译的《叛国鸳鸯》刊载于《外国文学》第 9 期。

11 月,湖南人民出版社出版了《老好人·屈膝求爱:喜剧二种》,收录了哥尔斯密著、周永启译的《老好人》(*The Good-Natur'd Man*)和陈瘦竹、李守谅译的《屈膝求爱》(*She Stoops to Conquer*)。

1982 年

2 月,巴蕾著、余上沅翻译的《可敬佩的克来敦》(*The Admirable Crichton*)由中国戏剧出版社出版。

3 月,黄雨石、林疑今翻译的《奥凯西戏剧选》由中国戏剧出版社出版,收录《朱诺和孔雀》(*Juno and the Paycock*)、《犁和星》(*The Plough and the Stars*)、《给我红玫瑰》(*Red Roses for Me*)和《主教的篝火》(*The Bishop's*

Bonfire）。

3月，中国社会科学出版社在北京出版了《热铁皮屋顶上的猫——西方现代剧作选》，收录了韦斯克的《根》（*Roots*），屠珍译。

3—4月，阿伽莎·克里斯蒂（Agatha Christie）著、蔡学渊翻译的《三只瞎老鼠（上）》（*Three Blind Mice*）刊载于《戏剧界》第2期。

5月，萧伯纳著、杨宪益翻译的《卖花女》（*Pygmalion*）由中国对外翻译出版公司出版。

5—6月，克里斯蒂著、蔡学渊翻译的《三只瞎老鼠（下）》（*Three Blind Mice*）刊载于《戏剧界》第3期。

6月，韦斯克著、刘象愚翻译的《厨房》（*The Kitchen*）刊载于《外国戏剧》第2期。

8月，高尔斯华绥著、张文郁翻译的《最前的与最后的》（*The First and the Last*）刊载于《剧本》第8期。

8月，奥凯西著、松延翻译的《枪手的影子》（*The Shadow of a Gunman*）刊载于《外国文学》第8期。

9月，奥凯西著、林疑今翻译的《朱诺与孔雀》（*Juno and the Paycock*）由中国戏剧出版社出版。

12月，莎士比亚著、林同济翻译的《丹麦王子哈姆雷的悲剧》由中国戏剧出版社出版。

1983年

5月，戴维·坎普顿（David Campton）著、徐海昕翻译的《遗物》（*Relics*）刊载于《外国文学》第5期。

8月，花城出版社出版了钱之德翻译的《王尔德戏剧选》，收录了王尔德的《温德米尔夫人的扇子》（*Lady Windermere's Fan*）、《名叫埃纳斯特的重要性》（*The Importance of Being Earnest*）和《一个理想的丈夫》（*An Ideal Husband*）。

8月，外国文学出版社出版了《荒诞派戏剧选》，收录了贝克特的《等待戈多》（*Waiting for Godot*）（施咸荣译）和《啊，美好的日子！》（*Happy Days*）（金志平译）。

8月，上海文艺出版社出版了施蛰存编的《外国独幕剧选（第三集）》，收录下列8部英国戏剧作品：凡尔农·薛尔汶（Vernon Sylvaine）的《白杨路》（*The*

Road of Poplars）、琼逊的《可爱的奇迹》(*The Lovely Miracle*)、布列好斯的《烟幕》(*Smokescreens*)、柯华德的《烟熏橡木》(*Fumed Oak*)、米尔恩的《丑小鸭》(*The Ugly Duckling*)、欧文的《进步》(*Progress*)、伯纳德·杜菲(Bernard Duffy)的《伪币制造者》(*The Coiner*)和乔·柯利(Joe Corrie)的《山屋》(*House of the Hill*)。

9月,莎士比亚著,曹未风翻译的《仲夏夜之梦》《如愿》《错中错》《尤利斯·该撒》和《安东尼和克柳巴》(*Antony and Cleopatra*)由上海译文出版社以单行本的形式出版。

9月,普里斯特利著、裴果芬、贺哈定翻译的《母亲的节日》(*Mother's Day*)刊载于《外国戏剧》第3期。

9月,奥凯西著、黄沫翻译的《睡觉时候的故事》(*Bed Time Story*)刊载于《外国戏剧》第3期。

1984 年

1月,莎士比亚著、曹未风翻译的《凡隆纳的二绅士》由上海译文出版社出版。

3月,玛丽·麦尔伍德(Mary Melwood)著、郑之岱翻译的《黎明前五分钟》(*Five Minutes to Morning*)刊载于《外国戏剧》第1期。

8月,上海文艺出版社出版的《外国现代派作品选》第3册收录了品特的《看管人》(*The Caretaker*),许真译。

10月,陆谷孙主编的《莎士比亚专辑》由复旦大学出版社出版,收录了杨烈翻译的《麦克白斯》。

11月,约翰·麦格拉斯(John McGrath)著、袁鹤年翻译的《羊、鹿和黑黑的油》(*The Cheviot, the Stag and the Black Black Oil*)刊载于《外国文学》第11期。

1985 年

1月,斯托帕德著、陈琳翻译的《真情》(*The Real Thing*)刊载于《外国文学》第1期。

8月、10月,彼得·谢弗(Peter Shaffer)著、蔡学渊翻译的《莫扎特之死》(*Amadeus*)刊载于《名作欣赏》第4、5期。

1986年

9月,王尔德著、余光中翻译的《不可儿戏》(*The Importance of Being Earnest*)由中国友谊出版公司出版。

10月,朱生豪翻译的《莎士比亚全集》(共11卷)由人民文学出版社重印出版。

10月,品特著,秦亚青和金莉合译的《情人》(*The Lover*)刊载于《外国文学》第10期。

11月,作家出版社出版了《外国戏剧名篇选读》,收录了莎士比亚的《麦克白》(*Macbeth*),1988年12月再版。

1987年

5月,斯托帕德著、韩静翻译的《真警探霍恩德》(*The Real Inspector Hound*)刊载于《外国文学》第5期。

8月,黄河文艺出版社出版了《外国著名喜剧选》,收录了莎士比亚的《威尼斯商人》。

8月,中国戏剧出版社出版了《英国戏剧二种》,收录了王尔德的《认真的重要》(*The Importance of Being Earnest*),张南峰译;平乃罗的《矿泉剧院的屈朗尼小姐》(*Trelawny of the "Wells"*),孙家新、李雪珍译。

8月,漓江出版社出版了萧伯纳戏剧汉译集《圣女贞德》,共收萧伯纳的6个剧本:《圣女贞德》(申慧辉译)、《华伦夫人的职业》(潘家洵译)、《康蒂姐》(陈瘦竹译)、《匹克梅梁》(即《卖花女》)(杨宪益译)、《武器与人》(*Arms and the Man*)(申慧辉译)和《人与超人》(张全全译),2001年3月再版。

8月,韦斯克著、汪义群翻译的《四季》(*The Four Seasons*)刊载于《外国文艺》第4期。

1988年

3月,卞之琳翻译的《莎士比亚悲剧四种》由人民文学出版社出版,收录《哈姆雷特》《奥瑟罗》《里亚王》和《麦克白斯》。

6月,布赖恩·弗里尔(Brian Friel)著、袁鹤年翻译的《翻译》(*Translations*)刊载于《外国文学》第6期。

1989 年

6月,高尔斯华绥著、汪倜然翻译的《天鹅之歌》(现代喜剧第三部)(*Swan Song*)由上海译文出版社出版。

1990 年

5月,海峡文艺出版社出版了张南峰翻译的《王尔德戏剧选》,收录了《温德美夫人的扇子》(*Lady Windermere's Fan*)、《认真为上》(*The Importance of Being Earnest*)、《理想丈夫》(*An Ideal Husband*)和《无关紧要的女人》(*A Woman of No Importance*)。

1991 年

1月,方平翻译的《李尔王:莎士比亚悲剧》由上海译文出版社出版。

5月,莎士比亚著、孙大雨翻译的《罕秣莱德》(今译《哈姆雷特》)由上海译文出版社出版。

11月,中国戏剧出版社出版了《外国当代剧作选》第二册,谢弗的专辑,收录了刘安义翻译的《伊库斯》(*Equus*,又译《马》)和一匡翻译的《上帝的宠儿》(*Amadeus*,又译《阿马德乌斯》)。

11月,中国戏剧出版社出版了汪义群主编的《西方现代戏剧流派作品选》第2卷,收录了叶芝的《凯瑟琳伯爵小姐》(*The Countess Cathleen*)(汪义群译)和《心之所往》(*The Land of Heart's Desire*)(夏岚译)以及辛厄(今译辛格)的《蹈海骑手》(*Riders to the Sea*)(孙梁译)和《圣井》(*The Well of the Saints*)(孙梁、宗白译),2005年1月再版。

11月,上海译文出版社出版了高尔斯华绥的戏剧集《银烟盒案件》,收录了《斗争》(*Strife*)(裘因译)、《银烟盒案件》(*The Silver Box*)(裘因译)、《鬼把戏》(*The Skin Game*)(金绍禹译)、《公正的判决:一个悲剧》(*Justice*)(贺哈定译)和《最先的和最后的》(*The First and the Last*)(王晓译)。

11月,河南人民出版社出版了《外国著名悲剧选》(全3册)和《外国著名喜剧选》(全3册)。《外国著名悲剧选》第1册收录莎士比亚的《罗密欧与朱丽叶》和《麦克白》;第2册收录莎士比亚的《哈姆莱特》;《外国著名喜剧选》第1册收录了莎士比亚的《威尼斯商人》。

1992年

1月,上海文艺出版社出版了施蛰存编的《外国独幕剧选(第五集)》,收录下列3部英国戏剧作品:奥卡西(今译奥凯西)的《医疗所》(*Hall of Healing*)、克里斯蒂的《病人》(*The Patient*)和谢弗的《黑暗中的喜剧》(*Black Comedy*)。

6月,莎士比亚著、孙法理翻译的《两个高贵的亲戚》(*The Two Noble Kinsmen*)由漓江出版社出版。

11月,贝克特著、舒笑梅翻译的《最后一盘录音带》(*Krapp's Last Tape*)刊载于《国外文学》第4期。

1993年

1月,莎士比亚著、孙大雨翻译的《黎琊王》(今译《李尔王》)由上海译文出版社出版。

5月,莎士比亚著、孙大雨翻译的《奥赛罗》由上海译文出版社出版。

12月,坎普顿著、汪义群翻译的《我们和他们》(*Us and Them*),刊载于《外国文艺》第6期。

1994年

1月,莎士比亚著、孙大雨翻译的《麦克白斯》(今译《麦克白》)由上海译文出版社出版。

2月,德莱顿著、许渊冲翻译的《埃及艳后》(*All for Love*)由漓江出版社出版。

9月,荣广润编译的《当代世界名家剧作》由上海教育出版社出版,收录了品特的《搜集证据》(*The Collection*)和《法国中尉的女人》(*The French Lieutenant's Woman*)、谢弗的《马》(*Equus*,又译《埃库斯》或《恋马狂》)及斯托帕德的《黑夜与白昼》(*Night and Day*)。

11月,人民文学出版社将朱生豪译的1978年版《莎士比亚全集》(共11卷)压缩为6卷本《莎士比亚全集》出版。

12月,《袁鹤年戏剧小说译文集》由外语教学与研究出版社出版。该译文集收录了袁鹤年生前所译的7部英美戏剧和其他小说。被收录的英国剧作有:麦格拉斯的《秋千和旋转木马》(*Swings and Roundabouts*)、韦斯克的《商人》(*The Merchant*)、弗里尔的《翻译》(*Translations*)以及奥凯西的《枪手的影子》(*The Shadow of a Gunman*)。

1995 年

1月,上海译文出版社出版了《莎士比亚四大悲剧》,收录孙大雨翻译的《罕秣莱德》(今译《哈姆雷特》)、《奥赛罗》、《黎琊王》(今译《李尔王》)和《麦克白斯》(今译《麦克白》)。

2月,上海译文出版社出版了孙大雨翻译的莎剧《威尼斯商人》和《冬日故事》(*The Winter's Tale*)。

5月,中国广播电视出版社出版了梁实秋翻译的《莎士比亚全集》,全套共10册,收录了37部莎剧译作。

1996 年

5月,中国人民大学出版社出版《荒诞派戏剧》,收录了施咸荣译的贝克特的《等待戈多》(*Waiting for Godot*)和徐立京译的品特的《房间》(*The Room*)。

11月,复旦大学出版社出版了《莎士比亚精华》,收录了《汉姆来提》(杨烈译)、《罗密欧与朱丽叶》(罗汉译)、《李尔王》(杨烈译)、《麦克白斯》(杨烈译)、《阿塞罗》(杨烈译)和《威尼斯商人》(杨东霞译)等6部剧作。

1997 年

3月,王尔德著、余光中翻译的《温夫人的扇子》(*Lady Windermere's Fan*)由辽宁教育出版社出版。

1998 年

3月,艾伦·艾克伯恩(Alan Ayckbourn)著、蒲隆翻译的《餐规》(*Table Manners*)刊载于《世界文学》第2期。

4月,品特著、荣广润翻译的《搜集证据》(*The Collection*)刊载于《戏剧艺术》第2期。

4月,品特著,谷亦安、芦小燕翻译的《背叛》(*Betrayal*)刊载于《戏剧艺术》第2期。

5月,译林出版社出版了增订本《莎士比亚全集》(共8册),收录了已发现的莎士比亚的39个剧本,包括《两个高贵的亲戚》和《爱德华三世》(*Edward III*)。

8月,莎士比亚著、孙大雨翻译的《萝密欧与琚丽晔》(今译《罗密欧与朱丽叶》)和《暴风雨》由上海译文出版社出版。

1999 年

3月,叶芝著、柯彦玢翻译的《炼狱》(*Purgatory*)刊载于《外国文学》第3期。

12月,中国对外翻译出版公司以英汉对照版的形式推出了"英若诚名剧译丛",出版了英若诚汉译的外国戏剧单行本,其中英国剧作有:莎士比亚的《请君入瓮》(*Measure for Measure*)、萧伯纳的《芭巴拉少校》(*Major Barbara*)和谢弗的《上帝的宠儿》(*Amadeus*)。

2000 年

1月,河北教育出版社出版了《新莎士比亚全集》,全套共12卷。第1卷收录了方平、阮珅翻译的喜剧《错尽错绝》《驯悍记》《维罗纳二绅士》和《爱的徒劳》;第2卷收录了方平翻译的喜剧《威尼斯商人》《仲夏夜之梦》和《温莎的风流娘儿们》;第3卷收录了方平翻译的喜剧《皆大欢喜》(*As You Like It*)《第十二夜》《捕风捉影》和《暴风雨》;第4卷收录了方平翻译的悲剧《哈姆莱特》《罗密欧与朱丽叶》和《奥瑟罗》;第5卷收录了方平翻译的悲剧《麦克贝斯》《李尔王》和《安东尼与克莉奥佩特拉》;第6卷收录了汪义群翻译的悲剧《居理厄斯·恺撒》、《泰特斯·安德洛尼克斯》(*Titus Andronicus*)和《科利奥兰纳》(*Coriolanus*);第7卷收录了方平、吴兴华翻译的历史剧《理查二世》(*Richard II*)、《亨利四世》和《亨利五世》(*Henry V*);第8卷收录了覃立岚翻译的历史剧《亨利六世》(*Henry VI*)(上、中、下篇);第9卷收录了方平等人翻译的历史剧《约翰王》(*King John*)、《理查三世》和《亨利八世》(*Henry VIII*);第10卷收录了方平、阮珅翻译的社会问题剧《特洛伊罗斯与克瑞西达》(*Troilus and Cressida*)、《结局好万事好》(*All's Well That Ends Well*)、《自作自受》(*Measure for Measure*)和《雅典人泰门》(*Timon of Athens*);第11卷收录了方平、张冲翻译的传奇剧《佩里克利斯》(*Pericles*)、《冬天的故事》(*The Winter's Tale*)、《辛白林》(*Cymbeline*)和《两贵亲》。第12卷是莎士比亚诗集。

1月,外文出版社出版了英汉对照本《莎士比亚喜剧集》(上、下册),将朱生豪的译文与英文原文对应排版,开创了莎剧出版的新形式。

2月,朱生豪翻译的《莎士比亚喜剧集》由燕山出版社出版,2005年9月第2版。

6月,人民文学出版社出版了《王尔德作品集》,收录了黄源深等翻译的《温德米尔夫人的扇子》《一个无关紧要的女人》《理想丈夫》《认真的重要》和《莎乐美》(Salomé)。

8月,王成云翻译的《哈姆莱特·罗密欧与朱丽叶》由内蒙古人民出版社出版。

9月,中国文学出版社出版了《王尔德全集:戏剧卷》,收录了马爱农、荣如德等人翻译的《认真的重要》、《温德米尔夫人的扇子》、《一个无足轻重的女人》、《一个理想的丈夫》、《莎乐美》、《帕多瓦公爵夫人》(The Duchess of Padua)、《民意党人维拉》(Vera, or the Nihilists)《佛罗伦莎悲剧》(A Florentine Tragedy)和《圣妓或珠光宝气的女人》(La Sainte Courtisane)。

2001年

1月,辽宁教育出版社出版了《英若诚译名剧五种》,收录了莎士比亚的《请君入瓮》(Measure for Measure)、萧伯纳的《芭芭拉少校》(Major Barbara)和彼得·谢弗的(Peter Shaffer)的《莫扎特之死》(Amadeus)。

5月,朱生豪翻译的莎剧《罗密欧与朱丽叶》中英文对照全译本由中国国际广播出版社出版。

6月,保罗·埃布莱曼(Paul Ableman)著、胡志颖翻译的《实验》(Tests)刊载于《外国文艺》第3期。

9月,莎士比亚著、孙法理翻译的《两个高贵的亲戚》(The Two Noble Kinsmen)由商务出版社出版。

10月,中国戏剧出版社出版了《莎士比亚戏剧故事全集》(全10卷)。

2002年

1月,中国广播电视出版社出版了中国台湾学者梁实秋汉译的《莎士比亚全集》中英文对照版,共40册。该全集收录了莎士比亚37个剧本和他的十四行诗以及其他长诗、抒情诗。

1月,萧伯纳著、杨宪益翻译的《卖花女》(Pygmalion,又名《匹克梅梁》)英汉对照珍藏本由中国对外翻译出版公司出版,列入"金石系列名作名译"。

1月,萧伯纳著、杨宪益翻译的《凯撒和克莉奥佩特拉》(*Caesar and Cleopatra*)由人民文学出版社出版,从属于"名著名译英汉对照读本丛书",2012年10月由商务印书馆再版,2019年4月推出3版。

10月,迈克尔·弗雷恩(Michael Frayn)著、胡开奇翻译的《哥本哈根》(*Copenhagen*)刊载于《戏剧艺术》第5期。

2003 年

1月,金燕等人翻译的莎剧《罗密欧与朱丽叶》由延边出版社出版。

1月,高尔斯华绥著、孙兆勇翻译的《太阳》(*The Sun*)刊载于《新剧本》第1期。

4月,泰伦斯·瑞迪艮(Terence Rattigan)著、邰亚妮翻译的《勃朗宁译本》(*The Browning Version*)刊载于《戏剧》第2期。

5月,萧伯纳著、方湘等人翻译的《圣女贞德》(*Saint Joan*)由中国致公出版社出版,2005年9月再版。

2004 年

1月,高尔斯华绥著、孙兆勇翻译的《刺激》(*Punch and Go*)刊载于《新剧本》第1期。

1月,北京师范大学出版社出版了陈惇主编的《20世纪外国戏剧经典》,收录萧伯纳的《巴巴娜少校》(*Major Barbara*)和贝克特的《等待戈多》(*Waiting for Godot*)。

4月,萨拉·凯恩(Sarah Kane)著、胡开奇翻译的《4.48精神崩溃》(*4.48 Psychosis*)刊载于《戏剧艺术》第2期。

4月,品特著、蔡美云翻译的《服装展示会》(*The Collection*,又译《搜集证据》)刊载于《戏剧》第2期。

6月,上海译文出版社出版了黄源深、陈士龙、曹国维编的《20世纪外国文学作品选》(上卷),收录了下列2部英国剧作的片段:贺哈定译的萧伯纳的《芭芭拉少校》(*Major Barbara*)和许真译的品特的《房屋看管人》(*The Caretaker*)。

6月,乔·奥顿(Joe Orton)著、张晴滟翻译的《人赃俱获》(*Loot*)刊载于《戏剧》第3期。

9月，艾琳·威廉（Emlyn Williams）著、欧阳予倩翻译的《油漆未干》（*The Late Christopher Bean*）刊载于《新剧本》第5期。

10月，弗雷恩著、胡开奇翻译的《民主》（*Democracy*）刊载于《戏剧艺术》第5期。

10月，弗雷恩著、胡开奇翻译的《哥本哈根》（*Copenhagen*）刊载于《剧本》第10期。

2005年

1月，中国戏剧出版社出版了汪义群主编的《西方现代戏剧流派作品选》第4卷，收录了任生名译的约翰·阿登（John Arden）的《马斯格雷夫中士的舞蹈》（*Serjeant Musgrave's Dance*）和马传禧译的谢弗的《皇家太阳猎队》（*The Royal Hunt of the Sun*）。

1月，中国戏剧出版社出版了汪义群主编的《西方现代戏剧流派作品选》第5卷，收录了贝克特的《等待戈多》（*Waiting for Godot*）（施咸荣译）和《啊，美好的日子！》（*Happy Days*）（夏莲、江帆译）；品特的《轻微的疼痛》（*A Slight Ache*）（汪义群译）和《茶会》（*Tea Party*）（王和月译）。

1月，李辉主编的《莎士比亚文集》由京华出版社出版，收录《罗密欧与朱丽叶》《错误的喜剧》（*Comedy of Errors*）《理查二世的悲剧》《爱的徒劳》《温莎的风流娘儿们》《皆大欢喜》《裘力斯·凯撒》《第十二夜》等13个莎士比亚的剧本。

4月，本·艾尔敦（Ben Elton）著、范益松翻译的《爆玉米花》（*Popcorn*）刊载于《戏剧艺术》第2期。

6月，人民文学出版社出版了人民文学出版社编辑部选编的《外国戏剧百年精华》（上、下册），其中收录英国剧作家的作品有：萧伯纳的《皮格马利翁》（*Pygmalion*）（杨宪益译）、贝克特的《等待戈多》（施咸荣译）、品特的《看门人》（*The Caretaker*）（王改姝译）、奥斯本的《愤怒的回顾》（*Look Back in Anger*）（黄雨石译）和韦斯克的《四季》（*The Four Seasons*）（汪义群译）。

11月，南海出版公司出版了《戏谑：汤姆·斯托帕德戏剧选》，收录了斯托帕德的《戏谑》（*Travesties*）（李淑慎、萧萍译）、《罗森克兰茨和吉尔德斯特恩已死》（*Rosencrantz and Guildenstern Are Dead*）（杨晋译）和《阿卡狄亚》（*Arcadia*）（孙仲旭译）。

2006年

1月,品特著、王晓鑫翻译的《侏儒》(*Midgetman*)(节选)刊载于《新剧本》第1期。

2月,品特著、汤秋妍翻译的《入土为安》(*Ashes to Ashes*)(节选)刊载于《上海文学》第2期。

2月,品特的《外出的一晚》(*A Night Out*)(节选)和《收藏》(*The Collection*)(节选)刊载于《外国文艺》第1期,译者分别是鲍伊尹和胡晓庆。

3月,品特的《一个像阿拉斯加的地方》(*A Kind of Alaska*)(节选)和《维多利亚车站》(*Victoria Station*)(节选)刊载于《世界文学》第2期,译者分别是萧萍和匡咏梅。

2月,北京燕山出版社出版了袁可嘉等编选的《外国现代派作品选》(共4卷),其中A卷收录了辛格的《骑马下海的人们》(*Riders to the Sea*)(郭沫若译);C卷收录了品特的《看管人》(*The Caretaker*)(许真译)。

4月,上海译文出版社出版的《华伦夫人的职业:萧伯纳剧作选》收录了贺哈定和吴晓园合译的《凯瑟琳女皇》(*Great Catherine*)、《风云人物》(*The Man of Destiny*)、《华伦夫人的职业》(*Mrs. Warren's Profession*)、《皮格马利翁》(*Pygmalion*,即《卖花女》)、《医生进退两难》(*The Doctor's Dilemma*)、《奥古斯图斯恪尽厥职》(*Augustus Does His Bit*)和《日内瓦》(*Geneva*)。

4月,南海出版公司出版了孙仲旭翻译的斯托帕德的《乌托邦彼岸》(*The Coast of Utopia*),该剧包含三部曲:《航行》(*Voyage*)、《失事》(*Shipwreck*)和《获救》(*Salvage*)。

5月,刘心武主编的《莎士比亚戏剧集》由中国对外翻译出版公司出版。

6月,中国文联出版社出版了刘建军主编的《外国文学作品选》,收录品特的《送菜升降机》(*The Dumb Waiter*),施咸荣、屠珍等翻译。

10月,时代文艺出版社出版了李斯翻译的萧伯纳戏剧选《人与超人》,收录了萧伯纳的《人与超人》(*Man and Superman*)和《圣女贞德》(*Saint Joan*)。

11月,作家出版社出版了《萧伯纳戏剧选》,收录了杨宪益翻译的《匹克梅梁》(*Pygmalion*,即《卖花女》),潘家洵翻译的《华伦夫人的职业》(*Mrs. Warren's Profession*)、老舍翻译的《苹果车》(*The Apple Cart*)和申慧辉翻译的《圣女贞德》(*Saint Joan*)。

11月，新星出版社出版了《萨拉·凯恩戏剧集》，收录了《摧毁》（*Blasted*）、《菲德拉的爱》（*Phaedra's Love*）、《清洗》（*Cleansed*）、《渴求》（*Crave*）和《4.48精神崩溃》（*4.48 Psychosis*），均由胡开奇翻译。

12月，长江文艺出版社和湖北人民出版社联合出版了胡仁源翻译的萧伯纳戏剧选《圣女贞德》，收录了《圣女贞德》（*Saint Joan*）和《千岁人》（*Back to Methuselah*，又译《回到马士撒拉时代》）。

2007年

3月，春风文艺出版社出版了谢天振主编的《2006年翻译文学》，收录了品特的《收藏》（*The Collection*）（节选），胡晓庆译。

4月，《莎士比亚戏剧故事集》由人民文学出版社出版。

7月，克里斯蒂著、黄昱宁翻译的《捕鼠器》（*The Mousetrap*）由上海译文出版社出版，2012年4月再版，2013年5月推出双语珍藏版。

7月，贝克特著、罗湉翻译的《来去》（*Come and Go*）刊载于《新剧本》第4期。

8月，陕西师范大学出版社出版了段鸿欣、张雪丹翻译的《西方经典戏剧》，收录了马洛的《浮士德博士的悲剧》（*The Tragical History of the Life and Death of Doctor Faustus*，简称 *Doctor Faustus*）、莎士比亚的《仲夏夜之梦》《威尼斯商人》《罗密欧与朱丽叶》《哈姆雷特》《奥瑟罗》《李尔王》和《麦克白》、王尔德的《认真的重要》（*The Importance of Being Earnest*）和萧伯纳（George Bernard Shaw）的《芭芭拉少校》（*Major Barbara*）。

9月，詹姆斯·乔伊斯（James Joyce）著、赵白生翻译的《流亡》（*Exiles*）（节选）刊载于《新剧本》第5期。

12月，新星出版社出版了胡开奇翻译的《迈克·弗雷恩戏剧集》，收录了《哥本哈根》（*Copenhagen*）和《民主》（*Democracy*）。

2008年

3月，学林出版社出版了郑克鲁、董衡巽主编的《新编外国现代派作品选》（共3编）。第2编收录了品特的《生日宴会》（*The Birthday Party*），易乐湘翻译。

6月，萧伯纳著、向洪全翻译的《圣女贞德》（*Saint Joan*）由中国书籍出版社出版。

6月,山东文艺出版社出版了王化学编的《20世纪外国戏剧精选》,收录了贝克特的《等待戈多》(*Waiting for Godot*),施咸荣译,以及韦斯克的《四季》(*The Four Seasons*),汪义群译。

10月,马丁·麦克多纳(Martin McDonagh)著、胡开奇翻译的《枕头人》(*The Pillowman*)刊载于《戏剧艺术》第5期。

12月,朱生豪翻译的莎剧《哈姆雷特·罗密欧与朱丽叶》由北京科学技术出版社出版。

12月,朱生豪翻译的莎剧《罗密欧与朱丽叶》由延边人民出版社出版,2012年12月再版。

2009年

1月,托·斯·艾略特(Thomas Stearns Eliot)著、李文俊翻译的《大教堂凶杀案》(*Murder in the Cathedral*)刊载于《世界文学》第1期。

2月,汀布莱克·韦滕贝克(Timberlake Wertenbaker)著、胡开奇翻译的《夜莺之爱》(*The Love of the Nightingale*)刊载于《剧本》第2期。

3月,朱生豪翻译的《莎士比亚经典作品集》由世界图书出版公司出版。

4月,艾克伯恩著,杨俊霞翻译的《爬上,爬下!》(*Taking Steps*)刊载于《戏剧艺术》第2期。

7月,勃朗特著、喻荣军翻译的《简·爱》(*Jane Eyre*,根据同名小说改编)刊载于《新剧本》第4期。

8月,朱生豪翻译的《莎士比亚戏剧选》由译林出版社出版,收录《仲夏夜之梦》《威尼斯商人》《罗密欧与朱丽叶》和《哈姆莱特》。

10月,卡里尔·丘吉尔(Caryl Churchill)著,胡开奇翻译的《远方》(*Far Away*)刊载于《戏剧艺术》第5期。

2010年

4月,新星出版社出版了胡开奇翻译的《枕头人:英国当代名剧集》,收录了麦克多纳的《枕头人》(*The Pillowman*)、安东尼·尼尔逊(Anthony Neilson)的《审查者》(*The Censor*)、卡里尔·丘吉尔的《远方》(*Far Away*)及韦滕贝克的《夜莺的爱》(*The Love of the Nightingale*)。

5月,朱生豪翻译的《莎士比亚悲剧集》精装本由北京燕山出版社出版。

8月,克里斯蒂著,郑涛、石航翻译的《捕鼠器》(*The Mousetrap*)由人民文学出版社出版。

8月,朱生豪翻译的《莎士比亚全集》(共5卷)由时代文艺出版社出版。

8月,朱生豪翻译的《威廉莎士比亚四大悲剧》由上海译文出版社出版。

9月,朱生豪翻译的《莎士比亚全集》(1—8卷)由人民文学出版社出版。

9月,译林出版社推出了两部戏剧专辑。第一部名为《归于尘土》,收录了品特的《风景》(*Landscape*)、《沉默》(*Silence*)、《往日》(*Old Times*)、《无人之境》(*No Man's Land*)、《背叛》(*Betrayal*)、《月光》(*Moonlight*)、《山地语言》(*Mountain Language*)和《归于尘土》(*Ashes to Ashes*)等8部剧作;第二部名为《送菜升降机》,收录了品特的《生日晚会》(*The Birthday Party*)、《房间》(*The Room*)、《送菜升降机》(*The Dumb Waiter*)、《看门人》(*The Caretaker*)和《回家》(*The Homecoming*)等5部剧作,均为华明翻译。第一部于2013年1月再版。

2011年

4月,莎士比亚著、朱生豪翻译的《罗密欧与朱丽叶·哈姆雷特》由吉林大学出版社出版。

6月,朱生豪翻译的《莎士比亚戏剧选》由长江文艺出版社出版。

6月,麦克多纳的《小绿猪》(*The Little Green Pig*)刊载于《文苑》第6期,译者不详。

9月,麦克多纳的《小绿猪》(*The Little Green Pig*)刊载于《中国校园文学》第18期,译者不详。

9月,乔伊斯著、李宏伟翻译的《流亡者》(*Exiles*)刊载于《世界文学》第5期。

11月,陈才宇校订的《朱译莎士比亚戏剧31种》由浙江工商大学出版社出版。

11月,王尔德著、吴刚翻译的《莎乐美》(*Salomé*)由上海译文出版社出版。该译本为中英法三语对照本,英译者为道格拉斯勋爵,2019年11月再版。

11月,玛丽娜·卡尔(Marina Carr)著、李元选译的《猫原边……》(*By the Bog of Cats...*)刊载于《外国文学》第6期。

11月,麦克多纳的《枕头人》(*The Pillowman*)刊载于《青年博览》第21期,译者不详。

12月,傅浩编译的《乔伊斯诗歌·剧作·随笔集》由云南人民出版社出版,收录的剧作有柯彦玢译的《流亡者》(*Exiles*),2013年4月由上海译文出版社再版。

12月,黄雨石、林疑今翻译的《奥凯西戏剧选》由云南人民出版社出版,收录了《朱诺和孔雀》(*Juno and the Paycock*)、《犁与星》(*The Plough and the Stars*)、《给我红玫瑰》(*Red Roses for Me*)和《主教的篝火》(*The Bishop's Bonfire*)。

12月,汪剑钊编译的《王尔德唯美主义作品选》由云南人民出版社出版,收录了刘红霞译的《不可儿戏》(*The Importance of Being Earnest*)、宋赛南译的《温德米尔夫人的扇子》(*Lady Windermere's Fan*)和李一恬译的《莎乐美》(*Salomé*)。

12月,《萧伯纳戏剧集》由云南人民出版社出版,收录了朱光潜译的《英国佬的另一个岛》(*John Bull's Other Island*)、林浩庄译的《巴巴拉少校》(*Major Barbara*)和杨宪益译的《匹克梅梁》(*Pygmalion*)。

2012年

1月,朱生豪翻译的《莎士比亚四大悲剧》由人民文学出版社出版。

1月,杨宪益翻译的萧伯纳剧作单行本《凯撒和克莉奥佩特拉》由商务印书馆出版,2019年4月再版。

2月,麦克多纳的《枕头人》(*The Pillowman*)刊载于《文苑》第2期,译者不详。

4月,秋名翻译的《莎士比亚戏剧选》由文汇出版社出版。

4月,朱生豪翻译的《莎士比亚戏剧选》由中国对外翻译出版有限公司出版。

6月,苏福忠翻译的《王尔德读本》由人民文学出版社出版,收录了《莎乐美》(*Salomé*)、《认真的重要》(*The Importance of Being Earnest*)和《理想丈夫》(*An Ideal Husband*)。

7月,李文俊、袁伟等翻译的《大教堂凶杀案:艾略特文集·戏剧》由上海译文出版社出版,收录了《大教堂凶杀案》(*Murder in the Cathedral*)、《家庭团聚》(*The Family Reunion*)、《鸡尾酒会》(*The Cocktail Party*)、《机要秘书》(*The Confidential Clerk*)和《老政治家》(*The Elder Statesman*)。

8月，朱生豪翻译的《莎士比亚戏剧全集》由文津出版社出版。

10月，王尔德著、文心翻译的《理想丈夫》（*An Ideal Husband*）由商务印书馆出版，2019年4月再版。

11月，莎士比亚著、李其金翻译的《哈姆雷特》由浙江大学出版社出版。

11月，朱生豪翻译的莎士比亚剧本插图珍藏本由人民文学出版社出版，收录了《麦克白》《哈姆雷特》《仲夏夜之梦》《奥瑟罗》《威尼斯商人》《李尔王》《第十二夜》《罗密欧与朱丽叶》等剧作。

12月，朱生豪翻译的莎剧《罗密欧与朱丽叶》由延边人民出版社出版。

2013年

1月，青闰、李丽枫和丹冰译注的《诺贝尔文学奖作家戏剧作品精选：萧伯纳》由外文出版社出版，收录了《圣女贞德》（*Saint Joan*）、《卖花女》（*Pygmalion*）、《人与超人》（*Man and Superman*）、《鳏夫的房产》（*Widowers' Houses*）、《芭芭拉少校》（*Major Barbara*）和《华伦夫人的职业》（*Mrs. Warren's Profession*）。

1月，王尔德著、田汉翻译的《莎乐美》由安徽人民出版社出版。

1月，王振翻译的《王尔德戏剧精品选：不可儿戏》由光明日报出版社出版，收录了《不可儿戏》（*The Importance of Being Earnest*）、《莎乐美》（*Salomé*）和《民意党人薇拉》（*Vera, or the Nihilists*）。

1月，萧伯纳著、房霞翻译的《圣女贞德》由新星出版社出版，收录了《圣女贞德》（*Saint Joan*）和《华伦夫人的职业》（*Mrs. Warren's Profession*），2015年2月由北京联合出版公司再版。

1月，爱德华·邦德（Edward Bond）著、陈红薇和唐小彬翻译的《李尔》（*Lear*）刊载于《世界文学》第1期。

1月，麦克多纳著、伯爵猫翻译的《小绿猪》（*The Little Green Pig*）刊载于《幸福》第1期。

3月，"新青年文库·莎士比亚戏剧朱生豪原译本全集"系列由中国青年出版社出版。

3月，朱生豪翻译的《莎士比亚悲剧喜剧全集》由中国书店出版。

5月，孙大雨翻译的《莎士比亚戏剧八种》由上海三联书店出版。

5月，韦韬主编的《茅盾译文全集》由知识产权出版社出版，第6—7卷收录了茅盾翻译的萧伯纳的《地狱中之对谈》（*Man and Superman: Don Juan in*

Hell），格雷戈里夫人的《海青·赫佛》（*Hyacinth Halvey*）、《旅行人》（*The Travelling Man*）、《乌鸦》（*The Jackdaw*）和《狱门》（*The Jail Gate*）。

5月，朱生豪翻译的《莎士比亚喜剧选》由人民文学出版社出版。

11月，敏之编译的《莎士比亚全集》由南海出版公司在海口出版。

12月，张春、周莉薇翻译的《哈佛百年经典06卷：英国现代戏剧》由北京理工大学出版社出版，收录了德莱顿的《一切为了爱情》（*All for Love*）、谢立丹的《造谣学校》（*The School for Scandal*）、哥德史密斯的《屈身求爱》（*She Stoops to Conquer*）、雪莱的《钦契一家》（*The Cenci*）、罗伯特·勃朗宁（Robert Browning）的《纹章上的斑点》（*A Blot in the 'Scutcheon*）和拜伦的《曼弗雷德》（*Manfred*）。

12月，朱生豪翻译的《莎士比亚悲剧》《莎士比亚喜剧》由中国友谊出版公司出版。

2014 年

1—5月，莎士比亚著、朱生豪翻译的《仲夏夜之梦》《哈姆莱特》《亨利四世》《麦克白》等由中国画报出版社出版。

2月，莎士比亚著、朱生豪翻译的《威尼斯商人》由中国文联出版社出版。

2—3月，《伊丽莎白时期戏剧》（2卷本）由北京理工大学出版社出版。卷I收录了廖红译的马洛的《爱德华二世》（*Edward II*），朱生豪译的莎剧《哈姆莱特》《李尔王》《麦克白》《暴风雨》。卷II收录了托马斯·德克（Thomas Dekker）的《鞋匠的节日》（*The Shoemaker's Holiday*）、本·琼森（Ben Jonson）的《炼金术士》（*The Alchemist*）、弗朗西斯·博蒙特和约翰·弗莱彻（Francis Beaumont & John Fletcher）的《菲拉斯特》（*Philaster*）、约翰·韦伯斯特（John Webster）的《玛尔菲公爵夫人》（*The Duchess of Malfi*）和菲利普·曼森格（Philip Massinger）的《旧债新还》（*A New Way to Pay Old Debts*），译者是彭勇、刘成萍。

3月，方平主编并主译的《莎士比亚全集》由上海译文出版社出版。

3月，朱生豪翻译的《莎士比亚戏剧选》由花城出版社出版。

4月，胡开奇翻译的《渴求：英国当代直面戏剧名作选》由上海人民出版社出版，收录了凯恩的《摧毁》（*Blasted*）和《渴求》（*Crave*）、尼尔逊的《审查者》（*The Censor*）、帕特里克·马勃（Patrick Marber）的《亲密》（*Closer*）、麦克多纳的《丽南镇的美人》（*The Beauty Queen of Leenane*）和《枕头人》（*The Pillowman*）。

4月,沙洲、叶莉翻译的《浮士德悲剧》由北京理工大学出版社出版,收录了马洛的《浮士德博士的悲剧》(*The Tragical History of the Life and Death of Doctor Faustus*,简称 *Doctor Faustus*)。

4月,莎士比亚著、朱生豪翻译的《威尼斯商人》由远方出版社出版。

4月,朱生豪翻译的莎剧《罗密欧与朱丽叶》由辽宁人民出版社出版。

5月,莎士比亚著、朱生豪翻译的《罗密欧与朱丽叶》由湖南文艺出版社出版,书中还收录《仲夏夜之梦》。

6月,莎士比亚著、龚勋编译的《哈姆莱特》由汕头大学出版社出版。

9月,朱生豪翻译的《莎士比亚戏剧全集》由古吴轩出版社出版。

10月,莎士比亚著、朱生豪翻译的《罗密欧与朱丽叶·哈姆莱特》由万卷出版公司出版。

12月,朱生豪翻译的《莎士比亚悲剧选》《莎士比亚喜剧选》《莎士比亚历史剧选》由上海三联书店出版。

2015 年

1月,莎士比亚著、宋毓翻译的《哈姆莱特》由团结出版社出版。

1月,朱生豪、陈才宇翻译的《莎士比亚全集》由浙江工商大学出版社出版。

2月,萧伯纳著、房霞翻译的《圣女贞德》(*Saint Joan*)由北京联合出版公司出版。

3月,莎士比亚著、朱生豪翻译的《哈姆莱特》由吉林大学出版社出版。

4月,萧伯纳著、胡仁源翻译的《圣女贞德》由花城出版社出版。

6月,吴琳娜翻译的《情欲与复仇:英国詹姆斯一世时期悲剧》由北方文艺出版社出版,收录了约翰·福特(John Ford)的《可惜她是一个娼妓》(*'Tis Pity She's a Whore*)、韦伯斯特的《马尔菲公爵夫人》(*The Duchess of Malfi*)和托马斯·米德尔顿、威廉·罗利(Thomas Middleton & William Rowley)的《变节者》(*The Changeling*)。

6月,《朱生豪译莎士比亚戏剧》由人民文学出版社出版。

7月,辜正坤主编的《莎士比亚全集·英汉双语本》由外语教学与研究出版社出版,收录了辜正坤译的《麦克白》《哈姆莱特》和彭镜禧译的《李尔王》。

7月,莎士比亚著、朱生豪翻译的《罗密欧与朱丽叶》《麦克白》和《李尔王》

等由北京理工大学出版社出版。

7月,北京理工大学出版社出版了胡仁源、李丽霞翻译的萧伯纳戏剧选《圣女贞德》,收录了萧伯纳的《圣女贞德》(*Saint Joan*)和《卖花女》(*Pygmalion*),2017年11月由海峡文艺出版社再版。

9月,朱生豪翻译的《莎士比亚悲剧选》由上海文艺出版社出版。

11月,辜正坤主编的《莎士比亚全集·英汉双语本》由外语教学与研究出版社出版,收录覃学岚译的《亨利六世》和张顺赴译的《亨利五世》。

11月,王尔德著、苏福忠翻译的《莎乐美》(*Salomé*)由人民文学出版社出版,书中还收录了《认真的重要》(*The Importance of Being Earnest*)。

11月,朱生豪翻译的《莎士比亚四大悲剧》《莎士比亚四大喜剧》由四川文艺出版社出版。

12月,莎士比亚著、曹禺翻译的《罗密欧与朱丽叶》由云南人民出版社出版。

2016年

1月,莎士比亚著、孟凡君翻译的《理查三世》由外语教学与研究出版社出版。

1月,孙大雨翻译的《莎士比亚四大悲剧》由上海译文出版社出版。

1月,朱生豪翻译的《莎士比亚悲剧五种》《莎士比亚喜剧五种》由人民文学出版社出版。

1月,朱生豪翻译的《莎士比亚戏剧全集》由民主与建设出版社出版。

2月,牛稚雄编译的《彼拉多之死:中世纪及都铎时期的戏剧精选》(上、下册)由浙江大学出版社出版。

3月,莎士比亚著、卞之琳翻译的《哈姆雷特》由浙江文艺出版社出版。

3月,莎士比亚著、方平翻译的《麦克贝斯》《奥瑟罗》《捕风捉影》《雅典人泰门》《温莎的风流娘儿们》《第十二夜》《李尔王》《罗密欧与朱丽叶》《皆大欢喜》,吴兴华译、方平校的《亨利四世》和张冲译的《冬天的故事》由上海译文出版社出版。

4月,辜正坤主编的《莎士比亚全集·英汉双语本》由外语教学与研究出版社出版,收录多个莎剧单行本,如辜正坤译的《威尼斯商人》、彭发胜译的《一报还一报》(*Measure for Measure*)、解村译的《无事生非》(*Much Ado about*

Nothing)、万明子译的《爱的徒劳》、王剑译的《终成眷属》(*All's Well That Ends Well*)、张冲译的《两贵亲》、熊杰平译的《驯悍记》(*The Taming of the Shrew*)、邵雪萍译的《仲夏夜之梦》、李其金译的《维洛那二绅士》等。

4月,毛姆著,杨建玫和娄遂祺翻译的《比我们高贵的人们》由群众出版社出版,收录了《比我们高贵的人们》(*Our Betters*)、《周而复始》(*The Circle*)和《坚贞的妻子》(*The Constant Wife*)。

4月,《杨周翰作品集》由上海译文出版社出版,收录了杨周翰翻译的莎剧《亨利八世》和谢立丹的《情敌》(*The Rivals*)。

4月,莎士比亚著、朱生豪翻译的《哈姆莱特》由巴蜀书社出版。

4月,朱生豪翻译的《莎士比亚全集》由译林出版社出版。

4月,麦克多纳的《铁道上的男孩》(*Little Deaf Boy on the Big Long Railroad Tracks*)刊载于《文苑》第4期。

5月,张东亚翻译的《贝克特短剧选》刊载于《世界文学》第3期,选译《戏剧》(*Play*)、《落脚声》(*Footfalls*)、《来来回回》(*Come and Go*)和《什么哪里》(*What Where*)。

5月,朱生豪翻译的《莎士比亚悲剧喜剧集》由中国文联出版社出版。

5月,朱生豪翻译的《莎士比亚四大悲剧》《莎士比亚四大喜剧》由中国画报出版社出版。

6月,莎士比亚著、朱生豪翻译的《哈姆莱特》《奥瑟罗》《麦克白》《冬天的故事》和《仲夏夜之梦》由北京联合出版公司出版。

6月,朱生豪翻译的《莎士比亚十大经典戏剧》由中国友谊出版公司出版。

6—7月,傅光明翻译的"新译莎士比亚全集"系列由天津人民出版社出版,收录《罗密欧与朱丽叶》《威尼斯商人》《哈姆雷特》《奥赛罗》。

7月,莎士比亚著、朱生豪翻译的《威尼斯商人》由中译出版社出版。

8月,《贝克特全集18》和《贝克特全集19》由湖南文艺出版社出版,收录了刘爱英译的《开心的日子》(*Happy Days*)和短剧《跌倒的人》(*All That Fall*)、《克拉普的最后一盘录音带》(*Krapp's Last Tape*)、《余烬》(*Embers*)、《歌词与音乐》(*Words and Music*)、《戏》(*Play*)、《电影》(*Film*)、《老曲》(*The Old Tune*)、《来与去》(*Come and Go*)、《嗯,乔》(*Eh Joe*)、《呼吸》(*Breath*)、《不是我》(*Not I*)、《那一回》(*That Time*)、《脚步声》(*Footfalls*)、《幽灵三重奏》(*Ghost Trio*)、《……可那些云……》(*...but the clouds...*)、《一段独白》(*A Piece of Monologue*)、

《乖乖睡》(*Rockaby*)、《俄亥俄即兴作》(*Ohio Impromptu*)、《方庭》(*Quad*)及《夜与梦》(*Night and Dreams*)。

9月,莎士比亚著、朱生豪翻译的《哈姆莱特》由商务印书馆出版。

10月,莎士比亚著、朱生豪翻译的《哈姆莱特》由人民文学出版社出版。

10月,莎士比亚著、朱生豪翻译的《罗密欧与朱丽叶》和《莎士比亚悲喜剧》由团结出版社出版。

10月,朱生豪翻译的莎剧《罗密欧与朱丽叶》由中国宇航出版社出版。

11月,莎士比亚著、朱生豪翻译的《哈姆莱特》由浙江教育出版社出版。

11月,莎士比亚著、朱生豪翻译的《威尼斯商人》由万卷出版公司出版。

11月,朱生豪翻译的《莎士比亚悲剧选》《莎士比亚喜剧选》由江西教育出版社出版。

11月,朱生豪翻译的《莎士比亚戏剧选》由中译出版社出版。

12月,时惠翻译的《莎士比亚戏剧集》由北京工艺美术出版社出版。

2017年

1月,莎士比亚著、朱生豪翻译的《奥赛罗》和《无事生非》由中国宇航出版社出版。

1月,莎士比亚著、朱生豪翻译的《哈姆雷特》由团结出版社出版。

1月,莎士比亚著、朱生豪翻译的《麦克白》由学林出版社出版。

1月,朱生豪翻译的《莎士比亚四大喜剧》由四川文艺出版社出版。

1月至6月,莎士比亚著、朱生豪翻译的《罗密欧与朱丽叶》《哈姆雷特》和《威尼斯商人》由春风文艺出版社出版。

2月,朱生豪翻译的《莎士比亚经典戏剧集》由江苏凤凰文艺出版社出版。

3月,余光中翻译的《王尔德喜剧:对话·悬念·节奏》由江苏凤凰文艺出版社出版,收录了《理想丈夫》(*An Ideal Husband*)、《不可儿戏》(*The Importance of Being Earnest*)、《不要紧的女人》(*A Woman of No Importance*)和《温夫人的扇子》(*Lady Windermere's Fan*)。

3月,朱生豪翻译的《我的爱在我的诗里万古长青:莎士比亚悲剧集》《爱情生长在何方:莎士比亚喜剧集》由鹭江出版社出版。

4月,莎士比亚著、曹禺翻译的《罗密欧与朱丽叶》由天津人民出版社出版。

4月,黄梅编译的《莎士比亚悲剧集》由吉林大学出版社出版。

4月,莎士比亚著、立人编译的《哈姆莱特》由天地出版社出版。

4月,莎士比亚著、朱生豪翻译的《哈姆雷特》由学林出版社出版。

4月,朱生豪翻译的莎剧《罗密欧与朱丽叶》由吉林大学出版社出版。

5月,莎士比亚著、朱生豪翻译的《哈姆雷特》由江西教育出版社出版。

6月,《莎翁戏剧新译四种——许渊冲手迹》由海天出版社出版。

6月,张敏翻译的《莎士比亚悲喜剧》由吉林文史出版社出版。

6月,朱生豪翻译,裴克安、沈林和辜正坤校订的《莎士比亚喜剧悲剧集》由译林出版社出版。

7月,莎士比亚著、朱生豪翻译的《罗密欧与朱丽叶》由作家出版社出版。

7月,朱生豪翻译的《莎士比亚经典悲剧集》《莎士比亚经典喜剧集》由化学工业出版社出版。

10月,朱生豪翻译的《莎士比亚悲剧喜剧全集》由浙江文艺出版社出版。

2018年

1月,朱生豪翻译的《莎士比亚悲剧喜剧集》由汕头大学出版社出版。

2月,谢立丹著,郭艳玲、林雅琴和王倩合译的《情敌》(*The Rivals*)由大连海事大学出版社出版。

4月,上海三联书店出版了《民国世界文学经典译著·文献版》,八、九辑为戏剧,收录了《莎士比亚戏剧全集》(朱生豪译),萧伯纳的《人与超人》(*Man and Superman*)(罗牧译)、《圣女贞德》(*Saint Joan*)和《千岁人》(*Back to Methuselah*)(胡仁源译),哈代(Thomas Hardy)的《统治者:拿破仑战事史剧》(*The Dynasts*: *A Drama of the Napoleonic Wars*)(杜衡译)。

4月,朱世达翻译的《文艺复兴时期英国戏剧选》由作家出版社出版,收录了托马斯·基德(Thomas Kyd)的《西班牙悲剧》(*The Spanish Tragedy*),米德尔顿的《复仇者的悲剧》(*The Revenger's Tragedy*),马洛的《浮士德博士的悲剧(第一版)》(*Doctor Faustus*, 1604 version)、《浮士德博士的悲剧(第二版)》(*Doctor Faustus*, 1616 version)、《马耳他岛的犹太人》(*The Jew of Malta*)和《爱德华二世》(*Edward II*)。

5月,朱生豪翻译的《莎士比亚戏剧选》由长江文艺出版社出版。

8月,莎士比亚著、朱生豪翻译的《奥瑟罗》《李尔王》《哈姆雷特》《麦克白》

《无事生非》《第十二夜》《仲夏夜之梦》《威尼斯商人》和《罗密欧与朱丽叶》由译林出版社出版。

2019年

1月，朱生豪翻译的《莎士比亚悲剧集》《莎士比亚喜剧集》《莎士比亚经典戏剧全集》由北方文艺出版社出版。

3月，莎士比亚著、朱生豪翻译的《仲夏夜之梦》由作家出版社出版。

3月，朱生豪翻译的《莎士比亚悲剧集》《莎士比亚喜剧集》由上海三联书店出版。

3月，朱生豪、陈才宇翻译的《莎士比亚别裁集》（共4册）由浙江工商大学出版社出版。

4月，傅光明翻译的"新译莎士比亚全集"系列由天津人民出版社出版，收录《李尔王》《麦克白》《第十二夜》《皆大欢喜》《仲夏夜之梦》。

4月，朱生豪翻译的《莎士比亚戏剧集》由江苏凤凰文艺出版社出版。

5月，屠岸翻译的《莎士比亚叙事诗·抒情诗·戏剧》由北方文艺出版社出版，收录《约翰王》。

6月，《杨宪益中译作品集：凯撒和克莉奥佩特拉·卖花女》由上海人民出版社出版，两剧为萧伯纳所作。

8月，朱生豪翻译的《莎士比亚喜剧悲剧集》由译林出版社出版。

9月，莎士比亚著、朱生豪翻译的《哈姆雷特》由浙江教育出版社出版。

10月，王尔德著、文爱艺翻译的《莎乐美》由北京航空航天大学出版社出版。

2020年

1月，莎士比亚著、朱生豪翻译的《仲夏夜之梦》由重庆出版社出版。

2月，朱生豪翻译的《莎士比亚戏剧精选集》由江苏凤凰文艺出版社出版。

3月，毛姆著、鲍冷艳翻译的《我会永远爱你 直到生命尽头》由江苏凤凰文艺出版社出版，收录了《弗雷德里克夫人》（*Lady Frederick*）、《多特太太》（*Mrs. Dot*）、《圈》（*The Circle*）和《凯撒的妻子》（*Caesar's Wife*）。

4月，傅光明翻译的《新译莎士比亚全集》系列丛书由天津人民出版社出版，收录了《理查二世》《亨利四世》《亨利五世》。

　　4月，乔伊斯著、冯建明和梅叶萍等翻译的《流亡者》（*Exiles*）由上海三联书店出版。

　　5—6月，朱生豪翻译的《莎士比亚悲剧集》《莎士比亚喜剧集》由北京联合出版公司出版，收录四大悲剧和四大喜剧。

　　6月，毛姆著、鲍冷艳翻译的《假装得很辛苦》和《生活如此多娇》由江苏凤凰文艺出版社出版，前者收录了《第十个男人》（*The Tenth Man*）、《佩内洛普》（*Penelope*）和《杰克·斯特劳》（*Jack Straw*），后者收录了《探险家》（*The Explorer*）、《未知》（*The Unknown*）、《应许之地》（*The Land of Promise*）和《荣誉之人》（*A Man of Honour*）。

　　6月，王尔德著、李筱媛翻译的《莎乐美》由天津人民出版社出版。

　　6月，许渊冲翻译的《莎士比亚戏剧集》（第1卷）由浙江大学出版社出版，收录了《哈梦莱》《奥瑟罗》《李尔王》《马克白》四大悲剧。

　　6月，许渊冲翻译的《王尔德戏剧精选集》（共3册，中英文对照）由上海教育出版社出版，收录了《文德美夫人的扇子》（*Lady Windermere's Fan*）、《一个无足轻重的女人》（*A Woman of No Importance*）、《认真最重要》（*The Importance of Being Earnest*）、《莎乐美》（*Salomé*）和《巴杜亚公爵夫人》（*The Duchess of Padua*）。

　　6月，朱生豪翻译的《莎士比亚悲剧喜剧全集》由青岛出版社出版。

　　6月，果麦编的《西方现代戏剧精选》由上海文化出版社出版，收录了萧伯纳的《芭芭拉少校》（*Major Barbara*）。

　　7月，李其金翻译的《莎士比亚四大悲剧合集》由浙江大学出版社出版。

　　7月，朱生豪翻译的《莎士比亚悲喜剧》由四川文艺出版社出版。

　　8月，方平翻译的《莎士比亚喜剧五种》由人民文学出版社出版，收录了《仲夏夜之梦》《威尼斯商人》《捕风捉影》《温莎的风流娘们儿》和《暴风雨》。

　　9月，王尔德著、云隐翻译的《莎乐美》（*Salomé*）由东方出版社出版。

　　9月，华明翻译的《马洛戏剧全集（上下卷）》由商务印书馆出版，上卷收录了《迦太基女王狄多》（*Dido, Queen of Carthage*）、《帖木儿大帝（第一部）》（*Tamburlaine, Part 1*）和《帖木儿大帝（第二部）》（*Tamburlaine, Part 2*），下卷收录了《马耳他的犹太人》（*The Jew of Malta*）、《巴黎大屠杀》（*The Massacre at Paris*）、《爱德华二世》（*Edward II*）和《浮士德博士的悲剧史》（*Doctor Faustus*），共7个剧本。

　　9月,张祝馨、张悠悠翻译的《爱尔兰戏剧集》由中国华侨出版社出版,收录了费利尔的《费城,我来了》(*Philadelphia*, *Here I Come*)、卡尔的《猫泽边》(*By the Bog of Cats*)和恩达·沃尔什(Enda Walsh)的《沃尔沃斯闹剧》(*The Walworth Farce*)。

　　11月,王尔德著、孙宜学翻译的《谎言》由中信出版集团出版,收录了《不可儿戏》(*The Importance of Being Earnest*)。

　　12月,许渊冲翻译的《莎士比亚戏剧集》(第2—3卷)由浙江大学出版社出版,第2卷收录了《罗密欧与朱丽叶》《恺撒大将》(*Julius Caesar*)《安东尼与克柳芭》3部悲剧,第3卷收录了《有情无情》(*Love's Labour's Lost*)《仲夏夜之梦》《第十二夜》3部喜剧。

美国戏剧作品汉译年表（1914—2020）

1914 年

11 月，咯拉咯、尼琪著、翰庐翻译的《聋人唇语学》刊载于《小说月报》第 5 卷第 8 号。

11 月至次年 1 月，查尔斯·克莱恩（Charles Klein）著、叶楚伧译述的《中荜》(*The Third Degree: A Play in Four Acts*)刊载于《七襄》第 2—5、8 期。

1917 年

2 月，瓦伦丁（Dr. Valentine）著、刘半侬翻译的《交谪》(*The Wrangling Pair*)刊载于《小说月报》第 8 卷第 2 号。

6 月，玛格丽特·梅里尔（Margaret Merrill）著、刘半侬翻译的《琴魂》(*The Soul of the Violin*)刊载于《新青年》第 3 卷第 4 号。

1918 年

2 月，珀西瓦尔·淮尔德（Percival Wilde）著、刘半侬翻译的《天明》(*Dawn*)刊载于《新青年》第 4 卷第 2 号。

1922 年

8 月，尤金·毕洛德（Eugene Pillot，另译皮洛脱）著、樊仲云翻译的《饥饿者》(*Hunger*)刊载于《民国日报·觉悟》第 8 卷第 4、6—8 期。

8月,佩里·博耶·高纽(Perry Boyer Corneau)著、陈大悲翻译的《假面具》(*Masks*)刊载于《晨报副刊》。

12月,淮尔德著、沈性仁翻译的《上帝的手指》(*The Finger of God*)刊载于《小说月报》第13卷第12号。

1924 年

4月,东方杂志社编纂的《现代独幕剧》(1—3册)由商务印书馆出版,第2册收录了马里·卡洛琳·戴维斯(Mary Carolyn Davies)的《两副面孔的奴隶》(*The Slave with Two Faces*),子贻译。该书于1925年9月推出第3版。

1926 年

11—12月,尤金·华尔寇(Eugene Walter)著、顾仲彝改译的《梅萝香》(*The Easiest Way*)刊载于《东方杂志》第23卷第20—23期。

12月,淮尔德著、桐侯意翻译的《点化》(*The Finger of God*)刊载于《景风》第3期。

1927 年

7月,华尔寇著、顾仲彝改译的《梅萝香》(*The Easiest Way*)由开明书店出版。

10月,芳信、钦榆翻译的《近代欧美独幕剧集》由光华书局出版,收录的美国戏剧作品有淮尔德的《卖国贼》(*The Traitor*)、格利克(C. Glick)的《未成的诗》、费尔南德斯(T. F. De Issasi)的《死罪》等,1936年6月由大光书局在上海再版。

11月,哈里·肯普(Harry Kemp)著、姜公伟翻译的《梭罗门的歌》(*Soloman's Song*)刊载于《晨报副刊》。

1928 年

10月,薛绩辉翻译的《妇女戏剧集》由新宇宙书店出版,收录的美国戏剧作品有伊芙琳·爱米格(Evelyn Emig)的《瓷猪》(*The China Pig*)和皮洛脱的《女主人的梦》(*My Lady Dreams*)。

10月,厄普顿·辛克莱(Upton Sinclair)著、顾均正翻译的《住居二楼的人》

(*The Second-Story Man*)刊载于《小说月报》第19卷第10号。

1929年

1月,辛克莱著、古灵翻译的《贼》(*The Second-Story Man*)刊载于《我们的园地:文学期刊》创刊号。

2月,斯密司编、焦菊隐译述的《现代短剧译丛》由商务印书馆出版,收录的美国戏剧作品有斯图尔特·渥尔克(Stuart Walker)的《煮扁豆》(*Six Who Pass While the Lentils Boil*)和《大卫大人戴了一顶王冠》(*Sir David Wears a Crown*)、玛丽·麦克米兰(Mary MacMillan)的《云蔽的星》(*The Shadowed Star*)和哈里·格林伍德·哥鲁弗(Harry Greenwood Grover)的《汤波生的幸运》(*Thompson's Luck*)。

4月,乔治·弥得尔敦(George Middleton,另译梅德敦、弥德尔敦、弥德尔顿、米里登)著、王学浩翻译的《传统思想》(*Tradition*)刊载于《女青年月刊》第8卷第4期。

5月,辛克莱著、陆公英翻译的《机关》(*The Machine*)由南华图书局出版。

1930年

2月,本杰明·钮门(Benjamin Newman)著、何公超翻译的《矿穴里》刊载于《北新》第4卷第3期。

5月,辛克莱著、钱歌川翻译的《地狱》(*Hell*)由开明书店出版。

5月,顾仲彝译注的《独幕剧选》由北新书局在上海出版,收录的美国戏剧作品有特丽萨·赫尔本(Theresa Helburn,另译戴丽莎·海尔朋)的《进来的主角》(*Enter the Hero*)。

6月,尤金·奥尼尔著、赵如琳翻译的《捕鲸》(*Ile*)刊载于《戏剧》第2卷第1期。

6月至次年2月,辛克莱著、关存英翻译的《天然女》(*The Naturewoman*)刊载于《戏剧》第2卷第1—4期。

12月,奥尼尔著、古有成翻译的《加力比斯之月》由商务印书馆出版,收录了《月夜》(*The Moon of the Caribbees*)、《航路上》(*Bound East for Cardiff*)、《归不得》(*The Long Voyage Home*)、《战线内》(*In the Zone*)、《油》(*Ile*)、《画十字处》(*Where the Cross Is Made*)和《一条索》(*The Rope*),1933年9月又出1版。

1931 年

1 月,奥尼尔著、古有成翻译的《天外》(*Beyond the Horizon*)由商务印书馆出版,1933 年 9 月国难后又出 1 版。

2—3 月,奥尼尔著、古有成改译的《不同》(*Different*)刊载于《当代文艺》第 1 卷第 2—3 期。

4 月,奥尼尔著、赵如琳翻译的《捕鲸》(*Ile*)被收入《当代独幕剧选》,由广州泰山书局出版。

8 月,奥尼尔著、钱歌川翻译的《卡利浦之月》(*The Moon of the Caribbees*)刊载于《现代文学评论》第 2 卷第 1—2 期合刊。

10 月,罗家伦选译的《近代英文独幕名剧选》由商务印书馆出版,收录的美国戏剧作品有梅德敦的《潮流》(*Tides*)、温斯罗普·巴克斯特(Winthrop Parkhurst)的《奇乞》(*The Beggar and the King*)和托马斯·狄铿生(Thomas Dickinson)的《割症》(*In Hospital*),1933 年 9 月又出 1 版。

奥尼尔著、马彦祥改译的《还乡》(*The Long Voyage Home*)刊载于《新月》第 3 卷第 10 期,出版月份不详。

1932 年

3 月,珀西·麦克凯(Percy Mackaye)著、赵如琳改译的《战线上》(*Gettysburg*)刊载于《话剧表演特刊》。

奥尼尔著、顾仲彝翻译的《天边外》(*Beyond the Horizon*)刊载于《新月》第 4 卷第 4 期,出版月份不详。

1933 年

1 月,王学浩编译的《世界独幕剧》(第 1 集)由沪江文社出版,收录的美国戏剧作品有弥德尔敦的《传统思想》(*Tradition*)和淮尔德的《黎明》(*Dawn*),1935 年 11 月再版。

5 月,淮尔德著、华青予改译的《天启》(*Dawn*)刊载于《国闻周报》第 10 卷第 21 期。

1934 年

3 月,奥尼尔著、洪深和顾仲彝翻译的《琼斯皇》(*The Emperor Jones*)刊载于《文学(上海 1933)》第 2 卷第 3 号。

5 月,克莱德·费枢(Clyde Fitch,另译费契)著、唐锡如翻译的《真话》(*Truth*)由商务印书馆出版,7 月再版。

7 月,奥尼尔著、马彦祥翻译的《卡利比之月》(*The Moon of the Caribbees*)刊载于《文艺月刊》第 6 卷第 1 期。

10 月,奥尼尔著、袁昌英翻译的《绳子》(*The Rope*)刊载于《现代(上海 1932)》第 5 卷第 6 期。

杰克·伦敦(Jack London)著、方士人翻译的《红云》(*The Acorn Planter*)由商务印书馆出版,出版月份不详。

1935 年

3 月,克利福德·奥达茨(Clifford Odets,另译奥德茨、奥代茨)著、穆俊翻译的《自由万岁》(*Till the Day I Die*)由文国社出版。

4 月,钱歌川译的奥尼尔独幕剧集《卡利浦之月》(*The Moon of the Caribbees, and Six Other Plays of the Sea*)由中华书局出版。

5 月,辛克莱著、缪一凡翻译的《文乞》(*The Pot Boiler*)由商务印书馆出版。

6 月,迪克森和希克森(L. Dickson & L. M. Hickson)著、吴铁翼翻译的《谁的钱》(*Whose Money*)刊载于《世界文学》第 1 卷第 5 期。

1936 年

2 月,奥尼尔著、马彦祥翻译的《早餐之前》(*Before Breakfast*)刊载于《文艺月刊》第 8 卷第 2 号。

3 月,多萝西·克拉克·威尔逊(Dorothy Clarke Wilson)著、郑如冈翻译的《少年财主》(*For He Had Great Possessions*)由全国宗教教育总事务所出版。

11 月,奥尼尔著、王实味翻译的《奇异的插曲》(*Strange Interlude*)由中华书局出版。

12 月,多萝西·克拉克·威尔逊著、潘玉窠翻译的《从深夜到黎明》(*From*

Darkness to Dawn)由上海广学会出版。

1937年

5月,欧文·肖(Irwin Shaw,另译欧汶·萧)著、洪深和唐锦云合译的《把死人埋葬掉》(*Bury the Dead*)刊载于《戏剧时代》第1卷第1期。

6月,奥尼尔著、唐长孺译述的《月明之夜》(*Ah, Wilderness!*)由启明书局出版,1939年4月再版。

6月,T·肖莆雷著、白音译的《巴奈尔》刊载于《新演剧》第1卷第2—4期。

1938年

10月,奥尼尔著、范方翻译的《早点前》(*Before Breakfast*)由剧场艺术出版社出版。

12月,予且编的独幕剧集《训育主任》由中华书局印行,收录了淮尔德的《阴沉的下午》(*Confessional*)、《转变》(*The Finger of God*),迪克森和希克森(Lee Dickson & Leslie M. Hickson)的《谁的钱》(*Whose Money*)。

1939年

2月,翁赖尔(今译奥尼尔)著、顾仲彝翻译的《天边外》由商务印书馆发行,收录了《天边外》(*Beyond the Horizon*)和《琼斯皇》(*The Emperor Jones*),1940年5月再版,1947年3月推出第3版。

3月,亚瑟·霍普金斯(Arthur Hopkins)著、杨威廉翻译的《智逸》(*Moonshine*)刊载于《戏剧杂志》第2卷第3期。

4月,淮尔德著、包起权改译的《汉奸》(*The Traitor*)刊载于《文艺月刊》第3卷第3—4合刊。

8月,费契著、李健吾改译的《撒谎世家》(*The Truth*)由文化生活出版社发行。

10月,莱士(Elmer Rice,今译赖斯)著、于伶和包可华编译的《上海一律师》(*Counsellor at Law*)由现代戏剧出版社出版。

12月,舒湮编的《世界名剧精选》(第1集)由光明书局出版,收录的美国戏剧作品有范方翻译的奥尼尔的《早点前》(*Before Breakfast*)和罗家伦翻译的巴克斯特的《奇丐》(*The Beggar and the King*),1941年1月该书再版,1946年3月推出第4版。

1940 年

5 月，奥达茨著、穆俊翻译的《自由万岁》（*Till the Day I Die*）由青年文化出版社出版。

5 月，西奥多·德莱塞（Theodore Dreiser）著、莘薤翻译的《棺中女郎》（*The Girl in the Coffin*）刊载于《剧场艺术》第 2 卷第 5 期。

8 月，英语周刊社编的英汉对照《近代戏剧选》由商务印书馆出版，收录了淮尔德的《卖国贼》（*The Traitor*）、史蒂文斯（T. W. Stevens）的《金圈》（*The Golden Circle*）、巴克斯特的《皇帝与乞丐》（*The Beggar and the King*）等美国戏剧作品。

10 月，奥达茨著、穆俊翻译的《生路》（*Waiting for the Lefty*）由青年文化出版社出版。

10 月，迪克森和希克森著、徐春霖翻译的《谁的钱》（*Whose Money*）刊载于《狼烟文艺丛刊》第 1 期，同年 12 月刊载于《艺风》第 8 期。

1941 年

2 月，舒湮编的《世界名剧精选》（第 2 集）由光明书局出版，收录的美国戏剧作品有来斯（今译赖斯）著、顾仲彝翻译的《雪的皇冠》（*See Naples and Die*），梅德敦著、罗家伦翻译的《潮流》（*Tides*），布斯·泰金东（Booth Tarkington）著、庸人翻译的《幽会》（*The Trysting Place*）。

3 月，罗克维著、潘玉梅翻译的《马格大》由上海广学会出版。

1942 年

8 月，欧内斯特·海明威（Ernest Hemingway）著、冯亦代翻译的《第五纵队》（*The Fifth Column*）由新生图书文具公司出版。

8—10 月，约翰·史坦倍克（John Steinbeck，另译斯坦贝克）著、楼风（冯亦代的笔名）翻译的《人鼠之间》（*Of Mice and Men*）载于《文艺阵地》第 7 卷第 1—3 期，1943 年由重庆东方书社发行，1947 年由上海新群出版社再版。

11 月至 1943 年 4 月，拉西（今译赖斯）著、袁俊（张骏祥的笔名）翻译的《审判日》（*Judgement Day*）刊载于《人世间》第 1 卷第 2—4 期，1943 年由成都联友出版社出版，1946 年由上海万叶书店出版。

12月至1943年3月,乔治·开甫曼(George Kaufman,今译考夫曼)和埃德娜·法尔培(Edna Ferber)合作、陈麟瑞改译的《晚宴》(*Dinner at Night*)刊载于《文艺杂志》第2卷第1—3期。

1943年

1月,杰克·伦敦著、许天虹翻译的《第一位诗人》(*The First Poet*)刊载于《文艺杂志》第2卷第2期。

2—3月,奥达茨著、冯亦代翻译的《天之骄子》(*Golden Boy*)刊载于《戏剧月报》第1卷第2—3期。该译本后易名为《千金之子》,1944年1月由重庆美学出版社出版,1948年9月由上海太平洋出版社再版。

8月,陈绵根据开甫曼和法尔培的《晚宴》(*Dinner at Night*)改译的《候光》由中国公论社出版。

文宠选注的《话剧选》由文化供应社出版,收录奥尼尔的《早点前》(*Before Breakfast*),1948年8月该书推出沪新1版。

1944年

1月,开甫曼和法尔培合作、陈麟瑞(以"石华父"为笔名)改译的《晚宴》(*Dinner at Night*)由世界书局出版。

1月,张尚之翻译的世界独幕剧名剧选《良辰》由大时代书局发行,收录了奥尼尔的《划了十字的地方》(*Where the Cross Is Made*)。

5月,玛格丽特·密西尔(Margaret Mitchell)著、柯灵改译的《飘》(*Gone with the Wind*)由重庆美术出版社出版。

5月,李庆华根据奥尼尔的《天边外》(*Beyond the Horizon*)改译的《遥望》由重庆天地出版社出版。

7月,杰克·柯克兰(Jack Kirkland)著、贺孟斧翻译的《烟草路》(*Tobacco Road*)由群益出版社出版,1946年4月由上海群益出版社再版。原著根据欧斯金·考德威尔(Erskine Caldwell)同名小说改编。

10月,迪克森和希克森的《谁的钱》(*Whose Money*)刊载于《文学》第2卷第2期,译者不详。

1945 年

5 月，丽莲·海尔曼（Lillian Hellman）著、冯亦代翻译的《守望莱茵河》（*Watch on the Rhine*）由重庆美学出版社发行，同年 5—10 月，该剧刊载于《文哨》第 1 卷第 1—3 期。

8 月，斯坦贝克著、谷夫改译的《月亮下去了》（*The Moon Is Down*）由中国文化服务社南平支社出版。

10 月，奥尼尔著、王思曾节译的《红粉飘零》（*Strange Interlude*）由独立出版社印行。

1946 年

3 月，西德尼·金斯莱（Sidney Kingsley）著、侯鸣皋翻译的《民主元勋》（*The Patriots*）由文建出版社出版。

4 月，金斯莱著、汪宗耀翻译的《埋头苦干的人》（又名《白衣人》）（*Men in White*）由大同出版公司出版。

5 月，独幕喜剧集《处女的心》由联谊出版社出版，收录了泰金东的《会客室风波》（*The Trysting Place*），夏侯文改译，1948 年 6 月再版。

7 月，顾仲彝根据奥尼尔的《天边外》（*Beyond the Horizon*）改译的《大地之爱》由上海永祥印书馆出版。

1947 年

1 月，金斯莱著、傅又信翻译的《爱国者》（*The Patriots*）刊载于《中学生》第 183 期。

12 月，迪克森和希克森著、陈经纲翻译的《谁的钱》（*Whose Money*）刊载于《胜流》第 6 卷第 12 期。

1948 年

1 月，奥尼尔著、聂淼翻译的《安娜·桂丝蒂》（*Anna Christie*）由开明书店出版。

2 月，孙剑秋翻译的"爵士夫人及其他"由正谊出版社出版，收录了弥德尔顿的《传统》（*Tradition*）和《逆流》（*Tides*）。

3月,约翰生女士著、陈彤翻译的《一个贫女之死》刊载于《文艺先锋》第12卷第2期。

6月,奥尼尔著、朱梅隽翻译的《梅农世家》(*Mourning Becomes Electra*)由正中书局出版。

6—7月,米里登著、童金翻译的《传统思想》(*Tradition*)刊登在《金声》上。

7月,金斯莱著、傅又信翻译的《爱国者》(*The Patriots*)由开明书店在上海出版。

8月,阿伦·桑希尔(Alan Thornhill)著、张道藩翻译的《忘记了的因素》(*The Forgotten Factor*)由独立出版社出版。

1949年

1月,奥德茨著、顾仲彝、杨小石翻译的《还在等待什么》(*Waiting for the Lefty*)由海燕书店出版。

3月,奥尼尔著、荒芜翻译的《悲悼》(*Mourning Becomes Electra*)由晨光出版公司出版。

3月,塞缪尔·纳撒尼尔·勃尔曼(Samuel Nathaniel Behrman)著、石华父翻译的《传记》(*Biography*)由晨光出版公司出版。

3月,威廉·萨洛扬(William Saroyan,另译萨拉扬)著、洪深翻译的《人生一世》(*The Time of Your Life*)由晨光出版公司出版。

3月,罗伯特·夏尔乌特(Robert E. Sherwood)著、张骏祥翻译的《林肯在依利诺州》(*Abraham Lincoln in Illinois*)由晨光出版公司出版。

5月,萨拉扬著、张骏祥翻译的《人生一世》(*The Time of Your Life*)由商务印书馆出版。

1月、6月,奥尼尔著、谢文炳翻译的《曼纳的悲哀》(*Mourning Becomes Electra*)刊载于《戏剧生活》第1—2期。

12月,奥达茨著、穆俊翻译的《生路》(*Waiting for the Lefty*)由上海海燕书店推出新1版。

12月,奥达茨著、穆俊翻译的《自由万岁》(*Till the Day I Die*)由上海海燕书店推出新1版。

1950 年

5月,海尔曼著、冯亦代翻译的《守望莱茵河》(*Watch on the Rhine*)由新群出版社出版。

1951 年

3月,奥达茨著、顾仲彝和杨小石合译的《还在等待什么》(*Waiting for the Lefty*)由文化工作社出版。

1953 年

12月,赫布·丹克(Herb Tank)著、叶君健翻译的《四十九经度》(*Longitude 49*)由光明书局出版。

1954 年

10月,海尔曼著、冯亦代翻译的《守望莱茵河》(*Watch on the Rhine*)由平明出版社推出新1版。

1955 年

2月,阿诺德·杜索和詹姆斯·高伊(Arnaud d'Usseau & James Gow)合作、符家钦翻译的《根深蒂固》(*Deep Are the Roots*)由作家出版社出版。

3月,艾伯特·马尔兹(Albert Maltz,另译马尔茨)著、荒芜翻译的《莫里生案件》(*The Morrison Case*)刊载于《译文》第3期。

1956 年

7月,马尔兹著、叶芒(荒芜、冯亦代、符家钦共用笔名)翻译的《马尔兹独幕剧选集》由作家出版社出版,收录了《小兵希克斯》(*Private Hicks*)、《排戏》(*Rehearsal*)和《莫里生案件》(*The Morrison Case*)。

1957 年

4月,巴利·斯戴维思(Barrie Stavis,另译贝利·施大为)著、陈麟瑞翻译的《永远不死的人》(*The Man Who Never Died*)由中国戏剧出版社出版。

1958 年

1月,海尔曼著、金易翻译的《彻骨寒风》(*The Searching Wind*)由新文艺出版社出版。

1962 年

11月,杰克·格尔伯(Jack Gelber)著、石馥翻译的《接头人》(*The Connection*)由中国戏剧出版社内部发行。

1963 年

3月,田纳西·威廉斯(Tennessee Williams)著、英若诚翻译的《没有讲出来的话》(*Something Unspoken*)刊载于《世界文学》第3期。

11月,阿瑟·密勒(Arthur Miller,另译米勒)著、严绍端翻译的《不合时宜的人》(*The Misfits*)刊载于《世界文学》第11期。

1964 年

6月,威廉·基尔森(William Gilson)著、馥芝根据俄文本转译的《两个打秋千的人》(*Two for the Seesaw*)由中国戏剧出版社内部发行。

1965 年

12月,詹姆斯·鲍德温(James Baldwin)著、穆恭翻译的《唱给查利先生听的布鲁斯》(*Blues for Mister Charlie*)刊载于《外国戏剧资料》第4期,内部发行。

1971 年

6月,密勒著、姚克翻译的《推销员之死》(*Death of a Salesman*)由今日世界社出版。

1975 年

7月,鲍德温著、复旦大学外语系部分教师翻译的《迷路前后》(*One Day When I was Lost*)刊载于《摘译》(外国文艺)第7期,内部发行。

7月，马文·埃克斯（Marvin Eckes）著、林骧华翻译的《黑鸟》（*Black Bird*）刊载于《摘译》（外国文艺）第7期，内部发行。

8月，尼尔·西蒙（Neil Simon，另译塞门）著、俞其歆翻译的《二号街的囚徒》（*The Prisoner of Second Avenue*）刊载于《摘译》（外国文艺）第8期，内部发行。

1976年

5月，查尔斯·小富勒（Charles H. Fuller Jr.）著、钟闻翻译的《觉醒》（*The Awakening*）刊载于《摘译》（外国文艺）第5期，内部发行。

5月，赫伯特·斯托克斯（Herbert Stokes）著、田滨翻译的《两度相信魔鬼的人》（*The Man Who Trusted the Devil Twice*）刊载于《摘译》（外国文艺）第5期，内部发行。

1979年

3月，密勒著、陈良廷翻译的《推销员之死》（*Death of a Salesman*）刊载于《外国戏剧资料》第1期。

6月，爱德华·阿尔比（Edward Albee）著、郑启吟翻译的《动物园的故事》（*The Zoo Story*）刊载于《外国文艺》第3期。

11月，拉里·吉尔巴特（Larry Gelbart）著、刘宪之、张廷琛翻译的《狡狐传》（*Sly Fox*）刊载于《外国文学报道》第6期。

1980年

4月，上海译文出版社出版了《阿瑟·密勒剧作选》，收录了《都是我的儿子》（*All My Sons*）和《推销员之死》（*Death of a Salesman*），由陈良廷翻译。

4月，奥德茨著、任俊翻译的《等待勒夫梯》（*Waiting for the Lefty*）刊载于《当代外国文学》第2期。

6月，海尔曼著、冯亦代翻译的《小狐狸》（*The Little Foxes*）刊载于《外国戏剧》第2期。

7月，湖南人民出版社出版了《外国独幕剧选》，收录了马尔兹的《莫里生案件》（*The Morrison Case*）（叶芒译）和阿尔比的《动物园的故事》（*The Zoo Story*）（郑启吟译）。

10月,上海文艺出版社出版的《外国现代派作品选》第1册收录了奥尼尔的《毛猿》(*The Hairy Ape*)。

12月,上海译文出版社出版了《荒诞派戏剧集》,收录了阿尔比的《动物园的故事》(*The Zoo Story*),郑启吟译。

12月,吉尔巴特著、紫芹翻译的《狡猾的狐狸》(*Sly Fox*)刊载于《译林》第4期。

1981年

1月,阿尔比著、袁鹤年翻译的《美国之梦》(*The American Dream*)刊载于《外国文学》第1期。

2月,威廉斯著、周传基翻译的《欲望号街车》(*A Streetcar Named Desire*)刊载于《译丛》第1期。

4月,奥尼尔著、李品伟翻译的《榆树下的欲望》(*Desire Under the Elms*)刊载于《外国文学》第4期。

5—6月,詹姆斯·珀迪(James Purdy)著、汪培翻译的《真实》(*Reality*)刊载于《戏剧界》第3期。

6月,奥尼尔著、汪义群翻译的《榆树下的欲望》(*Desire Under the Elms*)刊载于《外国戏剧》第2期。

7月,上海文艺出版社出版了《外国剧作选(五)》,收录了奥尼尔的《安娜·桂丝蒂》(*Anna Christie*),聂淼译。

9月,克里斯托夫·莫利(Christopher Morley)著、缪华伦翻译的《星期四晚上》(*Thursday Night*)刊载于《外国戏剧》第3期。

10月,威廉斯著、东秀翻译的《玻璃动物园》(*The Glass Menagerie*)刊载于《当代外国文学》第4期。

11月,伯纳德·波梅伦斯(Bernard Pomerans)著、曹柳翻译的《象头人》(*The Elephant Man*)刊载于《外国文学报道》第6期。

1982年

1月,上海译文出版社出版了威廉斯的《玻璃动物园》(*The Glass Menagerie*),鹿金译。

1月,阿尔比著、郭继德翻译的《沙箱》(*The Sandbox*)刊载于《现代美国文学研究》第1期。

2月，奥尼尔著、鹿金翻译的《大神布朗》（*The Great God Brown*）刊载于《外国文艺》第1期。

2月，密勒著、梅绍武翻译的《桥头眺望》（*A View from the Bridge*）刊载于《美国文学丛刊》第1期。

2月，西蒙著、谢榕津翻译的《纽约第二条大街的囚徒》（*The Prisoner of Second Avenue*）刊载于《国外文艺资料》第2期。

3月，密勒著、聂振雄翻译的《严峻的考验》（*The Crucible*）由中国戏剧出版社出版。

3月，云南人民出版社出版了《欧美现代派作品选》，收录了阿尔比的《动物园的故事》（*The Zoo Story*），郑启吟译。

3月，中国社会科学出版社出版了《热铁皮屋顶上的猫——西方现代剧作选》，收录了威廉斯的《热铁皮屋顶上的猫》（*Cat on a Hot Tin Roof*），陈良廷译。

3月，密勒著、梅绍武翻译的《萨勒姆的女巫》（*The Crucible*）刊载于《外国文学季刊》第1期。

3月，海尔曼著、冯亦代翻译的《松林深处》（*Another Part of the Forest*）刊载于《剧本》第3期。

4月，露西尔·费莱彻（Lucille Fletcher）著、郭凤高翻译的《对不起，挂错了》（*Sorry, Wrong Number*）刊载于《外国文学》第4期。

5月，海明威著、冯亦代翻译的《第五纵队》（*The Fifth Column*）刊载于《美国文学丛刊》第2期。

6月，上海译文出版社出版了陈良廷、刘文澜翻译的《奥德茨剧作选》，收录了《等待老左》（*Waiting for Lefty*）、《等我死的那一天》（*Till the Day I Die*）、《醒来歌唱！》（*Awake and Sing!*）、《失去的天堂》（*Paradise Lost*）和《天之骄子》（*Golden Boy*）。

8月，上海文艺出版社出版了荒芜译的《奥尼尔剧作选》，收录了《天边外》（*Beyond the Horizon*）、《毛猿》（*The Hairy Ape*），以及《悲悼》（*Mourning Becomes Electra*）三部曲：《归家》《猎》与《祟》。

8月，威廉斯著，姚扣根翻译的《洋娃娃》（*The Baby Doll*）刊载于《南国戏剧》第4期。

285

9月,上海文艺出版社出版了施蛰存编的《外国独幕剧选(第二集)》,收录的美国戏剧作品有戴丽莎·海尔朋(另译特丽萨·赫尔本)的《主角登场》(*A Hero Is Born*)、曹娜·盖尔(Zona Gale)的《街坊》(*The Neighbors*)、淮尔德的《坦白》(*The Hour of Truth*)、劳伦斯·兰纳(Lawrence Langner)的《另一条出路》(*Another Way Out*)和丽达·威尔曼(Rita Wellman)的《永远在一起》(*For All Time*)。

9月,阿尔比著、薛诗绮翻译的《美国之梦》(*The American Dream*)刊载于《美国文学丛刊》第3期。

10月,欧内斯特·汤普森(Ernest Thompson)著,谢榕津、苏桓合译的《在金色的池塘上》(*On Golden Pond*)刊载于《国外文艺资料》第5期。

11月,金斯莱著、张柏然翻译的《死胡同》(*Blind Alley*)刊载于《美国文学丛刊》第4期。

12月,密勒著、费春放翻译的《小猫和铅管工》(*The Pussy Cat and the Expert Plumber*)刊载于《外国戏剧》第4期。

1983年

2月,奥尼尔著、郭继德翻译的《早餐之前》(*Before Breakfast*)刊载于《现代美国文学研究》第1期。

2月,奥尼尔著、郭继德翻译的《梦孩子》(*A Dreamy Kid*)刊载于《现代美国文学研究》第1期。

2月,奥尼尔著、张廷琛翻译的《日长路远夜深沉》(*Long Day's Journey into Night*)刊载于《美国文学丛刊》第1期。

3月,江西人民出版社出版了戏剧集《第五纵队及其他》,收录了海明威的三幕剧《第五纵队》(*The Fifth Column*),冯亦代译。

3月,赖斯著、陈瑞兰翻译的《大街上发生的事》(*Street Scene*)刊载于《外国文学季刊》第1期。

3月,弗朗西斯·古德里奇和艾伯特·海凯特(Frances Goodrich & Albert Hackett)著、蔡学渊翻译的《安妮·弗兰克的日记》(*The Diary of Anne Frank*)刊载于《新剧本》第2期。

4月,马尔茨著、荒芜翻译的《雨果先生》(*Monsier Victor*)由中国戏剧出版社出版。

5月,凯塞林·劳(Katherine Rao)著、冯亦代翻译的《弗吉尼亚之死》(*The Death of Virginia*)刊载于《美国文学丛刊》第2期。

7月,湖南人民出版社出版了《漫长的旅程·榆树下的恋情》,收录了奥尼尔的《漫长的旅程》(*Long Day's Journey into Night*)(欧阳基译)和《榆树下的恋情》(*Desire under the Elms*)(蒋嘉、蒋虹丁合译)。

8月,密勒著、郭继德翻译的《回忆两个星期一》(*A Memory of Two Mondays*)刊载于《美国文学丛刊》第3期。

9月,奥尼尔著、郭继德翻译的《诗人的气质》(*A Touch of the Poet*)刊载于《现代美国文学研究》第2期。

11月,杰若姆·劳伦斯和罗伯特·李(Jerome Lawrence & Robert E. Lee)著、袁鹤年翻译的《梭罗狱中一夜》(*The Night Thoreau Spent in Jail*)刊载于《美国文学丛刊》第4期。

1984 年

3月,上海译文出版社出版了《国际笔会作品集》,收录了密勒的《请不要杀死任何东西》(*Please Don't Kill Anything*),余小明翻译。

5月,奥尼尔著、郭继德翻译的《上帝的儿女都有翅膀》(*All God's Chillun Got Wings*)刊载于《美国文学丛刊》第2期。

5月,洛兰·汉斯贝利(Lorraine Hansberry,另译洛莱尼·汉斯贝瑞)著、秦小孟翻译的《阳光下的一粒葡萄干》(*A Raisin in the Sun*)刊载于《外国文学报道》第3期。

6月,奥尼尔著、郭继德翻译的《诗人的气质》(*A Touch of the Poet*,第三、四幕)刊载于《美国文学研究》第1期。

8月,上海文艺出版社出版了《外国现代派作品选》第3册,收录了阿尔比的《美国梦》(*American Dream*),赵少伟译。

9月,马克·梅朵夫(Mark Medoff)著、张学采翻译的《低能上帝的儿女》(*Children of a Lesser God*)刊载于《外国戏剧》第3期。

11月,漓江出版社出版了戏剧集《天边外》,收录了奥尼尔的6个戏剧作品:《天边外》(*Beyond the Horizon*)(荒芜译)、《琼斯皇》(*The Emperor Jones*)(茅百玉译)、《上帝的儿女都有翅膀》(*All God's Chillun Got Wings*)(汪义群译)、《榆树下的欲望》(*Desire under the Elms*)(汪义群译)、《啊,荒野!》(*Ah,*

Wilderness!)（沈培锠译）和《进入黑夜的漫长旅程》（*Long Day's Journey into Night*)（汪义群译），1985、1992、2001年多次重印。

1985年

3月，玛莎·诺曼（Martha Norman）著、黄宗江、张全全合译的《晚安啦，妈妈》（*Night, Mother*)刊载于《外国戏剧》第1期。

5月，阿尔比著、郭继德翻译的《沙箱》（*The Sandbox*)刊载于《戏剧文学》第5期。

5月，密勒著、谭宝全节译的《堕落之后》（*After the Fall*)刊载于《影剧艺术》第3期。

10月，上海文艺出版社出版的《外国现代派作品选》第4册收录了威廉斯的《玻璃动物园》（*The Glass Menagerie*)和奥德茨（Clifford Odets）的《等待老左》（*Waiting for Lefty*)。

12月，大卫·马麦特（David Mamet，另译马梅特）著，向明、高鉴翻译的《格林·罗斯庄园》（*Glengarry Glen Ross*)刊载于《外国戏剧》第4期。

12月，查尔斯·福勒（Charles Fuller）著、胡松翻译的《一个黑人中士之死》（*A Soldier's Play*)刊载于《外国戏剧》第4期。

奥尼尔著、郭继德翻译的《发电机》（*Dynamo*，第一幕）刊载于《美国文学》第2期，出版月份不详。

1986年

1月，柯敏思（E. E. Cummings）著、荣之颖翻译的《圣诞老人》（*Santa Claus*)刊载于《新剧本》第1期。

2月，福勒著、龚国杰、刘峰翻译的《士兵的戏》（*A Soldier's Play*)刊载于《外国文艺》第1期。

3月，奥古斯特·威尔逊（August Wilson）著、张学采翻译的《莱妮大妈的黑臀舞》（*Ma Rainey's Black Bottom*)刊载于《外国戏剧》第1期。

6月，上海文艺出版社出版了施蛰存编的《外国独幕剧选（第四集)》，收录的美国戏剧作品有克列斯妥弗·莫莱（Christopher Morley）的《星期四晚上》（*Thursday Evening*)、格伦·休斯（Glenn Hughes）的《红色康乃馨》（*Red Carnations*)、费伊·埃勒特（Fay Ehlert）的《伏流》（*The Undercurrent*)、奥代茨的《等待老左》(*Waiting for the Lefty*)、欧汶·萧的《阵亡士兵拒葬记》(*Bury the Dead*)、保尔·格林(Paul Green)的《日出颂》(*Hymn to the Rising Sun*)、萨洛扬的《喂，那边的人》(*Hello Out There!*)和威廉姆斯的《满满的二十七车棉花》(*27 Wagons Full of Cotton*)。

10月，密勒著、梅绍武翻译的《美国时钟》(*The American Clock*)刊载于《外国文艺》第5期。

11月，作家出版社出版了《外国戏剧名篇选读》，收录了奥尼尔的《琼斯皇》(*The Emperor Jones*)和阿尔比的《动物园的故事》(*The Zoo Story*)，1988年12月再版。

奥尼尔著、郭继德翻译的《发电机》(*Dynamo*，第二、三幕)刊载于《美国文学》第1期，出版月份不详。

奥尼尔著、欧阳基翻译的《归途迢迢》(*The Long Voyage Home*)刊载于《美国文学》第2期，出版月份不详。

奥尼尔著、欧阳基翻译的《加勒比斯的月亮》(*The Moon of the Caribbees*)刊载于《美国文学》第2期，出版月份不详。

1987年

3月，梅瑞迪什·威尔逊(Meredith Wilson)著，沈达捷、沈承宙、韩戎翻译的《乐器推销员》(*The Music Man*)刊载于《外国戏剧》第1期。

4月，奥尼尔著、刘海平翻译的《休伊》(*Hughie*)刊载于《当代外国文学》第2期。

8月，奥尼尔著、毛艾华翻译的《至真的爱》(*A Wife for a Life*)刊载于《戏剧》第4期。

琼·克劳德·范·伊塔利(Jean-Claude Van Itallie)著、郭继德翻译的《提袋子的女人》(*Bag Lady*)刊载于《美国文学》第1期，出版月份不详。

1988年

2月，山姆·谢泼德(Sam Shepard)著、苏红军翻译的《被埋葬的孩子》(*Buried Child*)刊载于《外国文艺》第1期。

4月，奥尼尔著，刘海平、漆园翻译的《马可百万》(*Marco Millions*)刊载于《当代外国文学》第2期。

11月,赫尔曼·沃克(Herman Wouk)著、英若诚翻译的《哗变》(*The Caine Mutiny Court-Martial*)由文化艺术出版社出版。

11月,中国戏剧出版社出版了龙文佩选编的《外国当代剧作选(一)》,收录了奥尼尔的5个戏剧作品:龙文佩、王德明译的《送冰的人来了》(*The Iceman Cometh*)、张廷琛译的《进入黑夜的漫长旅程》(*Long Day's Journey into Night*)、刘海平译的《休伊》(*Hughie*)、郭继德译的《诗人的气质》(*A Touch of the Poet*)和梅绍武、屠珍译的《月照不幸人》(*A Moon for the Misbegotten*)。

12月,奥古斯特·威尔逊著、孙静渊翻译的《篱》(*Fences*)刊载于《外国戏剧》第4期。

奥尼尔著、欧阳基翻译的《安娜·克里斯蒂》(*Anna Christie*)刊载于《美国文学》第1—4期,出版月份不详。

1989年

1月,沃克著、英若诚翻译的《哗变》(*The Caine Mutiny Court-Martial*)刊载于《剧本》第1期。

1月,马麦特著、梁国伟翻译的《美国野牛》(*American Buffalo*)刊载于《剧作家》第1期。

5月,中国戏剧出版社出版了汪义群主编的《西方现代戏剧流派作品选》第1卷,收录了奥尼尔的《榆树下的欲望》(*Desire under the Elms*),汪义群译,2005年1月再版。

8月,奥尼尔著、张冲翻译的《回归海区的平静》(*The Calms of Capricorn*)刊载于《戏剧》第4期。

9月,密勒著,郭继德、李秀英翻译的《克拉拉》(*Clara*)刊载于《戏剧文学》第9期。

1991年

2月,艾伯特·拉姆斯德尔·格尼(Albert Ramsdell Gurney)著、袁国英翻译的《爱情书简》(*Love Letters*)刊载于《外国文艺》第1期。

3月,密勒著、春梅翻译的《我为什么都不记得了》(*I Can't Remember Anything*)刊载于《剧作家》第2期。

6月,谢泼德著、侯毅凌翻译的《情痴》(*Fool for Love*)刊载于《外国文学》

第6期。

11月,河南人民出版社出版了《外国著名悲剧选3》,收录了奥尼尔的《榆树下的恋情》(*Desire under the Elms*)(蒋嘉、蒋虹丁译)、威廉斯的《玻璃动物园》(*The Glass Menagerie*)(鹿金译)和密勒的《推销员之死》(*Death of a Salesman*)(陈良廷译)。

1992年

1月,上海文艺出版社出版了施蛰存编的《外国独幕剧选(第六集)》,收录了米勒的《两个星期一的回忆》(*A Memory of Two Mondays*)、威廉·应琪(William Inge)的《逝水华年》(*Glory in the Flower*)、塔特·莫塞尔(Tad Mosel)的《逢场作戏》(*Impromptu*)、墨莱·希思格尔(Murray Schisgal)的《打字员》(*The Typists*)、雷蒙·德尔加多(Ramon Delgado)的《等车》(*Waiting for the Bus*)和威廉姆斯的《没有说破的事》(*Something Unspoken*)。

1月,阿尔弗莱德·尤里(Alfred Uhry)著、沈顺辉翻译的《为戴茜小姐开车》(*Driving Miss Daisy*)刊载于《上海艺术家》第1期。

2月,中国戏剧出版社出版了《外国当代剧作选》第三册,威廉斯的专辑,收录了东秀等人翻译的《玻璃动物园》(*The Glass Menagerie*)、《欲望号街车》(*A Streetcar Named Desire*)、《热铁皮屋顶上的猫》(*Cat on a Hot Tin Roof*)和《鬣蜥的夜晚》(*The Night of the Iguana*)。

2月,中国戏剧出版社出版了《外国当代剧作选》第四册,密勒戏剧专辑,收录了《推销员之死》(*Death of a Salesman*)(陈良廷译)、《回忆两个星期一》(*A Memory of Two Mondays*)(郭继德译)、《萨勒姆的女巫》(*The Crucible*)(梅绍武译)、《桥头眺望》(*A View from the Bridge*)(屠珍、梅绍武译)、《堕落之后》(*After the Fall*)(郭继德译)和《美国时钟》(*The American Clock*)(梅绍武译)。

4月,中国戏剧出版社出版了汪义群主编的《西方现代戏剧流派作品选》第3卷,收录了郭继德译的赖斯的《加算机》(*The Adding Machine*)、汪义群译的欧文·肖的《埋葬死者》(*Bury the Dead*)和荒芜译的奥尼尔的《毛猿》(*The Hairy Ape*),2005年1月再版。

1994年

1月,海明威著、冯亦代翻译的《第五纵队及其他》(*The Fifth Column*)由百花州文艺出版社出版。

4月,施大为著、紫芹翻译的《午夜明灯》(*Lamp at Midnight*)刊载于《当代外国文学》第2期。

9月,荣广润编译的《当代世界名家剧作》由上海教育出版社出版,收录了阿尔比的《沙箱》(*The Sandbox*)、谢泼德的《爱情的傻子》(*Fool for Love*)、尤里的《为戴茜小姐开车》(*Driving Miss Daisy*)和罗伯特·本顿(Robert Benton)的《克莱默夫妇》(*Kramer vs. Kramer*)。

12月,《袁鹤年戏剧小说译文集》由外语教学与研究出版社出版,收录了阿尔比的《美国之梦》(*The American Dream*),诺曼·卡曾斯(Norman Cousins)、杰若姆·劳伦斯(Jerome Lawrence)与罗伯特·李(Robert E. Lee)三人合作的《心灵的低语》(*Whisper in the Mind*)及劳伦斯与李两人合作的《梭罗狱中一夜》(*The Night Thoreau Spent in Jail*)。

1995 年

5月,汪义群等人翻译的《奥尼尔集:1932—1943》(上、下卷)由生活·读书·新知三联书店出版发行,收录了《啊,荒野!》(*Ah, Wilderness!*,汪义群译)、《无穷的岁月》(*Days Without End*,汪义群译)、《诗人的气质》(*A Touch of the Poet*,梅绍武、屠珍译)、《月照不幸人》(*A Moon for the Misbegotten*,梅绍武、屠珍译)、《送冰的人来了》(*The Iceman Cometh*,龙文佩、王德明译)、《更庄严的大厦》(*More Stately Mansions*,梅绍武、屠珍译)、《长日入夜行》(*Long Day's Journey into Night*,汪义群译)和《休吉》(*Hughie*,申辉译)。

1996 年

5月,中国人民大学出版社出版了《荒诞派戏剧》,收录了阿尔比的《谁害怕弗吉尼亚·吴尔芙》(*Who's Afraid of Virginia Woolf?*),曹久梅译。

10月,贝思·亨利(Beth Henley)著、张玉兰翻译的《心灵的罪恶》(*Crimes of the Heart*)刊载于《外国文艺》第5期。

1997 年

3月,菲利西娅·朗达(Felicia Hardison Londré)著、汪义群翻译的《斯诺的中国之行》(*Snow on a Slow Boat to China*)刊载于《世界文学》第2期。

7月,奥古斯特·威尔逊著、王家湘翻译的《篱笆》(*Fences*)刊载于《世界文学》第4期。

8月,迈克尔·克里斯托弗(Michael Cristofer)著、范益松翻译的《与影子较量》(*The Shadow Box*)刊载于《戏剧艺术》第4期。

1999年

1月,哈维·菲尔斯坦(Harvey Fierstein)著、朱可欣翻译的《整洁的结局》(*On Tidy Ending*)刊载于《剧作家》第1期。

4月,罗伯特·威尔逊(Robert Wilson)著、曹路生翻译的《内战》(*The Civil Wars*)刊载于《戏剧艺术》第2期。

11月,海凯特和古德里奇著、吴朱红翻译的《安妮日记》(*Anne's Diary*)刊载于《新剧本》第6期。

12月,中国对外翻译出版公司以英汉对照版的形式推出了"英若诚名剧译丛",出版了英若诚汉译的外国戏剧单行本,其中美国剧作有:密勒的《推销员之死》(*Death of a Salesman*)和沃克的《哗变》(*The Caine Mutiny Court Martial*)。

2000年

8月,聂珍钊主编的《外国文学作品选4》由华中师范大学出版社出版,收录了密勒的《推销员之死》(*Death of a Salesman*)。

9月,密勒著、戴行钺翻译的《不合时宜的人》(*The Misfits*)刊载于《电影创作》第5期。

2001年

1月,辽宁教育出版社出版了《英若诚译名剧五种》,收录了密勒的《推销员之死》(*Death of a Salesman*)和沃克的《哗变》(*The Caine Mutiny Court Martial*)。

3月,阿尔比著、吴朱红翻译的《屋外有花园》(*Everything in the Garden*)刊载于《新剧本》第2期。

6月,威廉斯著、冯永红翻译的《欲望号街车》(*A Streetcar Named Desire*)由清华大学出版社出版。

9月,桑顿·怀尔德(Thornton Wilder)著、姜若瑜翻译的《我们的小镇》(*Our Town*)刊载于《新剧本》第5期。

10月,戴维·奥本(David Auburn)著、胡开奇翻译的《求证》(*Proof*)刊载于《戏剧艺术》第5期。

2002年

1月,奈戈·杰克逊(Nagle Jackson)著、吴朱红翻译的《远去的家园》(*Faraway Homeland*)刊载于《新剧本》第1期。

4月,波拉·沃格尔(Paula Vogel)著、范益松翻译的《我是怎么学会开车的》(*How I Learned to Drive*)刊载于《戏剧艺术》第2期。

2003年

1月,露西尔·弗莱彻著、邢建军翻译的《对不起,拨错电话了》(*Sorry, Wrong Number*)刊载于《新剧本》第1期。

5月,大卫·艾乌斯(David Ives)著、邢建军翻译的《被俘的观众》(*Captive Audience*)刊载于《新剧本》第3期。

7月,欧文·阿尔诺(Owen Arno)著、紫筱翻译的《对手》(*The Other Player*)刊载于《新剧本》第4期。

7月,阿尔比著、剑君翻译的《沙箱》(*The Sandbox*)刊载于《新剧本》第4期。

9月,丽贝卡·哈丁·戴维斯(Rebecca Harding Davis)著、张朝晖和吴朱红编译的《家有娇妻》(*The Wife's Story*,又译《妻子的故事》)刊载于《新剧本》第5期。

11月,阿瑟·考皮特(Arthur Kopit)著,邢建军、秦雯编译的《啊爸爸,可怜的爸爸,妈妈把你挂在壁橱里,我是多么伤心啊》(*Oh Dad, Poor Dad, Mama's Hung You in the Closet and I'm Feelin' So Sad*)刊载于《新剧本》第6期。

2004年

1月,北京师范大学出版社出版了陈惇主编的《20世纪外国戏剧经典》,收录了威廉斯的《欲望号街车》(*A Streetcar Named Desire*)(奇青译)、密勒的《推销员之死》(*Death of a Salesman*)(陈良廷译)及奥尼尔的《长日入夜行》(*Long*

Day's Journey Into Night)(汪义群译)和《毛猿》(*The Hairy Ape*)(荒芜译)。

6月,上海译文出版社出版了黄源深、陈士龙和曹国维编的《20世纪外国文学作品选》(上卷),收录了下列3部美国剧作的片段:汪义群译的奥尼尔的《进入黑夜的漫长旅程》(*Long Day's Journey into the Night*)、鹿金译的威廉斯的《玻璃动物园》(*The Glass Menagerie*)和英若诚译的密勒的《推销员之死》(*Death of a Salesman*)。

7月,苏珊·格莱斯佩尔(Susan Glaspell)著、邢建军翻译的《琐事》(*Trifles*)刊载于《新剧本》第4期。

2005 年

1月,中国戏剧出版社出版了汪义群主编的《西方现代戏剧流派作品选》第5卷,收录了赵少伟译的阿尔比的《美国梦》(*The American Dream*)。

1月,奥尼尔著、徐钺翻译的《长昼的安魂曲》(*Long Day's Journey into Night*)由东方出版社在北京出版。

5月,维克多·娄达都(Victor Lodato)著、邢建军翻译的《伟大的父亲》(*The Great Father*)刊载于《新剧本》第3期。

6月,人民文学出版社出版了人民文学出版社编辑部选编的《外国戏剧百年精华》(上、下册),收录了奥尼尔的《进入黑夜的漫长旅程》(*Long Day's Journey into Night*)(汪义群译)、密勒的《推销员之死》(*Death of a Salesman*)(陈良廷译)、威廉斯的《欲望号街车》(*A Streetcar Named Desire*)(马爱农译)和谢泼德的《被埋葬的孩子》(*Buried Child*)(苏红军译)。

7月,威廉斯著、黄一萍翻译的《疯花梦醉星期天》(*A Lovely Sunday for Creve Coeur*)刊载于《新剧本》第4期。

11月,约翰·尚利(John Shanley)著、胡开奇翻译的《怀疑》(*Doubt: A Parable*)刊载于《新剧本》第6期。

2006 年

2月,北京燕山出版社出版了袁可嘉等编选的《外国现代派作品选》(共4卷)。A卷收录了美国剧作家奥尼尔的剧作《毛猿》(*The Hairy Ape*)(荒芜译),C卷收录了涡比(今译阿尔比)的《美国梦》(*The American Dream*)(赵少伟译),D卷收录了美国剧作家威廉斯的《玻璃动物园》(*The Glass Menagerie*)

（赵全章译）。

4月，黄哲伦（David Henry Hwang）著、汤卫根翻译的《金童》（*Golden Child*）刊载于《戏剧》第2期。

7月，詹姆斯·舍曼（James Sherman）著、孙兆勇和王绍军合译的《戏剧时光》（*Magic Time*）刊载于《新剧本》第4期。

8月，人民文学出版社出版了《奥尼尔文集》（全6册），译者为郭继德。1—5册收录的剧作包括：《天边外》（*Beyond the Horizon*）、《榆树下的欲望》（*Desire under the Elms*）、《安娜·克利斯蒂》（*Anna Christie*）、《毛猿》（*The Hairy Ape*）、《东航卡迪夫》（*Bound East for Cardiff*）、《加勒比群岛之月》（*The Moon of the Caribbees*）、《啊，荒野!》（*Ah，Wilderness!*）、《琼斯皇帝》（*The Emperor Jones*）、《奇异的插曲》（*Strange Interlude*）、《无穷的岁月》（*Days Without End*）和《送冰的人来了》（*The Iceman Cometh*）等43种。第6册是奥尼尔的诗歌和奥尼尔关于戏剧的论述。

10月，尼洛·克鲁斯（Nilo Cruz）著、胡开奇翻译的《安娜在热带》（*Anna in the Tropics*）刊载于《剧本》第10期。

10月，杰西卡·布兰克和爱立克·詹森（Jessica Blank & Erik Jensen）著、范益松翻译的《被平反的死刑犯》（*The Exonerated*）刊载于《戏剧艺术》第5期。

2007年

1月，苏珊·桑塔格（Susan Sontag）著、冯涛翻译的《床上的爱丽斯》（*Alice in Bed*）由上海译文出版社出版。

1月，伯纳德·索贝尔（Bernard Sobel）著、徐小玉翻译的《"懂得"音乐的珍妮》（*Jennie Knows*）刊载于《译林》第1期。

4月，人民文学出版社出版了欧阳基等人翻译的《奥尼尔剧作选》，收录了《榆树下的欲望》（*Desire under the Elms*）、《安娜·克里斯蒂》（*Anna Christie*）、《琼斯皇帝》（*The Emperor Jones*）、《悲悼三部曲》（*Mourning Becomes Electra*）、《奇异的插曲》（*Strange Interlude*）和《诗人的气质》（*A Touch of the Poet*）。

4月，伊泰默·摩西（Itama Moses）著、胡开奇翻译的《巴赫在莱比锡》（*Bach at Leipzig*）刊载于《戏剧艺术》第2期。

7月，杰克·凯鲁亚克（Jack Kerouac）著、金绍禹翻译的《垮掉的一代》（*The*

Beat Generation)由上海译文出版社出版。

8月,陕西师范大学出版社出版了段鸿欣、张雪丹翻译的《西方经典戏剧》,收录了奥尼尔的《毛猿》(*The Hairy Ape*)和密勒的《推销员之死》(*Death of a Salesman*)。

10月,西安交通大学出版社出版了《华美文学作品集·戏剧卷》,收录了赵健秀(Frank Chin)的《龙年》(*The Year of the Dragon*)、张平(Ping Chong)的《不眠夜》(*Nuit Blanche*)、林詹妮(Genny Lim)的《纸天使》(*Paper Angels*)、阿尔文·恩(Alvin Eng)的《唐人街最后一家人工洗衣店》(*The Last Hand Laundry in Chinatown*)、劳伦斯·叶(Laurence Yep)的《付中国人钱》(*Pay the Chinaman*)、钟平①和曾穆娜(Ping Chong & Muna Tseng)的《邋遢的艺术家》(*Slut for Art*),以及黄哲伦(David Henry Hwang)的《走捷径》(*As the Crow Flies*)、《心声之魔》(*The Sound of a Voice*)和《寻找唐人街》(*Trying to Find Chinatown*)。

2008年

3月,学林出版社出版了郑克鲁、董衡巽主编的《新编外国现代派作品选》(共3编)。第1编收录了奥尼尔的《毛猿》(*The Hairy Ape*),荒芜翻译;第2编收录了阿尔比的《美国梦》,杜晓轩翻译。

6月,奥尼尔著、王海若翻译的《天边外》由中国书籍出版社在北京出版。

6月,山东文艺出版社出版了王化学编的《20世纪外国戏剧精选》,收录了奥尼尔的《天边外》(*Beyond the Horizon*),荒芜译;以及休斯的《红色康乃馨》(*Red Carnations*),吴劳译。

8月,中国传媒大学出版社出版《西方现代戏剧译作》,收录了吴朱红翻译的阿尔比的《屋外有花园》(*Everything in the Garden*)。

8月,格莱斯佩尔著、潘静翻译的《琐事》(*Trifles*)刊载于《译林》第4期。

8月,中国传媒大学出版社出版了《西方现代戏剧译作》,分加拿大卷和美国卷,其中美国卷收录了海凯特和古德里奇的《安妮日记》(*Anne's Diary*)、阿尔比的《屋外有花园》(*Everything in the Garden*)和塞门的《大酒店套房》(*Plaza Suite*),均由吴朱红翻译。

---

① 张平和钟平是美籍华裔剧作家及导演 Ping Chong 的不同译名。

297

10月,玛丽·齐默尔曼(Mary Zimmerman)著、胡开奇翻译的《变形记》(*Metamorphoses*)刊载于《剧本》第10期。

2009年

1月,阿尔比著、杜晓轩翻译的《美国梦》(*The American Dream*)由天津科技翻译出版公司出版。

2010年

4月,威廉斯著、冯涛翻译的《欲望号街车》(*A Streetcar Named Desire*)由上海译文出版社出版。

5月,黄哲伦著、张生翻译的《蝴蝶君》(*M. Butterfly*)由上海译文出版社出版。

8月,伍迪·艾伦(Woody Allen)著、宁一中翻译的《中央公园西路:三个独幕剧》由上海译文出版社出版,收录了《滨河大道》(*Riverside Drive*)、《老塞布鲁克镇》(*Old Saybrook*)和《中央公园西路》(*Central Park West*)。

10月,洛根著、胡开奇翻译的《红色》(*Red*)刊载于《戏剧艺术》第5期。

2011年

3月,胡开奇翻译的《怀疑:普利策奖戏剧集》由新星出版社出版,收录尚利(John Shanley)的《怀疑:一则寓言》(*Doubt:A Parable*)、克鲁斯(Nilo Cruz)的《安娜在热带》(*Anna in the Tropics*)和奥本(David Auburn)的《求证》(*Proof*)。

4月,密勒著、英若诚翻译的《推销员之死》(*Death of a Salesman*)、梅绍武翻译的《萨勒姆的女巫》(*The Crucible*)和陈良廷翻译的《都是我的儿子》(*All My Sons*)由上海译文出版社出版。

9月,阿米利·巴拉卡(Amiri Baraka)著、胡亚敏翻译的《荷兰人》(*Dutchman*)载于《外国文学》第5期。

2012年

6月,海明威著、李暮翻译的《第五纵队·西班牙大地》由河南文艺出版社出版,收录剧本《第五纵队》(*The Fifth Column*)。

8月,密勒著、胡开奇翻译的《车下莫根山》(*The Ride Down Mt. Morgan*)

载于《剧本》第8期。

2013年

5月,新星出版社出版了胡开奇翻译的《山羊:阿尔比戏剧集》,收录了阿尔比的《山羊或谁是西尔维娅?》(*The Goat, or Who Is Sylvia?*)、《在家在动物园》(*At Home at the Zoo*)和《欲望花园》(*Everything in the Garden*)。

8月,奥尼尔著、陈成翻译的《进入黑夜的漫长旅程》(*Long Day's Journey into Night*)由北京理工大学出版社出版。

9月,怀尔德著、但汉松翻译的《我们的小镇》(*Our Town*)由译林出版社出版。

9月,安·兰德(Ayn Rand)著、郑齐翻译的《一月十六日夜》由重庆出版社出版,收录了《一月十六日夜》(*Night of January 16th*)、《理想》(*Ideal*)和《三思》(*Think Twice*)。

2014年

8月,奈戈·杰克逊著、吴朱红翻译的《离去》(*Taking Leave*)刊载于《剧本》第8期。

10月,奈戈·杰克逊著、曹志刚翻译的《离去》(*Taking Leave*)刊载于《戏剧文学》第10期。

2015年

5月,威廉斯著、冯涛翻译的《欲望号街车》(*A Streetcar Named Desire*)由上海译文出版社出版。

2016年

4月,唐纳德·马格里斯(Donald Margulies)著、范益松翻译的《和朋友共进晚餐》(*Dinner with Friends*,又译《与友晚宴》)刊载于《戏剧艺术》第2期。

6月,上海人民出版社出版了胡开奇翻译的《迷失:美国当代戏剧名作选》,收录了密勒的《特殊病房》(*The Ride Down Mt. Morgan*)、阿尔比的《在家在动物园》(*At Home at the Zoo*)、沃格尔的《那年我学开车》(*How I Learned to Drive*)、齐默尔曼的《变形记》(*Metamorphoses*)和摩西的《巴赫在莱比锡》

(*Bach at Leipzig*),2020年6月再版。

2017年

1月,诺曼著、相纪妍和李晏合译的《晚安,妈妈》(*Night,Mother*)刊载于《剧本》第1期。

2月,兰德著、郑齐和张林翻译的《理想》(*Ideal*)由重庆出版社出版。

3月,彼得·克雷夫特(Peter Kreeft)著、胡自信翻译的《苏格拉底遇见耶稣》(*Socrates Meets Jesus*)由上海三联书店出版。

5月,奥尼尔著、乔志高翻译的《长夜漫漫路迢迢》(*Long Day's Journey into Night*)由四川文艺出版社出版。

7月,巴利·吉福德(Barry Gifford)著、晓风翻译的《作家们》(*Writers*)由南京大学出版社出版。

8月,奥尼尔著、王朝晖和梁金柱翻译的《进入黑夜的漫长旅程》(*Long Day's Journey into Night*)由海峡文艺出版社出版。

11月,弗拉基米尔·纳博科夫(Vladimir Nabokov)著、刘玉红翻译的《莫恩先生的悲剧》(*The Tragedy of Mister Morn*)由人民文学出版社出版。

2018年

3月至4月,桑塔格著、冯涛翻译的《床上的爱丽斯》(*Alice in Bed*)、姚君伟翻译的《火山情人》(*The Volcano Lover*)和黄灿然翻译的《关于他人的痛苦》(*Regarding the Pain of Others*)等由上海译文出版社出版。

2019年

2月,中国华侨出版社出版了张悠悠翻译的《爱德华·阿尔比戏剧集》,收录了阿尔比的《山羊或谁是西尔维娅?》(*The Goat,or Who Is Sylvia?*)、《在家在动物园》(*At Home at the Zoo*)和《欲望花园》(*Everything in the Garden*)。

4月,海明威著,宋金、董衡巽翻译的《第五纵队·西班牙大地》由上海译文出版社出版,收录了《第五纵队》(*The Fifth Column*)。

10月,海明威著、墨沅翻译的《第五纵队·西班牙大地》由现代出版社出版,收录了《第五纵队》(*The Fifth Column*)。

12月,约瑟夫·布罗茨基(Joseph Brodsky)著、刘文飞翻译的《大理石像》

(*Marbles*)由上海译文出版社出版。

2020年

1月,密勒著、聂振雄翻译的《严峻的考验》(*The Crucible*)刊载于《剧本》第1期。

6月,上海文化出版社出版了《西方现代戏剧精选》,收录了奥尼尔的《榆树下的欲望》(*Desire Under the Elms*),汪义群译。

8月,上海译文出版社出版了密勒的5部剧作,分别是英若诚翻译的《推销员之死》(*Death of a Salesman*)、郭继德翻译的《堕落之后》(*After the Fall*)、陈良廷翻译的《都是我的儿子》(*All My Sons*)、梅绍武翻译的《萨勒姆的女巫》(*The Crucible*)和《桥头眺望》(*A View from the Bridge*)。

9月,罗伯特·肯·戴维斯-昂蒂亚诺(Robert Con Davis-Undiano)著、朱萍翻译的《女医师成长记》(*Day of the Dead: A One-Act Real Life and Death Play*)刊载于《新剧本》第5期。

10月,汉斯贝瑞著、吴世良翻译的《阳光下的葡萄干》(*A Raisin in the Sun*)由人民文学出版社出版。